© Joyce Ravid

Christopher Buckley, ehemaliger Raucher und Redenschreiber für George Bush, ist Herausgeber eines Magazins und schreibt regelmäßig für zwei renommierte Zeitungen in den USA, für die *New York Times* und die *Washington Post*; er ist außerdem mit einer ständigen Kolumne, *Shout & Murmurs*, im *New Yorker* vertreten. Er hat Gedichte, Essays, ein Sachbuch, Romane – zuletzt ›God Is My Broker‹ – und ein Schauspiel veröffentlicht. Christopher Buckley lebt seit 1981 mit seiner Frau, zwei Kindern und einem Hund in der Hauptstadt Washington, D.C.

Danke, daß Sie hier rauchen Wer die Medien beherrscht, hat die öffentliche Meinung, hat die Kaufkraft und die Macht auf seiner Seite – nicht nur in Amerika.
Nick Naylor macht als Sprecher der amerikanischen Takablobby Stimmung für Zigaretten. Eine Aufgabe, so populär wie der Verkauf von englischem Rindfleisch in einem Vegeratierrestaurant. Der Krieg zwischen Gutmenschen und Gesundheitslobby auf der einen und Nick und seinen Kollegen von der Alkohol- und Waffenlobby – den »Händlern des Todes« – auf der anderen Seite wird in den Medien, in Talkshows und Boulevardblättern ausgetragen und mit allen Schlichen, Kniffen und Schikanen geführt. Nick Naylor, der Meisterdemagoge, gewinnt jedes Rededuell und viele Feinde: An Morddrohungen hat sich der meistgehaßte Mann der Nation inzwischen gewöhnt, an Mordversuche nicht. Und so wird er eines stinknormalen Tages Opfer einer groß- und bösartig eingefädelten Intrige.

Christopher Buckley

Danke, daß Sie hier rauchen

Roman

Aus dem Amerikanischen von
Friedhelm Rathjen

Fischer Taschenbuch Verlag

Veröffentlicht im Fischer Taschenbuch Verlag GmbH,
Frankfurt am Main, Mai 1998

Lizenzausgabe mit freundlicher Genehmigung der
Haffmans Verlag AG, Zürich
Die amerikanische Originalausgabe erschien unter dem Titel
›Thank you for Smoking‹ im Verlag Random House, Inc., New York
Copyright © 1994 by Christopher Taylor Buckley
Für die deutschsprachige Ausgabe:
© Haffmans Verlag AG, Zürich 1996
Anmerkungen des Übersetzers am Schluß des Bandes
Druck und Bindung: Clausen & Bosse, Leck
Printed in Germany
ISBN 3-596-13652-0

Für John Tierney
LF

Hinweis des Autors:
Einige reale Personen treten hierin unter eigenem Namen auf,
aber das folgende ist Fiktion.

—— **Prolog** ——

Nick Naylor hatte sich schon so manches an den Kopf werfen lassen müssen, seitdem er Chefsprecher der Akademie für Tabakstudien geworden war, aber bis jetzt hatte ihn immerhin noch keiner mit Satan persönlich verglichen. Der Konferenzredner, höchstselbst Empfänger von großzügigen Regierungsbeihilfen für seinen nimmermüden heiligen Krieg gegen jene Branche, die die hustenden Überreste von fünfundfünfzig Millionen amerikanischen Rauchern mit ihrem hochgeschätzten schuldigen Vergnügen versorgte, zeigte gerade auf die Abbildung, die an die Höhlenwand des Hotelballsaals projiziert wurde. Hörner und Schwanz fehlten; er trug einen normalen Haarschnitt und sah aus wie jemand, den man auf dem Flur treffen könnte, aber seine Haut war knallrot, als wär er eben im Kühlwasser eines Atomreaktors schwimmen gewesen; und die Augen – die Augen waren glänzend, aufgeweckt, lebensstrotzend wie die eines Zuhälters. Die Bildunterschrift war in den charakteristischen Lettern der Zigarettenschachteln gehalten, in »hysterisch-halbfett«, wie man das im Büro nannte. Sie lautete: WARNUNG: MANCHE LEUTE BEHAUPTEN ALLES, BLOSS UM ZIGARETTEN ZU VERKAUFEN.

Das Publikum – es bestand aus 2 500 »Gesundheitsprofis«, dachte sich Nick, der, als er die Teilnehmerliste überflog, nur wenige echte Dres. med. zählte – fing über das Dia zu schnurren an. Dieses Schnurren kannte Nick nur zu gut. Er konnte schon richtig schnuppern, wie der Ruch von Katzenpfötchen in der Luft lag, stellte sich vor, wie sie sich am Gestühl die Krallen wetzten. »Ich bin sicher, daß unser nächster ... Redner«, der Vortragende zögerte, denn der Ausdruck war einfach zu neutral, um damit einen Mann zu beschreiben, der seine Brötchen mit dem Umbringen von täglich 1 200 menschlichen Wesen verdiente. Zwölfhundert Leute – zwei Jumbo-Jet-Ladungen pro Tag an Männern, Frauen und Kindern. Ja, unschuldige Kinder, um eine glänzende Zukunft gebracht, um alle jene Augenblicke, wo sie ihre Siegtreffer erzielten, den High-School- oder College-

Abschluß machten, heirateten, Kinder kriegten, Erfüllung im Beruf fanden, den Durchbruch in der technischen, der medizinischen, der ökonomischen Entwicklung schafften – wer weiß, *wie viele* Nobelpreisträger darunter wären? Lämmer, hingeschlachtet von Nicholas Naylor und den Teufeln der Tabakindustrie, die er auf so raffinierte Weise vertrat. Über 400 000 pro Jahr! Und steuerte auf die Grenze der halben Million zu. Völkermord, das war's nämlich, reichte aus, einen zum Heulen zu bringen, wenn man ein Herz im Leibe hatte, der Gedanke an diese so ungeheuer vielen ... Opfer, das Leben mit Stummel und Stiel ausgedrückt auf dem Aschenbecher der konzertierten Habgier durch diesen großen, adretten, flottgekleideten vierzigjährigen Yuppie-Henker, der, natürlich, »keine ... Einführung ... nötig ... hat«.

Hatte nicht viel Sinn, diese Menschenmenge mit dem üblichen unaufrichtigen Humor weichklopfen zu wollen, der in Washington als echte Selbstdistanzierung durchging. Sicherer war's, auf unaufrichtigen Ernst zu machen. »Ob Sie's glauben oder nicht«, fing er an und fummelte an seinem Seidenschlips rum, um durchblicken zu lassen, er wär nervös, obwohl er das gar nicht war, »ich bin hocherfreut, hier auf dem Symposium Saubere Lungen 2000 sein zu können.« Jetzt, wo das zwanzigste Jahrhundert im Sauseschritt seinem Ende entgegenwinselte und -krachte, nannte sich jede Tagung weit und breit Rhabarber Rhabarber 2000, um sich so den Anschein einer Tausendjahrsdringlichkeit zu geben, der nicht ohne Wirkung bleiben sollte auf die einschlägigen Bewilligungsausschüsse des Kongresses, die »Euter«, wie sie intern von den diversen Interessengruppen genannt wurden, die davon lebten, an ihnen zu nuckeln. Nick fragte sich, ob das auch damals bei den Tagungen in den 1890ern so gewesen sein mochte. Hatte es wohl auch ein vom Bundesrat unterstütztes Symposium Kutschenpeitsche 1900 gegeben?

Das Publikum zeigte keine Reaktion auf Nicks einleitenden Ehrlichkeitserguß. Aber sie pfiffen ihn immerhin nicht aus. Er warf einen kurzen Blick auf den ersten Tisch vor dem Podium, einen runden Tisch mit engagierten Hassern. Die Hasser besetzten üblicherweise die Sitze ganz vorn und kritzelten wie wild auf ihre Konferenzblöcke ein – alle vom amerikanischen Steuerzahler bezahlt –, die sie in ihren Mappen aus falschem Wildleder, ebenfalls von ganzen Spätgelbphasen von Steuerzahlern bezahlt und mit dem Tagungslogo SAUBERE LUNGEN 2000 geprägt, gefunden hatten. Die würden sie alle mit nach Hause schleppen und ihren Kindern andrehen, wodurch sie die Kosten eines T-Shirt-Geschenks einsparten. *Meine Alten waren in Washington, und außer dieser bescheuerten Aktenmappe haben die mir nichts mitgebracht.* Die Hasser, von den vorherigen Rednern zur Ekstase neopuritanischer Inbrunst aufgepeitscht, befanden sich inzwischen im fortgeschrittenen Stadium der Vernageltheit. Sie funkelten giftig zu ihm empor.

»Denn«, fuhr Nick fort, schon richtig erschöpft von der öden Nutzlosigkeit der ganzen Chose, »es ist meine ureigenste Auffassung, daß wir nicht ein Mehr an *Konfron*tation brauchen, sondern ein Mehr an *Konsul*tation.« War unverändert aus Jesse Jacksons Schule der sinnentleerten, aber gereimten Rhetorik geklaut, funktionierte jedoch bestens. »Und ich freue mich ganz besonders, daß die Leitung von Saubere Lungen 2000 ...« – Andeutung verrenkter Belustigung, um ihnen zu verstehen zu geben, wie gut er wußte, daß die Leitung der Saubere Lungen 2000 wie die Ledernacken auf dem Mount Suribachi darum gekämpft hatte, ihn von der Konferenz fernzuhalten – »... schließlich zugestimmt hat, hieraus eine *Konferenz* im wahrsten Sinne des Wortes zu machen. Es ist meine ureigenste Auffassung, daß es bei einem Thema, das so komplex ist wie das unsrige, nicht darum geht, daß wir mehr *über*einander reden müssen, sondern darum, daß wir mehr *mit*einander reden müssen.« Er hielt einen Herzschlag lang inne, um es ihren Hirnen zu gestatten, seine subtile Ersetzung von »das Recht der Zigarettenindustrie, eine halbe Million Amerikaner pro Jahr hinzuschlachten« durch »Thema« zu verarbeiten.

So weit, so gut. Keiner stand auf und schrie: »Massenmörder!« Das war nämlich ganz schön schwer, wieder ins normale Fahrwasser zu kommen, nachdem man mit Hitler, Stalin oder Pol Pot verglichen worden war.

Aber dann war's passiert, beim Frage-Antwort-Spielchen. Irgend so eine Frau ungefähr in der Saalmitte stand auf, sagte, Nick »erwecke ja den Anschein eines netten jungen Mannes«, womit sie lautes Gelächter auslöste; und sagte, sie wolle ihn »an einer jüngst durchlittenen Erfahrung teilhaben lassen«. Nick versteifte sich. Für ihn konnte eine »Erfahrung«, an der ihn jemand aus dieser Menge »teilhaben« ließ, beim besten Willen nichts Gutes verheißen. Die Frau ließ einen anschaulichen Bericht von dem »wackeren Kampfe« ihres lieben Dahingeschiedenen mit dem Lungenkrebs vom Stapel. Dann fragte sie Nick mehr traurig als wütend: »Wie können Sie nachts bloß schlafen?«

Mit solchen Gelegenheiten keineswegs unvertraut, nickte Nick teilnahmsvoll, als die heldenhaften letzten Stunden von Onkel Harry aufs düsterste abgeschildert wurden. »Ich bin Ihnen sehr verbunden, daß Sie uns alle an dieser Erfahrung haben teilhaben lassen, meine Verehrteste, und ich glaube, ich spreche wohl im Namen aller hier in diesem Raume, wenn ich unser aller Bedauern über Ihren tragischen Verlust zum Ausdruck bringe, aber ich glaube doch, das Thema, mit dem wir es hier und heute zu tun haben, besteht in der Frage, ob wir als Amerikaner wohl an solchen Schriftstücken wie der Unabhängigkeitserklärung, der Verfassung und der Bill of Rights festhalten wollen oder nicht. Wenn die Antwort ›ja‹ heißt, dann, so denke ich, ist unser Kurs klar. Und ich glaube, wenn Ihr Onkel, der, da bin ich mir sicher, ein ausgesprochen *feiner* Mensch gewesen ist, heute hier wäre, wäre er womöglich auch der Ansicht, daß wir, wenn wir an den fundamentalen Prinzipien herumpfuschen wollen, niedergeschrieben von unsern Gründervätern, von denen etliche, Sie werden sich erinnern, selbst Tabakfarmer gewesen sind, nur um einen Haufen absolut unwissenschaftlicher Spekulationen so stehenzulassen, daß wir dann nicht nur unsere eigenen Freiheiten aufs Spiel setzen, sondern auch diejenigen unserer Kinder und unserer Kindeskinder.« Es war von entscheidender Wichtigkeit, hier keine Pause zu machen, damit sich das lähmende non sequitur in ihren Nervenprozessoren einnisten konnte. »Anti-Tabak-Hysterien sind nichts wirklich Neues. Sie erinnern sich natürlich an Murad den Vierten, den türkischen Sultan.« Natürlich hatte keiner auch nur die geringste Ahnung, wer um alles in der Welt Murad der Vierte gewesen sein mochte, aber die Leute haben es ganz gerne, wenn man ihnen ein bißchen intellektuellen

Honig um den Bart schmiert. »Murad, Sie erinnern sich, setzte es sich in den Kopf, daß die Leute nicht rauchen sollten, also hat er es streng verboten, und nachts pflegte er immer wie ein normaler Türke gewandet rauszugehen und die Straßen Istanbuls zu durchstreifen und so zu tun, als habe er einen Nikotinentzugsanfall, und dann die Leute anzubetteln, sie sollten ihm doch Tabak verkaufen. Und wenn sich irgend jemand seiner erbarmte und ihm etwas zu rauchen gab – *ratzfatz!* –, da hat Murad denjenigen gleich an Ort und Stelle enthauptet. Und den Leib mitten auf der Straße liegen und verfaulen lassen. WARNUNG: DER VERKAUF VON TABAK AN MURAD IV. SCHADET IHRER GESUNDHEIT.« Nick schritt schnell weiter zur Versenkung: »Ich persönlich möchte mich doch dem Glauben hingeben, daß wir als Nation inzwischen durchaus über jene Zeiten hinweg sind, in denen auf die Verfolgung unserer je eigenen Fasson von Glücklichsein das Todesurteil im Schnellverfahren stand.« Nachdem er so die zeitgenössische amerikanische Anti-Raucher-Bewegung mit der Mordlust eines blutrünstigen Ottomanen aus dem siebzehnten Jahrhundert verglichen hatte, konnte Nick aufbrechen, hochbefriedigt, daß er die Horde vorübergehend um ein paar Zollbreit zurückgeschlagen hatte. Das war nicht viel an Boden, aber in diesem Krieg doch soviel wert wie eine erfolgreiche Großattacke.

—— I ——

Der Stapel Während Ihrer Abwesenheit reingekommen war gehörig hoch, als er ins Büro der Akademie zurückkam, gelegen in einem der interessanteren Gebäude der K Street, das in der Mitte von einem zehngeschossigen Atrium mit efeutriefenden Balkonen ausgehöhlt wurde. Das Ganze machte einen Eindruck wie die vereinigten hängenden Gärten Babylons, das Äußere zuinnerst gekehrt. Ein riesiger neo-deco-klassizistischer Springbrunnen im Erdgeschoß versorgte das Ganze mit dem unablässigen und besänftigenden Gefließe plätschernden weißen Rauschens. Die Akademie für Tabakstudien belegte die drei obersten Geschosse. Als führender Vizepräsident für Communications in der ATS – oder »der Akademie«, wie jene Bezeichnung lautet, auf deren Benutzung durch die Mitarbeiter BR nachdrücklich bestand – hatte Nick das Anrecht auf ein außen gelegenes Büro, aber er zog ein innen gelegenes vor, weil er das Geräusch fließenden Wassers mochte. Außerdem konnte er seine Tür offenstehen lassen, und der Rauch zog ins Atrium ab. Sogar Raucher sorgen sich um vernünftigen Durchzug.

Er überflog den Stapel rosaroter Zettelchen, die am Pult der Empfangsdame auf ihn warteten. »CBS wünscht dringend Stellungnahme zu Forderung der Generalbundesärztin nach Verbot von Plakatwerbung.« ABC, NBC, CNN usw. usw. wollten alle dasselbe, nur ›USA Today‹ nicht, die wünschten dringend eine Stellungnahme zur Geschichte im ›New England Journal of Medicine‹ von morgen, in der ein medizinisches Forschungsergebnis gebracht wurde, wonach das Rauchen auch etwas namens Buerger's Disease zur Folge habe, ein Kreislaufleiden, das die Amputation aller Gliedmaßen unausweichlich machte. Nur mal so zur Abwechslung, dachte sich Nick, wär's doch ganz schön, zu einem anderen Zweck ins Büro zurückzukehren als dem, immer nur grausliche neue Gesundheitsprobleme in die Schuhe geschoben zu kriegen.

»Ihre Mutter hat angerufen«, sagte Maureen, die Empfangsdame, und reichte ihm einen weiteren Zettel. »Guten Morgen«, flötete sie zwitschernd in ihr Kopfhörermikro und stieß eine Rauchwolke aus. Sie fing an zu husten. Nicht so einen reizenden kleinen Rachenräusperer allerdings, sondern eine dieser tiefen Planierraupen aus der Lunge heraus. »Akademie für« – hrchch – »Tabak-« – kchchu – »-studien.«

Nick fragte sich, ob das wohl von Vorteil war, eine Empfangsdame zu haben, die nicht ohne Bronchialzuckungen durch ein einfaches »Hallo« kam.

Er mochte Maureen. Er fragte sich, ob er ihr raten sollte, nicht zu husten, wenn BR vorbeispazierte. In den letzten sechs Monaten waren schon Köpfe genug gerollt. Momentan führte Murad IV. das Regiment.

Zurück im Büro, zog sich Nick sein neues Paul-Stuart-Sportsakko aus und hängte es an die Innenseite der Tür. Einer der Vorteile des Führungswechsels in der Akademie war die neue Kleiderordnung. So ziemlich das erste, was BR tat, war, daß er die ganzen Sprecher reinrufen ließ – soll heißen: die PR-Leute der Akademie, also diejenigen, die vor den Kameras auftauchen mußten – und ihnen mitteilte, sie sollten nicht wie ein Haufen K-Street-Weicheier aussehen. Ein Teil der Probleme mit dem Tabak, sagte er, liege darin, daß der ganze Sex futsch sei. Er wolle, sagte er, daß sie aussahen wie die Leute in den Modeanzeigen und nicht wie die, die für JC Penneys Schlußverkauf warben. Dann bewilligte er ihnen allen je 5000 Dollar Kleidergeld. Alle dachten sie, als sie aus der Sitzung rausmarschierten: *Was für ein klasse Boss!* Jeder zweite von ihnen fand dann bei der Rückkehr zum Schreibtisch ein Memo des Inhalts vor, er sei gefeuert.

Nick sah sich seinen Schreibtisch an und runzelte die Stirn. Das war reichlich ärgerlich. Er war zwar kein analfixierter Mensch, mit einem gewissen Maß an Unordnung konnte er es schon aufnehmen, aber er konnte es gar nicht leiden, andern Leuten als Überlaufventil für deren Unordnung zu dienen. Das hatte er Jeannette auch auseinandergesetzt, und sie hatte auf ihre so ernsthafte Art gesagt, daß sie das völlig verstehe, aber trotzdem hatte sie nicht aufgehört damit, seinen Schreibtisch als Komposthaufen zu benutzen. Das Problem bestand darin, daß

Jeannette zwar technisch gesehen in Sachen Communications unter Nick stand, BR sie aber von Allied Vending mitgebracht hatte und sie ganz offensichtlich diese bestimmte Art von Beziehung pflegten. Komisch an der ganzen Geschichte war, daß sie sich benahm, als sei Nick echt ihr Boss und mit allen Rechten der höheren, mittleren und niederen Gerichtsbarkeit über sie ausgestattet.

Sie hatte fünf Stapel UWSB-Berichte über passives Rauchen auf seinen Schreibtisch verklappt, alle als DRINGEND gekennzeichnet. Nick sammelte Messer. Oben auf einem der Stapel hatte sie sorgfältig seinen Massai-Schweinestecher mit der Lederscheide drapiert. Sollte sich diese Unverschämtheit als Ordentlichkeit maskieren wollen?

Gazelle, seine Sekretärin, klingelte durch, um zu sagen, BR habe Bescheid gegeben, er wolle ihn schnellstmöglich sprechen, sobald Nick von den Sauberen Lungen zurückkam. Nick entschied, daß er BR nicht sofort Bericht erstatten wollte. Er würde ein paar Anrufe erledigen und *dann* hingehen und BR seinen Bericht liefern. So. Jetzt ging's ihm besser, ja, er plusterte sich richtig auf vor Unabhängigkeit.

»BR hat gesagt schnellstmöglich, sobald Sie zurück sind«, klingelte Gazelle ihm ein paar Augenblicke später durch, als könnte sie seine Gedanken lesen. Gazelle, eine hübsche schwarze Alleinerziehende von Anfang dreißig, sprang ziemlich chefmäßig mit Nick um, denn Nick war den Vorhaltungen schwarzer Frauen gegenüber machtlos, weil er größtenteils in einem von einer schwarzen Haushälterin alter Schule beherrschten Haushalt aufgewachsen war.

»*Ja*, Gazelle«, sagte er scharf und war damit schon hart an der Grenze dessen, was ihm an Gegenwehr möglich war. Nick wußte, was in Gazelles intuitivem Schädel vor sich ging: Sie wußte, daß Jeannette ihre Glitzeräuglein auf Nicks Posten geworfen hatte und ihre eigene Stellung davon abhing, daß Nick die seine behielt.

Trotzdem wollte er sich von seiner Sekretärin nicht an der Leine führen lassen. Er hatte einen qualvollen Vormittag hinter sich, und er würde sich ordentlich Zeit lassen. Das silbergerahmte Bild des zwölfjährigen Joey schaute zu ihm auf. Das war früher immer der Couch auf der andern Seite seines Schreibtisches zugewandt gewesen, bis es eines Tages von einer Reporterin der Zeitschrift ›American Health‹ – also *das* gab vielleicht ein Interview ab, mit dem sich gute Publicity machen ließ, aber man mußte den Bastarden nun mal den Interviewwunsch erfüllen, sonst würden die einfach sagen, die Tabaklobby habe sich geweigert, mit ihnen zu sprechen – entdeckt wurde. Sie fragte freundlich: »Oh, das ist wohl Ihr Sohn?« Nick hatte losgestrahlt wie nur irgendein stolzer Papa und ja gesagt, woraufhin sie den Folgehieb auf ihn niedersausen ließ: »Und wie ist *ihm* so zumute angesichts Ihrer Bestrebungen, minderjährige Kinder zum Rauchen anzustacheln?« Seither war das Foto von Joey immer hergedreht, weg von der Couch.

Nick hatte einige Gedankenkraft auf das Psycho-Dekor seines Büros verwandt. Über seinem Schreibtisch stand ein Zitat in großer Type, das besagte: »Das Rauchen ist in unserem Lande die Hauptursache von Statistiken.« Das hatte er von einem der Anwälte von Smoot, Hawking gehört, der Anwaltskanzlei in Omaha, die die allermeisten jener Tabakhaftpflichtprozesse abwickelte, die von Leuten angestrengt wurden, die ihr Lebtag lang kettengeraucht hatten und jetzt, wo sie an Lungenkrebs starben, plötzlich auf die Idee kamen, sie hätten Anrecht auf Schadensersatz.

Über der Couch hingen die Originale zweier alter Zigarettenwerbungen aus den Zeitschriften der vierziger und fünfziger Jahre. Das erste Motiv zeigte einen altmodischen Doktor, einen von der Sorte, die Hausbesuche machten und sogar durch Schneewehen kurvten, um Babys auf die Welt zu holen. Mit einem Lächeln bot er eine Schachtel Luckys an, als handele es sich um eine Packung mit lebensrettendem Erythromycin. »20679[*] Ärzte haben befunden: ›Luckys verursachen *weniger Reizung*.‹« Das Sternchen verwies darauf, daß eine echte Buchführungsfirma echt über die Zahl Buch geführt hatte. Wieviel einfacher war's doch gewesen, als die medizinische Forschung noch auf ihrer Seite stand.

Das zweite Werbemotiv demonstrierte, wie Camels einem dabei halfen, das Erntedankessen zu verdauen, Gang für Gang. »Los geht's mit einer prima Vorspeise – heiße, gutgewürzte Tomatensuppe. Und anschließend – der guten Verdauung halber – rauchen Sie eine Camel, gleich nach der Suppe.« Dann wurde einem nahegelegt, vor dem Nachschlag vom Truthahn eine weitere zu rauchen. Warum das? Darum: »Camels lösen die Anspannung. Beschleunigen den Fluß der Verdauungssäfte. Verbessern die Alkaliwerte.« Eine weitere war vor dem Waldorfsalat dran. Dann noch eine nach dem Waldorfsalat. »Diese zweifache Pause macht den Gaumen frei – und bereitet die Bühne für den Nachtisch.« Dann eine *zusammen* mit dem Plumpudding – »für den letzten Schliff an Behaglichkeit und Wohlgefallen«. Das summierte sich zu fünfen, und zwar allein während des Essens. Sobald erst der Kaffee serviert war, wurde man gedrängt, die Schachtel rauszuholen und endlich richtig vom Leder zu ziehen. »Der guten Verdauung halber.«

BR hatte bei seiner bisher einzigen katastrophentouristischen Expedition in Nicks Büro drauf gestarrt, als versuche er, sich eine Meinung zu bilden, ob sein führender Vizepräsident für Communications dergleichen wohl in seinem Büro haben solle. Sein Vorgänger, J. J. Hollister, der Nick nach den seinerzeitigen Mißhelligkeiten angeheuert hatte – also *das* war doch mal ein Tabakmann der alten Schule, einer, der zu seiner Zeit zehn Camels zum Erntedankfest verdrückt hätte, einer, der schon mit Teer im Blut auf die Welt gekommen war. Ein reizender Mensch, freundlich, aufmerksam, saß mit Vorliebe noch nach Dienstschluß über einem Whisky-Soda in seinem Büro herum und erzählte Geschichten von früher, als er sich noch mit Luther Terry herumschlug, der damals, 1964, den katastrophalen Generalbundesarztbericht rausgegeben hatte. Nicks Lieblingsgeschichte war –

»Nick, auf der Stelle hat er gesagt.«

Also wirklich, das war nicht zum Aushalten. Und das würde er nicht einfach hinnehmen. »Ich *weiß*, Gazelle.« Zur Hölle damit, dachte er, während er seine rosa Notizzettelchen befingerte wie ein widerborstiges Blatt beim Pokern; sollten doch Gazelle *und* BR warten. Er würde sich um seine Arbeit kümmern.

Er rief bei den Sendern an und gab seine Standardparole aus, er sei bereit, »jederzeit und an jedem Ort« mit der Generalbundesärztin über das Thema Zigarettenplakatwerbung und überhaupt über jedwedes Thema zu diskutieren. Die Generalbundesärztin ihrerseits hatte Nicks Einladungen stets mit der Begründung abgelehnt, sie wolle ihr Amt nicht dadurch herabwürdigen, daß sie sich mit einem Sprecher »der Todesindustrie« ein öffentliches Forum teile. Trotzdem ließ Nick keineswegs davon ab, seine Einladungen weiter auszusprechen. Das ließ sich nämlich sehr viel besser an als der Versuch, zu erklären, warum die Tabakbranche das verfassungsmäßige Recht besaß, ihre Plakatbotschaften auf kleine Ghetto-Kids abzuzielen.

Und jetzt zu Buerger's Disease. Das war schon eine verzwicktere Sache. Nick überlegte erst ein paar Minuten, bevor er Bill Albright von ›USA Today‹ anrief. Ihm lag nichts dran, in die Einzelheiten des Krankheitsbilds einzusteigen, und insbesondere lag ihm nichts dran, daß sein Name mit Zitaten in Verbindung gebracht wurde, in denen das Wörtchen »Amputation« auftauchte.

»Nun«, begann er mehr traurig als ärgerlich, »warum sollte man uns auch *nicht* die Schuld an Buerger's Disease in die Schuhe schieben? Heutzutage wird uns doch überhaupt alles reingewürgt. Vor einer Woche las ich irgendwo, daß Zigaretten das Ozonloch vergrößern, also warum nicht auch Buerger's Dingsda? Und was als nächstes? Delphine? So, wie die Chose läuft, kriegen wir nächste Woche glatt zu lesen, daß die Delphine, von denen man zu Recht behaupten kann, sie seien die majestätischsten kleineren Meeressäuger überhaupt, an den Zigarettenfiltern ersticken, die die Leute auf Kreuzfahrtschiffen über Bord schmeißen.«

Tatsächlich hatte Nick nirgendwo was davon gelesen, daß Zigaretten das Ozonloch vergrößern würden, aber da Bill ein Freund war, fand er, er könne ihn guten Gewissens anlügen. Am andern Ende der Leitung hörte er das leise Klackern der Tastatur. Bill schrieb es sich auf. Sie spielten beide die ihnen zugewiesenen Rollen.

»Nick«, sagte Bill, »dieser Bericht stand im ›New England Journal of Medicine‹.«

»Dem ich höchsten Respekt entgegenbringe. Aber darf ich mal eine Frage stellen?«

»Klar.«

»Wo bleibt der wissenschaftliche Nachweis?«

»Was soll das heißen, wo der wissenschaftliche Nachweis bleibt? Es dreht sich um das ›New England Journal of Medicine‹. Das besteht überhaupt *nur* aus wissenschaftlichem Nachweis, zum Himmel noch mal.«

»War also eine doppelblinde Studie?«

». . . Sicher doch.«

Vernichtendes Zögern. Attacke! »Und wie groß war die Kontrollgruppe?«

»Kommen Sie, Nick.«

»War das eine prospektive Studie?«

»Wollen Sie in die Geschichte rein, oder wollen Sie's nicht?«

»Natürlich will ich.«

»Und ich soll Sie mit den Worten ›Wo bleibt der Beweis‹ zitieren?«

»Wo bleibt der *Nach*weis.‹ Also bitte, das stört mich nicht weiter, wenn Sie mich als seelenlosen, korrumpierten Speichellecker hinstellen, aber lassen Sie mich wenigstens nicht reden wie ein seelenloser, korrumpierter Speichellecker ohne Ahnung.«

»Ihr Kommentar ist also, daß das ›New England Journal of Medicine‹ nicht weiß, wovon es redet?«

»Mein Kommentar ist . . .« Was war denn nun sein Kommentar? Nick blickte auf Inspirationssuche zu dem Luckys-Doktor auf. »Buerger's Disease ist erst kürzlich überhaupt diagnostiziert worden. Der Befund ist kompliziert, ja, sogar *äußerst* kompliziert. Gehört zu den kompliziertesten Befunden auf dem Felde des Blutkreislaufs überhaupt.« Hoffte er. »Bei allem Respekt denke ich doch, daß weitere Untersuchungen erforderlich sind, bevor sich die Forschung mit der Schlinge in Händen nach den üblichen Lynchopfern umsehen sollte.«

Vom anderen Ende der Leitung kam das leise Klackern von Bills Tastatur. »Darf ich Sie mal was fragen?« Bill war heute richtig munter. Normalerweise notierte er sich's einfach und fügte es ein und machte sich an die nächste Geschichte.

»Was denn?« sagte Nick argwöhnisch.

»Hört sich fast an, als würden Sie dieses Zeugs tatsächlich selber glauben.«

»Das hilft, die Hypothek abzubezahlen«, sagte Nick. Er hatte diese Rationalisierung jetzt schon so häufig vorgebracht, daß es sich langsam so anzuhören anfing wie eine Nürnberger Verteidigungsrede: *Ich zahltee nurr die Hypotheek ab* . . .

»Er hat gerade angerufen, Nick. Er will Sie *unbedingt* sehen. *Jetzt.*«

Sosehr es ihn auch juckte, die anderen Telefonate zu erledigen, da war doch die Sache mit der Hypothek und außerdem auch noch, irgendwo unter Jeannettes papierener Landverschüttung verbuddelt, die Schulgeldrechnung für Joeys nächstes Semester im Saint Euthanasius – $ 11 742 pro Jahr. Wie mochten die wohl auf eine solche Summe gekommen sein? Wofür standen die 42 Dollar? Was brachten die wohl Zwölfjährigen bei, daß es $ 11 742 kosten konnte? Subatomare Physik?

Nick marschierte nachdenklich den Gang zu BRs Büro runter. Der war mit Plakaten von Opernaufführungen und Symphoniekonzerten und Museumsausstellungen, die die Akademie finanziell abgesichert hatte, vollgehängt. Zu JJs Zeiten waren da statt dessen grandiose Farbposter gewesen mit trocknenden Tabakpflanzen drauf, durch deren helles Blatt die Sonne leuchtend hindurchschien.

Sondra, BRs Sekretärin, schaute ohne ein Lächeln zu ihm auf und wies ihn mit einem Nicken hinein. Auch auf dem Gesundheitstrip. Kein Aschenbecher auf *ihrem* Schreibtisch.

Es war eine geräumige, holzbetonte, maskuline Ecksuite, üppig in tscherkessischer Walnuß getäfelt, die Nick an das Innere eines Zigarrenfeuchthalters erinnerte. Bislang hatte BR JJs tolles Holz noch nicht komplett herausgerupft und durch matten Stahl ersetzt.

Budd Rohrabacher zog zum Gruß die Augenbrauen hoch. Er saß zurückgelehnt in seinem Riesensessel und las den ›Wöchentlichen Erkrankungs- und Sterblichkeitsbericht‹, der überall in der Akademie Pflichtlektüre war. BR war neunundvierzig Jahre alt, verströmte aber die Energie eines jüngeren Mannes. Seine Augen, hellgrün, angespannt und freudlos und dazu angetan, das

Leben als Tabellenkalkulationsprogramm zu betrachten, konnten manchem so vorkommen, als gehörten sie einem älteren Mann, der schon früh eine fundamentale Enttäuschung erlebt und sich deswegen entschieden hatte, das Leben für die Menschen um ihn herum so unangenehm wie möglich zu machen. Gerüchte besagten, er spiele jeden Morgen um fünf schon Squash, nicht gerade eine aufmunternde Eigenschaft an einem Chef, der deshalb schon um halb sieben im Büro erschien, voll auf Touren und aerobiziert und willens, den Tag kleinzukriegen – und jeden weniger als 1000 Prozent diensteifrigen Angestellten gleich mit. Nick hatte ihn im Verdacht, er trage Hemden, die ihm eine Nummer zu klein waren, damit sein Oberkörper heftiger anschwelle, obwohl es allerdings stimmte, daß er zweimal in der Woche als Lunch nur einen V-8-Saft zu sich nahm, während er in einem Gesundheitsclub Gewichte stemmte. Er war groß, über zwei Meter, und er neigte dazu, seine Größe so ein bißchen auf subtile Weise auszuspielen, etwa indem er einem die Tür aufhielt und einen unter dem von seinem Arm gebildeten Torbogen durchwinkte. Es befriedigte Nick, einmal am Ende eines Tages, als er das mit ihm machte, eine Körpergeruchs-Duftwolke bemerken zu können. Es ist immer tröstlich, bei denen, die über unser Leben bestimmen, erniedrigende körperliche Defekte zu entdecken. BRs Tabakkarriere hatte damit begonnen, daß er in der schmuddeligen, vom Faustrecht beherrschten – und nicht immer streng legalen – Arena der Zigarettenautomaten gearbeitet hatte. Es war bekannt, daß er deswegen einen Minderwertigkeitsdings hatte, deshalb neigten seine Angestellten dazu, die Erwähnung von Zigarettenautomaten zu vermeiden, außer wenn's unumgänglich war. Seit er die Akademie übernommen hatte, hatte BR eine ganze Reihe von Verwaltungsmuskeln zu beugen gewußt und der Branche einige eindrucksvolle Zugewinne eingetragen. Er hatte eng mit dem US-Handelsbevollmächtigten zusammengearbeitet, um asiatische Länder zu bewegen, amerikanischen Zigarettenherstellern die Ausstrahlung von Werbung während des morgendlichen Kinderfernsehens zu erlauben. (Allein in Japan lag der Teenageranteil beim Konsum amerikanischer Zigaretten bei fast 20 Prozent.) Hier zu Hause hatte er zwei

Versuche des Kongresses, Werbung in Printmedien zu verbieten, verhindert, in drei Südstaaten die Gesetzgeber dazu gebracht, »Tabakblüten-Wochen« auszurufen, und den Stadtrat von Los Angeles aufs brillanteste dahin manövriert, daß der seiner Rauchverbotsverordnung eine Bestimmung einfügte, wonach das Rauchen im Barbereich von Restaurants erlaubt war, ein Coup, zu dem ihm der Vorstandsvorsitzende der Akademie für Tabakstudien, der legendäre Doak Boykin, überschwenglich gratuliert hatte. BR hatte das, was auch die Lieblingsgeneräle von Napoleon hatten – Glück. Seitdem er an Bord war, waren drei der Leute, die, weil sie an Raucherkrebs litten, die Tabakbranche verklagt hatten, ums Leben gekommen, weil sie im Bett rauchten, wodurch sich ihre Erben und Rechtsnachfolger gezwungen sahen, die Klage fallenzulassen – aus lauter Peinlichkeit, wie ein Anwalt von Smoot, Hawking es ausgedrückt hatte.

»Hey, Nick«, sagte BR. Nick war versucht, ihm das »Hey« zurückzugeben. »Wie waren die Lungen?«

»Sauber«, sagte Nick.

»Gesichtszeit eingeheimst?«

Nick entgegnete, daß er vor jede Fernsehkamera weit und breit gehüpft sei, um die Besorgnis der Branche um verantwortungsbewußtes Werben, um Gesundheit und Rauchen bei Minderjährigen zu unterstreichen, daß er aber bezweifle, daß sein Gesicht in den Nachrichtensendungen an prominenter Stelle gebracht werde, wenn überhaupt. Gesichtszeit für Tabaksprecher gehörte zu den aussterbenden elektronischen Gattungen, noch mehr gräßliches Menetekelgekritzel, das an die Wand gemalt wurde. Es war noch nicht lange her, da schickten die Fernsehredakteure routinemäßig ein Kamerateam zur Akademie rüber, um eine offizielle Gegendarstellung durch die Industrie zu kriegen, nur so ein Fünf- oder Zehn-Sekunden-Häppchen, das die üblichen verleumderischen Angriffe auf die Integrität jener medizinischen Forschung, die nachwies, die amerikanischen Zigarettenkonzerne erledigten die Arbeit von vier Hiroshimabomben jährlich, im Bild festhielt. Aber in letzter Zeit hatte es immer weniger von diesen pflichtschuldigen kleinen Bremswagen à la Ansicht-steht-gegen-Ansicht gegeben. In aller Regel schloß der Reporter seinen Bericht jetzt einfach nur mit den Worten »Wie nicht anders zu erwarten, zieht die Tabakbranche den NIG-Report *in Zweifel* und behauptet, es gebe keinen – ich zitiere – ›wissenschaftlichen Nachweis, daß starkes Rauchen von werdenden Müttern während der Schwangerschaft den ungeborenen Fötus schädigt‹.«

»Haben Sie den Kraut mit hingenommen?« fragte BR, während seine Augen zum ›WESB‹ zurückwanderten, eine leicht störende Angewohnheit – um die Wahrheit zu sagen: eine zum Durchdrehen unverschämte, aber managermäßig erfolgreiche Angewohnheit –, die er sich bei Stanford Biz zugelegt hatte. Untergebene immer schön strampeln lassen. Mit »Kraut« meinte er G – für Graf – Erhardt von Gruppen-Mundt, den »Forscher vom Dienst« der Akademie. Erhardt hatte ein Abschlußdiplom in forensischer Pathologie von der Universität Steingarten, das vielleicht nicht das führende akademische Zentrum Deutschlands war, ihm aber doch einen gescheiten Beiklang verschaffte. JJ hatte ihn damals in den Siebzigern an Bord geholt und draußen in Reston, Virginia, eine »Forschungseinrichtung« um ihn rumgebaut, das sogenannte Institut für Lifestyle-Gesundheit, das vornehmlich aus Tausenden verhätschelter weißer Ratten bestand, die nie F344-Tumoren ausbildeten, ganz egal, mit wieviel Teer sie bestrichen wurden. Die Mainstream-Medien nahmen Erhardt schon seit Jahren nicht für voll. Hauptsächlich spielte er in den endlosen Schadensersatzprozessen den Gutachter und versuchte, die Geschworenen mit gelehrtem, in Kissinger-Akzent vorgetragenem epidemiologischem Hokuspokus über unausgewogene Auswahlverfahren und multivariable Regression zu verwirren. Die Entscheidung, ihn während des Luminotti-Prozesses in seinen weißen Laborkittel gekleidet im Gerichtssaal auftreten zu lassen, war vom Richter gar nicht gut aufgenommen worden.

»Ja«, sagte Nick. »NHK – das japanische Fernsehen – hat ein Interview mit ihm gemacht. Er war ziemlich gut in Sachen Passivrauchen. Da hat er ihnen wirklich den Wind aus den Segeln genommen. Der wird in Tokio Gesichtszeit kriegen. Da bin ich sicher.«

»Das wird uns in Peoria nicht viel Gutes einbringen.«

»Na ja...« Also war Erhardt der nächste. Zwanzig Jahre hingebungsvoller Dienst an der Forschung, und dann *auf Widdersenn*, jetzt bist du Geschichte, Fritz.

»Ich glaube, wir sollten uns einen schwarzen Wissenschaftler zulegen«, sagte BR. »Die *müßten* einen schwarzen Wissenschaftler doch bringen, oder?«

»Nicht auszuschließen, daß der Schuß nach hinten losgehen könnte.«

»*Ich* mag den Gedanken.«

Na, in dem Fall...

»Setzen Sie sich, Nick.« Nick setzte sich und sehnte sich nach einer Zigarette, und doch gab es hier, im Büro des Mannes, der die ganze Tabaklobby unter sich hatte, keinen Aschenbecher. »Wir müssen mal miteinander reden.«

»In Ordnung«, sagte Nick. Joey könnte immer noch auf die Staatsschule gehen.

BR seufzte. »Wir wollen's kurz machen. Dieser Typ da« – er ließ einen Daumen in Richtung Weißes Haus, nur ein paar Blocks entfernt, wippen – »verlangt eine Tabaksteuer von vier Eiern pro Schachtel, seine Frau verlangt kostenlose Nikotinpflaster für jeden, der welche will, die Generalbundesärztin drückt ein totales Werbeverbot durch, Bob Smoot erzählt mir, daß wir den Fall Heffernan verlieren, und zwar mit Pauken und Trompeten, was Hunderte und womöglich Tausende weiterer Schadensersatzfälle pro Jahr bedeutet, die UWSB hat uns ihre Erster-Klasse-krebserregend-Klassifizierung ins Gesicht geklatscht, Pete Larue erzählt mir, das NIG hat da irgendeine Horrorgeschichte in der Mache von wegen Rauchen und *Erblindung*, Himmelherrgott noch mal, Lou Willis erzählt mir, er hat Probleme mit dem Agrarausschuß wegen der Bewilligung der Ernteversicherung fürs nächste Jahr. Es gibt null gute Nachrichten an unserm Horizont.«

»Ist ein einziger Ulk, der Tabak, nicht?« sagte Nick umgänglich.

»Auf eine Herausforderung bin ich versessen wie nur irgendwer. *Mehr* als irgendeiner, wenn ich die ganze Wahrheit sagen soll.«

Ja, BR, du *sollst* die ganze Wahrheit sagen.

»Was genau die Worte sind, die ich dem Captain gesagt hab, als er mich anflehte, ich solle den Laden hier übernehmen.« BR stand auf, vielleicht um Nick zu erinnern, daß er der größere von beiden war, und sah durchs Fenster auf die K Street runter. »Er gab mir völlig freie Hand, müssen Sie wissen. Hat gesagt: ›Tun Sie, was Sie tun müssen, egal, wie groß der Aufwand ist, aber *reißen Sie's rum.*‹«

BR neigte zu Ellipsen heute früh.

»Wieviel zahlen wir Ihnen, Nick?«

»Hundertfünf«, sagte Nick. Er ergänzte: »Brutto.«

»Mm-hmm«, sagte BR, »na, dann lassen Sie mal hören. Sind Sie uns Ihr Geld wert?«

Das beschwor ein nettes kleines Gedankenspielchen herauf: Nick, wie er mit seinem Schützengrabenmesser aus dem I. Weltkrieg über BRs Schreibtisch wegstiefelte. Leider wurde das gleich von einem ganz anderen Gedankenspiel überblendet: Nick, wie er versuchte, auf sein Haus noch eine zweite Hypothek aufzunehmen.

»Weiß ich nicht, BR. Sagen Sie's mir. Bin ich Ihr Geld wert?«

»Wir wollen die Sache mal ganz professionell angehen. Ich stell nicht erst groß eine lange Tagesordnung auf. Ich werd's Ihnen mal ganz direkt auseinandersetzen, von Mann zu Mann: Wie *läuft's* denn so für uns da draußen? Ich gewinn von Ihrem Laden diesen Eindruck von ... Defätismus. Da ist nichts anderes zu sehen als weiße Fahnen.«

Nick mühte sich nach Kräften, sein rasend schnell kochendes Blut abzukühlen. »Weiße *Fahnen?*«

»Ja, so wie dieser blödsinnige Vorschlag, den Sie letzten Monat vom Stapel gelassen haben, wonach wir einräumen sollten, daß es ein Gesundheitsproblem gebe. Was sollte denn *das,* um Himmels willen?«

»Tatsächlich«, sagte Nick, »denke ich immer noch, daß das ein ziemlich mutiger Vorschlag war. Stellen wir uns doch den Tatsachen, BR, keiner scheint uns unsere Behauptung abzukaufen, daß Rauchen unschädlich ist. Warum also dann *nicht* damit rausrücken und sagen: ›Ist okay, in ein paar Fällen, stimmt schon, ist Rauchen schädlich. Ist das Steuern eines Wagens für manche

Leute auch. Oder das Trinken oder Flugzeugfliegen oder die Straße zu überqueren oder zu viele Molkereiprodukte zu essen. Aber es ist eine legitime, angenehme Beschäftigung, die, wenn man ihr mit Maßen frönt, womöglich gar nicht soviel gefährlicher ist als ... weiß nicht ... das Leben selbst.‹ Ich glaube, eine ganze Menge Leute kämen auf die Idee: ›Hey, im Grunde sind das gar nicht solche Lügenbolde.‹«

»Die blödsinnigste Idee, die mir je untergekommen ist«, sagte BR schroff. »Blödsinnig *und* teuer. Ich mußte jedes Exemplar dieses Memos verbrennen lassen. Können Sie sich wohl vorstellen, was passieren würde, wenn das in einem dieser gottsverdammten Schadensersatzprozesse auftauchen würde? Ein internes Dokument, das einräumt, daß wir wissen, daß Rauchen schädlich ist? Jesus Christus auf dem Brötchenrost – können Sie sich überhaupt *vorstellen*, was für ein Desaster das abgäbe?«

»Schon gut«, sagte Nick und zuckte die Schultern, »dann tun wir eben weiter so, als wenn's keinen Beweis gibt, daß Rauchen schädlich ist. Wo das doch so gut funktioniert ...«

»Da sehen Sie mal, was ich meinte«, schüttelte BR den Kopf, »Defätismus.«

Nick seufzte. »BR, ich mache Überstunden. Das ist jetzt in sechs Jahren das erste Mal, daß meine Arbeitsleistung in Frage gestellt wird.«

»Vielleicht sind Sie ausgebrannt. Kommt vor.«

Jeannette kam ohne anzuklopfen reinspaziert. »Hoppla«, sagte sie, »tut mir leid, wenn ich Sie unterbreche. Ich hab hier den Nexis-Suchlauf in Sachen ›Baufolgen-Syndrom‹.«

Sie war schon attraktiv, zweifellos, wenn auch für Nicks Geschmack eine Spur zu streng aussehend, Straßenanzug und Klickerabsätze, in einen festen Knoten zurückgekämmtes eisigblondes Haar, ausgezupfte Augenbrauen, hohe Wangenknochen, übereifrige schwarze Augen, dazu Grübchen, die es fertigbrachten, sie irgendwie sogar noch drohender aussehen zu lassen, obwohl man das von Grübchen gemeinhin gar nicht annimmt. Augenscheinlich ging sie an den Wochenenden in Virginia reiten. Für Nick paßte das perfekt zusammen. Steck ihr eine Reitpeitsche ins Händchen, und sie ist das absolute Sinnbild einer Yuppie-Dominatrice.

»Danke«, sagte BR. Jeannette ging wieder raus und schloß die Tür hinter sich mit einem festen *Klick*.

»Wo wir gerade ›von Mann zu Mann‹ miteinander reden«, sagte Nick und machte da weiter, wo sie stehengeblieben waren, »Sie wollten's mir ganz direkt auseinandersetzen?«

»Ja, gut«, sagte BR und klopfte mit einem Bleistift auf seinen Schreibtisch. »Für hundertfünf im Jahr, denk ich, sollten wir die Sachen besser hinkriegen können.«

»Ich glaube nicht, daß ich die Generalbundesärztin am Ende so weit bequatschen kann, daß sie entscheidet, Rauchen sei gesund. Ich glaube, über den Punkt sind wir inzwischen hinaus, ehrlich, BR.«

»Da haben wir ja Ihr ganzes Problem! Denken Sie nicht immer an das, was Sie *nicht* erreichen können. Denken Sie an das, *was* Sie erreichen können. Sie verbringen Ihre ganze Zeit damit, im Papierkorb Feuer auszutrampeln, wo Sie viel besser beraten wären, draußen Waldbrände anzustecken.«

Waldbrände?

»Sie sind ganz mit Fragen des Reagierens befangen. Sie sollten aber in Kategorien des Erstagierens denken. Sitzen Sie nicht immer nur hinter Ihrem Schreibtisch rum und warten, daß jedesmal das Telefon klingelt, wenn irgendwer draußen im Lande ein Stück Lunge ausspuckt. Wir haben Sie hier als unsern Typen für Communications. Kommunizieren Sie. Denken Sie sich einen Plan aus. Heute haben wir was?«

»Freitag«, sagte Nick verdrießlich.

»Gut, dann also Montag. Montag will ich was von Ihnen zu sehen kriegen.« BR sah in seinen Terminkalender. »Wissen Sie was?« grinste er. Es war das erste Mal überhaupt, daß Nick ihn grinsen sah. »Um halb sieben hab ich noch massig Zeit.«

2

Hier konnte Nick er selber sein. Hier war er unter seinesgleichen.

Die Mod Squad traf sich jeden Mittwoch oder Freitag oder Dienstag oder wann auch immer zum Lunch bei Bert. Bei ihren Jobs kamen meistens in der letzten Minute noch irgendwelche Sachen – meistens Katastrophen – dazwischen, deswegen war Vorplanung ziemlich problematisch. Aber wenn bedeutend mehr als eine Woche verstrich, ohne daß sie zusammen essen waren, fingen sie an, nervös zu werden. Sie brauchten einander auf eine Weise, wie die Leute in Selbsthilfegruppen einander brauchen: In ihrer Mitte war kein Platz für Illusionen. Sie konnten aufeinander zählen.

Die Bezeichnung Mod Squad war keine Anspielung auf die Fernsehserie aus den Sechzigern über ein Trio hipper, rassisch und geschlechtlich integrierter Undercover-Bullen, sondern ein Akronym für »Merchants of Death«, Händler des Todes. Da die Gruppe aus den Chefsprechern der Tabak-, Alkohol- und Schußwaffenindustrie bestand, schien das ganz passend. Nick sagte, sie könnten sich gut und gern so nennen, da das ganz zweifellos die Bezeichnung sei, mit der die Presse sie belegen würde, sollte die jemals Wind von ihrem kleinen Zirkel bekommen.

Das waren: Nick, Bobby Jay und Polly. Außer der Gemeinsamkeit, daß sie alle für verachtete Organisationen tätig waren, befanden sie sich auch noch alle in jenem Lebensalter – Ende dreißig, Anfang vierzig –, wo sich der Reiz, einen hochprofilierten Job zu haben, abgenutzt und die Anstrengung, ihn zu behalten, eingesetzt hatte.

Bobby Jay Bliss arbeitete für SAFETY, die Gesellschaft für Schußwaffen-Absatz-Förderung und Effektives Training für den Yankee-Nachwuchs, dem früheren NKRWT oder Nationalen Komitee für das Recht des Waffentragens.

Bobby Jay war ein Zweihundert-Pfunds-Kerl, hatte eine weiche Stimme, einen lockigen Kopf und kam aus Loober, Mississippi, 235 Einwohner, wo sein Vater Sheriff, Bürgermeister und vermöge dessen, daß er ganz und gar unabhängig von der gefahrenen Geschwindigkeit jeden dritten durch Loober kommenden Autofahrer anhielt, auch oberster Steuereintreiber war. Er hatte eine Vielzahl von Geschwindigkeitsbegrenzungsschildern zur Hand, die je nach Bedarf an Ort und Stelle ausgewechselt werden konnte. Bobby Jay, den er mit acht Jahren erstmals zum Hilfssheriff gemacht und dem er dadurch einen lebenslangen Sinn für die Durchsetzung von Gesetzen (und für Schußwaffen) eingeimpft hatte, oblag es, sich im Gebüsch zu verstecken und die Schilder je nach der gefahrenen Geschwindigkeit auszutauschen, während sein Vater sich den Fahrer zur Brust nahm und ihm Vorhaltungen machte, so rücksichtslos durch die Innenstadt zu brausen; gänzlich ungeachtet der Tatsache, daß es da in Loober, Mississippi, per se und beim besten Willen eine Innenstadt gar nicht gab.

Nach den Todesschüssen an der Kent State war Bobby Jay, damals siebzehn, den ganzen Weg nach Meridian getrampt, um in die Nationalgarde einzutreten, damit auch er College-Studenten erschießen könne; aber der Anwerber der Nationalgarde war gerade zum Essen, und der Anwerber der Army eine Tür weiter, der was Gutes sofort als solches erkannte, wenn er's vor sich sah, bot ihm an, ihm die College-Ausbildung zu bezahlen. So endete die ganze Geschichte damit, daß Bobby Jay statt dessen auf Vietnamesen schoß, was fast so gut war wie auf College-Studenten, nur daß jene zurückschossen. Trotzdem machten ihm seine beiden Trips nach Südostasien Spaß, und er hätte auch noch für einen dritten unterschrieben, aber während der überhasteten Evakuierung einer heißen LZ blieb der Schwanzrotor eines Hubschraubers im Kampf um den Teil seines linken Arms vom Ellbogen abwärts Sieger. Er gehörte zu den wenigen Soldaten der Vietnam-Ära, die bei der Heimkehr eine Begrüßungsparade geboten bekamen, wenngleich die Parade, an der alle Einwohner von Loober teilnahmen, rechtens nicht unbedingt als eine riesengroße bezeichnet werden konnte. Trotzdem: Da Paraden in diesen schwierigen Zeiten eine Seltenheit waren, schaffte diese den Sprung in die Zeitungen und fand die Aufmerksamkeit von Stockton Drum, dem legendären Chef von SAFETY. Drum hatte eine runtergewirtschaftete Organisation von Waffenbesitzern übernommen und in etwas verwandelt, was der größten stehenden Armee der ganzen Welt entsprach, dreißig Millionen Stimmen stark und wohlvernehmbar, wenn überhaupt irgendwas, wie einem jeder beliebige Senator und Kongreßabgeordnete bestätigen konnte. Mit seiner auffallenden Südstaatlerart und seinem Stahlhaken links war Bobby Jay ein geborener Sprecher für die Sache der Waffenbesitzer in Amerika, und er hatte Erfahrung und stieg zum Chefsprecher von SAFETY auf. Irgendwann unterwegs bereute er seine Sünden und Laster und wurde zum wiedergeborenen Christen, und zwar zu einer nicht gerade einfachen Zeit, als die ganzen Fernsehprediger wegen unpredigerhaften Benehmens in den Knast wanderten. Er pendelte zusammen mit einer Gruppe anderer wiedergeborener SAFETY-Typen per Car-Pool von den Vorstädten in Virginia in die City rein, und auf dem Weg heim zu seiner Frau und den vier Kindern stoppten sie immer auf einem Schießplatz und brachten die während des Tages angestauten Spannungen zur Entladung, indem sie auf Pappkameraden ballerten, die vage nach angreifenden Ethno-Typen aussahen.

Der Moderation Council, früher Nationale Vereinigung für alkoholische Getränke geheißen, repräsentierte die Spirituosen-, Wein- und Bierhersteller des Landes und hatte eine kluge Wahl getroffen, als er Polly Bailey zu seiner Chefsprecherin machte. Angesichts der immer heftigeren Springfluten des Puritanismus und Neoprohibitionismus und katastrophaler Einbrüche des Verkaufsvolumens kamen sie zu dem Entschluß, daß ein neuer Ansatz nötig sei. Während also die Bierwerbespots von blonden Bikinischönheiten und betrunkenen Hunden zu heldenhaft geretteten ölüberzogenen Robbenbabys umschwenkten, während die Weinwerbung cholesterinspiegelsenkende Eigenschaften betonte und während in den Longdrink-Anzeigen an die Stelle eisgekühlter, trockener Martinis nun aufrichtige Appelle an das Verantwortungsbewußtsein der Autofahrer traten, setzte ihr Wirtschaftsverband nicht mehr auf den traditionellen weißhäutigen An-die-Wand-Redner mittleren Alters im Straßenanzug, sondern auf eine Quatschköpfin, die andern die Köpfe verdrehen konnte. Hübsch, dunkel, klein und agil, mit lebhaften, herausfordernden blauen Augen und (natürlich) langen Wimpern ausgestattet, hätte Polly in einer Seifenwerbung nicht fehl am Platze gewirkt; wenn man sie nun auf dem Bildschirm den neuesten Regierungsbericht über alkoholbedingte Autounfälle oder fötales Alkoholsyndrom in Frage stellen statt über ihren ausschließlichen Gebrauch von Ivory-Seife reden sah, so war der Effekt ganz einfach packend. Ihr Genie lag, wie Nick bemerkt hatte, darin, daß sie ihre Haare lang trug, ein gutes Stück über die Schultern hinweg, und damit Jugend und Vitalität suggerierte, und nicht in der üblichen pflichtbewußt-professionellen Manier, von der die Frauen glauben, sie müßten sie übernehmen, um ihre Bereitschaft zu zeigen, ihre natürliche Schönheit zum Wohle der Geschlechterangleichung zu unterdrücken, wenn es dieser Angleichung bedarf, um Partnerin, führende VP oder Kabinettssekretärin zu werden.

Polly war Raucherin – sogar Kettenraucherin –, was ihrer Stimme ein hübsches heiseres Raspeln verlieh, so daß sich ihre makellosen Umdeutungen in Sachen Blutalkoholgehalt, Karbolsäure und Verbrauchssteuern absolut sexy anhörten, als lasse sie einem die im Bett zuteil werden, die Laken zerknittert, Jazz aus der Anlage, flackernde Kerze, Zigarettenrauch, der sich zur Zimmerdecke hochkräuselt. Zudem zog sie sich sehr stilvoll an – ganz ungewöhnlich in Washington, wo weibliche Stilsicherheit als suspekt gilt – und favorisierte schwarz-weiße Donna-Karan-Kostüme, vor allem diejenigen mit den überproportionierten Kragen, die es hinkriegen, einen Anflug von Schulmädchenhaftigkeit zu erzeugen und gleichzeitig zum Ausdruck zu bringen, wie hochgradig dumm es doch wäre, diese Frau auf die leichte Schulter zu nehmen. Alles in allem also in Washington eine sehr wirksame Stimme für den Sprit.

Die Alkoholindustrie hatte seit Urzeiten Frauen benutzt, um ihr Zeugs zu verkaufen. Frauen, die phallische Flaschen polierten, Frauen, die ihren Hintern zeigten, während sie drauflosgurrten, von wegen daß der neue Boyfriend ihre Marke Scotch trinke; warum, so fragte sich Nick, waren sie erst neuerdings auf die Idee gekommen, zur Bearbeitung der Legislative eine gutaussehende Lady einzusetzen? Waren denn nicht die Kongreßabgeordneten und Senatoren, die Entscheidungen über Gesundheitswarnaufschriften und Verbrauchssteuern trafen, für Sex anfällig wie alle andern auch? Tatsächlich war ja Nick selber gerade mitten dabei, sein eigenes traditionelles Selbstbild als weißer Mann vor seinem eigenen Boss zu rechtfertigen, der, so schien es, zusehends begieriger wurde, ihn durch die telegene Jeannette zu ersetzen.

Polly war aus Südkalifornien gekommen und hatte mit dem Hintergedanken, in den auswärtigen Dienst zu gehen, die Georgetown-Uni besucht, war aber durch die Prüfung für den Auswärtigen gerauscht und hatte sich auf dem Capitolshügel einen Job gesucht, wo sie viel von ihrer Zeit damit verbrachte, vor Kongreßabgeordneten das Weite zu suchen, die mehr als Anträge zur Geschäftsordnung im Sinn hatten.

Am Ende war sie stellvertretende Stabsdirektorin beim parlamentarischen Agrarausschuß, wobei ihr Abgeordneter der rangälteste aus der Mehrheitsfraktion war. Er kam aus Nordkalifornien, wo gerade die Weinstöcke durch Reblausbefall praktisch ganz vernichtet wurden; es war Polly, die aufs brillanteste eine Interessenskoalition ihres Abgeordneten mit einem Abgeordneten aus der Zitrusregion über die Bühne brachte, wobei die Abgeordneten aus der Avocado- und der Artischockenregion um ihre Zuschüsse geprellt wurden, aber bei der Liebe und der Geldbewilligung geht's nun mal gerecht zu. Ihr Abgeordneter belohnte sie für ihre schweren Mühen und ihren Eifer, indem er sie überging und jemand anders zum Stabsdirektor ernannte, so daß sie, als der wirklich dankbare Weinchef im Moderation Council sie anrief und zu ihrem brillanten Sieg gratulierte und nebenbei erwähnte, so jemanden wie sie hätte er auch gern unter seinen Angestellten, sofort auf dem Sprung war.

Noch bevor sie dreißig wurde, hatte Polly einen anderen Maulwurf vom Capitolshügel namens Hector geheiratet, einen patenten, gutaussehenden und ambitionierten jungen Mann, der dazu prädestiniert schien, in irgend jemandes Präsidentschaftsriege die eine oder andere große Rolle zu spielen; aber nachdem er einen Vortrag von Paul Ehrlich, dem Überbevölkerungsguru, gehört hatte, wurde er ein eifriger Verfechter dieser Geschichte, schmiß seinen Job auf dem Hügel hin und arbeitete fortan für eine Non-Profit-Organisation, die überall in der dritten Welt die Geburtenkontrolle – vornehmlich Kondome: dreihundert Millionen jährlich – unters Volk brachte. Vier Fünftel seiner Zeit verbrachte er in der dritten Welt. Während des übrigen Fünftels war er daheim in Washington und hielt Ausschau nach Heilmöglichkeiten für diverse exotische Tropen- und Infektionskrankheiten, von denen es manche ziemlich unangenehm machten, mit ihm zusammenzusein. Hector war besessen von der Überbevölkerung, soviel konnte sich Nick aus Pollys Erzählungen zusammenreimen, und zwar so sehr, daß er praktisch über nichts anderes mehr reden konnte.

Als er allerdings einmal von einer langen Westafrikareise zurückkam, erklärte er Polly auf eine ziemlich unromantische, geschäftsmäßige Art und Weise, daß er jetzt Kinder haben wolle, ganz viele, und es solle sofort losgehen. Polly war reichlich überrascht. Ob es nun die Schuldgefühle über jene Milliarden und Abermilliarden um ihren Lohn gebrachter Drittweltspermien waren oder einfach nur das Verlangen, eine eigene kleine Weltenecke zu bevölkern, das war Polly nicht ganz klar; alles, was ihr in diesem Moment absolut klar war, war, daß sie sich in einem Augenblick der Schwäche, hervorgerufen durch die Erfahrung, von allzu vielen Kongreßabgeordneten um den Schreibtisch gejagt worden zu sein, mit einem totalen Verlierer verheiratet hatte.

Hector wurde unterdes zusehends verbohrter. Inzwischen war seine Haut als Folge von Malariaverdachtspillen, die ihm der Apotheker in Brazzaville verabreicht hatte, grünlich geworden. Dies in Verbindung mit seinem monomanischen Zeugungseifer war von verheerender Wirkung auf Pollys Libido. Er stellte ihr ein Ultimatum, und als sie sich verweigerte, erklärte er, es sei alles aus, und er werde seinen Fruchtbarkeitsstecken woanders hintragen. Im Herbst wurde die Scheidung rechtskräftig. Er lebte jetzt in Lagos in Nigeria und organisierte dort das massenweise Abwerfen von Kondomen über den Menschenmassen, die beim bevorstehenden Besuch des Papstes während der Messe zu erwarten waren.

So diskret die Mod Squad war, lud sie von Zeit zu Zeit doch noch andere Sprecher zum Lunch ein, um die Kameradschaft unter den Verfemten zu fördern. Ihre Gäste kamen von Gruppierungen wie der Gesellschaft zur humanen Behandlung von Kälbern, die die Kalbfleischindustrie repräsentierte, den Freunden der Delphine, früher Pazifische Thunfischfängervereinigung genannt, dem Amerikanischen Verband der Highway-Sicherheit, der die Dreiachs-Trailer-Trucker repräsentierte, der Stiftung für Landanreicherung, der früheren Koalition für die verantwortliche Entsorgung von Atommüll; und anderen. Manchmal kamen Gäste aus dem Ausland. Der Chefsprecher der brasilianischen Viehzüchtervereinigung war unlängst vorbeigekommen, um mit ihnen seine Ansichten über Regenwaldbewirtschaftung auszutauschen, und hatte sie damit unterhalten, daß er einen vor Bulldozern flüchtenden Kakaduschwarm nachahmte.

Ihr Stammtisch stand im Raucherbereich bei Bert, direkt neben einem Kamin mit einem unechten elektrischen Feuer darin, das eine behagliche, wenn auch Imitato-Glut erzeugte. Nick bestellte seinen üblichen Cobb-Salat, den man bei Bert mit etwa einem Liter glitschigem Edelschimmelkäsedressing über so reichlich Speck und Eierscheiben kriegte, daß man damit eine Ader von der Größe des Holland-Tunnels zupfropfen konnte, und dazu Eiskaffee schwarz, um das Ganze runterzuspülen und den Thalamus für ein nachmittägliches Turnier mit den Medien auf Trab zu bringen.

Bobby Jay bestellte das übliche: gebratene Garnele in Eierteig mit Mayonnaiseklacks. Polly entschied sich, nachdem sie kurz überlegt hatte, ob sie Calamari nehmen sollte, für einen gemischten grünen Salat mit französischem Dressing dazu und ein Glas Hausmarke Chenin Blanc, hübsch und frisch und mit $ 3,75 pro Glas nicht zu teuer.

Polly fiel auf, daß Nick verdrießlich in seinen Eiskaffee starrte.

»Also«, sagte sie, »wie läuft's denn so?« Das war die traditionelle Gesprächseröffnung der Mod Squad. Die Antwort lautete stets *scheußlich*, denn es war ziemlich unwahrscheinlich, daß die medizinische Forschung herausgefunden hatte, Rauchen verlängere das Leben, oder daß die Schußwaffen-Mordrate gesunken sei oder daß irgendwo da draußen ein vielversprechendes Leben gerettet worden sei und nicht von einem Teenager mit einem Blutalkoholgehalt von 2,4 Promille allegemacht.

»Wie ist deine Lungensache gelaufen?« sagte Polly und nahm einen tiefen Zug von ihrer langen Light-Zigarette. Nick hatte ihr gesagt, sie solle sich mit den Light-Zigaretten nicht abgeben, da man der Forschung zufolge nur um so mehr rauche, um auf dieselbe Menge Nikotin zu kommen, ein Punkt, der sich in der voluminösen Literatur der Akademie für Tabakstudien nirgendwo vermerkt fand.

»Oh«, sagte Nick, »das lief ganz gut. Sie hat ein totales Werbeverbot gefordert. *Große* Überraschung.«

»Hab dich auf C-SPAN kurz gesehen. Das mit Murad hat mir gut gefallen.«

»Mm-hmm.«

»Sonst alles okay bei dir?«

Nick erzählte ihr alles über sein Gespräch mit BR und darüber, daß er sich bis Montag morgen um halb sieben einen Plan ausdenken mußte, der vierzig Jahre Anti-Raucher-Entwicklung umkehrte. Polly stieß ohne Umschweife zum Kern der ganzen Angelegenheit vor. »Er will Jeannette auf den Posten setzen. *Darum* dreht sich die ganze Chose.« Sie versprach, daß sie versuchen wolle, sich bis Montag was auszudenken.

Sie wechselte das Thema und kam auf die Generalbundesärztin zurück. »Weißt du, als nächstes hat sie's auf uns abgesehen. Mir ist noch nie eine Verbrauchssteuer untergekommen, die sie nicht liebte. Hat *nicht das geringste* damit zu tun, daß die Gesundheit der Nation finanziert werden soll. Sie will bloß einfach nicht, daß irgendwer trinkt. Punkt. Meine Biergroßhändler kommen mir nächste Woche auf den Hals, halten hier ihre Jahreshauptversammlung ab und sind zum Letzten bereit. Drohen damit, ihre ganzen Trucks in die Mall zu fahren.«

»Das würd mal nen interessanten Anblick geben«, sagte Nick und riß sich kurz aus seiner Depression hoch. »Das Washington Monument von Budweiser-Trucks umringt.«

»Denen kommt die Galle hoch. Vierundsechzig Cent pro

Sechserpack? Man versucht, das Defizit auf dem Rücken der Bierindustrie auszubügeln, und das finden sie nicht gerade fair.«
Die Mod Squad ähnelte in mancher Hinsicht den Zusammenkünften von Hollywoods Comedy-Schreibern, die sich bei einem Kaffee trafen, um einander mit neuen Witzen zu bombardieren. Bloß ging's hier um Pointen, mit denen die Tödlichkeit ihrer Erzeugnisse niedriger gehängt werden sollte.

Bis jetzt hatte sich Bobby Jay noch nicht an ihrem Gespräch beteiligt, da er sich sein Handy ans Ohr preßte. Er steckte gerade mitten in einer »entstehenden Zeitungsstory«, was für Leute in ihrem Geschäft meistens hieß: einer schlechten Zeitungsstory. Wieder mal hatte sich einer von den »verstimmten Postangestellten«, diesen Lieferanten schlechter Nachrichten für die Schußwaffenindustrie, zu den üblichen Dummheiten hinreißen lassen. Der hier war in Carburetor City, Texas, wie üblich sonntags in die Kirche gegangen und mitten in einer Predigt zum Thema »Die weitreichenden Liebestentakel des Allmächtigen« einfach aufgestanden und hatte den Pfarrer glatt von der Kanzel geblasen und dann den Chor mit Dauerfeuer belegt. An dieser Stelle dann war er vom üblichen Text abgewichen, denn er hatte nicht, wie die Zeitungen so schön formulieren, »die Waffe auf sich selbst gerichtet«. Er war zwar verstimmt, aber nicht so verstimmt, daß er von seinem *eigenen* Leben Abschied nehmen wollte. Jetzt war er das Ziel der größten Menschenjagd in der ganzen texanischen Geschichte. Bobby Jay erzählte ihnen, daß SAFETY über zweitausend Anrufe pro Tag verzeichne.

»Pro oder kontra?« sagte Nick. Bobby Jay ging auf sein Stichwort nicht ein.

»Wißt ihr, wie viele ›verstimmte Postangestellte‹ in den letzten zwanzig Jahren eine solche Nummer hingelegt haben?« sagte Bobby Jay durch eine große Gabelvoll Garnele hindurch. »Sieben. Wißt ihr, was ich gern mal wissen möchte? Ich möcht mal wissen, worüber die bloß so verstimmt sind. *Wir* sind doch diejenigen, deren Post nie ankommt.«

»Angriffswaffe?« fragte Polly professionell.

Bobby Jay riß mit den Schneidezähnen an einem Garnelenschwanz. »Unter den gegebenen Umständen bin ich versucht zu sagen, schon möglich, ja. Natürlich handelt es sich in neun von zehn Fällen, in denen sie von einer ›Angriffswaffe‹ reden, gar nicht um so eine. Aber versuch mal, das unsern Freunden« – er ließ einen fettverschmierten Daumen in Richtung Gebäude der ›Washington Post‹ hochschnellen – »da drüben zu erklären. Für die ist sogar eine zehn Jahre alte Luftpistole eine ›Angriffswaffe‹.« Er hielt seine Gabel hoch. »Für die könnte sogar *das* hier eine Angriffswaffe sein. Was sollen wir denn wohl tun – hingehen und Gabeln verbieten?«

»Gabeln?« sagte Nick.

»Gabeln-bringen-keine-Leute-um, Leute-bringen-Leute-um«, sagte Polly. »Ich weiß nicht recht. Wäre zu beackern.«

»Das war eine .45er Commander Mark IV. Man könnte sie technisch gesehen für eine halbautomatische Angriffswaffe erachten.«

»Bei so einem Namen allerdings«, sagte Polly. »Vielleicht solltet ihr den Hersteller bitten, denen weniger abstoßende Namen mitzugeben? Zum Beispiel ›Sanfte Überredung‹ oder ›Hausfrauenkamerad‹?«

»Was ich nicht verstehe, ist: dieser Knallkopf hat Hydra-Shok-Hohlladungspatronen benutzt.«

»Au weia«, sagte Nick.

»Das ist militärische Munition. Die setzt man gegen, gegen Terroristen ein. Die explodieren von innen her.« Bobby demonstrierte mit der Hand die Funktionsweise eines Hydra-Shok-Geschosses im menschlichen Körper.

»Bitte«, sagte Polly.

»Wovon ist der denn ausgegangen?« fragte Bobby Jay rhetorisch. »Daß der Pfarrer und die Chorsänger unter den Talaren schußsichere Kevlar-Westen anhatten? Was *ist* denn bloß in die Leute gefahren?«

»Gute Frage«, sagte Nick.

»Also, wie reagierst du?« fragte Polly.

»Und wieso kommen die jedesmal, wenn so ein ... durchgeknallter Postangestellter eine Kirche zusammenballert, mit dem Seil in der Hand anspaziert und wollen *uns* aufknüpfen? Haben wir dem etwa das Teil gegeben und ihm gesagt: ›Los, ab mit dir, und massakrier eine ganze Gemeinde‹? Redekamp« – ein Reporter von der ›Sun‹ – »ruft mich an, und ich kann richtig *hören*, wie der sich hämisch freut. Der liebt Massaker. Blüht richtig auf bei Massakern, das gottlose Ferkel. Sag ich zu ihm: ›Wenn ein Flugzeug durch einen Pilotenfehler abstürzt, schieben Sie dann der Boeing Corporation die Schuld in die Schuhe?‹«

»Der ist gut«, sagte Nick.

»Wenn irgend so ein fuselgetränkter Säufer hingeht und wen übernagelt, klopfen die dann bei General Motors an die Türen und rufen: ›*J'accuse . . .!*‹«

»Den hast du ihm hoffentlich nicht erzählt?« sagte Polly und zuckte zusammen.

»Okay«, sagte Nick, »aber wie gehst du mit der Situation um?«

Bobby Jay wischte sich einen Klecks Mayonnaise von den Lippen. Ein Funkeln stieg ihm in die Augen. »Der *HErr* geht damit um.«

Nick kannte Bobby Jay als aufrechten, in Sachen Auto und Gebete gemeinschaftssinnigen Bürger, der das, was er sagte, gelegentlich mit biblischen Phrasen würzte, so à la der-und-der habe »sich für ein Linsengericht verkauft wie Esaus Bruder«, aber ein Spinner war er nicht. Mit ihm konnte man sich auf normale und weltliche Weise unterhalten. Aber bei dieser Andeutung, der HErr höchstselbst kümmere sich um Sprachregelungsfragen, fragte sich Nick doch, ob Bobby Jay nicht die Sparte wechselte und ins Versehrtenressort überlief. Er starrte ihn an. »Was?«

Bobby Jay drehte den Kopf seitlich über seine Schulter und beugte sich zu ihm hin. Er sagte: »Das mußte so kommen. Gelegenheiten wie diese können nur von oben kommen. Und sie passieren nur den Gerechten.«

»Bobby Jay«, sagte Polly mit beunruhigtem Blick, »geht's dir gut?«

»Höret mir zu, o ihr Glaubensschwachen, und dann entscheidet, ob ihr nicht auch findet, der HErr habe Ausschau gehalten nach Bobby Jay. Ich fahr da so im Auto auf dem Weg zur Arbeit . . .«

»Mit den Pendlern in Christi?«

»Nein, Polly, und das kann ich auch gar nicht witzig finden. War bloß ich allein. Ich hör dabei Gordon Liddys Hörertelefonsendung.«

»Da werd einer schlau draus«, sagte Polly.

»Gordon ist zufällig ein Freund von mir. Na, egal, jedenfalls sülzt er da drauflos von wegen der Todesschüsse, die Leitungen sind geschaltet, und plötzlich sagt er: ›Carburetor City, Sie sind auf Sendung‹, und dann kommt da diese Frauenstimme rüber und sagt: ›Ich befand mich in der Kirche *drin* und wollte bloß sagen, der letzte Anrufer, den Sie deswegen hatten, hat einfach *unrecht*.‹ Ich bin auf der Stelle rechts rangefahren. Sie erzählte: ›Ich besitze eine Pistole, aber da das texanische Gesetz verbietet, die am Mann zu tragen, man darf die nur im Auto liegen haben, ließ ich sie im Handschuhfach. Und wenn ich diese Handfeuerwaffe in der Kirche bei mir gehabt hätte, dann würde der Chor jetzt immer noch ›Gehe mit mir, Jesus‹ singen.‹«

Nick verspürte einen stechenden Schmerz der Eifersucht. Noch niemals hatte jemand, wenn ihm gerade in einer Diskussionssendung im Radio die Haut abgezogen wurde, angerufen und gesagt: *Wenn ich nicht seit vierzig Jahren fünf Schachteln Zigaretten täglich geraucht hätte, wäre ich heute nicht mehr am Leben.*

Bobby Jay, dem die Augen aus dem Kopf quellen wollten, fuhr fort. »Gordon schwebte im siebten Himmel. Er ließ sie bestimmt fünfzehn Minuten oder so auf Sendung. Sie rappelte immer weiter und weiter, von wegen was das für eine Tragödie war, daß sie nicht ihre kleine .38er S-&-W-Luftspritze in der Kirchenbank dabeihatte und wie der ganze Jammer hätte verhindert werden können. Sie war nur *so n Stück* von ihm weg! Sie hätte ihn nicht verfehlen können! Nur ein sauberer Kopfschuß.« Bobby streckte seinen Arm in Nahkampfhaltung aus und zielte auf jemanden am nächsten Tisch. *»Peng!«*

»Du verschreckst die andern Gäste.«

»Und was hast du dann gemacht?« fragte Nick.

»Was ich *gemacht* hab?« kam es aus Bobby Jay herausgesprudelt. »Was ich *gemacht* hab? Ich will dir sagen, was ich gemacht hab. Ich hab das Gaspedal bis zum Anschlag durchgetreten und bin auf dem schnellsten Weg zum Inlandsflughafen und in den nächsten Flieger nach Carburetor City rein. Es *gibt* allerdings keinen ›nächsten Flieger nach Carburetor City‹. Man muß über Dallas. Aber als ich bei der kleinen Lady im Wohnzimmer saß, war's noch keine sechs Uhr abends.«

»Kleinen Lady?« sagte Polly. »Du bist ein richtiger Neandertaler.«

»Eins sechzig«, schoß Bobby Jay zurück. »Mit Absätzen. Und jeder Zoll eine Lady. Ein simpler beschreibender Aussagesatz, könnte ich also vielleicht fortfahren, Ms. Steinem? Bis Mittag am nächsten Tag hatte ich unser Kamerateam rangekarrt. Das wird, wie wir so sagen, zum süßesten kleinen alten Video zusammengeschnitten, was ihr je gesehen habt.« Er spreizte seine Hände wie ein Regisseur, der die Szenerie entwirft. »Der Aufmacher läuft so . . . ›Carburetor City, Texas. Ein seelisch aus dem Lot geratener Bundesbeamter . . .‹«

»*Nett*«, sagte Nick.

»Wird noch besser: ›. . . verübt einen Anschlag auf einen Pfarrer und den Kirchenchor . . .‹ Karawane von Krankenwagen, Leute auf Tragen, Leute, die mit den Zähnen knirschen und sich die Haare ausreißen . . .«

»Wie geht das«, sagte Polly, »daß die Leute sich die Haare ausreißen?«

»Ein einziges Blutbad, soweit man blickt«, fuhr Bobby Jay fort, »eine einzige Orgie der Verwüstung. Rotes Chaos!«

»Rotes Chaos?« sagte Polly.

»Sei mal still, Polly«, sagte Nick.

»Stimme unterlegt. Und ratet mal, wessen?« fragte Bobby Jay schüchtern.

»Charlton Heston?«

»Nee, Sir«, sagte Bobby und strahlte ganz aufgeregt. »Darfst noch mal.«

»David Duke«, sagte Polly.

»*Jack Taggardy*«, sagte Bobby Jay triumphierend.

»Nett«, sagte Nick.

»Hat der nicht eine künstliche Hüfte gekriegt? Ich hab so was in ›People‹ gelesen.«

»Was hat denn seine *Hüfte* mit dem Ganzen zu tun?« sagte Bobby Jay.

»Steckt der in einer Gehstütze drin oder was?«

»Nein, der steckt in keiner verdammten Gehstütze drin!«

»Weiter«, sagte Nick.

Bobby entwarf wieder die Szenerie. »Also Taggardys Stimme da druntergelegt: ›Hätte diese schreckliche menschliche Tragödie vermieden werden können?‹«

»Frage«, sagte Nick. »Wieso ›menschlich‹?«

»Wieso nicht ›menschlich‹? Sind ja schließlich Menschen.«

»Ich hätte gedacht: ›unmenschliche Tragödie‹?«

»Eins zu null für ihn«, sagte Polly.

»Ihr wißt ja, wir können das schneiden. Wollt ihr's hören?«

»Ja«, sagte Nick, »sehr sogar.«

»Jetzt blenden wir also meine kleine Lady rein. Die sitzt in einem Sessel, so richtig hübsch und geziert. Herzensmädel. Ich hab ihren Friseur kommen lassen. Sie wollte ihr Make-up drauftun, aber ich hab davon nichts wissen wollen. Ich wollte, daß ihre Augen rot waren vom Heulen. Wir tupften ihr ein bißchen Zwiebel unter die Lider, ist weiter nichts Schlimmes dabei, bloß um sie in Stimmung zu bringen, die Schleusen bißchen zu öffnen.«

»Zwiebel?«

»War noch nicht mal nötig. Sobald sie diese bunten Polizeifotos zu sehen kriegte, die ich ihr hinter der Kamera hochhielt, fing sie zu flennen an wie ein Baby. Sie ist amgange, von wegen wie schrecklich das alles war, und dann kommt sie zu der Stelle, wie daß sie ihre Pistole in dem Handschuhfach lassen mußte. *Dann* sieht sie direkt in die Kamera rein, einem geradewegs ins Gesicht, und tupft sich an den Augenwinkel – und das stand *nicht* im Skript – und sagt: ›Warum lassen unsere gewählten Gesetzgeber bloß nicht zu, daß wir *uns verteidigen*? Ist das zuviel verlangt?‹ Dann Überblendung und Schwärze. Dann kommt Taggardys Stimme wieder raus, und diese Stimme kann man wirklich nicht verwechseln, so wie Bourbon auf Sandpapier. ›Der zweite Zusatzartikel zur Verfassung besagt, das Recht der Bevölkerung, Waffen zu besitzen und zu tragen, dürfe nicht verletzt werden. Unterstützt *Ihr* gewählter Gesetzgeber die Grundrechte? Oder wird Ihnen statt dessen eine Grundschuld angehängt?« Bobby Jay lehnte sich in seinem Sitz zurück. »Was meint ihr?«

»Einfach grandios«, sagte Nick. »Schlitzohrmäßiger Umgang mit posttraumatischem Stress.«

Bobby Jay grinste. »Süßer als ein Jelängerjelieber bei Mondschein.«

»Glückwunsch«, sagte Polly. »Wirklich meisterhaft.«

»Spätestens heute nachmittag hat jedes Mitglied der texanischen Kongreßdelegation und der Bundesstaatslegislative eine Kopie auf dem Tisch. Spätestens morgen hat jeder Sünder im Kongreß eine. Vielleicht bringen wir's sogar bundesweit an die Öffentlichkeit. Mr. Drum hat dem bisher seine Zustimmung verweigert, aber ich empfehle nachdrücklich, das zu machen.«

Bobby Jays Chef gehörte zu den wenigen in Washington, die auf dem *Mister* bestanden. Das war Teil seiner Aura, und er verbreitete reichlich Aura um sich. Vor Jahren, als er die Leitung der gebeutelten SAFETY übernommen hatte, waren in Amerika bloß 50 Millionen Schußwaffen in Umlauf. Heute waren das über 200 Millionen. Er war ein schon allein körperlich beeindruckender Mann mit einem Glatzkopf als Markenzeichen. Redekamp von der ›Sun‹ hatte ausgegraben, daß er im Alter von sechzehn Jahren bei einem Streit darüber, wem eine Baumschildkröte gehöre, einen Siebzehnjährigen erschossen habe. Die Verurteilung war später daran gescheitert, daß die Schildkröte, die anscheinend gestorben war, wahrscheinlich an Stress, niemals als Beweisstück vorgelegt wurde. Seither vergaß die Washingtoner Anti-SAFETY-Presse, die alle Blätter mit Ausnahme des konservativen ›Washington Moon‹ umfaßte, nie einen Hinweis auf diesen unglücklichen Vorfall, wenn sie Drums Namen erwähnte.

Der Kaffee kam. Nick fragte Polly: »Was läuft so bei Moderation?«

»Ach, wir kriegten gestern großartige Neuigkeiten rein.« Das war ja ein Ding. Nick konnte sich nicht erinnern, daß bei einem ihrer Essen schon mal solche Worte gefallen wären. »Das oberste Gericht in Michigan hat entschieden, daß die Anti-Alkohol-Straßensperren verfassungswidrig waren«, sagte sie.

»*Aus* der Tanz«, sagte Nick.

»Das oberste Bundesgericht hat entschieden, daß sie verfassungskonform sind, also sind sie jetzt überall außer in Michigan verfassungskonform.«

Bobby Jay sagte: »*Seht* ihr's?«

»Was sehen wir?« fragte Nick.

»Das Muster. Erst entwaffnen sie uns, dann fangen sie an, Straßensperren zu errichten. Das passiert alles nach einem Plan.«

»Wessen Plan denn?«

»Wißt ihr, wie man einen Alkoholtester aufs Kreuz legen kann?« sagte Bobby Jay. »Aktivkohle-Tabletten.«

»Das können wir vielleicht für unsere neue Einer-muß-noch-fahren-Kampagne brauchen«, sagte Polly. »Wenn Sie betrunken fahren müssen, lutschen Sie bitte Holzkohle.«

»Die kriegt man in Zoogeschäften. Die reinigen die Luft, die durch die kleine Pumpe strömt. Ich versteh nicht, warum die sich darüber den Kopf zerbrechen, die ganzen Fische von meinen Kindern trieben mit dem Bauch nach oben, bevor noch ein Tag rum war. Man tut die Tabletten einfach unter die Zunge. Zerstört die Äthanolmoleküle.«

»Fragt sich die Polizei denn nicht, was das soll, daß man ein Holzkohlebrikett im Maul hat?«

»Es gibt kein Gesetz gegen Holzkohle«, sagte Bobby Jay.

»Noch nicht«, fielen sie unisono ein. Es galt ihnen als ausgemacht, daß zu jeder Stunde irgendwo irgendwer innerhalb der »ausufernden Staatsbürokratie« irgendwelche Verordnungen gegen sie erließ. Sie waren die Royalisten des Rechts auf Konsum, die auf dem Schlachtfelde gegen die Rundköpfe des Neopuritanismus Aufstellung nahmen.

Polly sagte: »Meine Biergroßhändler haben nächste Woche Versammlung. Ich mach mir Sorgen.«

»Wieso?« fragte Nick.

»Ich bin dazu ausersehen, vor zweitausend von denen mit Craighead zu debattieren.« Gordon R. Craighead war der oberste »nichtgewählte Bürokrat«, der das Amt für die Verhütung von Mißbräuchen im Ministerium für Gesundheit und soziale Dienste (»Verdrehtheit und totale Früste«, wie man in der Alkohol- und Tabakindustrie sagte) unter sich hatte. Craighead brachte jährlich ungefähr 300 Millionen Dollar bei Anti-Raucher- und Anti-Alkohol-am-Steuer-Gruppen unters Volk. Obwohl man ausgerechnet hatte, daß die Tabakbranche jährlich 2,5 Milliarden Dollar bzw. sekündlich 4000 Dollar zur Förderung des Rauchens ausgab, pflegte Nick doch das »außer Kontrolle geratene Budget« des AVM zu attackieren.

»Ach, mit Craighead wirst du schon fertig.«

»Deswegen mach ich mir auch keine Sorgen. Vielmehr um meine Biergroßhändler. Das sind ziemlich schlichte Leute. Die meisten haben, als sie anfingen, noch ihren eigenen Truck gesteuert. Ich mach mir Sorgen, wenn Craighead davon anfängt, wieder mal ihre Verbrauchssteuern zu erhöhen, dann könnten die ihm Sachen an den Kopf werfen. Die werden sich zu Beleidigungen hinreißen lassen. Und das hilft niemandem.«

»Macht ihr auch Frage-Antwort-Spielchen?« Polly sagte ja, auf die Diskussion folge Gelegenheit zum Fragen.

»Die sollen ihre Fragen aufschreiben. Wir hatten mal eine Podiumsdiskussion mit den Anti-Raucher-Müttern auf einer Versammlung von Automatenaufstellern. Wir nahmen die Fragen mündlich entgegen. Ein absoluter Albtraum. Die Automatenaufsteller entrissen einander das Mikrofon und schrien auf die Mütter ein: ›Ihr klaut unsern Kindern die Butter vom Brot und nennt euch noch Mütter!‹ Ich war ganz schön überrascht. Ich hatte immer gedacht, die Mafia würde Müttern traditionell mehr Respekt entgegenbringen. Seither kann ich die Anti-Raucher-Mütter nicht mal mehr bewegen, auf meine Anrufe zu reagieren. Danach hab ich mir das zur Regel gemacht: nur schriftliche Fragen. Habt ihr ein Motto für das Treffen?«

»›Wir sind Teil der Lösung‹«, sagte sie. »Was meinst du?«

Nick erwog es. »Gefällt mir.«

»War eine schwere Geburt«, sagte Polly. »Die wollten was Aggressives. Waren reichlich kratzbürstig, die Großhändler.«

»Ich hätte da ein Motto für euch«, sagte Bobby Jay. »Hab ich mal auf einem T-Shirt gesehen. ›EIN TAG OHNE SPRIT IST EIN TAG, DEN ES NICHT GIBT.‹«

»Unsere erste Wahl«, fuhr Polly fort, ohne ihn zu beachten, »lautete ›Im Geiste der Zusammenarbeit‹, aber sie haben gesagt, das klinge zu sehr nach ›geistigen Getränken‹. Ich bringe die Hälfte meiner Zeit damit zu, daß ich meine Bierleutchen davon abhalte, meine Spirituosenleutchen umzubringen, und meine Weinleutchen davon, die andern beiden umzubringen. Der ganze Leitgedanke hinter dem Moderation Council war Stärke durch Vereinigung in einer Zeit, in der das Absatzvolumen rückläufig ist, aber das ist genauso, als versuche man, Jugoslawien zu vereinigen.« Sie nippte an ihrem Eiscappuccino. »Richtige Stammeskämpfe sind das.«

Polly steckte sich eine Zigarette an. Nick wußte eine Frau zu schätzen, die auf eine sexy Art rauchte. Sie lehnte sich zurück und legte sich den linken Arm unter die Brust, um den rechten Ellbogen draufzustützen, wobei sie den Arm senkrecht nach oben streckte und mit der Zigarette in Richtung Decke zielte. Sie nahm lange, tiefe Züge, kippte den Kopf zurück und ließ den Rauch in langen, langsamen, eleganten Hauchern entweichen, einen kleinen, die Lunge reinigenden Stoß am Ende hinterher. Eine wirklich schöne Raucherin. Nicks Mutter war zu ihrer Zeit auch eine schöne Raucherin gewesen. Er erinnerte sich an sie, wie sie am Pool saß, Sommer in den Fünfzigern, nichts als lange Beine und kurze Hosen, scharfe Sonnenbrillen und breite Strohhüte und Lippenstift, der helle, klebrige Spuren auf den Stummeln hinterließ, die er mopste und hinter der Garage unter Hustenanfällen aufrauchte.

Nick wurde aus seiner Träumerei durch das schrille Grillenzirpen von Bobby Jays Handy aufgeschreckt. Bobby Jay ließ es mit geübter Coolness aufschnippen, als wär's ein Springmesser. »Bliss. Ja?« sagte Bobby. »*Super.*« Er sagte zu Nick und Polly: »Der Postangestellte. Sie haben ihn geschnappt. Mm-hmm ... mm-hmm ... Missouri ... mm-hmm ... mm-hmm ... *was?*« Sein Blick verfinsterte sich. »Aber wie zum Teufel kann CNN das wissen? Er hat sie *bei* sich? FBI ... was haben Sie, Sie haben denen doch nichts gesagt, oder? Passen Sie mal auf: Haben Sie die Mitgliedschaft überprüft?« Nick betrachtete Bobbys Gesicht, wie ihm der Kiefer runtersackte, und dachte sich: *Ist ein Gesicht im freien Fall.* »Fördermitglied? Hatte er den Beitrag bezahlt? Aber *ja*, sofort nachprüfen. Ist mir egal. Bin in drei Minuten da.«

Bobby Jay klappte sein Handy zu. Nick und Polly starrten ihn an und warteten auf Erklärungen.

»Ich muß los«, sagte Bobby Jay und ließ einen Zwanziger auf den Tisch fallen. Der landete wie ein Herbstblatt mitten in einer kleinen Pfütze aus schmelzendem Eis.

»Sollen wir über CNN rauskriegen, was passiert ist?«

Bobby Jay sah aus, als würde er jeden Moment explodieren.

»Tief Luft holen«, schlug Nick vor.

»Der Hurensohn war Mitglied«, sagte Bobby Jay. »Und nicht bloß Mitglied, sondern Fördermitglied auf Lebenszeit.«

»Wie hat CNN das rausgefunden?«

»Er hat seine Mitgliedskarte bei sich gehabt. CNN hat ein Foto, wie die mit dem Rest seiner Brieftasche daliegt. In einer Blutlache.«

»Hm«, sagte Nick, jetzt nicht mehr eifersüchtig auf Bobby Jays unglaubliches Glück. Wenigstens wurden beim Tabak die Opfer in Krankenhäuser weggesperrt.

»Ich geh auf Nummer SAFETY!« sagte Polly und spielte eine Einstellung aus der berühmten SAFETY-Werbung, die machohafte, wenn auch leicht verblühte Schauspieler zeigte, wie sie auf Tontaubenschießplätzen stehen und teure gravierte Gewehre in der Hand halten.

»*Polly*«, wies Nick sie zurecht. Sie war so zynisch. Manchmal sah sich Nick versucht, ihr den Hintern zu versohlen. Sie machte eine *Big-Deal*-mäßige Geste. Bobby Jay war richtig weggetreten und starrte in die Mitte des Tisches. Polly schwenkte eine Hand vor seinem Gesicht hin und her und sagte zu Nick: »Ich glaube, der hat seinen Schock weg.«

»O Gott«, sagte Bobby Jay leise, »*das Video.*«

»Womöglich wirst du's zurückrufen wollen«, sagte Nick, aber Bobby Jay war schon aus der Tür raus und auf dem Weg, so schien es, zu einem sicheren langen Nachmittag tief in der Tinte.

3

WÄHREND IHRER ABWESENHEIT REINGEKOMMEN: Ein Redakteur der *Oprah-Winfrey-Show* hatte angerufen und wollte wissen, ob Nick am Montagnachmittag in Chicago in die Show kommen wolle. Die Forderung der Generalbundesärztin nach einem totalen Werbeverbot hatte viel Staub aufgewirbelt, und Oprah wollte sofort eine Sendung zum Thema Rauchen machen. Nick rief gleich zurück und sagte ja, er stehe zur Verfügung. Das hieß Gesichtszeit, bedeutende Gesichtszeit. Millionen und Abermillionen Frauen – die wichtigsten Tabakkunden – sahen *Oprah*. Er war versucht, den Hörer abzunehmen und BR zu informieren, entschied sich dann aber doch, ruhig Blut zu bewahren und ein kleines Experiment durchzuführen. Er rief Jeannette an und schob es bei ein paar Fragen über Routineangelegenheiten ein. »Oh, fast hätte ich's vergessen, ich muß Montag in die *Oprah-Show*, also könnten Sie mir wohl alles, was wir über die Wirkungslosigkeit von Werbung dahaben, besorgen?«

Er löste die Stoppfunktion auf seiner Armbanduhr aus. Vier Minuten später war BR in der Leitung und wollte wissen, was da mit der *Oprah-Show* gedeichselt sei. Nick tat ein bißchen dicke, von wegen daß er einen der Redakteure seit langem »beackert« und sich das jetzt bezahlt gemacht habe.

»Ich hab mir überlegt, vielleicht sollten wir Jeannette hinschikken«, sagte BR.

Nick ließ seine Kiefermuskeln mahlen. »Das wird eine ziemlich spitzenmäßige Sendung. Topleute. Sie haben uns ziemlich klar zu verstehen gegeben, daß sie den *Chef*sprecher der Tabakindustrie haben wollten.« Nicht dein Büroflittchen.

BR sagte scharf »In Ordnung« und legte auf.

Nicks Mutter rief an, um ihn dran zu erinnern, daß er und Joey schon seit über einem Monat nicht mehr sonntags zum Abendessen vorbeigekommen seien. Nick erinnerte sie daran, daß er das letzte Mal, wo sie vorbeigekommen waren, von seinem Vater bei Tisch als »Prostituierter« beschimpft worden sei.

»Ich glaube, das zeigt doch, wie sehr er dich achtet, daß er das

Gefühl hat, er könne so offen mit dir reden«, sagte sie. »Ach, übrigens: Betsy Edgeworth hat heute früh angerufen, um mir zu erzählen, daß sie dich auf C-SPAN über irgendeinen türkischen Sultan hat reden sehen. Sie hat gesagt: ›Nick ist ja so *attraktiv*. Wirklich ein Jammer, daß er nicht beim Journalismus *geblieben* ist. Der könnte inzwischen schon seine eigene Sendung haben.‹«

»Ich muß jetzt weg«, sagte Nick.

»Ich möchte gern, daß du Joey Sonntag zum Abendessen vorbeibringst.«

»Geht nicht. Sonntag ist schlecht.«

»Wie *kann* denn Sonntag bloß schlecht sein, Nick?«

»Ich muß für die *Oprah-Show* am Montag nachmittag pauken.«

Pause. »Du bist in der *Oprah-Winfrey-Show*?«

»Ja.«

»Na gut. Sieh mal zu, daß du für Sarah ihr Autogramm kriegen kannst. Sarah liebt Oprah Winfrey.« Sarah war die Haushälterin, der Grund für Nicks Unfähigkeit, sich gegen seine eigene Sekretärin zur Wehr zu setzen. »Raucht Oprah?«

»Das möcht ich bezweifeln.«

»Vielleicht solltest du dir lieber schon vor der Sendung ihr Autogramm geben lassen. Nur für den Fall, daß sie alle böse mit dir werden, so wie damals, als du mit Regis und Kathy Lee in der Sendung warst.«

Er war spät dran. Er hetzte zur Tiefgarage runter und fuhr aggressiv durch den Freitagnachmittagverkehr und kam mit einer guten halben Stunde Verspätung vor dem Saint Euthanasius angerauscht. Joey saß in seiner Uniform auf dem Kantstein vor dem Hauptgebäude und sah elend aus. Nick hielt quietschend an und kam aus dem Wagen rausgeschossen, als nehme er an einer SWAT-Team-Operation teil. »Bin spät dran!« schrie er und benannte lautstark, was offensichtlich war. Joey warf ihm einen vernichtenden Blick zu.

»Ah, Mr. Naylor.« Äh-hmm. Griggs, der Rektor.

»Hochwürden«, sagte Nick unter Aufbietung aller forcierten Freude, die ihm möglich war. Griggs hatte ihm niemals ganz verziehen, daß er auf Joeys Anmeldeformular für die Schule unter »Beruf des Vaters« »Vizepräsident eines führenden industriellen

Wirtschaftsverbandes« eingetragen hatte. Er hatte wohl kaum geahnt, daß Nick führender Vizepräsident der Völkermord-GmbH war, bis er Nick eines Abends auf *Nightline* zu sehen kriegte, wo er sich mit dem Vorsitzenden der Flugbegleitervereinigung über die Wirkung von Passivrauchen in Flugzeugen in den Haaren hatte. Aber da war Joey hier, in der prestigeträchtigsten Jungenschule Washingtons, schon heil und sicher eingeschrieben gewesen. Griggs warf einen Blick auf die Uhr, um anzudeuten, ihm sei es nicht entgangen, daß Nick eine halbe Stunde zu spät gekommen sei.

»Wie geht's«, sagte Nick und streckte die Hand aus. Er entschied, sich mit einem verlogenen Scherz über die freitagnachmittäglichen Verkehrsstaus in D. C. reinzuwaschen. »Schön, Sie zu sehen«, sagte er verlegen. Es war nicht gerade besondere Freude, die ihn angesichts der Tatsache erfaßte, daß der Rektor einer Schule, zu deren Eltern Emire vom Persischen Golf und Kongreßabgeordnete zählten, gerade ihn für seine stille Verachtung ausersehen hatte. Für $ 11 742 im Jahr konnte Hochwürden Josiah Griggs seine Einstellung ruhig an der Garderobe abgeben.

»Der Verkehr war schrecklich«, sagte Nick.

»Ja.« Griggs nickte langsam und gewichtig, als hätte Nick wesentliche Änderungen in der anglikanischen Liturgie vorgeschlagen. »Freitags ... natürlich.«

»Wir wollen dieses Wochenende angeln gehen«, sagte Nick und wechselte das Thema. »Nicht wahr, Joey?«

Joe sagte nichts.

»Ich frage mich, ob Sie wohl irgendwann nächste Woche mal vorbeikommen könnten«, sagte Griggs auf diese typische selbstgewisse Rektorenart. Bei Nick schrillte die Alarmglocke. Er sah zu Joey hinüber, der keinen Anhalt zu den Gründen dieser Vorladung bot.

»Natürlich«, sagte Nick. »Zu Wochenbeginn bin ich geschäftlich unterwegs.« Nick durchfuhr es kurz: Ob Griggs wohl *Oprah* sah? Sicher nicht.

»Dann gegen Ende der Woche? Freitag? Sie könnten vielleicht vorbeikommen und Joseph ein bißchen ... früher abholen?« Ein dünnes Lächeln spielte sich in sein schmales Gesicht.

»Fein«, sagte Nick.

»Vortrefflich«, sagte Griggs und belebte sich. »Wonach angeln Sie?«

»Katzenfisch.«

»Ah!« Griggs nickte. »Ellie, unsere Haushälterin, liebt Katzenfisch. Ich komm natürlich nie über ihr Aussehen weg. Diese *gräßlichen* Schnurrbarthaare.« Er schritt mit auf dem Rücken verschränkten Armen in Richtung Dekanat davon.

Sicher im Wageninneren angelangt, sagte Nick: »Was hast du angestellt?«

»Nichts«, sagte Joey.

»Wieso will er mich dann sprechen?«

»Weiß *ich* doch nicht«, sagte Joey. Zwölf war nicht gerade das gesprächigste Alter. Unterhaltungen mit Joey glichen Spielen mit einem Zwanzigerpack Fragen.

Großartig, dachte Nick, muß ich also total blind in eine wichtige Besprechung reintappen.

»Ich biete dir eine totale und bedingungslose Amnestie an. Egal, was du angestellt hast, ist schon in Ordnung. Sag mir einfach: Warum will Griggs mich sprechen?«

»Ich hab doch gesagt, das *weiß* ich nicht.«

»Na gut.« Nick fuhr los. »Wie lief das Spiel?«

»Beschissen.«

»Na, du weißt ja, was Yogi Berra gesagt hat. ›Neunzig Prozent beim Baseballspiel sind halber Wahnsinn.‹«

Joey dachte drüber nach. »Das macht fünfundvierzig Prozent.«

»Ist bloß ein Witz.« Und, da er nichts mit revoltierenden Körperfunktionen zu tun hatte, wohl nicht dazu angetan, einen Zwölfjährigen zum Wiehern zu bringen. Er zog Joey das Ergebnis des Spiels aus der Nase: 9:1.

»Wichtig dabei ist bloß«, wagte er sich tröstend hervor, »daß . . .« Was *war* denn wichtig dabei? Nachdem er das Vince-Lombardi-Football-College besucht hatte, wo sein Vater jedesmal, wenn er einen Flitzer verpaßte, von der Tribüne aus laut rufend seine Männlichkeit in Frage gestellt hatte, war Nick zu dem Entschluß gelangt, bei der Erziehung seines eigenen Sohnes einen toleranten Ansatz zu wählen.«... daß man abends tüchtig müde ist.« Aristoteles hätte vielleicht nicht gleich eine ganze Philosophie drauf aufgebaut, aber es haute schon hin. Wohl wahr, Hitler und Stalin mochten am Ende ihrer Tage auch tüchtig müde gewesen sein. Aber in ihrem Falle war das eben keine *gute* Müdigkeit.

Joey ließ keinerlei Meinung zu dieser Großen Einheitstheorie der Menschenexistenz verlauten, mal abgesehen von dem Hinweis, Nick sei gerade am Blockbuster Videoverleih vorbeigerauscht und werde nun im betriebsamsten Verkehr wenden müssen.

Sie absolvierten ihr übliches Ritual: Joey schlug ein ungeeignetes Video nach dem andern vor, normalerweise solche, auf deren Deckeln eine halbnackte blonde Schauspielerin mit Eispickeln zu sehen war, oder zur Abwechslung einer der diversen anabolikagetränkten schauspielerischen Bodybuilder aus Europa, wie er gerade irgendwelche Leute mit Kettensägen enthauptete. Nick konterte mit Doris-Day- und Cary-Grant-Filmen aus den Fünfzigern, und Joey steckte sich den Finger in den Hals, um anzuzeigen, wie er zu dem Grant-Day-Œuvre stand. Nick sah sich im allgemeinen in der Lage, mit Zweiter-Weltkrieg-Filmen einen Kompromiß auszuhandeln. Gewalttätig, das schon, aber nach neueren Maßstäben noch geschmackvoll, ohne die Austrittswunden in Superzeitlupe, denen Peckinpah den Weg gebahnt hatte. »*Hier* ist einer, den wir noch nicht gesehen haben«, rief er enthusiastisch aus. »*Du warst unser Kamerad*. John Wayne. Cool.« Joey zeigte keine großer Begeisterung für die Heldentaten von John Agar, Forrest Tucker und dem Duke, wie sie sich den Weg auf den Mount Suribachi freikämpften, meinte aber, das ginge schon in Ordnung, wenn sie sich außerdem zum siebzehnten Mal *Ich glaub', mich tritt ein Pferd* ausleihen könnten.

Nick wohnte in einem Ein-Schlafzimmer-Apartment dicht beim Dupont-Kreisel mit Blick auf eine Straße, auf der es dieses Jahr bislang acht Überfälle gegeben hatte, wenn auch nur zwei davon tödlich ausgegangen waren. Der größte Teil seiner Hundertfünf gingen für die Hypothek auf das Haus drauf, das ein paar Meilen die Connecticut Avenue runter in der laubigen

Nachbarschaft des Cleveland Park stand und in dem Joey mit seiner Mutter wohnte. Jedes zweite Wochenende hatte Joey bei Dad richtig auf städtisch zu machen.

Gemeinsam verdrückten sie ein nahrhaftes Mahl, das aus einem Dreierpack Pizza Salami und Cookie-and-Cream-Eis bestand. Cookie-and-Cream-Eis. Und da regte sich die Gesellschaft wegen Zigaretten auf?

Du warst unser Kamerad war ein bißchen veraltet, aber trotzdem ein guter Film mit Herzenswärme. Und dann kam da dieser ... verklärende Augenblick, wo Wayne, nachdem er seine Männer durch die Hölle zum Sieg geschleppt hat, frohlockt: »Ich hab mich in meinem ganzen Leben noch nicht so gut gefühlt. Wie wär's mit einer Zigarette?« Und gerade, wie er rundum seinen Männern die Schachtel hinhält, knallt ihn ein japanischer Heckenschütze über den Haufen, tot. Ohne es zu merken, nahm sich Nick eine Zigarette raus und steckte sie an.

»Da-ad«, sagte Joey.

Gehorsam ging Nick auf den Balkon raus.

4

BR bot Nick keinen Kaffee aus seiner Kanne an, obwohl es montags früh um halb sieben war. Er hielt sich nicht mit einem »Guten Morgen« auf, sondern legte gleich ein »Ich hoffe wirklich, daß Sie was für uns haben, Nick; davon hängt viel ab« vor.

»Guten Morgen«, sagte Nick trotzdem.

»Ich höre.« BR zeichnete irgendwelche Sachen ab oder tat so, als ob er welche abzeichne.

»Könnte ich wohl etwas Kaffee kriegen?«

»Ich *höre*«, sagte BR.

Besser den Kaffee vergessen. Nick saß da und holte tief Luft. »Filme.«

»Ich hab nicht die Zeit für sokratische Dialoge, Nick. Kommen Sie zum Punkt.«

»Das *ist* der Punkt.«

BR hob langsam den Blick. »Was?«

»Ich glaube, Filme sind die Antwort für unser Problem.«

»Wie das?«

»Wollen Sie die Überlegung hören, die dahintersteckt? Ich könnte das alles in ein Memo packen.«

»*Erzählen* Sie's mir einfach.«

»Im Jahre 1910«, sagte Nick, »produzierten die Vereinigten Staaten zehn Milliarden Zigaretten jährlich. 1930 produzierten wir schon hundertdreiundzwanzig Milliarden Zigaretten jährlich. Was war in der Zwischenzeit passiert? Dreierlei. Erster Weltkrieg, Diätkost und der Tonfilm.«

BR hörte zu.

»Während des Krieges war es umständlich für die Soldaten, Pfeifen oder Zigarren mit aufs Schlachtfeld zu schleppen, also gab man ihnen Zigaretten. Und sie schlugen so gut ein, daß General Pershing 1917 nach Washington kabelte: ›Tabak ist so unentbehrlich wie die tägliche Ration. Wir brauchen unverzüglich Tausende an Tonnen.‹« Nick überging das Detail, daß genau 1919, gerade nach dem Krieg, die ersten Fälle einer bis dahin fast gänzlich unbekannten Krankheit namens Lungenkrebs auftraten. Der Leiter einer Medizinschule in St. Louis lud seine Studenten ein, ihm bei der Autopsie eines Ex-Landsers zuzusehen, weil sie, wie er ihnen sagte, wahrscheinlich nie wieder einen solchen Fall zu Gesicht kriegen würden.

»Von nun an rauchten Männer also Zigaretten. 1925 hatten Liggett & Myers die Chesterfield-Anzeige laufen, auf der eine Frau zu sehen war, die zu einem Mann, der sich gerade eine ansteckt, sagt: ›Hauchen Sie mal was herüber.‹ Damit war das Geschlechtertabu gebrochen. Aber erst ein paar Jahre später haben wir Frauen *wirklich* einen Grund gegeben, rauchen zu wollen. George Washington Hill, der gerade von seinem Vater die American Tobacco Company geerbt hat, fährt durch New York City. Er hält vor einer Ampel, und da fällt ihm eine fette Frau auf, die an der Ecke steht und Schokolade mampft, sich die richtiggehend reinstopft. Ein Taxi hält an, und er sieht da hinten drin so eine elegante Frau sitzen, und was tut die? Die raucht eine Zigarette, wahrscheinlich eine Chesterfield von Liggett & Myers. Er fährt sofort zu seinem Büro zurück und gibt eine Werbekampagne in Auftrag, und geboren ist der Slogan: ›Greif zur Lucky statt zur Süßigkeit.‹ Und plötzlich fangen die Frauen an, sich welche anzustecken. Und seither sind sie am Drauflospaffen. Wie Sie wissen, fehlt nicht mehr viel, und die sind unsere wichtigste Kundschaft. Bis Mitte der Neunziger wird es zum ersten Mal in der Geschichte mehr weibliche als männliche Raucher geben.«

BR schob seinen Sessel zurück.

»Was passierte damals sonst noch? Die sprechenden Bilder. Der Tonfilm – 1927, Al Jolson. Warum war das von Bedeutung? Weil die Regisseure jetzt vor einem Problem standen. Sie mußten den Schauspielern irgendwas zu tun aufgeben, während sie redeten. Also haben sie ihnen Zigaretten in die Finger gesteckt. Die Zuschauer sehen, wie ihre Idole – Cary Grant, Carole Lombard – sich eine anstecken. Bette Davis – ein Schlot. Die Szene, wo Paul Henreid am Ende von der *Reise aus der Vergangenheit* ihre beiden Zigaretten in seinem Mund ansteckt? War bahnbrechend für das gesamte Feld des Zigaretten-Sex. Und Bogart. Bogart! Wissen Sie noch die erste Zeile, die Lauren Bacall in *Haben und Nichthaben*, ihrem ersten gemeinsamen Film, zu Bogart sagt?«

BR starrte ihn an.

»Sie kommt da so durch die Türöffnung reingeflattert, neunzehn Jahre alt, Sex in Reinkultur, und dann diese Stimme. Sie sagt: ›Hat irgendwer ein Streichholz?‹ Und Bogie wirft ihr die Streichhölzer zu. Und sie fängt die. Die größte Leinwandromanze des zwanzigsten Jahrhunderts, und wie fängt das Ganze an? Mit einem Streichholz. Wissen Sie, wie oft die sich in dem Film eine anstecken? Einundzwanzigmal. Die haben in dem Film zwei Schachteln weggeputzt.«

»Und heute geht sie mit Nikotinpflastern hausieren«, sagte BR. »Wo soll das alles bloß hinführen?«

»Gehen Sie manchmal ins Kino, BR?«

»Ich habe keine *Zeit* fürs Kino.«

»Kann ich absolut verstehen. Bei Ihrem Pensum. Der springende Punkt ist, wenn heutzutage im Film jemand raucht, dann ist das normalerweise ein Psychopath von Bulle mit Todesgelüsten, und am Ende dann hat er's aufgegeben, weil er irgendein reizendes sechsjähriges Waisenkind adoptiert hat, das ihm sagt, wie ungesund das doch sei. Manchmal, allerdings selten, gibt's noch mal eine Situation, wo die Raucher cool oder sexy sind, wie in dieser Fernsehserie, *Twin Peaks*. Aber das ist nie der Mainstream. Das ist immer« – Nick machte Anführungszeichen mit den Fingern – »›gekünstelt‹. Aber in neun von zehn Fällen handelt es sich um Außenseiter, Verlierer, Durchgeknallte, Zuchthäusler und Übergeschnappte mit schlechtgeschnittenen Haaren. Die Botschaft, die Hollywood aussendet, lautet: Rauchen ist uncool. Filme sind es aber, wo die Leute ihre Rollenvorbilder her haben. Also ...«

»Also?«

»Wieso sehen wir nicht zu, ob wir da irgend etwas machen können?«

»Wie zum Beispiel?«

»Die Regisseure dazu bringen, daß sie den Schauspielern wieder Zigaretten in die Finger geben. Wir geben, na, zwei Komma fünf Milliarden pro Jahr für Verkaufsförderung aus. Zwei Komma fünf Milliarden Dollar sollten denen zumindest die Spesenrechnung vergelten können.«

BR lehnte sich zurück und sah Nick skeptisch an. Er seufzte. Lang und von der Seele kommend. »Soll's *das* gewesen sein, Nick?«

»Ja«, sagte Nick. »Das soll's sein.«

»Ich will offen zu Ihnen sein. Das haut mich nicht um. Ich hatte gehofft, um Ihretwillen gehofft, daß ich umgehauen werden würde. Aber«, BR seufzte zur Steigerung der Wirkung, »ich steh immer noch auf meinen zwei Beinen.«

Vielmehr saß er. Nick war es, der nun umgehauen – und weggefegt – werden würde. Ein Jammer, eigentlich. Ihm schien, die Hollywood-Idee hatte ihre Möglichkeiten.

BR sagte: »Ich denke, wir müßten einmal neu über Ihre Position hier nachdenken.«

Da war's nun also, das Menetekel an der Wand, in unübersehbarer, blinkender Neonschrift: Du bist Geschichte, Sportsfreund.

»Ich verstehe«, sagte Nick. »Möchten Sie, daß ich meinen Schreibtisch bis zum Lunch geräumt hab, oder hab ich noch bis um fünf Zeit?«

»Nein, nicht doch«, sagte BR. »Heute muß noch gar nichts passieren. Es wird nötig sein, daß Sie Jeannette zeigen, wo alles zu finden ist. Warum machen Sie nicht einfach weiter und übernehmen die *Oprah-Show*.«

Nick fragte sich, ob von ihm erwartet würde, BR für diesen Großmut zu danken. »Oh«, sagte BR, »wenn Sie eine Bresche entdecken, können Sie einfach die Flucht nach vorn antreten und ankündigen, daß wir fünfhundert Mille in eine Anti-Raucher-Kampagne für Minderjährige stecken werden.«

»Fünfhundert ... tausend?«

»Ich dachte, das würde Sie freuen«, meinte er hämisch. »Das *war* ja Ihre Idee. Das ließ sich Winston-Salem nicht gerade leicht verkaufen. Der Captain hat das ›ökonomischen Selbstmord‹ genannt, aber ich sagte ihm, Ihrer Meinung nach brauchten wir ein bißchen Handgeld, damit die Leute wissen, wir kümmern uns um rauchende Kinder.«

»Fünfhunderttausend Dollar werden niemanden beeindrukken. Das reicht bloß für ein paar U-Bahn-Plakate.«

»Die Idee ist es, die zählt.« BR lächelte. »Beeilen Sie sich lieber, sonst verpassen Sie noch Ihr Flugzeug.«

Als er auf dem Weg nach draußen war, kam Nick in den Sinn, daß er sich vielleicht eine Flugversicherung kaufen sollte für den Fall, daß BR ihm schon die Vergünstigungen gestrichen hatte.

5

Nick hatte gerade noch Zeit für einen kurzen Sprint am Michigansee.

Wenn man den Tod vertrat, mußte man immer bestmöglich aussehen. Einer der ersten Sprecher, die gegangen wurden, war Tom Bailey. Der arme Tom. Netter Kerl, war nicht mal Raucher, bis er sich damit einmal zuviel vor einer Reporterin gebrüstet hatte, die's in ihrem Aufmacher brachte. JJ hatte ihm die Leviten gelesen, eine Schachtel Zigaretten in die Hand gedrückt und zu verstehen gegeben, daß er von sofort an Raucher sei. Also hatte Tom das Rauchen angefangen. Aber er hatte sportmäßig nicht für Ausgleich gesorgt. Ein paar Monate später hatte JJ ihn keuchend und blaß und kraftlos auf C-SPAN zu sehen gekriegt, und das war für Tom der Anfang vom Ende. Also sorgte Nick für Ausgleich: Joggen, Gewichtestemmen und hin und wieder ein Bräunungsstudio, wo er in einem Apparat liegen mußte, der so aussah, als sei er zum Toasten gigantischer Käsesandwiches gedacht.

»*Sie* sehen aber gut aus«, sagte Oprah vor der Sendung hinter der Bühne. Sie war äußerst munter und plapperhaft. »Sie sehen aus wie ein Leibwächter.«

»Nicht so gut wie Sie.« Nick freute sich zu sehen, daß sie ein paar von diesen fünfundsiebzig Pfund, die sie abgenommen hatte, wieder zugelegt hatte. Solange es noch übergewichtige Frauen auf der Welt gab, konnte die Zigarettenindustrie noch hoffen.

»Wir haben versucht, die Generalbundesärztin zur Teilnahme zu bewegen, aber sie hat gesagt, sie würde nicht mit einem Händler des Todes zusammen auftreten.« Oprah lachte. »So sind Sie von ihr genannt worden. Ein Händler des Todes.«

»Dient dem Lebensunterhalt.« Nick grinste.

»Die Hälfte der Zeit kann ich gar nicht verstehen, was die Frau sagen will, bei dem Akzent, den sie draufhat.« Oprah sah ihn an. »Warum *machen* Sie das bloß? Sie sind jung, gutaussehend, weiß. Waren Sie nicht ... irgendwie kommen Sie mir bekannt vor.«

»Ich bin oft über Kabel zu sehen.«

»Also, warum *machen* Sie das bloß?«

»Das ist eine Herausforderung«, sagte Nick. »Es ist der härteste Job, den es überhaupt gibt.«

Das schien sie ihm nicht abzukaufen. Besser, sich vor der Sendung gut mit ihr zu stellen. »Wollen Sie's wirklich wissen?«

»Ja.«

Nick flüsterte: »Geburtenkontrolle.«

Sie schnitt ihm eine Fratze. »Sie sind scheußlich. Ich wünschte bloß, Sie würden das in der Sendung sagen.« Sie ließ ihn in der Obhut der Maskenbildnerin zurück.

Nick studierte das Blatt, das die anderen Gesprächsteilnehmer auflistete, und er war damit gar nicht glücklich. Es hatte seit Freitag einige Veränderungen gegeben.

Es standen drauf: die Vorsitzende der Anti-Raucher-Mütter – na klasse –, ein »Werbefachmann« aus New York, die Vorsitzende der Nationalen Lehrerorganisation, einer von Craigheads Vertretern aus dem Amt für die Verhütung von Mißbräuchen. Es verdroß Nick, irgend jemandes Stellvertreter gegenüberzusitzen. Was machte denn Craighead heute bloß, was wichtiger sein konnte als der Versuch, dem Chefsprecher der Tabakindustrie ein paar Zoll von seinem Fell über die Ohren zu ziehen? Streberischen Wohltätern Steuerzahlers Dollars in den Rachen schmeißen? Vor der Sendung gab's nur wenig Genecke zwischen ihnen, während sie in der Maske saßen.

Jetzt wurden sie auf die Bühne geholt, um die Mikrofone angeheftet zu bekommen. Nick kriegte einen Sessel gleich neben einem anderen Gast, einem kahlköpfigen Teenager, zugewiesen. Wer, fragte sich Nick, war das?

»Hallo«, sagte Nick.

»Hallo«, sagte der Junge ziemlich freundlich.

Also, warum sollte denn bloß ein kahlköpfiger Teenager – kahlköpfig und ohne Augenbrauen – hier in dieser Runde dabeisein? Ein Techniker, der große Kopfhörer trug, rief: »Eine Minute noch!« Nick winkte einen aufsichtführenden Redakteur her, der sofort angerauscht kam und ihm mitteilte, es sei jetzt zu spät, um noch ins Badezimmer zu gehen. Viele Neulinge wurden im letzten Moment von nervösen Blasen heimgesucht und mußten am Ende die ganze Stunde in feuchter Unterwäsche aussitzen.

»Mir, äh«, sagte Nick, »mir geht's soweit gut.« Er flüsterte: »*Wer ist der Bengel?*«

»Robin Williger«, flüsterte der Redakteur retour.

»Warum ist der dabei?«

»Der hat Krebs.«

»Sagen Sie Oprah, ich muß *auf der Stelle* mit ihr reden.«

»Zu spät.«

Nick drückte die kleine Krokodilklemme an seinem Ansteckmikro zusammen und klemmte sie von seinem Hermès-Schlips, dem orangeroten mit dem Giraffenmotiv, los. »Dann läuft die Sendung ohne mich.«

Der Redakteur schoß ab. Oprah kam hergeflitzt, und ihr bewunderswerter Busen wackelte unter blauer Seide.

»Was gibt's für Probleme?«

Nick sagte: »Ich mag keine Überraschungen.«

»Der war ein Ersatzmann in letzter Minute.«

»Ersatz für wen? Anne Frank? Na, soll er doch mich ersetzen.«

»Nick«, zischte sie, »Sie wissen, daß wir die Sendung ohne Sie nicht machen können.«

»Ja, weiß ich.«

»Fünfzehn Sekunden noch!« schrie ein Techniker.

»Was soll ich denn tun? Den aus dem Set schmeißen?«

»Nicht mein Problem.«

Aber sie machte einfach gar nichts. Nicks Instinkt sagte ihm, er sollte sich vom Acker machen. Schnell! Aber da stand sie, dieses schwarze Weibsstück, und befahl ihm, sitzenzubleiben und die Suppe auszulöffeln, und er konnte sich nicht rühren.

Sie wirbelte herum, das schnurlose Mikro in der Hand, und entblößte ihre glänzenden Beißerchen in Richtung der Kamera mit dem kleinen roten Lämpchen.

Hoch mit dir! Ab durch die Mitte!

Zu spät! Sie waren auf Sendung! Vielleicht konnte er einfach still und leise rausschleichen.

Schlagzeile: ZIGARETTEN-BOLD KNEIFT VOR KREBS-KID.

Um das Maß der Demütigung vollzumachen, würde er noch über ein Elektrokabel stolpern und einen Scheinwerfer krachend zu Boden reißen. Das Publikum würde lachen, wie er da benommen auf dem Studioboden lag. In ganz Amerika würden sie lachen, die Hausfrauen würden johlen und mit dem Finger auf ihn zeigen. BR würde nicht lachen.

Der Krebs-Bengel würde nicht lachen. Nein, nur ein kleinstes, dünnstes Lächeln des Triumphes würde sich auf seine Lippen stehlen, gefärbt von Trauer angesichts der Tragödie, die so sehr persönlich ihn betraf. Nick spürte über seinem Haaransatz heißen Schweiß hervortreten, kleine Perlen geschmolzener Lava, und zwischen ihnen und seinen Augenbrauen nichts als seine glatte, studiogebräunte Stirn. Und machte denn *das* nicht immer einen tollen Eindruck im Fernsehen, wenn man sich über die Stirn wischen mußte, während man genau neben einem sterbenden Bundesverdienststudioso saß – der war ganz sicher einer, o ja, bestimmt war der Präsident des Studentenrats und des Debattierclubs und betrieb in seiner Freizeit die Armenküche, wenn er nicht gerade jungen Innenstadt-Kids Nachhilfe gab. Seine einzige Schwäche hatte darin bestanden, diese eine Zigarette zu rauchen – jawohl, nur eine einzige, das war alles, eine einzige; Beweis genug, daß Nikotin sogar in kleinsten Dosen schon tödlich sein kann –, und sie war ihm wider seinen besseren Instinkt aufgezwungen worden, nämlich von der Tabakbranche und von diesen ... scheiß ... saxophonspielenden Kamelen mit den phallischen Nasen; und von ihm, von Nick Naylor, dem führenden Vizepräsidenten für Communications der Akademie für Tabakstudien. Händler des Todes.

Und er konnte sich nicht rühren. Sie hatte ihn in seinem Sitz festgenagelt. Die heimtückische Hündin hatte ihn ausmanövriert!

In solchen Augenblicken – nicht daß er einen so extremen schon mal erlebt hätte – stellte er sich immer vor, er säße am Steuerknüppel eines Flugzeugs. Piloten schafften es immer, ganz ruhig zu bleiben, sogar wenn ihre Triebwerke in Flammen standen und die Landevorrichtungen klemmten und der arabisch aussehende Passagier auf 17B gerade den Abzug seiner Handgranate gezogen hatte.

Er sog eine Lunge voll Luft ein und ließ sie langsam, langsam, ganz langsam wieder raus. So macht man das. Atemübungen. Die hatte er sich aus der Lamaze-Schwangerschaftsgymnastik gemerkt. Trotzdem rappelte ihm das Herz immer noch kabumm-kabumm-kabumm in der Brust. Ob das Krawattenmikro das mitkriegte? Wie zuvorkommend das wäre, wenn man seinen pochenden Herzrhythmus direkt in jedermanns Wohnzimmer übertragen würde.

Vielleicht sollte er dem Krebs-Bengel das eine oder andere kleine kameradschaftliche Zeichen entbieten. *Wie lange geben sie dir also noch?*

Oprah erledigte gerade die Einführung.

»Letztes Jahr hat RJR Nabisco, der Konzern, der die Camel-Zigaretten herstellt, eine neue Siebzig-Millionen-Dollar-Werbekampagne gestartet. Der Star der Kampagne ist Old Joe, ein Kamel. Aber das ist kein normaler wiederkäuender Vierfüßer.« Szenenfotos mit Old Joe wurden gezeigt: beim Saxspielen, beim Baßspielen, wie er am Strand rumhing, wie er Miezen aufs Korn nahm, immer cool, und der alte Glimmstengel hing ihm flott aus dem Maul oder aus der Vorhaut, je nachdem, wie sehr man sich phallisch manipulieren ließ. »Er ist äußerst populär geworden, vor allem bei Kindern. Einer jüngst durchgeführten Umfrage zufolge haben über neunzig Prozent aller Sechsjährigen ... Sechsjährigen Old Joe nicht nur erkannt, sondern auch gewußt, wofür er steht. Er ist beinahe so bekannt wie Mickymaus.

Bevor Old Joe überall auf den Reklametafeln und Zeitschriftenseiten aufzutauchen begann, hatte Camel an dem illegalen Kinderzigarettenmarkt einen Anteil von unter einem Prozent. Der Anteil liegt jetzt bei ... zweiunddreißig Prozent – zweiunddreißig Komma acht Prozent, um genau zu sein. Daraus ergeben sich Einnahmen in Höhe von vierhundertsechsundsiebzig Millionen Dollar jährlich.

Die Generalbundesärztin der Vereinigten Staaten hat RJR aufgefordert, diese Werbekampagne zurückzuziehen. Sogar ›Advertising Age‹, das führende Wirtschaftsmagazin der Werbebranche, hat sich gegen die Old-Joe-Kampagne ausgesprochen. Aber der Konzern weigert sich, sie zurückzunehmen.

Vergangenen Freitag hat sie dann ein *totales* Verbot von Zigarettenwerbung gefordert. Zeitschriften, Plakatflächen, alles. Das Thema ist dafür prädestiniert, zu kontroversen Reaktionen zu führen. Eine ganze Menge Geld steht auf dem Spiel.

Ich möchte Sie mit Sue Maclean bekannt machen, der Vorsitzenden der Nationalen Organisation der Anti-Raucher-Mütter. Sue begann mit dem Aufbau von NOARM, nachdem ihre Tochter beim Rauchen im Bett einschlief und ihr College-Wohnheim niederbrannte. Glücklicherweise wurde niemand verletzt. Sue erzählte mir, daß ihre Tochter sogleich im Anschluß daran das Rauchen aufgegeben hat.«

Gelächter im Studio. Herzerwärmend.

»Ihre Tochter ist inzwischen selber Mutter und ein besonders aktives Mitglied von NOARM.«

Das Publikum gurrte.

Nick, dem sich die Synapsen überhitzten, versuchte seine Gesichtszüge zu einem angemessenen Ausdruck zu koordinieren, irgendwo in der Mitte zwischen jemandem, der auf einen verspäteten Bus wartet, und jemandem, der mit dem Kopf voran in ein mit Zitteraalen gefülltes Becken herabgelassen wird.

»Frances Gyverson ist die geschäftsführende Direktorin der Nationalen Lehrerorganisation in Washington. Sie ist verantwortlich für das Gesundheitsfragenprogramm der NLO, das Lehrer darüber informiert, wie sie den Schülern die Gefahren des Rauchens vermitteln können.

Ron Goode ist stellvertretender Direktor im Amt für die Verhütung von Mißbräuchen beim Ministerium für Gesundheit und soziale Dienste in Washington, D. C. Das AVM ist die Kommandozentrale im Krieg unserer Nation gegen die Zigaretten, und damit wären Sie, Ron, was, ein Oberst?«

»Einfacher Fußsoldat, Oprah.«

Woher, so fragte sich Nick, mochte diese bombastische Selbstverleugnung bloß rühren? Goode war eines der aufgeblasensten, wichtigtuerischsten Arschlöcher der gesamten Bundesregierung.

Oprah lächelte. Ein warmes und konturloses Raunen ging durch das Publikum im Studio. *Seht nur, er hat soviel Macht, und doch ist er so bescheiden!*

Sie wandte sich dem Krebs-Bengel zu.

»Robin Williger aus Racine, Wisconsin, ist im letzten High-School-Jahr. Er möchte Geschichte studieren und ist Mitglied der Schwimmannschaft.« Sofort machte Nicks Herz einen Satz. Vielleicht war das alles nur ein Traum. Vielleicht hatte er gar keinen Krebs. Rasierten sich Schwimmer denn nicht immer den Schädel, um schneller zu sein? Und rasierten die ganz Ausgeflippten sich nicht auch noch die Augenbrauen weg?

»Er freute sich darauf, seine Ausbildung im College fortzusetzen. Aber dann geschah etwas. Unlängst wurde bei Robin Krebs diagnostiziert, eine sehr schlimme Art von Krebs. Zur Zeit unterzieht er sich einer chemotherapeutischen Behandlung. Wir wünschen ihm alles Glück der Welt.« Das Publikum und die übrigen Gäste brachen in Applaus aus. Nick fiel leichenblaß darin ein.

»Der Grund dafür, daß wir ihn gebeten haben, heute in der Sendung zu sein, ist, daß er im Alter von fünfzehn Jahren angefangen hat, Camel-Zigaretten zu rauchen. Weil er, Zitat, so cool wie Old Joe sein wollte, wie er mir erzählt hat. Er hat mir auch gesagt, daß er das Camel-Rauchen aufgegeben hat, nachdem er von dem Krebs erfuhr. Und daß er inzwischen nicht mehr glaubt, Rauchen sei, Zitat, cool.« Donnernder Applaus.

Nick schmachtete nach einer Zyankalikapsel. Aber jetzt wandte Oprah ihr Gesicht Nick zu.

»Nick Naylor ist führender Vizepräsident der Akademie für Tabakstudien. Sie denken bei einem solchen Namen vielleicht, es handele sich um eine Art wissenschaftliche Einrichtung. Aber das ist die Hauptlobby der Tabakindustrie in Washington, D. C., und Mr. Naylor ist ihr Chefsprecher. Danke, daß Sie gekommen sind, Mr. Naylor.«

»Ein Vergnügen«, krächzte Nick, obwohl das, was er hier durchmachte, alles andere als ein Vergnügen für ihn war. Das Publikum funkelte ihn haßerfüllt an. So also war den Nazis am ersten Tag des Nürnberger Prozesses zumute gewesen. Und Nick außerstande, sich ihrer Verteidigungsstrategie zu bedienen. Nein, ihm fiel es zu, unbewegten Gesichts zu verkünden, daß derr Führrerr niemals in Polen einmarrschierrt sei. *Woo bleibenn die Beeweisee?*

»Wer möchte anfangen?« sagte Oprah.

Nick hob die Hand. Oprah und seine Mitdisputanten sahen ihn unsicher an. »Ist es in Ordnung«, sagte er, »wenn ich hier rauche?«

Das Publikum japste nach Luft. Sogar Oprah war bestürzt.

»Sie wollen hier *rauchen*?«

»Nun, es ist bei Erschießungskommandos traditionell üblich, dem Verurteilten eine letzte Zigarette anzubieten.«

Ein paar Sekunden lang herrschte verblüfftes Schweigen, und dann fing irgendwer im Publikum zu lachen an. Dann lachten auch andere. Nicht lange, und das ganze Publikum war am Lachen.

»Entschuldigung, aber ich glaube nicht, daß das komisch ist«, sagte Mrs. Maclean.

»Nein«, sagte die Lady von der Nationalen Lehrerorganisation. »Finde ich auch nicht. Ich finde, das ist ausgesprochen geschmacklos.«

»Da muß ich zustimmen«, sagte Goode. »Ich kann den Witz daran nicht entdecken. Und ich vermute einmal, Mr. Williger auch nicht.« Aber der Krebs-Bengel lachte. Gott *segne* ihn, der lachte! Nick war von Liebe ergriffen. Er wollte diesen jungen Mann adoptieren, ihn mit nach Washington nehmen, seinen Krebs heilen, ihm einen wohldotierten Job besorgen, dazu ein Auto – eine Luxuskarosse –, ein Haus, einen Pool, und zwar einen großen, so daß er mit dem Schwimmen weitermachen konnte. Nick würde ihm auch eine Perücke kaufen und Haartransplantate für die Augenbrauen besorgen. Alles, was er wollte. Er fand das richtig schlimm mit dem Krebs. Vielleicht durch Bestrahlungen ...

Vergiß den Bengel! Der ist Geschichte! Schalt auf Attacke um! Attacke! Attacke!

»Ach, warum lassen Sie ihn denn nicht in Frieden«, fuhr Nick zu Goode herum. »Und hören damit auf, ihm vorschreiben zu wollen, wie er sich zu fühlen hat.« Er wandte sich Oprah zu. »Wenn ich mal so sagen darf, Oprah, das ist typisch für die Einstellung der Bundesregierung. ›Wir wissen, wie Sie sich zu fühlen haben.‹ Genau diese Einstellung ist es, die uns die Prohibition, Vietnam und fünfzig Jahre auf Messers Schneide am Rande der atomaren Zerstörung eingebrockt hat.« Wohin sollte *das* bloß führen? Und wie war ihm die nukleare Abschreckung da reingeraten? *Ganz egal! Attacke!* »Wenn Mr. Goode aus dem Leiden dieses jungen Mannes auf billige Weise Kapital schlagen will, bloß damit ihm sein Budget erhöht wird, damit er noch mehr Menschen sagen kann, was sie zu tun haben, nun ja, dann finde ich einfach, das ist wirklich absolut traurig. Aber daß ein Mitglied der Bundesregierung hier in diese Sendung kommt und uns einen Vortrag über Krebs hält, während ebendieselbe Regierung seit beinahe fünfzig Jahren Atombomben produziert, fünfundzwanzigtausend Stück, wenn wir schon mit Zahlen um uns werfen wollen, Mi-ster Sta-ti-stik, Bomben, die geeignet sind, jedem einzelnen Menschen auf diesem Planeten, ob Mann, ob Frau, ob Kind, Krebsleiden von so abscheulicher, so gräßlicher und unbehandelbarer, so ... so ... so unheilbarer Natur anzuhängen, daß die medizinische Forschung noch nicht weiß, wie sie diese Leiden nennen soll ... dann ist das ...« – *Schnell, komm auf den Punkt! Was ist bloß der Punkt?* – »... ist das einfach unter aller Kritik. Und ehrlich gesagt, Oprah, ich möchte doch mal wissen, wie jemand wie ... *der* dazu kommt, innerhalb der Bundesbürokratie eine Position von solcher Machtfülle zu bekleiden. Die Antwort lautet – er *braucht* gar nicht gewählt zu werden. O nein. *Er* muß die Spielregeln der Demokratie nicht mitspielen. Er steht *darüber.* Wahlen? Pah! Seitens eben jener Leute, die für sein Gehalt berappen müssen? O nein. Doch nicht für Ron Goode. *Der* will einfach nur mit Leuten wie dem ärmsten Robin Williger absahnen. Na, ich will Ihnen mal etwas sagen, Oprah, und lassen Sie mich den freundlichen, engagierten Menschen in Ihrem Publikum heute etwas mitteilen. Es ist nichts sehr Angenehmes, aber Sie und die anderen müssen es hören. Die Ron Goodes dieser Welt *wollen* nämlich, daß die Robin Willigers sterben. Abscheulich, aber wahr. Tut mir leid, aber das ist Tatsache. Und wissen Sie, warum? Ich will Ihnen sagen, warum. Damit ihre ... *Budgets*« – er spie das ekelhafte Wort aus – »erhöht werden. Das bedeutet nichts weniger, als mit menschlichem Leid Schacher zu treiben, und Sie, Sir, sollten sich Ihrer selbst schämen.«

Ron Goode erholte sich nicht mehr davon. Während der nächsten Stunde konnte er Nick nur noch anschreien und verstieß damit gegen jeden McLuhanschen Unterlassungsbefehl, wonach man Hitze nicht in einem kalten Medium absondern dürfe. Sogar Oprah gab sich alle Mühe, ihn zu besänftigen.

Nick für seinen Teil setzte die entspannte Maske rechtschaffener Gelassenheit auf und ließ sich nur mehr zu einem Nicken oder Kopfschütteln hinreißen, eher von Trauer als von Ärger gespeist, als wollte er sagen, sein Ausbruch bekräftige nur eben das, was er gesagt hatte. »Alles schön und gut, Ron, aber Sie haben die Frage nicht beantwortet«, oder: »Kommen Sie, Ron, warum hören Sie nicht auf, so zu tun, als hätten Sie mich gar nicht gehört«, oder: »Und was ist mit all den Menschen in New Mexico, die Sie im Verlauf dieser nuklearen Testsprengungen verstrahlt haben? Wollen wir mal über *deren* Krebserkrankungen reden?«

Während einer der Werbeeinblendungen mußte Ron Goode von einem Techniker unter Einsatz körperlicher Gewalt zurückgehalten werden.

Die Chefin von NOARM und die Repräsentantin des Lehrerverbands taten, was sie konnten, um ihrem bundesbehördlichen Geldgeber zu Hilfe zu kommen, aber jedesmal, wenn sie sich zu einem Kommentar vorwagten, schnitt ihnen Nick mit dem Satz »Sehen Sie, wir stehen hier doch alle auf derselben Seite« das Wort ab, einem so blendenden Satz, daß er sie sprachlos machte. Als sie dann schließlich erwiderten, sie könnten keinen Quadratzoll Boden ausmachen, den ihre humanitären Ziele mit den teuflischen Bestrebungen der Tabakbranche gemein hätten, sah Nick seine Bresche und stieß zu. Niemand, sagte er, sorge sich mehr um das Problem des Rauchens von Minderjährigen als die Tabakkonzerne. Nicht daß auch nur der leiseste wissenschaftliche Nachweis für einen Zusammenhang zwischen Rauchen und Erkrankung existiere, natürlich nicht, aber die Konzerne als sozialverantwortliche Mitglieder des Gemeinwesens mochten das Rauchen – wie auch das Trinken und Autofahren, was das anbetraf – bei Minderjährigen keineswegs entschuldigen, und zwar aus dem ganz einfachen Grund, daß es *gegen das Gesetz* verstoße. Damit war jetzt der ideale Augenblick gekommen, um die neue

Anti-Raucher-Kampagne für Minderjährige aufs Tapet zu bringen.

»In der Tat sind wir im Begriff, eine Fünf-Millionen-Dollar-Kampagne zu starten, die darauf abzielt, die Kids vom Rauchen abzuhalten«, sagte Nick, »und ich denke, damit wäre *unser* Geld auf dem Tisch.«

―― 6 ――

Nick hörte das dringende Zwitschern seines Handys in der Aktentasche, als er sich die aus der Garderobe in Oprahs Studio holte, ignorierte es aber einfach. Er ignorierte es auch noch auf der Fahrt zum Flughafen. Der Taxifahrer, halb neugierig und halb genervt, fragte ihn schließlich, ob er nicht rangehen wolle. Es befriedigte Nick zu wissen, daß BR am anderen Ende der Leitung nachhaltige Qualen durchlitt, also antwortete er nicht. In der Wartehalle von O'Hare tat er es dann doch, aber mehr, weil die Leute ihn anstarrten, als weil er BR aus seinem Elend befreien wollte.

»*Fünf Millionen Dollar?*« Allerdings, das war BR. Nick brachte seinen Blutdruck auf ungefähr 180 zu 120. »Sind Sie von allen guten *Geistern* verlassen worden?«

»Höchstwahrscheinlich. Es war eine ziemlich stressige Zeit für mich. Aber jetzt geht's mir schon viel besser.«

»Wo in Gottes Namen sollen wir denn wohl fünf Millionen Dollar herkriegen, für *Anti*-Rauch-Anzeigen?«

»Das ist gar nicht *so* viel, wenn Sie mal drüber nachdenken. RJR gibt jährlich fünfundsiebzig Millionen für diese bescheuerten dicknasigen Kamele aus. Sie können mit dieser Geschichte wahrscheinlich eine Menge gute Presse rausholen.«

BR explodierte, drohte mit rechtlichen Schritten, sagte, sie würden in Umlauf bringen, er habe einen Nervenzusammenbruch erlitten. Und so weiter und so weiter. Das war höchst befriedigend. Mittendrin hörte Nick BR zu jemandem sagen: »Wer? O Jesus.« Dann sagte er zu Nick: »Das ist der Captain auf Leitung zwei.«

»Schönen Gruß von mir.«

»Bleiben Sie in der Leitung.« Nick blieb dran, nicht weil BR ihn dazu aufgefordert hatte, sondern um zu sehen, wie wohl die Reaktion des mächtigsten Mannes in Sachen Tabak auf die Neuigkeit aussehen würde, ein Emporkömmling von führendem VP habe die Branche gerade dazu verdammt, eine ziemliche Stange Geld dafür auszugeben, sich selbst potentielle Kundschaft abspenstig zu machen.

Er wartete mehr als zehn Minuten. Sein Flug wurde aufgerufen, aber das Personal am Gate wollte ihn nicht durchlassen, solange er sein Handy benutzte.

Dann war BR wieder dran. Seine Stimme hatte von offenem Brüllen zu Eiswasser, das durch zusammengebissene Zähne hindurchspritzt, umgeschwenkt. »Er will Sie sehen.«

»Will er das?« sagte Nick. »Wieso denn?«

»Wie zum Teufel soll ich das wissen«, sagte BR und legte mit einem nachdrücklichen *Klump* auf.

Es gab von Chicago aus keine Direktflüge nach Winston-Salem, also mußte er nach Raleigh fliegen. Auf dem Weg dorthin wurde er von der Frau, die neben ihm saß, plumpsitzig, Endfünfzigerin, Haar von einer Farbe, die in der Natur nicht vorkam, unablässig angestarrt, während er aus Gewohnheit einen Artikel aus seiner Ausschnittemappe las, aus dem ›Science‹-Magazin, überschrieben »Forschungsstandards in epidemiologischen Studien über Gefahren des täglichen Lebens«.

»Ich *kenne* Sie irgendwoher«, sagte sie anklagend, als sei ihre Unfähigkeit, Nick zu identifizieren, seine Schuld.

»Tun Sie das?«

»Mm-hmm. Sie kommen im Fernsehen.«

Nick hörte, wie sich auf dem Sitz hinter ihnen etwas rührte. Was war das? Eine Berühmtheit mitten unter ihnen? »Wer ist das?« »Ich bin mir sicher, den hab ich schon mal gesehen.« »Das ist Wieheißternoch, aus *Amerikas witzigste Heimvideos*.« »Wieso sollte der nach Raleigh fliegen? Überhaupt würde der in der ersten Klasse sitzen.« »Ich sag dir . . .«

Das passierte Nick ziemlich oft.

»Ja«, sagte er ruhig zu der Lady.

»Wußt ich's doch!« Sie ließ ihre Ausgabe von ›Lear's‹ in ihren Schoß klatschen. »*Zuchthengste*.«

»Ja. Stimmt genau.«

»Oh! Es muß so demütigend für Sie gewesen sein, als diese Dings sagte, Sie würden küssen wie ein Fisch.«

»War's auch«, sagte Nick. »War ganz schön hart.«

Da sie Mitleid mit Nick hatte, vertraute sie ihm ihre eigenen

Liebesenttäuschungen an, insbesondere diejenigen, die ihre ganz offensichtlich im Scheitern begriffene zweite Ehe betrafen. Nick beherrschte nicht die Kunst, sich solchen Situationen zu entziehen. Nach einer Stunde teilnahmsvollen Zuhörens hatten sich seine Halsmuskeln zu stahlharten Knoten der Anspannung zusammengezogen. Er würde eine Sitzung bei Dr. Wheat nötig haben, wenn er zurück war. Unversehens sehnte er sich nach einem terroristischen Anschlag. Zum Glück intervenierte etwas, was der Pilot als ein »schweres Unwettersystem« ankündigte, und die Situation in der Kabine wurde so turbulent, daß die Frau ihre Herzensprobleme ganz vergaß und tiefe Fingernägelabdrücke auf Nicks linkem Unterarm hinterließ. Als er schließlich in seinem Hotel eincheckte, hatte er einen langen Tag hinter sich, und er war zu müde, noch irgend etwas anderes zu tun, als an die Minibar zu gehen und zwei Biere zu trinken und für ungefähr vierhundert Dollar Nüsse und Brezeln zu essen.

Sein Zimmerservice-Frühstück wurde gebracht, und dazu die Morgenzeitung, der ›Winston-Salem Tar-Intelligencer‹. Er schlug sie auf und sah zu seiner Überraschung das eigene Bild auf der Titelseite, in Farbe, unter dem Knick. Die Schlagzeile lautete:

GEGENSCHLAG: TABAKSPRECHER ZERREISST
»GESUNDHEITS«-FUNKTIONÄR DER REGIERUNG IN DER LUFT
WEGEN AUSSCHLACHTENS VON MENSCHLICHER TRAGÖDIE

Der Artikel floß nur so über von Lob für seinen »Mut« und seine »Bereitschaft, die Heuchelei bloßzustellen«. Sie hatten es sogar geschafft, von Robin Williger ein verständnisvolles Zitat zu kriegen, in dem er Nick von der persönlichen Verantwortung für seinen Krebs reinwusch und sagte, die Menschen sollten mehr Verantwortung für ihr eigenes Leben übernehmen.

Das Telefon klingelte, und eine geschäftsmäßig klingende Frauenstimme sagte an: »Mr. Naylor? Bitte bleiben Sie dran, ich verbinde mit Mr. Doak Boykin.«

Der Captain. Nick setzte sich auf. Aber wie konnten denn die wissen, wo er abgestiegen war? Es gab eine Menge Hotels in

Winston-Salem. Er wartete. Schließlich kam eine dünne Stimme aus der Leitung.

»Mister Naylor?«

»Ja, Sir«, sagte Nick versuchsweise.

»Ich wollte nur mal ganz persönlich *danke schön* sagen.«

»Tatsächlich?«

»Ich glaube schon, dieser Regierungsheini da würde sich direkt im landesweiten Fernsehen eine Herzmuskelinfarzierung einfangen. Ganz vorzüglich gemacht, Sir, ganz vorzüglich. Sind Sie hier in der Stadt, seh ich das richtig?«

Das war ein Kennzeichen der wirklich Mächtigen, daß sie keinen blassen Schimmer hatten, wo sie einen an der Leitung hatten. »Hätten Sie Lust, mit mir essen zu gehen? Im Club kriegt man ein leidlich gutes Lunch serviert. Wär's Ihnen um zwölf angenehm? Wunderbar«, sagte er, als habe Nick, in der Nahrungskette etliche Ebenen unter ihm angesiedelt, ihm gerade einen Grund verschafft, sein Leben fortzusetzen. Sie hatten einen ganzen Krieg für die Sklavenhaltung ausgefochten, und trotzdem waren sie so zuvorkommend, diese Südstaatler.

Als er rausging, kaufte er sich in der Halle eine ›USA Today‹. In der »Geld«-Rubrik, erste Seite, unter dem Knick stieß er drauf:

Tabakkonzerne wollen $ 5 Millionen
für Anti-Raucher-Kampagne ausgeben, sagt Sprecher

Er las es. BR hatte einen Strudel aus Weder-bestätigen-noch-dementieren angerührt. Ungeachtet dessen, daß viele Details noch zu präzisieren seien, jawohl, habe die Akademie in der Sorge um das Rauchen von Minderjährigen stets »an vorderster Front« gestanden und sei darauf vorbereitet, »beträchtliche Summen« für eine staatliche Kampagne auszugeben. Rhabarber Rhabarber. Jeannette wurde mit den Worten zitiert, Mr. Naylor, der die bemerkenswerte Versicherung in der *Oprah-Winfrey-Show* abgegeben habe, sei für eine Stellungnahme derzeit nicht erreichbar. »Wir wissen nicht ganz genau, wo er sich zur Stunde aufhält.« Sie ließ das so klingen, als stecke er irgendwo in einer Bar.

Im Taxi zum Tabak-Club vergegenwärtigte sich Nick alles,

was er über Doak Boykin wußte, aber das war nicht viel. Doak – man sagte ihm nach, er habe diese Schreibweise an die Stelle des plebejischeren Doke treten lassen – Boykin war einer der letzten großen Männer der Tabakbranche, eine Legende. Als Selfmademan hatte er mit nichts angefangen und am Ende alles gehabt. Nur augenscheinlich keinen Sohn. Er hatte sieben Töchter: Andy, Tommie, Bobbie, Chris, Donnie, Scotty und Dave, die an der Last von ihres Vaters frustriertem Verlangen nach einem männlichen Erben vielleicht am schwersten zu tragen hatten. Es war Doak Boykin, der das ganze Filterkonzept eingeführt hatte, nachdem im ›Reader's Digest‹ die ersten Artikel mit Titeln wie »Krebs durch Karton« zu erscheinen begonnen hatten. (Die Asbestfilter waren ein spezieller Geistesblitz von ihm gewesen und verschafften Smoot, Hawking inzwischen Abertausende in Rechnung stellbarer Stunden vor den Schadenersatzgerichten.) Als die Artikel gar nicht mehr aufhören wollten und die Branche die Notwendigkeit von etwas mehr Präsenz in Washington verspürte, hatte er die Akademie für Tabakstudien gegründet, deren Zweck es war, wie es in der Satzung hieß, als »eine Sammel- und Prüfstelle für wissenschaftliche Informationen und unparteiischer Mittler zwischen den Anliegen und Interessen der amerikanischen Öffentlichkeit und der Tabakkonzerne« zu dienen.

Der gesundheitliche Zustand des Captain war mit einigen Fragezeichen versehen. Gerüchte waren in Umlauf. Er war im Bohemian Grove in Kalifornien zusammengebrochen und in das Krankenhaus im nahe gelegenen Santa Rosa geschafft worden, wo man ihn eiligst in die Chirurgie brachte. Der junge Kardiologe des Hauses, dem man erzählte, wer sein Patient sei, hatte dem Captain, während er ihn in den OP schob, mitgeteilt, daß der Spitzname der Ärzte für diesen speziellen Operationssaal »Marlboro Country« laute, da man hier normalerweise die Lungenkrebsoperationen durchführe. Der Captain, der sich in der Gewalt eines Attentäters glaubt, versuchte krampfhaft, irgendwem Bescheid zu geben, aber der Valiumtropf hatte ihm schon jede zusammenhängende Rede unmöglich gemacht, und so blieb ihm nichts übrig, als hilflos und stumm mit den Armen zu wedeln, während er in die schimmernden Stahlprärien von Marlboro Country geschoben wurde. Die Sache wurde nicht besser, als er beim Aufwachen im Genesungszimmer erfuhr, anstelle des erwarteten doppelten Bypass sei ein vierfacher Bypass notwendig geworden, und obendrein habe die zusätzliche Entdeckung einer Herzklappenbeeinträchtigung die Einpflanzung einer fötalen Schweinsklappe in sein Herz erforderlich gemacht. Der Captain, so erzählte man sich, habe das Krankenhaus völlig aus der Fassung verlassen und Vorkehrungen dafür getroffen, daß man ihn bei jedweden zukünftigen medizinischen Problemen unverzüglich in Winston-Salems eigenes Bowman-Gray-Gesundheitszentrum karrte, das zur Gänze mit Tabakdollars erbaut worden war. Hier sei er sicher vor weiterer operativer Sabotage in Gestalt der *St.-Anderswo*-Generation.

Nick kam eine halbe Stunde vor der Zeit zum Lunch im Tabak-Club an. Der war so eine wuchtige Griechengotik-Chose, die sich die Tabakbarone in den 1890ern erbaut hatten, um irgendwohin vor ihren Frauen abhauen zu können. Nick wurde in ein kleines, gut eingerichtetes Wartezimmer geführt. Die Wände zierten teure gerahmte Originale von künstlerisch gestalteten Plakaten diverser amerikanischer Zigarettenmarken, die vor langer Zeit schon in Rauch aufgegangen waren. Als da wären Crocodile, Turkey Red, Duke of Durham, Red Kamel, Mecca, Oasis, Murad – süße Rache an dem alten Kopf-ab-Typen –, Yankee Girl, Ramrod (»Mild wie eine Sommerbrise!«), Cookie Jar (»Mild, modern, mundgerecht«), Sweet Corporal, Dog's Head, Hed Kleer (»Der echte Eukalyptus-Rauch«). Die ganze Historie war vertreten!

Nick saß in einem schweren Ledersessel und rauchte und horchte auf das Ticktack der riesigen Standuhr.

Um eine Minute vor zwölf schwangen die Türflügel aus Kristallglas auseinander, und hereinspaziert kam ein Mann von unübersehbarer Bedeutung, der eine aufgeregte Welle von Kratzfüßen hervorrief. Er war ein schlanker, eleganter Endsechziger mit David-Niven-Schnurrbart und gewelltem weißem Haar, das eine kurze, lang verjährte Affäre mit dem Bohemeleben andeutete. Er war kein sonderlich großer Mann, aber die kerzengerade Weise, wie er sich hielt, schien ihm noch einige Zoll zuzugeben. Er war blendend gekleidet, trug einen tropenleichten, dunkelblauen Zweireiher mit Nadelstreifen, der aussah, als sei er ihm bei einer dieser Londoner Adressen à la Huntsman oder Gieves & Hawkes auf den Leib geschneidert worden, wo man die Empfehlung dreier Herzöge und eines Barons braucht, um überhaupt durch die Tür zu kommen. Am Revers, so bemerkte Nick, war eine knallbunte militärische Ansteckrosette befestigt. Der Mann verstrahlte förmlich Autorität. Salondiener kamen angesprungen, um ihn mit einem solchen Eifer von der Last des Hutes und seines mit silberner Spitze versehenen Spazierstocks – barg der vielleicht einen Degen? – zu befreien, als wollten sie andeuten, diese Gegenstände seien unerträgliche Bürden. Ein weiterer Diener tauchte mit einem kleinen Wedel auf und fing an, ihm sachte die Schultern seines Anzugs abzubürsten. Als er endlich aller Bürden und alles Staubes ledig war, warf dieser Gentleman seinen Blick in Richtung des Wartezimmers, während ein Diener sich flüsternd seinem Ohr zuneigte und in Nicks Richtung zeigte.

Der Gentleman wandte sich herum und kam lächelnd und mit ausgestreckter Hand auf Nick zugeschritten.

»Mister *Naylor*«, sagte er entzückt und mit einem Sinn für die Bedeutung des Augenblicks, »ich bin Doak Boykin, und es ist mir ein *außerordentliches* Vergnügen, Sie kennenzulernen.«

Angesichts solcher Vornehmheit murmelte Nick: »Hallo, Mr. Boykin.«

»Bitte«, sagte der Alte, »nennen Sie mich Captain.« Er ergriff Nicks Ellbogen und steuerte ihn zu dem Tisch in der Ecke.

»Pünktlichkeit«, grinste er, »ist die Höflichkeit der *Könige*. Das wissen nicht sehr viele Nordstaatler zu schätzen.« Ein Diener zog ihm den Stuhl zurück, während ein anderer flink die gestärkte weiße Serviette von seinem Platz entfernte und mit einer einzigen graziösen Bewegung aufschlug und dem Captain auf den Schoß drapierte.

»Leisten Sie mir bei einem Erfrischungsdrink Gesellschaft?« Er wartete Nicks Antwort gar nicht ab. Kein einziges Wort an den Kellner, der bloß nickte, während augenblicklich ein anderer erschien, in der Hand ein Tablett mit zwei Silberbechern, an denen Kondenstropfen abperlten und die randvoll mit Raspeleis und frischen Minzesprossen waren.

»Schlick«, sagte der Captain. Er nippte, schloß die Augen und stieß ein kleines *Ah* aus.

»Kennen Sie das Geheimnis eines *wirklich* guten Kühltrunks? Sie müssen die Minze mit dem Daumen auf das Eis drücken und reinmahlen. Setzt das Menthol frei.« Er gluckste leicht. »Wissen Sie, wer mir das beigebracht hat?« Wußte er nicht, aber er nahm an, irgendein Nachfahre von Robert E. Lee. »Ferdinand Marcos, der Präsident der Philippinen.«

Nick wartete auf genauere Darlegungen; kamen aber keine. Noch ein Vorrecht der richtig Reichen.

»In welchem Jahr sind Sie geboren, Mister Naylor?« Sollte er ihm sagen: »Nennen Sie mich einfach Nick«?

»Neunzehnhundertzweiundfünfzig, Sir.«

Der Captain lächelte und schüttelte den Kopf. »Neunzehnhundertzweiundfünfzig! Herr im Himmel. Neunzehnhundertzweiundfünfzig.« Er nippte wieder an seinem Erfrischungstrunk, kaute knirschend auf einem Eisklumpen, entblößte seine Zähne, die weiß waren. »Neunzehnhundertzweiundfünfzig war ich gerade in Korea und ballerte auf Chinesen.«

»Tatsächlich«, sagte Nick, außerstande, sich mehr dazu einfallen zu lassen.

»Heute sind die Chinesen meine beste Kundschaft. Da hätten Sie das zwanzigste Jahrhundert in aller Kürze.«

»Siebzig Prozent der erwachsenen Chinesen sind Raucher«, bemerkte Nick.

»Das ist korrekt«, sagte der Captain. »Nächstes Mal werden wir nicht mehr so viele von denen zu *erschießen* brauchen, was?«

Er lehnte sich auf seinem Stuhl zurück und gluckste vor sich hin. »Leisten Sie mir bei einem weiteren Gesellschaft?« Es erschien noch ein Tablett mit weiteren Drinks. Was sah das Protokoll vor? Sollte Nick sein erstes Glas austrinken? Er tat es und kleckste sich Eisklümpchen auf den Schoß.

»Neunzehnhundertzweiundfünfzig war ein bedeutsames Jahr für unser Geschäft«, fuhr der Captain fort. »Wissen Sie noch, was Mr. Churchill gesagt hat?« Der Captain versuchte sich an einer knurrigen Imitation: »›Wir stehen noch nicht am Ende, noch nicht einmal am Anfang vom Ende. Aber ich glaube, es könnte das Ende vom Anfang sein.‹ *Neunzehnhundertzweiundfünfzig* war natürlich das Jahr, wo der ›Reader's Digest‹ diesen Artikel über die gesundheitlichen ... Aspekte veröffentlicht hat.« Tabakfunktionäre vermieden gewisse Ausdrücke, beispielsweise »Krebs«. »Das war, wie man so sagen könnte, das Ende von unserm Anfang.«

Das Essen wurde aufgetragen, sehr zu Nicks Erleichterung, denn er war schon etwas beduselt vom mentholisierten Bourbon. Der Captain sprach davon, welche Bedeutung die neue Führung in Korea für die Branche habe. Sie fingen mit gekühlter Gewürzgarnele an und gingen dann zu Filet Mignon und Röstkartoffeln mit Sauerrahmspritzern über. Der Captain wies den Oberkellner an, daß er Mrs. Boykin niemals enthüllen dürfe, was er gegessen habe, ansonsten, so warnte er unheilschwanger, »wird sie uns beiden bei lebendigem Leibe die Haut abziehen«. Reiche Männer haben großes Vergnügen daran, übertriebene Ängste vor ihren Frauen zum besten zu geben. Sie sind der Meinung, das würde sie menschlicher machen.

»Ja, *Sir*, Captain!« sagte der Kellner und freute sich sichtlich über seine Rolle bei dieser Verschwörung des Schweigens.

»Darf ich?« sagte Nick, als er nach dem Abtragen der Gedecke seine Schachtel rausholte.

»Aber gerne, danke. Ich bin ja immer so *dankbar*, wenn Angehörige der jüngeren Generation rauchen.« Er schien etwas wehmütig. »Ich würde Ihnen gerne Gesellschaft leisten, aber seit meinem jüngsten ... Vorfall ist Mrs. Boykin in dieser Sache ziemlich heftig geworden, also werde ich zum Wohle des häuslichen Friedens Verzicht üben und davon absehen. Meine älteste Tochter fragte mich neulich, was mir in meinem Alter denn noch Freude mache, und ich hab ihr gesagt: ›Die Republikaner zu wählen und von deiner Mutter allein gelassen zu werden.‹«

Der Kaffee wurde serviert. Andere Clubmitglieder kamen an ihrem Tisch vorbei, um dem Captain ihre Aufwartung zu machen, und wurden von ihm aufs wohlwollendste mit Nick bekannt gemacht.

»*Der* Nick Naylor?« sagte einer und ergriff Nicks Hand. »Na, bin *wirklich* erfreut, Sie kennenzulernen, Sir. Haben gute Arbeit geleistet, sehr gute Arbeit!« Sie machten einen ziemlichen Wirbel um ihn. Das war alles reichlich befriedigend. Ja, tatsächlich war das äußerst wohltuend. Nick konnte sich gut vorstellen, in Winston-Salem zu wohnen, im Tabak-Club zu speisen, nicht dauernd seine Existenz entschuldigen oder rechtfertigen zu müssen. »Tabak sorgt für die Seinen«, so hieß es wohl. Ja, das tat er, tat er wirklich.

»Ich möchte sagen, Sie haben einen glänzenden Eindruck gemacht, Nick«, strahlte der Captain, als der letzte von Nicks Bewunderern sich zurückgezogen hatte. »Darf ich Sie Nick nennen? Ich gebe mich mit Diminutivformen normalerweise nicht ab, aber in diesem Falle möcht ich's doch gerne. Sie erinnern mich ein kleines bißchen an mich selber, wie ich in Ihrem Alter war.«

»Bitte«, sagte Nick verlegen, »durchaus.«

»Sie waren vorher Fernsehreporter?«

Nick wurde rot. Nun, es gab keine Chance, dem zu entkommen. Das würde noch in seinem Nachruf stehen. *Es war Naylor, der als TV-Lokalreporter in Washington live auf Sendung mitgeteilt hat, der Präsident sei auf einem Militärstützpunkt an einem Stück Fleisch erstickt und gestorben, was zur Folge hatte, daß der Aktienmarkt um 180 Punkte einbrach und einen Wertverlust von $ 3 Milliarden verzeichnete, bevor das Weiße Haus den Präsidenten präsentierte, am Leben, versteht sich.* Das höchste, was er sich erhoffen konnte, war, daß er zu Lebzeiten noch etwas anderes zuwege brachte, das diese Geschichte in den zweiten Absatz verbannte.

»Das ist schon lange her«, sagte Nick.

Der Captain hob die Hand. »Das brauchen Sie mir nicht zu erklären. An Ihrer Stelle hätte ich wahrscheinlich genau das gleiche getan. Man muß die Gunst der Stunde *nutzen*. JJ hat mir alles drüber erzählt. Darum hat er Sie auch angeheuert. Wußte genau, was er tat.«

»Wirklich?«

»Absolut. Egal, was JJ sonst noch war, und ich bedaure, daß ich ihn ziehen lassen mußte, er war einer, der die menschliche

Natur studierte. Er hat mir gesagt: ›Dieser Bursche da wird seinen *Hintern* hocharbeiten, indem er diese Geschichte da hinter sich zurückläßt und sich einen neuen Namen macht.‹«

»Statt dem vom Drei-Milliarden-Dollar-Mann.«

»Er hat noch was anderes gesagt. Er sagte: ›Dieser Bursche wird ein *zorniger* junger Mann werden.‹ Und ich hatte keine Ahnung, wie zornig, bevor ich Sie gestern in der Sendung von dieser Farbigen da, Oprah, gesehen hab. Sohnemann, Sie waren einfach *großartig*.«

»Danke.«

»Auch ich war zornig, als ich aus Korea zurückkam. Wissen Sie, *warum*, Mister Naylor?«

»Nein, Sir.«

»Weil ich beschloß, daß ich mich nie, nie wieder in eine Lage bringen lassen würde, wo ich mich der Autorität *inkompetenter Leute* zu beugen hatte. Ich fing ganz unten an, und innerhalb von fünf Jahren war ich Vizepräsident, der jüngste Vizepräsident in der Geschichte der Tabakbranche. Das, Sir, ist es, was der Zorn einem eintragen kann. Leisten Sie mir bei einem Brandy Gesellschaft, ja?«

Wiederum erschienen die Drinks von Geisterhand, herangetragen auf einem silbernen Tablett. Was für ein Club! Und die Kellner stellten sich einem nicht mit Vornamen vor. Die waren alle das, was Kellner sein sollten: unterwürfig, tüchtig, schweigsam.

»*Mögen* Sie Ihre Arbeit, Nick?«

»Ja«, sagte Nick. »Sie ist eine Herausforderung. Wie man überall im Büro so sagt: ›Wenn du mit Tabak klarkommst, kommst du überall klar.‹«

Der Captain schnob in seinen Schwenker hinein. »Wissen Sie, Ihre Generation von Tabakmännern – und -frauen, ich vergesse immer, dieses ›und -frauen‹ dranzuhängen – meint, sie hätte es schwerer als jede andere Generation vorher. Sie glauben, es hätte *alles* erst neunzehnhundertzweiundfünfzig angefangen. Na, Pustekuchen!«

Pustekuchen?

»Das läuft schon seit fast fünfhundert Jahren. Sagt Ihnen der

Name Rodrigo de Jerez irgend etwas?« Nick schüttelte den Kopf. »Nein, ich nehme an, das tut er nicht. Ich nehme an, in den Schulen wird heute keine Geschichte mehr gelehrt, nur Attitüde. Also, zu Ihrer Information, Sir: Rodrigo de Jerez kam mit Christoph Kolumbus an Land. Und er beobachtete die Eingeborenen dabei, daß sie mit ihren Pfeifen ›Rauch tranken‹, wie er sich ausdrückte. Er nahm Tabak mit zurück in die Alte Welt. Sang sein Glück zu den freskenüberzogenen Stuckdecken empor. Wissen Sie, was aus ihm geworden ist? Die spanische Inquisition hat ihn dafür in den Kerker geworfen. Die haben gesagt, das wäre ein ›teuflischer Brauch‹. Sie meinen, Sie hätten's schwer, weil Sie's mit der staatlichen Handelskommission zu tun haben? Wie würde es Ihnen wohl gefallen, wenn Sie Ihren Fall vor der spanischen Inquisition darzulegen hätten?«

»Nun . . .«

»Jede Wette, das würde Ihnen gar nicht gefallen. Merken Sie sich den Namen: Rodrigo de Jerez. Sie sind in seine Fußstapfen getreten. Er war der erste Tabaksprecher. Ich nehme an, auch er hielt das für ›eine Herausforderung‹.«

»Äh . . .«

»Sagt Ihnen der Name Edwin Proon irgendwas?«

»Prune?«

»Herr im Himmel, was *werfen* wir bloß den öffentlichen Schulen Milliarden von Dollars nach. Edwin Proon lebte im frühen siebzehnten Jahrhundert in der Kolonie Massachusetts, als die Puritanerväter rumgingen und die ersten Rauchen-verboten-Schilder der Neuen Welt aufhängten. Sie meinen, Sie seien der erste, der sich mit Beschränkungen in Gebäuden und mit öffentlichen Verordnungen herumschlagen muß? Nein, Sir, ich schätze kaum, daß Sie das sind. Edwin Proon schlug diese Schlacht schon vor langer Zeit. Die haben ein Gesetz verabschiedet, was besagte, daß das Rauchen in der Öffentlichkeit verboten sei, und ›Öffentlichkeit‹ hieß überall, wo mehr als einer anwesend war. Sie steckten *ihn* in die Stockeisen. Und wie sie ihn dabei erwischten, daß er in den Stockeisen rauchte, klemmten sie ihm eine Eisenkapuze über das Gesicht. Nehmen Sie an, Edwin Proon hätte das für ›eine Herausforderung‹ gehalten?«

Sicherheitsgurte anlegen, dachte Nick, wir haben noch vierhundert weitere Jahre zurückzulegen. Der Captain erinnerte ihn detailliert daran, daß Amerika in den 1790ern, den 1850ern und den 1880ern einen regelrechten Krieg gegen die »verderbliche Praktik« geführt habe. Er erinnerte ihn daran, daß Horace Grelley die Zigarre als »Feuer am einen Ende, Bescheuerter am andern Ende« beschrieben habe, daß Thomas Edison sich geweigert habe, Raucher anzustellen, daß sogar noch in diesem Jahrhundert Amerikaner – und nicht bloß Frauen – tatsächlich dafür verhaftet worden seien, daß sie sich eine Zigarette ansteckten. Endlos so weiter ging es, bis auf der Stirn des Captains kleine Schweißperlen erschienen, so ähnlich wie die Perlen am Eisgetränk. Schließlich hörte er auf und tupfte sich die Stirn mit seinem Taschentuch ab.

»Entschuldigen Sie bitte. Ich habe scheint's seit der Operation diese Neigung, daß ich mich . . . aufrege. Übrigens, sehen Sie zu, daß Sie sich nie in Kalifornien eine Krankheit einfangen. Jedenfalls keine, die eine Operation notwendig macht. Die haben da überhaupt keinen blassen *Schimmer* vom Operieren. Mir fehlte gar nichts, was ein bißchen doppeltkohlensaures Natron nicht wieder in Ordnung gebracht hätte.«

Sie debattierten die Scheinheiligkeit und Schurkenhaftigkeit von Region-11-Politikern. Fast sämtliche Anti-Raucher-Verordnungen kamen aus Region 11, Kalifornien, Reichsland der Gesundheits-Nazis. Was war denn an Gerechtigkeit noch möglich, wenn man es den Kaliforniern gestattete, die Gesundheitsstandards der Nation festzulegen?

»Sie wissen, wer Lucy Page Gaston war?« fragte der Captain mit einem seiner durchdringenden fragenden Starrblicke.

Nein, Nick wußte nicht, wer Lucy Page Gaston war.

»Sie entstammte der Bewegung der Temperenzler-Union in den 1890ern und hielt Ausschau nach noch mehr Seelen zum Erretten. Sie hat in Chicago sechshundert Zigarettenhändler wegen des Verkaufs an Minderjährige verhaften lassen. Hat die Anti-Zigaretten-Liga gegründet. 1913 machten sie und ein Arzt eine Klinik auf, wo sie direkt von der Straße weg arme Zeitungsjungen reinschleppten und denen die Kehlen mit Silbernitrat betupften und ihnen sagten, sie sollten auf Enzianwurzeln kauen, wann immer sie das Bedürfnis verspürten. Heute haben wir diese verdammten Nikotinpflaster. 1919 schrieb sie an Queen Mary und Präsident Harding und forderte sie auf, mit dem Rauchen aufzuhören. Was für eine Bodenlosigkeit! 1924 wurde sie in Chicago von einem Straßenbahnwagen überfahren, als sie aus einer Anti-Zigaretten-Versammlung kam. Sie überlebte. Sie starb erst acht Monate danach. Wissen Sie, *woran* sie gestorben ist, Nick?«

»Nein, Sir.«

Der Captain lächelte. »Kehlkopfkrebs. Wissen Sie, wofür das der Beweis ist, Nick? Dafür, daß es einen Gott gibt.«

Draußen vor dem Club verkündete der Captain, da es so ein schöner Frühlingstag sei, würde er gern ein wenig schlendern. Also schlenderten sie ein bißchen, und der Wagen des Captains folgte ihnen dabei langsam.

»Sagen Sie«, fragte er, »was halten *Sie* von BR?« Er fügte an: »Nur so unter uns Pastorentöchtern.«

Plötzlich war der Gehweg mit großen Bananenschalen übersät. »BR«, sagte Nick, »ist . . . mein Boss.«

Dem Captain entfuhr ein kleiner verwirrter Grunzer. »Na, ich möchte doch annehmen, daß *ich* Ihr Boss bin, Sohnemann.«

Sohnemann?

»Aber ich bewundere es, wenn ein Mann loyal ist. Ich hege hohe Wertschätzung für Loyalität. Ich kann einem Mann fast alles nachsehen, wenn er loyal ist.« Sie gingen so dahin. Er blieb stehen, um einige Rebpflanzen in Augenschein zu nehmen. »Die Glyzinien sollten in drei Wochen soweit sein. Einen solchen Duft gibt es nicht noch einmal. Ich stell mir vor, der Himmel riecht wie Glyzinien. BR hat diese Idee, daß wir damit anfangen sollten, Hollywood-Produzenten zu bestechen, daß die ihre Schauspieler rauchen lassen. Interessanter Gedanke. Noch ein Jahr, und wir haben ein totales Werbeverbot. Er meint, auf diese Weise kämen wir drüber weg. Billiger zudem, höchstwahrscheinlich. So wie die Dinge heute aussehen, geben wir fast eine Milliarde Dollar pro Jahr für Werbung aus. Was meinen Sie?«

»Interessanter Gedanke«, sagte Nick unter Aufwallungen.

»Ja, gefällt mir *gar* nicht schlecht. Patenter Mann, der BR.«

»O ja. Und loyal.«

»Freut mich zu hören. Er kommt vom Automatengeschäft, wissen Sie. Harter Zweig unserer Branche. Heutzutage braucht man einen wie BR. Macht sich gut mit den Japsen. *Zäh*. In den Jahren, die vor uns liegen, wird der Ferne Osten von wachsender Bedeutung für uns sein. Das ist der Grund, daß ich ihm ein Angebot gemacht hab, bei dem Krösus persönlich rot werden würde. Nicht daß heute noch irgendwer im gesamten Amerika die Fähigkeit besitzt, rot zu werden. Ich hab's *wirklich* gehaßt, JJ gehen lassen zu müssen. Aber er hat ja seine Wohnanlage unten in Tarpon Springs, gleich auf dem achtzehnten Loch. Ich vermute mal, es wird früh genug passieren, daß sie *mich* bald aus dem Rennen in die Zucht geben. Andererseits«, grunzte er, »wenn man achtundzwanzig Prozent der Aktien besitzt, verfügt man über den Luxus, seinen Fahrplan *selbst* bestimmen zu können. Trotzdem, jünger werde ich auch nicht. Manchmal fühl ich mich wie ein *Tyrannosaurus Rex*, der durch die Sümpfe stolpert und nur noch einen Schritt Vorsprung vor den Gletschern hat. Wissen Sie«, sagte er mit einem Anflug von Ungläubigkeit, »daß die Wissenschaftler heute sagen, die Dinosaurier seien aufgrund ihrer eigenen *Blähungen* ausgestorben?«

»Nein«, sagte Nick.

»Sie sagen, diese ganzen Dinosaurierfürze, die da in die Atmosphäre aufgestiegen sind, erzeugten eine Art globalen Treibhauseffekt, der die Eiskappen zum Schmelzen brachte.« Er schüttelte den Kopf. »Wie wollen die so was bloß *wissen*?«

»Wo bleibt der Nachweis?«

»Wohl wahr. Wohl wahr? Erinnern Sie sich, was Finisterre gesagt hat?«

»Aufgewacht, Jungs, es ist Karfreitag, laßt uns ein paar Biere wegputzen?«

»Nicht der Finisterre. Romulus K. Finisterre. Der Präsident. An *den* erinnern Sie sich doch? Der hat gesagt: ›Die Fackel wird an eine neue Generation weitergereicht.‹ Er sprach da von meiner Generation. Und jetzt kommt langsam die Zeit, um sie an Ihre Generation weiterzureichen. Sind Sie bereit, die Fackel entgegenzunehmen, Nick?«

»Fackel?«

»Es wird nicht einfach sein. Das da draußen ist eine feindselige Welt. Ich schau um mich, und alles, was ich sehe, ist Mündungsfeuer. Und mehr noch, Mündungsfeuer seh ich auch von da kommen, wo unsere *Freunde* sitzen. Neulich hatte ich Jordan da, um mit ihm zu sprechen. Diese alte *Hure*, wir haben über die Jahre soviel Geld in seine Kampagne gesteckt, daß er allein vom Überschuß seine Kinder durchs College bringen konnte. Teufel noch mal, während seiner letzten Kampagne konnte ich noch nicht mal meinen eigenen Firmenjet benutzen, so pausenlos hat er den gebraucht. Und was für eine Bodenlosigkeit wagt er mir jetzt zu sagen, in meinem eigenen Büro, bitte schön? Daß er für diese Verbrauchssteuer stimmen muß, sonst macht das Weiße Haus ihm den LaGroan-Luftwaffenstützpunkt dicht.«

Nick mußte ihm beipflichten: Die Lage sah tatsächlich schlecht aus, wenn der Ehrenwerte Gentleman aus North Carolina, Vorsitzender des Senatsagraraussschusses, seine Stimme zugunsten einer Zwei-Dollar-pro-Schachtel-Zigarettensteuer abgab.

»Manchmal komm ich mir vor wie ein kolumbianischer *Drogen*händler. Neulich sagt doch meine sieben Jahre alte Enkelin, Fleisch vom Fleische meiner eigenen Lenden, zu mir: ›Opa, stimmt es, daß Zigaretten *nicht gut* für einen sind?‹ Meine eigene Enkelin, für deren Privaterziehung und deren Pferd und überhaupt alles aufs *stattlichste* Zigarettengelder sorgen!«

Der Captain blieb stehen und sagte: »Wir müssen etwas tun. Irgendwas Großes, Cleveres und Schnelles. Dieses Hollywood-Projekt von BR. Ich möchte, daß Sie daran arbeiten. Und mir Bericht erstatten, auf direktem Wege.«

»Es *war* BRs Idee«, sagte Nick. »Ich möchte ihn nicht gern verletzen, indem ich seinen Geistesblitz übernehme.«

»Machen Sie sich deswegen keine Sorgen. Ich werd das mit BR regeln. Er schien der Meinung zu sein, dies Mädel Jeannette da sei die richtige, das zu übernehmen. Glaubt, bei der geht die Sonne auf und unter. Aber ich glaube, Sie sind unser Mann.« Er legte Nick seine Hand auf die Schulter. »Und ich täusche mich *selten*.«

Er gab dem Fahrer ein Zeichen. Sie stiegen ein. »HQ, Elmore«, gab der Captain ihm Anweisung. »Dann bringen Sie Mr. Naylor hier zum Flughafen.«

»Ich muß noch mein Gepäck vom Hotel abholen.«

»Darum hat man sich schon gekümmert, Sir«, sagte Elmore. Der Captain lächelte. »Tabak sorgt für die Seinen.«

Sie hielten direkt vor Agglomerated Tobacco. Nicks Fünf-Millionen-Dollar-Querschuß war mit keinem Wort erwähnt worden. Nick fragte ihn danach.

Der Captain nickte gedankenversunken. »Das ist natürlich eine ansehnliche Stange Geld. Ich muß sagen, Sie haben scheint's eine besondere Neigung dazu, das Ausgeben äußerst *großer* Geldsummen zu verursachen.« Sein Gesicht verdüsterte sich, als bewegte sich ein schweres Unwillenssystem darüber hinweg, und für ein, zwei Augenblicke dachte Nick schon, alle Einsätze wären verspielt und gesetzt. Aber dann verzogen sich die Gewitterwolken wieder. Der Alte gluckste: »Na, ich nehm nicht an, daß fünf Millionen Dollar uns in den *Bankrott* treiben werden. Immerhin möchte ich aber doch nicht damit rechnen müssen, daß mir die Überzeugungskraft dieser ganz bestimmten Werbekampagne den Boden unter den Füßen wegziehen wird.« Er streckte ihm seine Hand hin. »Danke, daß Sie sich die Zeit genommen haben, mir einen Besuch abzustatten. Wir bleiben in Kontakt.«

Am Flugplatz öffnete sich beim Näherkommen des Wagens automatisch ein Kettengliederzaun. Der Flieger, eine schnittige Gulfstream 5, wartete schon mit wimmernden Triebwerken, und eine Stewardess der Klasse ›Sports-Illustrated‹-Bademodenausgabe lächelte vom Fuß der Treppe herüber. Kein Wunder, daß der Vorsitzende des Senatsfinanzausschusses dafür eine Kleinigkeit umgewidmet hatte. »*Hallo*«, sagte die Stewardess, »schön, Sie an Booad zu haben!« Nick kletterte hinauf. Seine Füße versanken weich in üppiger Auslegeware. Da waren Ölgemälde auf den Spanten, die Deckenwand war ausgepolstert, die Sitze waren gewaltig, wie BarcaLounge-Sessel, mit weichem Leder bepolstert, in dem Nick beim Hinsetzen tief einsank. »Der Captain meint, das sei sein *Lieblings*sessel auf der ganzen Welt«, sagte die Stewardess. Gleich daneben auf dem Tisch befanden sich frisches Obst, fünf Zeitungen, die aussahen, als seien sie gebügelt worden, und eine Karte aus Elefantenhaut mit der Aufschrift: WILLKOMMEN AN BORD, MR. NICK NAYLOR VON ATS, die außerdem die Flugzeit nach Washington angab und außerdem Fluggeschwindigkeit, voraussichtliche Flughöhe, Wetterbedingungen und die Temperatur in Washington. Die Stewardess beugte sich über ihn, wobei sie Nick einen unvermeidbaren Blick in die weiche Gletscherspalte zwischen ihren sahnigen Brüsten gewährte, aus der ihm ein allerfeinstes Parfüm zugetragen wurde. »Wenn ich irgend etwas tun kann, um Ihnen den Flug so angenehm wie möglich zu machen, so zögern Sie bitte nicht, es mich jetzt *sofort* wissen zu lassen.«

— 7 —

»Flug okay?« fragte BR.

»Prima«, sagte Nick.

»Mit welchem Flug *sind* Sie denn gekommen? Der Vier-fünfzehner ist nicht vor zwanzig nach fünf da, und es ist erst fünf.«

»Ach, ich bin in dem Flugzeug gekommen.«

»Natürlich sind Sie im *Flugzeug* gekommen, Himmel noch mal.«

»In dem Flugzeug vom Captain.« Er hatte sich noch nicht richtig entschieden, wie er mit seinem neuen Status umgehen sollte, aber er fühlte sich wie eine gesprenkelte Eule, die im Büro vom Chef der Bauholzfirma Weyerhaeuser herumschwirrte – geschützt.

BR starrte ihn an. »Das war gewiß ... sehr freundlich von ihm.«

»Ja«, sagte Nick, der seinen Spaß hatte. »Das ist schon ein Flugzeug, nicht wahr?«

»Kann ich nicht beurteilen.«

»Ach?«

»Bislang. Ich war im alten drin. Hab da praktisch drin gelebt. Der Captain hat mich schon ein dutzendmal in das neue eingeladen, aber ich hab's einfach noch nicht auf die Reihe kriegen können, das irgendwo zwischenzuschieben.«

»Na sicher, bei Ihrem Pensum. Ich seh wirklich ein, warum Senator Jordan das so mag. Ashley, die Stewardess – sehr nettes Persönchen –, hat mir erzählt, das sei eine ganz schöne Verbesserung gegenüber der G-4, was die Reichweite angeht.«

»Ä-hmm. Was hat er zu Ihrer Fünf-Millionen-Dollar-Anti-Raucher-Kampagne gesagt?«

»Hat gesagt, ich soll's machen. Aber er will nicht, daß es ihn aus den Latschen haut.«

BRs Gesicht wurde lang und länger. Man konnte richtig sehen, wie es sich in die Länge zog, ähnlich wie ein schmelzender Gletscher, nur schneller. Komische Sache, das Leben, dachte Nick: Vor sechsunddreißig Stunden, als er hier im selben Büro saß, wurde ihm das Koffein verweigert und bedeutet, daß für ihn Schluß sei. Jetzt war es BR, dessen Kaumuskeln sich verrenkten und der so aussah, als habe er eine Sitzung bei Dr. Wheat nötig. Vielleicht sollte er BR die Karte von Dr. Wheat dalassen. DR. WHEAT; ARZT FÜR OSTEOPATHISCHE THERAPIE. Bitte entspannen ... *krrrracks.*

»Ich hab mir gedacht, ich sollte das BMG zuleiten, dieser neuen Firma in Minneapolis, von der ich Ihnen erzählt hab. Es sei denn, Sie haben irgendwelche Einwände.«

»Nein. Keinerlei.«

»Ach, übrigens, BR, der Captain war *wirklich* von Ihrer Idee angetan, den Versuch zu machen, Filmschauspieler mehr zum Rauchen zu bewegen.«

BR wurde rot. »Das war Ihre Idee. Er muß da was durcheinandergekriegt haben.«

»Natürlich. Bei dem, woran der alles zu denken hat.«

»In seinem Alter.« Nick konnte beinahe die Gedankensprechblase aus BRs Kopf rauswachen sehen. *Der wird da nicht mehr lange sitzen, Naylor, und zehn Sekunden, nachdem man seinen Exitus festgestellt hat, gehört dein Arsch mir.*

»Ja«, sagte Nick, »aber der ist scheint's noch unglaublich auf Draht. Dem entgeht nicht das geringste, oder?«

»Er hat Weisung gegeben«, BR ließ ein Blatt Papier über seinen Schreibtisch sausen, »daß Sie dies hier erhalten.«

Es war ein Gehaltserhöhungsformular. Zuerst dachte Nick, das müsse ein Druckfehler sein. Von hundertfünf auf ... zweihundert?

»Na dann«, sagte Nick, »besten Dank.«

»Danken«, sagte BR aufrichtig, »sollten Sie nicht mir.«

Die Leute, die ihm auf den Fluren über den Weg liefen, wußten nicht, ob sie ihn als Aussätzigen oder Helden grüßen sollten. In der Luft hingen massenweise Gerüchte. Nick war abgesägt. Aber hier lief er mit seinem radioaktiven Lächeln herum, wie abgesägt konnte der dann wohl sein? Er mußte noch fest im Sattel sitzen.

»Hey, Nick, lief klasse in der *Oprah.«*

»Ich dachte echt, Goode würde Sie erwürgen.«

»Nick, geben wir wirklich fünftausend Riesen für Anti-Kinder-Paffen aus?«

Gazelle wartete auf ihn und sah riesig erleichtert aus, einen Chef zu haben, der noch einen Job hatte. Die Schautafeln von BMG waren eingetroffen, genau zur richtigen Zeit. Da war kein Augenblick zu verlieren.

»Wollen wir mal schauen.«

Sie stellten sie auf seiner Couch auf, damit Nick sie studieren konnte. Das Volk fing an, sich um seine offene Tür zu scharen und Blicke reinzuwerfen. Was läuft da ab? Was ist mit Nick? Augenfälliges Gemurmel. Plötzlich war Nicks Büro der brandaktuelle Mittelpunkt des Interesses in der Akademie. Und da kam Jeannette und lächelte wie eine Kobra aus einem absolut hinreißenden Kostüm samt Krawatte.

»Nick«, sagte sie beim Eintreten, »Sie waren *sagenhaft* in der *Oprah*. Wir haben ein unglaubliches Feedback.«

»Schon diese Todesdrohungen gesehen?« sagte Gazelle und hielt eine Handvoll WÄHREND IHRER ABWESENHEIT REINGEKOMMEN hoch.

»Sie haben Todesdrohungen auf Kurzmitteilungszetteln notiert?«

»Denen würde ich gar keine Beachtung schenken«, sagte Jeannette und schob Gazelle beiseite. »Geben Sie die Carlton.« Carlton war in der Akademie für Security zuständig.

»Bitte?« sagte Gazelle.

»Nick würde seinen Job nicht gut machen, wenn er nicht die Spinner auf sich ziehen würde«, tat Jeannette die Sache ab. Sie wandte sich Nick zu und sagte: »Echt, Sie waren *unglaublich*.«

»Wollen Sie mal lesen, was einige von diesen Leuten zu sagen hatten?« Gazelle pflückte wie eine Spielkarte einen Notizzettel aus dem kleinen Stapel in ihrer Hand heraus. »›Ich werde dir heißen Teer in den Rachen kippen, du beschissener Kotzbrocken. Mal sehen, wie dir das schmeckt.‹ – ›Bist eine ganz raffinierte Napfnase, was, Nick Naylor? Jede Wette, mit einer Präzisionsflinte könnte man einen Sack Scheiße wie dich auf zweihundertfünfzig Yards abservieren, also paß auf deinen Arsch auf.‹«

»Ich wollt Ihnen bloß mal sagen, wie kolossal Sie waren«, sagte Jeannette und drückte Nick kurz den Ellbogen. Sie wandte sich zu dem kleinen Menschenauflauf um, der sich im Flur versammelt hatte. »Stimmt's etwa nicht?« Sie klatschten Beifall.

Gazelle hätte der hinausgehenden Jeannette die Tür um ein Haar auf den Allerwertesten geknallt. »Ich *kann* dieses Aas nicht ab.«

»Ich weiß ja nicht«, sagte Nick, »aber sah so aus, als würde sie die weiße Fahne schwenken.«

»Ach? Gestern kam sie hier mit bunten Stoffmustern rein, umdekorieren hieß die Parole. Jetzt kommt sie rein und kriecht Ihnen in den Arsch. Und Sie mögen das noch.«

Nick schaute auf die Schautafeln und runzelte die Stirn. »Würden Sie mir wohl Sven Gland in Minneapolis an die Leitung holen. Das heißt, wenn Sie mit dem Kritikastern fertig sind?« Er überflog die Telefonnotizen. Sammy Najeeb, Larry Kings Redakteurin. Na ja, na ja . . . »Wer ist Heather Holloway?«

»Reporterin vom ›Washington Moon‹«, maulte Gazelle.

»Was will die?«

»Ein Interview.«

»Zu welchem *Thema*?«

Gazelle stemmte sich die Hände in die Hüften. »Was *meinen* Sie wohl, zu welchem *Thema* die ein Interview von Ihnen will? Friedensprozeß im Nahen Osten?«

»Also, warum notieren Sie jedes einzelne Wort, das diese, diese geifernden Verrückten mit den Präzisionsflinten Ihnen ansagen, und geben sich nicht damit ab zu notieren, was eine Reporterin sagt? Und warum sind Sie heute so *griesgrämig*? Was zum Teufel läuft denn hier bloß ab?«

»Wollen Sie, daß ich Ihnen Sven Gland ans Telefon hole?«

»Ja doch, *bitte*«, sagte er mit knirschenden Zähnen. »Und Kaffee«, obwohl er gar keinen haben wollte; das war nur so zur Strafe.

»Es ist halb sechs, wofür wollen Sie da Kaffee haben? Sie werden nicht schlafen können.« Sie ging raus. Was für eine oberschlaue Idee war *das* bloß gewesen, mit Gazelle ins Bett zu gehen, damals an dem Abend, nachdem sie abends Überstunden gemacht hatten und dann hinterher noch auf ein Schlückchen bei Bert gewesen waren. Eins hatte das andere ergeben – läuft immer so –, und bevor er recht wußte, was er tat, buchte er schon bei einem Klugscheißer von Nachtportier ein Zimmer im Madison Hotel. Nein, nicht reserviert. Nein, kein Gepäck. Ja, für zwei. Nein, *nicht* zwei Einzelbetten. Im Aufzug mit dem Portier, der darauf bestand, ihnen zu zeigen, wie die Minibar, die Heizung, die Air-Conditioning, der Fernseher funktionierte, und Himmel, er war schon drauf und dran, die Verfahrensweise für die chemische Reinigung zu erklären, als Nick ihn mit einem Zehn-Dollar-Schein aus der Tür schob. Dann am nächsten Tag mußten sie diese ganzen Peinlichkeiten des Büroablaufs absolvieren. Guten Morgen, Miss Tully. Guten Morgen, Mr. Naylor. Kaffee? Ja, *bitte*, Miss Tully. Dann beim ersten Mal, als sie irgend etwas falsch machte und er ihr irgendwas sagte deswegen: rums, Pauken und Trompeten, böser Blick, und ein Vortrag über sexistische Einstellungen. Und jedesmal seither, wenn sie abends Überstunden machten und er sagte, wie wär's noch auf ein Schlückchen bei Bert, da hieß es: Nein, danke, es ist schon spät, und ich muß noch Jerome bei meiner Schwester abholen, und Nick blieb in der Rolle des kaukasischen Sexualneurotikers zurück, der sich fragen mußte, ob er nicht irgendwie ... versagt hatte bei dem, was er trotzdem scheint's als eine absolut ehrenwerte Verrichtung von jenem verschwitzten Abend in Erinnerung hatte. Serie von Verrichtungen vielmehr. Es stimmte alles, was man so über schwarze Frauen sagte, jedes Wort – sie *waren* unersättlich. Kein Wunder, daß schwarze Männer scharenweise von zu Hause abhauten. Sie brauchten Schlaf.

Nick wandte seine Aufmerksamkeit den Schautafeln zu. Sie waren unwiderstehlich, brillant, fesselnd. Er hatte recht daran getan, der langweiligen Anzeigenagentur der Akademie den Laufpaß zu geben und zu Buda/Munganaro/Gland zu gehen, der superscharfen neuen Klein-aber-fein-Agentur in Minneapolis, die sich einen zweitklassigen schwedischen Wodka mit dem Nachgeschmack von Heringsschuppen geschnappt und in die Nummer eins nach Verkaufszahlen unter allen Spirituosen des Landes verwandelt hatte. Er seufzte.

»Sven«, sagte er in die Muschel, »das ist einfach glänzend. Das hat mich total aus den Latschen gehauen.«

»Ich weiß«, sagte Sven. »Uns auch.«

»Das ist das Problem. Das ist so eine Gute-Nachricht-schlechte-Nachricht-Situation. Die schlechte Nachricht ist, daß wir einen Blindgänger draus machen müssen. Der muß so blind sein wie ein Stock, sonst stehen meine Leute nicht dahinter. Absoluter Rohrkrepierer. Die gute Nachricht ist, daß sie einverstanden sind, fünf Millionen Dollar für diese Kampagne auszugeben.« Nach Abzug von Gebühren und Provisionen würden BMG da gut und gerne $ 750 000 einsacken.

»Sven? Sind Sie noch da?«

»Sie wollen, daß das in die *Hose* geht?«

»Ja. Es muß in die Hose gehen.«

»Das ist nicht gerade das, was wir so machen, Nick.«

»Nein, Sie reden Millionen von Leuten die Überzeugung ein, sie seien hip, weil sie einen Wodka trinken, der so schmeckt wie jeder beliebige Wodka, nur schlechter. Ich hab mir sagen lassen, in Schweden trinkt keiner, der noch alle Tassen im Schrank hat, dieses Zeugs. Das schmeckt wie Fisch. In Stockholm müssen sie sich ja wohl im Schnee wälzen vor Lachen. Und da wollen Sie mir erzählen, daß Sie für eine Riesenstange Geld nicht eine langweilige Anti-Raucher-Kampagne mit jugendlicher Zielgruppe auf die Beine kriegen könnten?«

Pause. »Könnten wir wohl.«

»Wo liegt dann das Problem?«

»Kein Problem.«

Nick sagte, er brauche bis Freitag irgendwas, was er den Erwachsenen zeigen könne, weil ihnen der Werberat bereits Dampf machte, dem wiederum die Sargnagelgruppen Dampf machten, die einen dicken, fetten Braten rochen.

Er rief Sammy Najeeb an. Die Ministerin für Gesundheit und soziale Dienste forderte Nicks Rücktritt. »Ich bin immer der letzte, der so was erfährt«, sagte Nick. Larry wollte ihn morgen in der Sendung haben. Sowie Nick aufgelegt hatte, steckte Jeannette ihren Kopf in sein Büro rein, um ihn zu informieren, daß

Ministerin Furioso von Verdrehtheit und totale Früste (siehe oben) seinen Rücktritt forderte, und Nick war in der glücklichen Lage, ihr sagen zu können, daß er das gerade von Larry Kings verantwortlicher Redakteurin erfahren habe. Wenn du heiß bist, bist du heiß.

Fünf Minuten später rief BR ihn an. Einimpfung in Sachen Stellungnahme. Sein ganzer Ton hatte sich gewandelt. Er hatte schon von der Einladung zu Larry King gehört. Ein echter Volltreffer, gute Arbeit. Und dann also diese Furioso-Sache, wie sollten sie damit umgehen? Tabak holt zum Gegenschlag aus, das war prima, das war fein. Nick hatte seine zweihundert wirklich verdient. Aber sie gehört dem Kabinett an, und wir wollen nicht, daß Sie auf totalen Konfrontationskurs gehen. Okay?

Okay. Sie waren sich einig. Nick würde in der Sache unbeugsam bleiben, aber höflich im Ton. Er würde die Melodie Wir-stehen-hier-doch-alle-auf-derselben-Seite so weit strapazieren, wie es irgend möglich war. Furioso war ein zäher alter Geier. BR machte Nick ein Kompliment. Erstaunlich. Er sagte: »Sie bringen jetzt besser Ihr Fünf-Millionen-Dollar-Baby ins Spiel. Könnte sich als die beste Ausgabe erweisen, die wir je getätigt haben.« Wir! Team Tobacco!

Die Planeten harmonierten in perfekter Linie. Für Polly war es ein guter Tag, ein echt guter Tag. In der Tat war es gut möglich, daß sie einen solchen Tag nie wieder erleben würde. Seit etlichen Jahren benutzten die Neoprohibitionisten in der Bundesregierung eine Formulierung, die die Schnaps-, Bier- und Weinlobbyisten in den Wahnsinn trieb: »Alkohol und andere Drogen.« Der Moderation Council hatte Millionen für den Versuch ausgegeben, Onkel Sams Rundköpfe davon abzuhalten, in ihren sämtlichen Mitteilungen darauf zurückzugreifen. Völlig erfolglos. Und jetzt hatte der Papst öffentlich gesagt, Wein solle man nicht als Droge auffassen. Schon wahr, er sprach vom Meßwein und von Wein, der in Maßen zur Anwendung kam, bei Tisch in der Familie, vorzugsweise im Vorlauf zu ein bißchen ehelichem und der Fortpflanzung dienendem Geschlechtsverkehr. Trotzdem machte Polly mit dem unfehlbaren Ausspruch Seiner Heiligkeit

Wirbel im großen Stil, jagte einen Schneesturm aus Papier in die Welt hinaus. Ihre Weinleute waren außer sich vor Freude. Ihre Bierleute spuckten Pfirsichkerne. Der Boss von Gutmeister-Melch hatte ihr dreißig Minuten lang eine Standpauke gehalten, daß sie »ihn nicht dazu gebracht« habe, dasselbe auch über Bier zu sagen.

»Ich hab ihm gesagt, das wären nicht wir gewesen. Die italienischen Hersteller waren das. Die haben sich hier die abstürzenden US-Absatzzahlen angesehen und das dann durch einen der Kardinäle bewerkstelligt.«

»Schwer, sich vorzustellen, was der Papst wohl gutes über *Bier* sagen könnte«, sagte Bobby Jay. »Sieht nicht so aus, als hätte Christus der Herr in Kanaa Wasser in Bier verwandelt. Und beim letzten Abendmahl haben sie wohl auch kaum im oberen Stübchen Bier gesoffen.«

»Dann hauten auch noch meine Spirituosenleutchen auf die Kacke.«

»Was wollen die denn«, sagte Nick. »Soll er ein Wörtchen für Scotch einlegen?«

»Nein, die wollen bloß ... das ist so ein Nullsummenspiel. Das Absatzvolumen ist rückläufig, und die sind alle absolut paranoid. Die sehen, daß bei Wein oder Bier irgendwas positiv läuft, und denken gleich: Weniger für uns. Ich bring mehr als die Hälfte meiner Zeit damit zu, die davon abzuhalten, daß sie einander umbringen, während sie sich doch gegenseitig den Rücken freihalten sollten.«

»Na, Prösterchen jedenfalls«, sagte Nick und erhob sein Glas. »Nett gedeichselt, auch wenn du da gar nichts mit zu tun hattest. Sagt mal, kennt einer von euch beiden vielleicht eine Heather Holloway? Arbeitet für den ›Moon‹. Will was über mich machen.«

»Heather Holloway? Allerdings«, sagte Bobby Jay. »So ein irischer Typ, rötliches Haar, große grüne Augen, tolle Haut. *Irre* Titten.«

»Titten?« sagte Polly. »Wieso interessieren hier denn ihre Titten?«

»Äh-hümm«, sagte Bobby Jay durch sein Essen. »Weltklasseobermänner bei einer Reporterin, die ein Männchen unserer Gattung interviewt, sind durchaus von *Interesse*, kannste mir glauben.«

»Ich dachte, Jesus-Freaks quatschen nicht wie die Pennäler in der Umkleide.«

»Ich bin kein ›Jesus-Freak‹. Ich quatsch keine Fremden an Straßenecken an. Ich spiel nicht Gitarre. Ich bin ein wiedergeborener Christ. Und ich schieße«, sagte Bobby Jay, »um zu töten.«

»Du wirst mal so enden wie dieser Heini in Waco. Lobet den Herrn, teilt die Muni aus und knallt die Antiterror-Agenten ab. Bei Knarren und Religion werd ich verdammt nervös.«

Nick sagte: »Gibt's da vielleicht *noch* irgendwas, was du mir von ihr erzählen kannst, mal abgesehen von der BH-Größe, die sie trägt?«

Bobby Jay sagte, Heather Holloway sei bei einer der SAFETY-Pressekonferenzen aufgetaucht, wo Mr. Drum die Forderung aufgestellt hatte, mehr Gefängnisse zu bauen. Das gehörte zur offensiven Strategie von SAFETY: Statt still dazuhokken und für irgendwelche Liberale, die nicht wollten, daß Kriminelle Schußwaffen haben, den Punchingball abzugeben, machten sie von vornherein Stimmung gegen die Liberalen, weil diese Leute auf freien Fuß setzten, die Leute erschossen hatten. Heather war für Drum in die Bresche gesprungen und hatte mehr oder weniger einen Artikel gegen Waffenkontrollgesetze geschrieben – der ›Moon‹ war schließlich ein konservatives Blatt –, aber sie hatte sich mit Drum angelegt, weil der darauf beharrte, eine psychische Störung in der Vorgeschichte dürfe einen Menschen nicht von der Möglichkeit zum Kauf einer Handfeuerwaffe ausschließen. Deswegen verdächtigte Drum sie liberaler Tendenzen.

»Worum soll's denn in ihrem Artikel schwerpunktmäßig gehen?« fragte Polly. »Tabak rüstet sich zum Gegenschlag?«

»Sie sagt, das ist für eine Serie über den Neopuritanismus. Kann sein, daß der ›Moon‹ auf Tabakinserate spekuliert.«

»Sei mal lieber vorsichtig«, sagte Bobby Jay. »Tu einfach so, als wär's irgendeine häßliche alte Hasenscharte, die dich interviewt.«

»Bobby, ich denk doch wohl, daß ich mit einem gutaussehenden Reportermädchen schon umgehen kann.«

»Hab das schon oft genug erlebt. Die kommen reinmarschiert,

zwinkern dir mit ihren hübschen Äuglein zu, schlagen ihre Beine ein paarmal übereinander, und bevor du noch weißt, was du tust, hast du diesen Schlamassel von wegen ›Ich dürfte Ihnen das eigentlich gar nicht erzählen‹ und ›Würden Sie gerne mal unsere vertraulichen Akten sehen?‹. Hüte dich vor Isebels mit Bandgeräten.«

»Bobby Jay, du solltest wirklich mit den Frühstücksgebetsgruppen aufhören. Du wirst langsam komisch.«

»Ich will doch bloß sagen, daß die meisten Männer, wenn sie's mit einer Reportermieze zu tun haben, zuviel reden.«

»Man dankt für den Rat.«

»Hundert Eier drauf, daß du am Ende so viel von der Firma ausposaunt hast, daß eine Blaskapelle ganze Umzüge davon bestreiten könnte. Wie sieht's aus, Ms. Steinem? Mit dabei?«

»Ich glaub, Nick kriegt das schon gedeichselt.«

»Hundert pro Nase, daß er wenigstens eine nennenswerte Indiskretion begeht.«

»Gebongt«, sagte Nick.

»Abgemacht«, sagte Polly. »Verdammt,« sagte sie, »hab eine Verabredung um halb drei. *Prime Time Live* bringt nächsten Donnerstag einen Beitrag zum fötalen Alkoholsyndrom.«

»Autsch«, sagte Nick und nippte am Kaffee, »das haut ganz schön rein.«

»Die werden uns fürchterlich fertigmachen.«

»Ich hab auf CNN dieses Ding gesehen über eine Frau, die in den letzten drei Monaten täglich eine Gallone Wodka gekippt hat. Komischerweise hatte Ihr Kind dann Probleme.«

»Irgendwelche Ideen, die ich brauchen könnte?«

Nick dachte nach. »Weiß nicht recht. Mißgebildete Kinder hauen ziemlich rein. Ich hab Glück. Mein Produkt macht die bloß kahlköpfig, bevor sie sterben.«

»Ist mir wirklich eine große Hilfe.«

»Zieh die Nachweislage in Zweifel. Verlang, daß man dir Einsicht in die Krankengeschichte der Mütter gibt. Die KG von deren Mutter, die KG von der Mutter ihrer Mutter. Sag einfach: Wo bleibt denn hier die *Wissenschaft*? Das ist alles bloß Hörensagen.«

»Vielleicht könntest du die Kleinen in den Arm nehmen«, sagte Bobby Jay, »so à la Mrs. Bush und das Aids-Baby.«

»Die werden mich die Kleinen nicht in den Arm nehmen *lassen*, Himmel noch mal, Bobby.«

»Wer macht den Beitrag? Donaldson oder Sawyer?«

»Sawyer, schätz ich. Die geben sich ziemlich zugeknöpft, aber der Redakteur, mit dem wir's zu tun haben, ist einer von ihren, deswegen bin ich mir ziemlich sicher.«

»Das ist heftig.«

»Wieso?«

»Weil *die* die Kleinen in den Arm nehmen wird. Paß auf, wenn's schon so aussieht, wenn du siehst, daß sie Anstalten macht, eins in den Arm zu nehmen, versuch, schneller zu sein als sie.«

»Mein Gott, da freu ich mich wirklich drauf.«

»Mach einen Fonds auf«, schlug Bobby Jay vor. »Die Fötales-Alkohol-Syndrom-Stiftung. F-A-S-S. Fass, Faß.«

»Prima, ich seh schon das Gesicht von Arnie Melch oder das von Peck Gibson und von Gino Grenachi, wenn ich denen sage, ich will Geld für die Bälger von besoffenen Müttern. Und dann noch mit den Begriffen ›Fötal‹ und ›Alkohol‹ im Namen. Ist wirklich eine gottverdammt brillante Idee. Aber Entschuldigung. Ich vergesse ganz, daß ich mit dem PR-Meisterdenker des Kirchenchormassakers von Carburetor City spreche.«

»Wieso nicht? Das würde eure Anteilnahme zeigen, euren Edelmut.«

»Errichtet ihr vielleicht Stiftungen für Leute, die erschossen werden?« sagte Polly gereizt. »Nein, weil euch das ruinieren würde.«

»Schußwaffen bringen keine Leute um, Polly.«

»Ach ja, *tatsächlich*.«

»Nein, er hat recht«, sagte Nick. »Kugeln bringen Leute um.«

»Ich muß los«, seufzte Polly schwer. »Jesus, das wird absolut *furchtbar* werden.«

Nick begleitete sie noch ein Stück des Weges zurück zum Moderation Council. Es war ein schöner Washingtoner Frühlingstag – die abscheulichen Washingtoner Sommer sind die Rache der

Natur für die Lieblichkeit der Washingtoner Frühlinge –, und die Magnolie an der Ecke Rhode Island/Seventeenth stand in Blüte. Wie Nick bemerkte, trug Polly weiße Strümpfe mit etwas silbernem Schimmer darauf, der ihren langen Beinen, wie sie da unter ihrem blauen Faltenrock verschwanden, einen frostartigen Glanz verlieh. Er ertappte sich dabei, daß er zu ihren Beinen hinuntersah. Dieses ganze Gerede über Heather Holloways Titten, Gazelle im Madison Hotel, das Frühlingswetter – das alles brachte Nick zum Sinnieren. Die weißen Strümpfe, wirklich hübsch sahen sie aus, jungejunge, erinnerten ihn an den Abend vor zehn, nein zwölf Jahren, als er noch neu in Washington war, im Sommer, und er und Amanda hatten zusammen zwei Flaschen erfrischenden, kalten Sancerre weggeputzt und schlenderten zum Lincoln Memorial hinunter. Es war einer von diesen dunstigen Washingtoner Abenden. Sie trug dieses blumenbedruckte Baumwollkleid, das von der ganzen Feuchte an ihrem Körper klebte, und, na ja, er wußte ja nicht, wie das bei Heather Holloway war, aber Amandas Körper brauchte sich wirklich für nichts zu entschuldigen, so, wie der, ä-hmm, und sie trug weiße Strümpfe, bis zum Oberschenkel hoch, diese Sorte, die keine Strumpfbänder brauchten, aber leichten Zugang zu der Traumregion weiter oben erlaubten, und hmm, ja, na ja, Nick hatte es wirklich ziemlich mit langen weißen Strümpfen. Sie gingen ganz nach hinten um das Lincoln herum, dahin, wo es auf den Arlington-Friedhof sieht, und Amanda lehnte sich gegen eine der bulligen Granitsäulen und kicherte vor sich hin, weil sich ihr die Ausfurchungen so in den Rücken gruben. Nick hatte sich auf die Knie runtergelassen, was auf dem Marmor nicht sonderlich bequem war, aber er dachte gar nicht an seine Knie, und wie er das blumengemusterte Kleid langsam hochschob, ganz langsam, und ihr Küsse aufdrückte, bis die kalten Schenkel zum Vorschein kamen, und dann das Dreieck des weißen – wiederum weißen! – Seidenhöschens, und . . .

»Wie wär's noch mit einem Drink, später heut abend, nach der *King-Show*?« fragte Nick.

Polly sah ihn an. »Einem Drink?«

»Das Studio ist da unten, Ecke Mass und Weißnichtwelche,

Third oder so. Wir könnten ins Il Peccatore.« Senator Finisterre, Neffe des ermordeten Präsidenten, hatte das kürzlich berühmt gemacht, nachdem eine Kellnerin mit den Speisen ins separierte Hinterzimmer spaziert war und den Senator vorgefunden hatte, wie er gerade auf dem Tisch eine junge weibliche Hilfskraft entehrte. Der Vorfall wurde ruchbar, und seitdem hielten am Bürgersteig genau davor, wo die Freilufttische des Il Peccatore aufgestellt waren, die Busse an, und die Reisebegleiter sagten über Lautsprecher: »Das ist die Örtlichkeit, wo Senator Finisterre in diesen einen Vorfall verwickelt war«, und irgendwelche Leute aus Indiana knipsten drauflos, während die draußen sitzenden Gäste des Il Peccatore sich alle Mühe gaben, ihre Arugula und Calamari zu essen, ohne sich dabei wie Statisten in irgendeiner Live-Sex-Show vorzukommen.

»Ich . . .«

»Ach, komm schon.«

»Ich laß das besser.«

»Wieso?«

»Ich hab noch ein Essen mit dem Einer-muß-noch-fahren-Ausschuß.«

»Dann eben nach dem Essen. Wie lang kann so ein Essen mit dem Einer-muß-noch-fahren-Ausschuß denn dauern?«

Eine Sekunde lang sah es so aus, als würde sie ja sagen, ja, ich will, ja. Dann sagte sie: »Ich kann wirklich nicht. Vielleicht ein andermal.«

8

Sammy Najeeb, Larry Kings Redakteurin und eine Naturgewalt, eins dingsundneunzig, kräftig, herzhaft, kam in den Rezeptionsbereich, um ihn abzuholen und in die Maske zu bringen. »Ich hab früher wie ein Schornstein geraucht«, sagte sie.

»Es ist nie zu spät, wieder damit anzufangen. Ach, übrigens, wer kommt im zweiten Bericht?«

»Das werden Sie gar nicht erfahren wollen«, sagte Sammy.

Nick blieb stehen. »Doch nicht der Krebs-Bengel?«

»Nein. Das hier ist nicht *Oprah*. Aber Sie sind schon in der richtigen Arena.«

»Wer?«

»Sie können sich auf mich verlassen, Sie werden nicht mit ihm zur selben Zeit im selben Raum sein müssen, versprochen. Ist alles arrangiert. Ich hab Anweisung gegeben.«

»*Wer?*«

»Das ist Lorne Lutch.«

»Ich bin mit dem Tumbleweed-Mann zusammen auf Sendung? Sind Sie *komplett* durchgedreht?«

»Sie sind mit niemandem zusammen auf Sendung. Das sind zwei absolut getrennte Teile. Hören Sie zu, das ist nichts Abgekartetes, Larry wollte *Sie* in der Sendung haben, und da hat Atlanta gesagt, er müsse hinterher wen von der anderen Seite drin haben, wegen der Ausgewogenheit.«

»Ausgewogenheit«, grummelte Nick.

»Das wird prima werden. Larry war *entzückt* über das, was Sie in der *Oprah* gemacht haben. Ist ein richtiger Fan. Er hat früher drei Schachteln pro Tag weggeraucht.«

»Hallöchen auch«, sagte die Maskenbildnerin.

Nick setzte sich rauchend hin. »Am besten Innocent Bisque?«

»Innocent ist alle«, sagte sie. »Aber Indigo ist fast genauso.«

»In Ordnung. Und Lohröte als Aufheller.«

Jesus, der Tumbleweed-Mann. Über zwanzig Jahre lang *das* Symbol von Amerikas rauchender Männlichkeit zu Pferde, sein durchfurchtes, granitenes Gesicht auf der Umschlagrückseite jeder Zeitschrift, auf Plakatwänden, im Fernsehen zu bewundern, damals, in jenen glücklichen verflossenen Tagen. Heute atmete er durch ein Loch in seiner Kehle, und mit jedem Atemzug, der ihm noch blieb – was Gott sei Dank nicht mehr viele waren, wenn man Gozem O'Neal, dem Chef des Nachrichtendienstes, glauben konnte –, pflasterte er sich den Weg zur Paradiespforte, indem er jedermann vor dem Übel des Rauchens warnte. Ironischerweise war es Nick gewesen, der es dem Manager der Total Tobacco Company ausgeredet hatte, Lutch wegen Vertragsbruchs zu verklagen, und zwar mit der Begründung, es sei nicht gut für das Branchenimage, einen sterbenden Mann mit drei Kindern und zwölf Enkelkindern zu verklagen, zumal seine krächzenden Appelle an die Jugend der Nation ihn zu einem Liebling der Medien gemacht hatten (zumindest der audiovisuellen Medien, da die ohnehin keine Zigarettenwerbung mehr bringen konnten). Vielleicht, dachte Nick, ließ sich dieses rührende kleine Detail heute abend bei seiner Verteidigung ausschlachten.

Sammy lungerte in seiner Nähe herum, als wollte sie sicherstellen, daß er nicht mitsamt dem Make-up-Schürzchen über die Feuerleiter das Weite suchte.

Larry King gab sich sehr willkommensfreudig. »Gut, Sie zu sehen. Danke, daß Sie gekommen sind.«

»Gern geschehen«, sagte Nick knapp. Seine Trapeziusmuskeln waren hyperton. Er würde bald eine Sitzung mit Dr. Wheat nötig haben. Er könnte auch jetzt auf der Stelle eine Sitzung mit Dr. Wheat brauchen.

»Ich hab früher drei Schachteln pro Tag geraucht«, sagte Larry. »Und wissen Sie was, es fehlt mir immer noch. Wird eine prima Sendung werden heute abend. Viele Anrufe. Sehr emotionales Thema.«

»Wie ich höre, ist Lorne Lutch im zweiten Teil«, sagte Nick.

Larry zuckte mit den Schultern. »Was soll ich tun. Aber ich sag Ihnen mal was.«

»Was wäre das?«

»Der ist ein netter Kerl.«

»Ja, das haben wir auch gehört.«

»Übrigens, wissen Sie, wie man dieses Loch da nennt? Das in der Kehle. Stoma. Muß wohl griechisch sein, stimmt's?«

»Zweifelsohne.« Nick schraubte sich den Ohrhörer rein.

»Guten Abend alle zusammen. Mein erster Gast heute abend ist Nick Naylor, Chefsprecher der Tabaklobby hier in Washington, D. C. Guten Abend, Nick.«

»Guten Abend, Larry.«

»Vor ein paar Tagen waren Sie in der *Oprah-Show* und haben da einen ziemlichen Wirbel verursacht. *Stimmt's?*«

»Offensichtlich, Larry.«

»Und jetzt haben die Ministerin für Gesundheit und soziale Dienste und die Generalbundesärztin verlangt, daß Sie entlassen werden, wie ich höre. Kommt nicht oft vor, so was, oder?«

»Na ja, diese beiden sind natürlich nicht ganz unparteiisch, wenn es um Tabak geht. Eigentlich hätte ich ja gedacht, sie würden sich freuen über unsere Ankündigung, daß unsere Branche im Begriff ist, fünf Millionen Dollar für eine sehr ambitionierte Kampagne auszugeben, mit der minderjährige Kinder vom Rauchen abgehalten werden sollen. Aber ich vermute, da sind ihnen politische Interessen in die Quere geraten. Wirklich schlimm.«

»Eine ganze Menge Geld, fünf Millionen.«

»Das können Sie laut sagen, Larry.«

»Ich möchte Sie etwas fragen, Nick. Rauchen ist doch ungesund, stimmt's? Ich meine . . .«

»Nein, Larry, das stimmt in Wahrheit so gar nicht.«

»Ich hab früher eine Menge geraucht, und ich hatte drei Herzattacken und eine Bypass-Operation. Mein Arzt hat mir gesagt, ich könne entweder weiterrauchen oder sterben.«

»Ich möchte hier nicht gern Ihre Krankengeschichte diskutieren, Larry. Ich weiß nicht, wie groß die Veranlagung zu Herzleiden in der Familie King ist. Auf jeden Fall bin ich froh, daß es Ihnen wieder bessergeht. Aber wenn ich uns ein bißchen von den Einzelfällen weg und zu den wissenschaftlichen Erkenntnissen hinsteuern darf, Tatsache ist, daß sechsundneunzig Prozent aller starken Raucher niemals ernsthaft krank werden.«

»Ist das nicht ziemlich schwer zu glauben?«

»Sie kriegen Erkältungen und, wissen Sie, Kopfschmerzen

und all diese üblichen Sachen, Fußballenentzündungen« – *Fußballenentzündungen?* –, »aber sie werden nicht ernsthaft krank.«

»Woher stammt diese Zahl?«

»Von den Nationalen Instituten für Gesundheit, gleich hier um die Ecke in Bethesda, Maryland.« Sollten die NIG das morgen ruhig dementieren; morgen waren die Leute schon mit etwas ganz anderem beschäftigt – Bosnien, Steuererhöhungen, Sharon Stones neuem Film, Patti Davis' jüngstem Roman über ihre Mutter und was für ein Aas die war. Und wo er einmal dabei war, gab er noch eins obendrauf: »Und von den Krankheiten-Kontroll-Zentren in Atlanta, Georgia.«

»Das *sind* schon interessante Neuigkeiten.« Larry zuckte mit den Schultern. Larry war im Grunde einfach zu höflich, um seine Gäste zu beschuldigen, sie seien schamlose Lügner. Wahrscheinlich war das der Grund, warum Ross Perot ihn so sehr mochte. Mit ein bißchen Glück würde von NIG und KKZ niemand zuschauen.

»Natürlich«, sagte Nick, »möchte weder Ministerin Furioso noch die Generalbundesärztin, die sich beide fortgesetzt weigern, mit mir über dieses Thema zu diskutieren, daß das bekannt wird, sonst würden ihnen die Budgets gekürzt. Traurig, aber wahr.«

»Interessant.«

»Es gibt in Sachen Tabak eine Menge Dinge«, seufzte Nick, »von denen die Regierung nicht will, daß sie bekannt werden. So zum Beispiel . . .« – *Was?* – ». . . die über jeden Zweifel erhabene wissenschaftliche Tatsache, daß er den Ausbruch der Parkinsonschen Krankheit hinauszögert.«

»Also sollten wir besser warten, bis wir fünfundsechzig sind, und dann wie verrückt zu rauchen anfangen?«

»Nun, Larry, wir wollen nicht dafür streiten, daß irgendwer mit dem Rauchen anfängt. Wir sind einfach nur hier, um die wissenschaftlichen Fakten auf den Tisch zu legen. Beispielsweise den gerade erschienenen Bericht, der zeigt, daß Tabakrauch den Ozonabbau, der durch Fluorchlorkohlenwasserstoffe verursacht wird, wieder ausgleichen kann.«

»Tatsächlich?« sagte Larry. »Na, vielleicht sollte ich wieder damit anfangen und so das Meinige zur Bekämpfung des Ozonlochs beitragen. Ich sprech das wohl lieber noch mit meinem Arzt ab?«

»Ärzte neigen dazu, ihre eigenen Interessen zu verfolgen. Ich möchte Ihre Aufmerksamkeit auch noch auf den Bericht von letzter Woche lenken, wonach Raucher, die im Büro arbeiten, tendenziell seltener an Sehnenscheidenentzündungen leiden, dieser Handgelenksgeschichte, wissen Sie, weil sie öfter Pause machen. Da hätten wir noch etwas, von dem das, Zitat, Establishment der medizinischen Forschung, Zitatende, nicht will, daß Sie davon erfahren.«

»Wir werden jetzt ein paar Zuschaueranrufe entgegennehmen. Spokane, Washington, Sie sind auf Sendung.«

»Hallo?«

»Sie sind auf *Larry King Live*.«

»Oh. Äh ja, hallo.«

»Haben Sie eine Frage?«

»Ja. Ich möchte Ihren Gast fragen, wie er mit seinem Gewissen klarkommt.«

»Ich darf wohl annehmen, Sie heißen nicht gut, was er tut.«

»Ich finde, das ist ein Schwerverbrecher, Larry. Den sollte man einsperren. Mindestens. Auf das, was er tut, sollte die Todesstrafe stehen.«

»Nick, möchten Sie dazu etwas sagen?«

»Eigentlich nicht, Larry.«

»Blue Hill, Maine, Sie sind auf Sendung.«

»Ja, ich habe viele, viele, *viele* Jahre lang geraucht. Und dann bildeten sich hier so Art Schwellungen, ja?« Äh-hmm. »Und der Doktor hat gesagt, das käm vom Rauchen, also hab ich's aufgegeben, aber die Schwellungen sind immer noch nicht weggegangen, deswegen überleg ich, ob ich nicht wieder damit anfangen sollte.«

»Mm-hmm«, sagte Larry. »Und Ihre Frage?«

»Der Doktor, wo mir das gesagt hat, war son junger Bursche, und ich glaub, der hat mir das bloß gesagt, weil er mich zum Aufhören bringen wollte. Ich glaub nicht, daß die Schwellungen irgendwas mit dem Rauchen zu tun hatten.«

»Okay, Milwaukee, Wisconsin, Sie sind auf Sendung.«

»Ich bin Raucher, und das hat mich nicht krank gemacht. Ich sage Ihnen, was mich krank gemacht hat, das ist das öffentliche Trinkwasser hier in Milwaukee. Ich dacht schon, mit mir wär's aus.«

»Besten Dank. Niemand mit einer Frage heut abend?« Larry schaute zu Sammy im Regieraum, die gestikulierte, um ihm zu bedeuten, die Anrufer hätten alle *behauptet*, sie hätten Fragen.

»Okay, wir brauchen eine Frage. Atlanta, Georgia« – Nicks Eingeweide schalteten auf Stufe Rot – »Sie sind auf Sendung.«

»Danke, Larry. Ich arbeite hier an den Krankheits-Kontroll-Zentren, und ich möchte gerne die *außerordentliche* Fehlinterpretation korrigieren, die dieser ... dieses Individuum zu insinuieren versucht. Wenn es auch stimmen mag, daß nicht weniger als sechsundneunzig Prozent aller Raucher niemals ernsthaft krank werden, so folgt daraus doch keineswegs unmittelbar, daß Rauchen nicht gefährlich ist. Es ist extrem gefährlich. Es steht an erster Stelle aller vermeidbaren Todesursachen in den Vereinigten Staaten. Es hat seit den vierziger Jahren bis heute über sechzigtausend Untersuchungen gegeben, die den Zusammenhang zwischen Rauchen und Krankheiten belegen. Wenn dieser Kerl nun behauptet, wir würden sagen, Rauchen sei in Ordnung, so ist das einfach mehr als unmoralisch. Das ist grotesk.«

»Nick?«

Nick räusperte sich. »Wenn dieser Herr hier über die *Forschungslage* diskutieren will, so bin ich ganz und gar dafür. Unsere Einstellung lautet seit eh und je ... her mit dem Nachweis.«

»Der lügt, wenn er den Mund aufmacht, Larry. Dieser Typ ist niederträchtiger als Walscheiße.«

»Nun ja«, sagte Nick, »es ist nicht gerade leicht, in einer rationalen Diskussion fortzufahren, während man Beschimpfungen und verbalem Amtsmißbrauch ausgesetzt ist. Aber solcher Mißbrauch scheint heutzutage das Los der Raucher zu sein.« O ja, bitte, laßt uns diesen dampfenden Haufen von uns weg- und jemand anderem unterschieben ... »Sie werden verhöhnt, schikaniert, gemieden – wenn sie *Glück* haben, werden sie gemieden, die meisten von ihnen müssen sogar tätliche Mißgunst erleben.

Im tiefsten Winter müssen sie sich in Eingänge zusammendrängen und mit den Zähnen klappern. Ich möchte dem *Herrn* von den KKZ – falls er wirklich von da ist – doch gerne einmal eine Frage bezüglich des jüngsten Anstiegs der Erkrankungsrate bei Lungenentzündung . . .«

»Was für ein Anstieg bei Lungenentzündungen? Es gibt keinen Anstieg bei Lungenentzündungen.«

»Hoho! Wer lügt denn jetzt? Larry, bei dieser entsetzlichen, lebensbedrohenden Erkrankung hat es einen *exorbitanten* Zuwachs gegeben, gut dokumentiert durch medizinische Autoritäten, besten Dank auch, und das kommt daher, daß Raucher bei eiskalten Temperaturen vor die Tür gezwungen werden. Wir wollen uns doch nichts vormachen, *Sir*, Sie und Ihresgleichen haben ein Fünftel der Bevölkerung der Vereinigten Staaten zu Aussätzigen gemacht. Sollten mal über Ihre Tyrannei der Mehrheit reden.«

»Ich geb's auf, Larry, ich kann da nicht mehr länger zuhören, sonst werde ich noch gewalttätig.«

»Emotionales Thema«, sagte Larry. »Herndon, Virginia.«

»Jaaa,« sagte eine Männerstimme mit nervösem Beiklang, »ich hätte mal eine Frage an Mr. Naylor. Ich möchte ihn nach seiner Meinung zu diesen Nikotinpflastern fragen, die so viele Leute tragen.«

»Gute Frage«, sagte Larry.

»Ist es auch. Um ganz ehrlich zu sein, Sir, wir von der Akademie für Tabakstudien sind ein bißchen besorgt über diese Dinger.«

»Wieso?« sagte Larry. »Sie speisen Nikotin in den Organismus ein, genau wie Zigaretten, und Ihre Position ist die, daß Zigaretten nicht ungesund sind, stimmt's?«

»Nun«, sagte Nick, »so eine typische Zigarette gibt eine relativ winzige Menge Nikotin in den Organismus ab, eine sehr winzige Menge. Wohingegen schon ein einziges dieser tödlichen kleinen Zugpflaster . . .«

»Moment mal«, sagte Larry, »haben Sie ›tödlich‹ gesagt?«

»Oh, absolut. Überall sind Leute wegen dieser Pflaster tot umgefallen. Sogar Ihr vorheriger Anrufer, Dr. Untergang da unten in Atlanta, würde das einräumen.«

»Ich hab gelesen, manche Leute, die weiterhin rauchten, nachdem sie angefangen haben, solche Pflaster zu tragen, hätten Herzattacken erlitten«, sagte Larry. »Aber . . .«

»Na, da sehen Sie's doch. Herzattacken. Ich will Ihnen mal etwas sagen, Larry, und Mister, sorry, ich kenne Ihren Namen nicht, in Herndon da, eins von diesen Dingern würde ich nicht mal in die *Nähe* meiner Haut kommen lassen.«

»Das ist sehr interessant, daß Sie das sagen«, sagte die Stimme. »Ich werd mit denen auf jeden Fall vorsichtig sein. Larry, hat vorher schon mal jemand in Ihrer Sendung angekündigt, daß er wen umbringen wolle?«

»Nein«, sagte Larry, »aber wir kriegen einen Haufen böser Anrufe.«

»Dann ist das heute Ihr Glückstag, denn ich sag Ihnen hier und jetzt, daß wir Mr. Naylor innerhalb einer Woche für die ganzen Schmerzen und Leiden, die er auf dieser Welt verursacht hat, den Weg ins Jenseits pflastern werden.«

Es folgte eine peinliche Pause. »Warten Sie einen Moment«, sagte Larry, »heißt das, Sie drohen ihm?«

»Ja, Larry. War mir wirklich eine Freude, mit Ihnen zu sprechen. Sie haben eine sehr nette Sendung.« Es folgte ein Klicken.

»Emotionales Thema«, sagte Larry.

9

Es war bloß eine kurze Meldung in dem Teil »Aus verläßlicher Quelle« der Spätausgabe der ›Sun‹: ANRUFER IN KING-SHOW DROHT, TABAKSPRECHER ZU ASCHE ZU MACHEN. Nick kam sich ein bißchen übers Ohr gehauen vor. Der Typ war ganz offensichtlich bloß irgendein Hohlkopf mit zuviel freier Zeit, aber wie war die ›Sun‹ auf die Schnapsidee gekommen, eine Todesdrohung zum Anlaß von Kalauern zu machen? Auf dieser verrückten, völlig aus dem Lot geratenen Welt?

Er rief die ›Sun‹ vom Autotelefon aus an, um sich zu beschweren. Nachdem er der Telefonistin erklärt hatte, daß er eine Beschwerde vorzubringen habe und mit einem stellvertretenden Chefredakteur sprechen wolle, wurde er zu einem Anrufbeantworter durchgeschaltet.

»Sie sind zum Büro des ›Washington-Sun‹-Ombudsmannes durchgestellt worden, drücken Sie die Eins. Wenn Sie vertraulich mit einem Reporter gesprochen haben, aber im Artikel mit Namen genannt werden, drücken Sie die Zwei. Wenn Sie über tiefere Hintergründe gesprochen haben, aber mit Namen genannt werden, drücken Sie die Drei. Wenn Sie richtig zitiert wurden, aber finden, daß dem Reporter der größere Zusammenhang entgangen ist, drücken sie die Vier. Wenn Sie eine vertrauliche Quelle im Weißen Haus sind und anrufen, um Ihren Reporter vorzuwarnen, der Präsident sei wütend über Informationslecks und habe eine Überprüfung aller abgehenden Telefonate in der Telefonregistratur des Weißen Hauses angeordnet, drücken Sie bitte die Fünf. Um mit einem Redakteur zu sprechen, drücken Sie die Sechs.«

Erschöpft legte Nick auf. Sein Telefon klingelte. Es war Gazelle, besorgt, weil Jeannette außer Atem herumlief und jedem im Büro erzählte, fünf der sechs führenden pharmazeutischen Konzerne, die Nikotinpflaster herstellten, drohten mit Klage, falls Nick nicht einen Widerruf seiner Bemerkungen in der *King-Show* in Umlauf bringe. Die Errungenschaft der Autotelefone besteht darin, daß einem der Morgen jetzt schon verdorben werden kann, bevor man ins Büro kommt.

Die Leute grüßten ihn auf den Fluren.

»Hey, Nick, immer weiter so!«

»Alles in Ordnung mit Ihnen, Nick?«

»Jesses, Nick, wer *war* bloß der Typ?«

Gazelle reichte ihm den Kaffee und gab ihm Bescheid, daß BR ihn sofort sprechen wolle.

Jeannette war da, als er hereinkam. Sie sprang auf und kam auf ihn zu und – umarmte ihn. »*Gott* sei Dank«, sagte sie.

»Nick«, sagte BR, der sein besorgtes Drei-Falten-auf-der-Stirn-Gesicht aufgesetzt hatte, »ist mit Ihnen soweit alles *okay*?«

»Bestens. Wo liegt das Problem?«

»Das Problem«, sagte BR und klang ein bißchen überrascht, »besteht darin, daß man Ihr Leben bedroht hat.«

Nick zündete sich eine Camel an. Schön, jetzt in BRs Büro einfach rauchen zu können. »Ach, kommen Sie. Irgend so ein Knallkopf.«

»Ich seh das ganz und gar nicht so. Und der Captain sieht das auch nicht so.«

Nick stieß den Rauch aus. »Der Captain?«

»Hab gerade eben mit ihm telefoniert. Er wünscht volle Security für Sie, bis diese Angelegenheit . . . bis wir ganz genau wissen, womit wir es hier zu tun haben.«

»Das ist doch verrückt.«

»Jeannette«, sagte BR, »würden Sie uns wohl entschuldigen?« Jeannette verließ den Raum. »Nick, wir haben miteinander einen schlechten Start erwischt, und das war meine Schuld, wofür ich mich hiermit entschuldigen möchte. Manchmal kann ich schon ein Arschloch sein. Das kommt von . . . der Welt, aus der ich stamme, Automatengeschäft, ist wirklich eine harte Welt für sich. Ich hab so meine Ecken und Kanten. Aber kümmern Sie sich nicht drum. Ich habe in jüngster Zeit endlich begriffen, wie wertvoll Sie für das Team Tobacco sind. Na ja«, er lächelte, »meine Besorgnis um Sie rührt nicht bloß von warmen und verschwommenen Gefühlen her. Vor allem will ich Sie nicht verlieren.«

Nick war richtiggehend überwältigt. »Ja also«, stammelte er, »ich weiß das zu schätzen, BR.«

»Also ist's beschlossene Sache. Wir werden Ihnen einen Security-Trupp geben.«

»Warten Sie, dem hab ich nicht zugestimmt.«

»Nick, wollen Sie das bitte dem Captain erzählen?«

»Aber ich kriege Dutzende, Hunderte von Drohungen. Ich hab einen ganzen Ordner mit der Aufschrift ›Drohungen‹. Steht unter ›D‹. Ein Typ hat mir geschrieben, er werde mich teeren und federn. Der wollte ein ganzes Faß mit dem Teer von diesen Wegwerffiltern aus den Zigarettenspitzen sammeln und mich damit überziehen und mich dann federn. Sie können so Sachen einfach nicht ernst nehmen.«

»Das hier ist ein anderer Fall. Das war nationales – internationales – Live-Fernsehen. Selbst einmal angenommen, der Kerl wäre bloß ein harmloser Spinner, andere Leute, die zugeschaut haben, könnten sich dadurch angeregt fühlen. Die nennt man Trittbrettkiller, glaub ich. Jedenfalls wollen wir's einfach nicht riskieren.«

»Sie wollen also sagen«, sagte Nick, »daß ich einen *Bodyguard* haben muß?«

»Bodyguards, Mehrzahl.«

»Mm-mm. Ist nicht mein Stil.«

»Dann erzählen *Sie* das dem Captain«, sagte BR und hielt ihm sein Telefon hin. »Hören Sie zu, in dieser Stadt gilt das allgemein als ein Zeichen, daß man angekommen ist.«

»Das wird aussehen, als wär ich ein Drogenboss, zum Schreien.«

»Sehen Sie, ich will mich ja nicht so anhören, als würde ich aus einer grauenvollen Situation Kapital schlagen wollen, aber – wie soll ich mich ausdrücken? – die Tatsache, daß es beklagenswerterweise dazu hat kommen müssen, daß ein führender Vizepräsident eines großen Wirtschaftsverbandes in Herrgotts Namen schon von Security-Maßnahmen abhängt, und das in der Hauptstadt unseres Landes, damit er nicht von einem Haufen fanatischer Anti-Raucher umgebracht . . .«

»Das werden Sie tatsächlich so weit aufbauschen, nicht wahr?«

»Nick, ich *weiß*, Sie müssen sich angeschmiert vorkommen, aber vielleicht kann man wen anders auf dieser Schmiere ausrutschen lassen.«

»Na ja, sicher, aber . . .«

»Dann ist es ja gut. Gehen Sie heute nicht mit Heather Holloway vom ›Moon‹ zum Lunch?«

»Ja«, sagte Nick, etwas überrascht, wie gut BR über sein Tagesprogramm informiert war. Jeannette.

»Also, die wird bemerken, daß Sie Bodyguards haben, und das in ihre Geschichte mit einbauen. Was soll daran für unsere Sache Schlechtes sein?«

Nick verließ BRs Büro in übler Stimmung und kehrte in sein Büro zurück und rief den Captain an und fragte, ob diese lächerliche Weisung von ihm komme. Kam sie tatsächlich, und der Captain war unerbittlich.

»Sehen Sie es als Gradmesser für die Wertschätzung an, die Sie bei uns genießen, Sohnemann. Können einfach das Risiko nicht eingehen. Ich hab eben gerade mein Telefonat mit Skip Billington und Lem Tutweiler beendet, und die wollen Sie in einen gepanzerten persönlichen Carrier stecken.« Billington und Tutweiler waren die Bosse von Blue Leaf Tobacco, Inc., respektive Tarcom, zwei der größten der Großen Sechs unter den Tabakfirmen; kraft welchen Amtes sie im Vorstand der ATS Sitz und Stimme – breite Sitze, laute Stimmen – hatten.

»Mir scheint«, sagte Nick, »daß wir überreagieren, bloß wegen eines Spinners, der anruft.«

»Überlassen Sie das Urteil darüber mal uns. Nun, welche Fortschritte haben Sie in Sachen Hollywood-Projekt gemacht?«

Nick frisierte sich was zusammen, denn die korrekte Antwort hieß: gar keinen. Der Captain, scharfsinnig, wie er war, wußte das schon. »Ich hoffe, Sie werden sich der Sache so *bald* wie möglich annehmen können. Im übrigen, so wie die Dinge nun einmal liegen, Sie als Zielscheibe von Ter'risten . . .« Das schien Nick denn doch eine ziemlich übertriebene Lesart, aber Paranoia verkauft sich gut, und so langsam wurde er doch nervös. ». . . da könnte es Ihnen gut anstehen, die Stadt für ein paar Tage zu verlassen und da mal rauszufliegen und – hängen die da nicht alle an den Pools herum mit ihren Telefonen und den glamourösen Stars? Das klingt nicht sonderlich nach einer unangenehmen Aufgabe«, gluckste er. »Aber wo ich recht drüber nachdenke:

Warum kommen Sie nicht einfach runter und halten das Tabakgeschäft am Laufen, und *ich* flieg nach Hollywood raus und häng am Pool rum mit diesen ganzen schönen Frauenzimmern.« Er fügte an: »Erzählen Sie aber ja nicht Mrs. Boykin, daß ich Ihnen das gesagt hab, sonst steckt sie mir noch eine Wassermokassinschlange in die Toilettenschüssel.«

In ernstem Tonfall sagte er: »Jetzt hören Sie auf das, was die Security-Leute sagen, und kommen Sie nicht auf die Idee, irgendein Risiko einzugehen. Ach, übrigens, hat Ihnen BR meinen Ausdruck des Vertrauens übermittelt?«

»Ja, Sir, hat er«, sagte Nick und war in einiger Verlegenheit, weil er dem Captain nicht für seine außerordentlich generöse Gehaltserhöhung gedankt hatte. »Danke schön. Das war außerordentlich generös.«

»Tabak sorgt für die Seinen. Rufen Sie mich vom Pool aus an, und erzählen Sie mir alles von den Frauen. Ich mag diese Dingsda, blondes Mädel, in diesem Film, wo sie immer für werben, über diese Kerle, die sich Gummiseile an die Knöchel binden und von den Klippen stürzen...«

»Fiona Fontaine.«

»Das ist sie. *Feines* Exemplar. Also wenn Sie *die* dazu bringen könnten, sich eine anzustecken, na, das wär schon was.«

Nick ging Carlton einen Besuch abstatten. Carlton war ein früherer FBI-Agent, der nach allem möglichen aussah, nur nicht... Eher nach einem trotteligen, freundlich glotzenden Eisverkäufer, dünn, klein und sanft, bloß daß seine Augen diese Neigung hatten, sich immer mehr und mehr zu weiten, während man mit ihm sprach, so daß er einen, wenn man schließlich fertig war, ansah, als wär man der Serienmörder mit der Axt.

»Ich will Ihnen mal die ehrliche Wahrheit sagen, Nicky« – Security-Leute hatten diese Neigung, Verniedlichungsformen zu benutzen, um auf der Stelle Vertrautheit zu erzeugen –, »ich glaube, wir übertreiben das hier.«

»Hey, *ich* weiß das wohl«, sagte Nick.

»Große Nummer sagt, sollen Security haben, also werden wir Ihnen einen Begleittrupp verpassen.«

»Einen Begleittrupp? Von so einer Begleitung hat keiner was gesagt.«

»Große Nummer sagte Begleittrupp. Ist teuer, das kann ich Ihnen sagen. Irgendwer da oben muß Sie wohl mögen.« Nick stöhnte. Carlton sagte: »Sehen Sie's sich mal von dieser Seite an – Sie werden ein Vermögen an Taxikosten einsparen.«

»O nein«, sagte Nick. Die Firma hatte ihm einen BMW zur Verfügung gestellt, den Nick ganz gerne fuhr. »Ich fahre selber. Wenn die mir folgen wollen, ist in Ordnung. Aber ich fahre selber, alleine.«

»Nicky, Nicky, Nicky.«

»Carlton, würden Sie mich bitte nicht so nennen, okay?«

»Hören Sie«, sagte Nick zu Mike, dem Chef seines Drei-Mann-Kommandos, »könnten Sie darauf verzichten, mit mir in das Restaurant zu gehen? Ich treffe mich mit einer Reporterin, und ich werde wie ein totaler Waschlappen aussehen, wenn ich da mit euch Typen reinspaziert komm.«

»Kann ich nicht machen, Nicky. Anweisungen.«

Also ging Nick ins Il Peccatore hinein und versuchte, seinen drei offensichtlichen Bodyguards so weit zu enteilen, wie er konnte. Sie hatten diese kleinen schweineschwänzigen Radiokabel, die ihnen hinten aus dem Kragen raus und dann in die Ohren führten. Mit wem allerdings sollten sie kommunizieren? Nick vermutete, sie wollten für Geheimdienstleute gehalten werden.

Er suchte mit Blicken den Raum ab. Senator Finisterre war nicht da – seit dem Vorfall mied er das Il Peccatore so ziemlich. Aber sein Neffe, Senator Ortolan K. Finisterre, war da und speiste mit Alex Beam, dem ›Sun‹-Kolumnisten, und erzählte dem ganz zweifellos, daß er wirklich kein Interesse daran habe, sich um den Gouverneursposten von Vermont zu bewerben, wo da doch *direkt hier im Kongreß so viel Arbeit zu erledigen Rhabarber Rhabarber Rhabarber*.

Heather Holloway war schon da, am Ecktisch, und überflog ihre Stichpunkte für das Interview.

Hmm. Tatsächlich ziemlich hübsch, bißchen was von einer

Kreuzung zwischen Maureen O'Hara und Bonnie Raitt, allerdings ohne das graue Ding im Haar. Brille. Nick fand Brillen bei Frauen sexy. Die Seelenklempnerin, zu der er während der Scheidung ging, sagte, das sei signifikant, wollte ihm allerdings nicht sagen, warum, wollte, daß er es selber rausfand. Nick sagte ihr, für fünfundsiebzig Eier die Stunde – fünfzig Minuten – könne sie das verdammt noch mal doch wohl *ihm* erzählen, tat sie aber nicht. Tolle Haut, ein paar Sommersprossen. Die Figur, ja, doch, da hatte Bobby Jay schon recht, hatte eine *sehr* attraktive Figur, mit Kurven, aber trainiert, üppig à la StairMaster. Und was war das, was da unter dem Tisch hervorspähte? Helle, elfenbeinerne Strümpfe? Boah! Sie steckte in einem kurzen grünen Kostüm mit offenem Kragen und trug goldene Ohrringe. Sie lächelte durch die Brillengläser zu ihm auf. Grübchen. *Grübchen!*

»Wer sind die?« sagte sie nach dem Bekanntmachen und zeigte auf Mike, Jeff und Tommy, seine Bodyguards.

»Inoffiziell?«

»Nein«, lächelte sie, »offiziell. Ich habe keine Zweifel, daß Sie angenehme Gesellschaft sind, aber dies ist kein Lunch aus Geselligkeit.«

Das war ermutigend. Nick erklärte kurz und betonte, daß sie unnötig seien.

Sie sagte: »Ich hab schon mit einer ganzen Reihe von Leuten gesprochen, die nicht ... ich würde sie nicht gerade als Ihre größten Anhänger bezeichnen.«

»Nun, so sieht's aus in Sachen Tabak.« Er griff sich die Karte. »Die Seezunge *in flagranti* ist gut.«

»›*In flagranti?*‹«

»Ist nach Senator Finisterre benannt.«

Heather starrte ihn an.

»Sie erinnern sich doch, er wurde unterbrochen, als er gerade mitten beim... hier im Hinterzimmer. Womöglich haben Sie davon gelesen?« Schon möglich, daß anstößige Witze von zweifelhaftem Geschmack – oder Esprit – innerhalb der ersten sechzig Sekunden ihrer Bekanntschaft nicht ... so eine sonderlich gute Idee waren? Bei ihrem massig vielen roten Haar könnte sie katholisch sein. »Alles ist gut. Pasta. Kalbskotelett Valdostana:

sehr gut. Die Forelle ist hervorragend. Reichlich Mandeln, falls Sie Mandeln mögen.«

Sie bestellte Salat und ein San-Pellegrino-Wasser, weswegen er sich wie ein ignorierter Kellner vorkam. Nick, der sich mit seiner eigenen Empfehlung in der Falle sitzen glaubte, bestellte die Forelle, obwohl er Forelle mit reichlich Mandeln nicht so sonderlich mochte.

»Also«, sagte er, »wie lange sind Sie denn schon eine *Moonie*? Ich meine, wie lange sind Sie schon beim ›Moon‹?« Sehr gut, zwei Fettnäpfchen in zwei Minuten. Warum nicht etwas Verbindliches anschließen, so in der Art »Ihre Brüste sind wirklich unglaublich. Sind die echt?«

»Ein Jahr«, sagte sie. »Macht es Ihnen was aus, wenn ich das Band mitlaufen lasse?«

»Bitte«, sagte Nick großmütig.

Sie stellte das Bandgerät zwischen ihnen auf den Tisch. »Ich bin jedesmal fest davon überzeugt, wenn ich ins Büro zurückkomme, sind da bloß atmosphärische Störungen drauf.«

»Ich weiß.« Parfüm. Dioressense? Krizia? Fracas? Fracas, ganz bestimmt.

»Ist das zufällig Fracas, was Sie benutzen?«

»Nein.«

»Oh?«

»Letzes Jahr hab ich Mick Jagger interviewt«, sagte sie und schaltete den Recorder ein, »als die Stones im Cap Center gespielt haben. Als ich zurückkam, war da nichts drauf außer Zischen. Ich dachte, die würden mich feuern. Ich mußte alles rekonstruieren, was er gesagt hatte. Ich mußte das alles kursiv setzen lassen.«

»Na ja«, sagte Nick, »er hat nie irgendwas von Interesse *gesagt*.« An dem Blick, den Heather ihm zuwarf, konnte er ablesen, daß er bei ihr wahrscheinlich keine Punkte machte, indem er die größte Ikone des Rocks miesmachte. Nicht daß es nicht unglaublich sexy gewesen wäre, der Sprecher eines Washingtoner Wirtschaftsverbandes zu sein ... »Ich meine«, sagte er, »ich *bin* ja Stones-Fan. Nur ...« *Voran* mit dir, Nick.

»Also«, sagte er, »was ist das Hauptanliegen Ihres Artikels?« Ja, laß uns von mir reden.

»Sie.«

»Ich vermute, ich sollte mich geschmeichelt fühlen.«

»Ursprünglich hatte ich die Idee, über das zu schreiben, was ich ›Neuer Puritanismus‹ nenne.«

»Ach ja. Ist ziemlich viel von im Schwange. Olive?«

»Nein, danke. Ich wollte mit den Lobbyisten unpopulärer Branchen sprechen. Tabak, Schußwaffen, Spirituosen, Blei, Asbest, Walfang, Giftmüllbeseitigung, wissen Sie ...«

»Ihr Einheitsschwein, das den Planeten und das Menschengeschlecht plündert.«

»Nicht notwendigerweise«, sagte Heather und errötete. »Dann sah ich Sie in der *Oprah-Show* und dachte ... da läuft doch was Interessantes.«

»Wobei der Leitgedanke ist, herauszufinden, wie ich bloß mit meinem Gewissen fertig werde.« Nick arbeitete sich in ein Stück ofenheiße *bruschetta*.

»Nein«, lächelte sie, »ich nehme nicht an, daß *das* ein Problem darstellt. Nicht mehr als für ...«

»Goebbels?«

»An den hatte ich gar nicht gedacht«, sagte Heather taktvoll, »aber das ist eine interessante Analogie. Ist das das Bild, das Sie von sich haben?«

Lobbyist sieht sich als eine Art Gucci-Goebbels.

»Absolut nicht. Ich versteh mich als Mittler zwischen zwei Sektoren der Gesellschaft, die versuchen, eine Übereinkunft zu erzielen. Ich denke, man könnte sagen, ich bin ein Erleichterer.«

»Oder Ermöglicher, Möglichmacher?«

»Bitte um Verzeihung?«

Heather überflog blätternd einige Seiten in ihrem Notizbuch. »›Massenmörder‹, ›Profiteur‹, ›Zuhälter‹, ›Blutsauger‹, ›Kindermörder‹, ›Yuppie-Mephistopheles‹, hier haben wir's, ›Massenmöglichmacher‹.«

»Was ist das, woraus Sie da vorlesen?«

»Interviews. Zur Vorbereitung auf unser Treffen heute.«

»Mit wem haben Sie denn geredet? Dem Chef der Lungenvereinigung?«

»Noch nicht.«

»Na, um offen zu sein, das klingt nicht danach, als würden Sie einen besonders ausgewogenen Artikel schreiben.«

»Dann sagen Sie mir – mit wem sollte ich sonst noch sprechen?«

»Mit fünfundfünfzig Millionen amerikanischen Rauchern, um einen Anfang zu machen. Oder wie wär's mit ein paar Tabakfarmern, deren einziges Verbrechen darin besteht, wie Kokainerzeuger behandelt zu werden, wenn sie ein absolut legales Produkt anbauen. Die haben vielleicht eine andere Sicht der Dinge, wissen Sie.«

»Ich habe Ihre Gefühle verletzt. Tut mir sehr leid. Tatsächlich wollte ich noch mit einem Tabakfarmer sprechen.«

»Ich kenne viele von denen. Prima Leute. Salz der Erde. Ich werde Ihnen ein paar Telefonnummern geben.«

»Ich denke mir, das, worauf ich hinauswill, ist: Warum machen Sie das hier? Was motiviert Sie, was ganz genau?«

»Das werde ich dauernd gefragt. Die Leute erwarten von mir, daß ich antworte: ›Die Herausforderung‹, oder: ›Die Chance, zu beweisen, daß die Verfassung auch bedeutet, was sie besagt.‹« Er hielt nachdenklich inne. »Sie wollen wissen, warum ich das in Wahrheit mache?« Noch eine nachdenkliche Pause. »Um die Hypothek abzubezahlen.«

Diese mannhafte Erklärung schien bei Heather Holloway keine Wirkung zu zeitigen, von milder Enttäuschung einmal abgesehen. »Irgendwer hat mir gesagt, das wär's wahrscheinlich, was Sie mir erzählen würden.«

»Tatsächlich?«

»Das ist so eine yuppiehafte Art Nürnberger Verteidigung, nicht?«

»Was soll das mit dem Y-Wort? Das ist ein ziemliches Achtziger-Wort. Wir haben jetzt die Neunziger.«

»Entschuldigen Sie.«

»Und, ich meine«, sagte er und sah beleidigt aus, »dann wollen Sie mich einen Nazi nennen?«

»Nein. Eigentlich sind Sie's ja, der Analogien zum Dritten Reich zieht.«

»Nun, es ist eine Sache, sich selbst einen Nazi zu nennen. Das ist Selbstmißbilligung. Wenn jemand anders einen so nennt, ist das Mißbilligung. Und das ist nicht sehr nett.«

»Ich muß mich entschuldigen. Aber eine Hypothek ist nicht gerade ein großes Lebensziel, nicht wahr?«

»Doch, absolut. Neunundneunzig Prozent von allem, was auf der Welt gemacht wird, Gutes wie Schlechtes, wird nur gemacht, um eine Hypothek abzubezahlen. Die Welt wäre erheblich besser, wenn alle zur Miete wohnten. Und dann gibt's noch das Schulgeld. Jungejunge, was *das* in der modernen Welt für eine Unterstützung des Bösen bedeutet.«

»Sie sind verheiratet?«

»Geschieden«, sagte Nick ein bißchen zu schnell.

»Kinder?«

»Ein Sohn. Aber der ist praktisch erwachsen.«

»Wie alt ist er denn?«

»Zwölf.«

»Der muß ganz schön frühreif sein. Und was hält er von dem, was Sie machen?«

»Ehrlich gesagt, Zwölfjährige interessiert das nicht, wo das Geld herkommt. Ich könnte glatt Tierversuche machen, ohne daß das, glaub ich, groß einen Unterschied machen würde, solange ich die Versorgung mit Rollerblades und Snowboards sicherstelle. Nicht daß ich Tierversuche und die Tabakindustrie auf eine Stufe stellen will. Ich bin tatsächlich außerordentlich betroffen über Tiere, wissen Sie, die für dubiose wissenschaftliche Zwecke mißbraucht werden. Diejenigen, die in den NIG gequält werden. Mein Gott, diese armen kleinen Hoppelhäschen. Es würde Ihnen das Herz brechen, wenn Sie die da in ihren engen Käfigen hocken und vor sich hin paffen sehen würden.«

»Paffen?«

»Diese Rauchapparaturen, die an ihnen befestigt werden. Kriminell. Hören Sie, wenn ich so siebentausend Zigaretten pro Tag rauchen müßte, da würde sogar *mir* wahrscheinlich schlecht werden. Und ich halte mich für einen starken Raucher.«

»Aber stört es Sie denn nicht, derartig verunglimpft zu werden? Es gibt *einfachere* Möglichkeiten, Hypothek und Schulgeld zu bezahlen.«

»Wenn es andere Leute glücklich macht, mich die Rolle des Schurken spielen zu lassen, während ich doch in Wahrheit nichts anderes tue, als Informationen über eine legale und, wie ich wohl hinzufügen darf, altehrwürdige Branche an die Öffentlichkeit zu bringen, na dann okay, kein Problem. Absolut keins.«

Sie blätterte ihren Notizblock durch, was Nicks Argwohn weckte.

»Sie waren Reporter für GRAW.«

»Mm-hmm«, sagte Nick und zündete sich eine an. »Was dagegen, wenn ich rauche?«

Heather schien das amüsant zu finden. »Nein, bitte. Lautet deren Spitzname nicht G-Recht auf Wissen?«

»Mm-hmm.«

»Ist das nicht ein unangenehmes Thema für Sie?«

»Überhaupt nicht«, sagte Nick und war so aufmerksam, den Rauch geradewegs in Richtung Decke auszustoßen, damit er ihr nicht ins Gesicht blies, obwohl er sich dabei vorkam wie der metallene Delphin eines Springbrunnens.

»Ich habe mal die Zeitungsausschnitte durchgesehen«, sagte sie geschickt, »aber wenn Sie einverstanden sind, wäre es wohl besser, Sie könnten mir selber ein wenig davon erzählen. Dann stimmt am Ende auch alles.«

»Das sind nur so alte Geschichten, sonst nichts. Wird das ein wichtiger Teil Ihres Artikels werden?«

»Nein. Nicht so sehr wichtig. Also, da passierte das da in Camp LaGroan . . .?«

»Mm-hmm.« Nick drückte langsam seine Zigarette aus. *Gott sei Dank* gab's Zigaretten, die verschafften einem Zeit, seine Sache auf die Reihe zu kriegen, oder zumindest philosophisch auszusehen. »Sie werden sich erinnern, Präsident Broadbent verbrachte seine Zeit gern mit den Jungs, als ehemaliger Ledernacken und so. Und ich saß in unserm Lieferwagen und hörte den Funkverkehr ab. Wir hatten die Frequenz von, na, irgendwem halt reingekriegt; Sie wissen wahrscheinlich schon, von wem, wo Sie doch sowieso schon alles wissen«, seufzte er. »Also, wir hatten jedenfalls die Frequenz, und ich hörte die ab, und dann passierte folgendes: Plötzlich gab's da massig Funkverkehr, von wegen Rover habe sich an einem Knochen verschluckt und sei erstickt. Rover war Präsident Broadbents geheimdienstlicher Codename, und Fakt war, genau in dem Augenblick befand sich der Präsident im Kasino und speiste mit den Jungs, darum hab ich, wissen Sie . . .«

»Das gekauft?«

»Mm-hmm. Und es stellte sich heraus, daß das ein ganz anderer Rover war, der da erstickt war.«

»Der Hund vom Kommandeur?«

»Mm-hmm. Ein deutscher Kurzhaarvorstehhund. An einem Hühnerknochen.«

»Und . . .?«

»Das war nicht gerade eine karrierefördernde Episode.«

»Das war bestimmt fürchterlich . . . tut mir wirklich leid.«

»Ich seh's heute von der positiven Seite. Wie viele Leute haben schon die Gelegenheit, der ganzen Nation bekanntzugeben: ›Der Präsident ist tot.‹ Ist schon ein ziemliches Gefühl, diese Worte auszusprechen. Auch wenn er gar nicht tot war.«

»Ja«, sagte Heather. »Muß es wohl gewesen sein.«

»Wissen Sie noch, wie Walter Cronkite sagte: ›Wir haben soeben eine Eilmeldung erhalten. Präsident Kennedy starb um ein Uhr. Eastern Standard Time.‹ Sie sind dafür wahrscheinlich noch zu jung. Das war ein unbegreiflicher Moment. Mir ist es immer kalt den Rücken runtergelaufen, wenn ich daran dachte. Geht mir heute noch so, nur daß darauf unmittelbar ein Brechreiz folgt.«

»Was passierte hinterher?«

»Walter Cronkite wurde zum angesehensten Journalisten der Geschichte. Ich wurde Sprecher der Zigarettenindustrie.«

»Das muß Sie ja ziemlich angegriffen haben.«

»Ganz im Gegenteil, ich hab eine extrem dicke Haut. Die ist praktisch wie Leder. Ich würde eine sehr bequeme Chesterfield abgeben. Couch, nicht Zigarette.«

»In der *Oprah-Show* schien das gar nicht so«, sagte Heather. »Sie sind diesem Typen da ganz schön aufs Dach gestiegen.«

»Diesem Typen? *Bitte*. Dieser Typ ist ein Weichei. Da draußen ist ein fürchterlicher Haufen scheinheiliger Kerle zugange, die erwarten, daß alle anderen sie heiligsprechen, weil sie wie die Saalwächter rumlaufen und alle Aschenbecher konfiszieren. Und wenn sie erst den letzten Aschenbecher konfisziert haben, glauben Sie etwa, daß die dann haltmachen werden? O nein. Dann werden sie Warnaufkleber auf die Eislutscher der Kinder klatschen. ›Warnung: Die Generalbundesärztin hat festgestellt, daß Eislutscher Ihre Zunge unterkühlen.‹«

»Wo wir gerade von Kindern reden, was ist mit diesem Fünf-Millionen-Dollar-Programm, das Sie in der *Oprah-Show* angekündigt haben? Ist das nicht ein Indiz dafür, daß Ihre Branche Schuldgefühle wegen ihrer Produkte hat?«

»Nein«, sagte Nick. »Überhaupt nicht.« Heather schien auf eine bessere Antwort zu warten. »Ich denke, das zeigt doch einen bemerkenswerten Sinn für Gespür und Feingefühl.«

»Aber ist es nicht heuchlerisch von den Tabakkonzernen, ein Anti-Raucher-Programm für Kinder auf die Beine zu stellen, wenn sie vorher etliche Werbemillionen dafür ausgeben, sie einzufangen? Dieses absurde Kamel, Old Joe, mit dieser Nase wie ein Penis und dem Saxophon. Also ehrlich.«

Nick schüttelte den Kopf. »Jungejunge, da bringt man fünf Millionen Dollar auf, um Kinder vom Rauchen abzuhalten, und sagt vielleicht irgendwer ›danke‹?«

»›*Danke*‹?« Heather lachte.

»Nicht daß wir implizieren wollen, Rauchen wäre schädlich für die Gesundheit. Aber man will ja kein Risiko eingehen, wo Kinder betroffen sind. Ich meine, die sind doch unsere Zukunft, stimmt's?«

»Wow«, sagte Heather.

»›Wow?‹« sagte Nick. Ihr bewundernder Tonfall war's, der ihn aus dem Gleichgewicht brachte.

»Ich . . .«, sie errötete, »das ist mir unangenehm.«

»Bitte«, sagte Nick und hätte beinahe ihre Hand ergriffen, »sagen Sie's mir.«

»Mir ist das ein bißchen peinlich.«

»Muß es Ihnen gar nicht sein. Wirklich nicht.«

»Ich finde das alles ausgesprochen . . . stimulierend.«

»Was finden Sie stimulierend?«

»Diesen totalen Mangel an jeglicher Moralität bei Ihnen.« Sie klang ganz aufgeregt. Ihre Augen sahen hinter den Brillengläsern ganz verträumt aus; sie lehnte sich weit zu ihm herüber. »Ich habe das Gefühl, Sie würden *alles* tun, um die Hypothek abzubezahlen.«

»Na, in gewissen Grenzen.«

»Ich bin katholisch erzogen worden. Vielleicht ist das der Grund dafür, daß ich das Böse so erfrischend finde.«

»Das Böse?« sagte Nick mit einem nervösen Lachen.

Sie langte zu ihm rüber und fing an, zwischen Daumen und Zeigefinger mit seinem seidenen Hermès-Schlips zu spielen. »Aber selten ist es mir in so attraktiver Verpackung untergekommen.« Ihre Augen wanderten langsam von seinem Schlips aufwärts zu seinen Grübchen. »Krankhaft, nicht wahr?«

»Ach«, zuckte Nick mit den Schultern, »es liegt mir nicht sonderlich, zu richten.«

»Ich bin sogar schon zu Seelenklempnern gelaufen deswegen. Die sagen, das hängt alles mit meinen Gefühlen in Sachen Religion und Autorität zusammen. Manche Frauen werden von Fäkalsprache angemacht. Mich machen moralisch Degenerierte an.«

»Nun, ich begreife mich nicht wirklich als . . .«

»Ach«, sagte sie mit belegter Stimme, »seien Sie still, und erzählen Sie mir mehr von Ihren Plänen, mehr Kinder zum Rauchen zu bewegen.«

»Haben Sie da nicht was verdreht?«

»O nein«, sagte Heather, dippte in ihre Zabaglione und steckte sich einen Eiercremefinger in den Mund, »glaub ich nicht.«

»Vertraulich?«

Ihr schwoll die Brust an. »Wie wär's mit einem sehr . . . tiefgehenden . . . Hintergrundgespräch?«

»Zahlen.« Nick winkte dem Kellner.

10

EIN DURCH UND DURCH MODERNER HÄNDLER DES TODES
NICK NAYLOR, CHEF-›SPRECHER‹ FÜR TABAK

Ein Yuppie des Bösen oder bloß ein Massenermöglicher
für 55 Millionen Raucher? Gibt sich »hochstolz« über
Minderjährigen-Anti-Raucher-Programm von ATS

VON HEATHER HOLLOWAY
MOON-KORRESPONDENTIN

Bobby Jay und Polly warteten an ihrem üblichen Tisch neben der Kaminimitation bei Bert auf ihn. Bobby Jay hatte ein Grinsen von den Ausmaßen des Trump Tower aufgesetzt. Polly schien über die ganzseitige Story im »Lifestyles«-Teil des ›Moon‹ noch zu keinem endgültigen Urteil gekommen zu sein, aber sie sah Nick, als der sich – verspätet – setzte, mit mehr als der üblichen Neugier an.

»Du siehst müde aus«, sagte sie spitz.

»Übler Vormittag«, sagte Nick. »Strategiesitzung wegen Werbeverbot, Positionspapier zum Baufolgen-Syndrom mußte raus, Radiodiskussion mit Craighead. Paßt auf – Verdrehtheit und totale Früste wird ab sofort in allen seinen Schriften die Formulierung ›Tabak und andere Drogen‹ verwenden. Jetzt stehen wir also auf einer Stufe mit Heroin. Oder Alkohol«, piesackte er sie.

Nick bestellte einen Wodka Negroni. Wirklich nett, diese Lunch-Termine mit der Mod Squad. Man konnte mitten am Schultag harte Alkoholika trinken, ohne daß die Leute einen für einen Leistungszwerg mit Alkoholproblemen hielten. Seltsam, daß im Amerika der fünfziger Jahre, auf dem Höhepunkt der industriellen und weltpolitischen Macht, die Männer zum Lunch doppelte Martinis getrunken hatten. Jetzt, zu Zeiten des Niedergangs, tranken sie Sprudelwasser. Irgendwo war irgendwas ganz schrecklich in die Binsen gegangen.

»Was ist mit dem?« sagte Nick. Bobby Jay brütete über Heathers Artikel und ließ dabei seinen Griffel die Druckspalten runterwandern, als suche er nach etwas Entscheidendem.

»Ich kann mir nicht ganz drüber klarwerden, ob ich meine hundert Eier jetzt gewonnen hab oder nicht«, sagte Bobby Jay. »›Händler des Todes‹, häh? Na, ich denk, das hat sie schon richtig hingekriegt.«

»Du hast doch nicht . . .«, sagte Polly mit einem Blick voller latentem Ingrimm.

»Natürlich nicht. Wofür hältst du mich?«

»Da bin ich mir«, sagte sie und klopfte sich die Zigarettenasche ab, »nicht so ganz sicher.«

Bobby Jay las laut aus dem ›Moon‹ vor: »›Um Moral geht es hier gar nicht‹, sagte Naylor im Gespräch mit dem ›Moon‹. ›Tabak ist ein zu hundert Prozent legales Produkt, das fast sechzig Millionen erwachsener Amerikaner genießen, genauso wie Kaffee, Schokolade, Kaugummi oder beliebige andere orale Erfrischungen.‹«

»Orale Erfrischungen?« grunzte Polly. »*Das* ist neu.«

Nick zwinkerte. »Hört sich an wie eine Frischatemminze, nicht?«

Bobby Jay las weiter: »Sogar seine Widersacher, von denen es wahrlich viele gibt, gestehen Naylor zu, ein erstklassiger Gegner zu sein. ›Er ist sehr, sehr raffiniert‹, sagte Gordon R. Craighead, Leiter des Amtes für die Verhütung von Mißbräuchen im Ministerium für Gesundheit und soziale Dienste, des wichtigsten staatlichen Gegenspielers der Tabaklobby, ›und sehr, sehr intelligent, und das macht ihn sehr, sehr gefährlich. Dies ist eine Branche, die jährlich eine halbe Million Amerikaner umbringt, und dieser gutgekleidete, glattzüngige, BMW-fahrende Joseph Goebbels schaffte es, das Ganze so aussehen zu lassen, als seien wir gegen die Meinungsfreiheit.‹«

»Das mit dem BMW-Fahrer hat *wirklich* weh getan«, grinste Nick.

Glücklicherweise hatte bei Dr. Wheat gerade jemand abgesagt, so daß er Nick nach den Lunch drannehmen konnte. Obwohl seine herrlichen Abende mit Heather *weit* in Richtung Stressabbau gingen und um ein erkleckliches mehr Spaß brachten als Prozac, ging die *Larry-King*-Telefondrohung zuzüglich des Herumlaufens mit Bodyguards ihm doch an die Nieren.

Nick war seit ungefähr einem Jahr bei Dr. Wheat in Behandlung. Dr. Wheat hatte eine Menge Patienten mit schwer streßgeprägten Jobs. Gelegentlich hatte sein Hals eine Neigung zum Blockieren, so daß er den Kopf nicht richtig wenden konnte, und da es zu einem Teil seines Jobs dazugehörte, im Fernsehen den »Quatschkopf« abzugeben, sah er sich verpflichtet, einen Kopf zu haben, der sich wenden ließ. Probiert hatte er es mit neuromuskulärer Massage, Yoga, Akupunktur, elektronischen Entspannungsapparaten, die fiepende Geräusche von sich gaben und mit pulsierenden roten Lämpchen ausgerüstet waren und die dem Gehirn wahrscheinlich einreden sollten, man fühle sich entspannt, während man in Wahrheit extrem beunruhigt war; außerdem Valium, Halcion, Atarax und andere mal mehr und mal weniger heftige Ruhigsteller der neuesten Generation. Schließlich hatte irgendwer – die Chefsprecherin des Spar- und Darlehensverbandes, die selber auch mit Stress zu kämpfen hatte – gemeint, er solle doch mal zu ihrem Osteopathen gehen; so welche, versicherte sie Nick, seien ganz richtige Ärzte. Also ging Nick hin, und Dr. Wheat, ein freundlicher junger Mann – Nick bemerkte mit einigem Verdruß, daß er inzwischen nicht nur älter war als die meisten Polizeibeamten, sondern auch älter als die meisten Ärzte – befingerte seinen Hals, machte schnalzschnalz und nahm mit minimalem Einsatz und maximaler Rasanz eine Serie von Manövern an ihm vor, die alle in einem fürchterlichen *Krrracks* diverser Knochen resultierten, die es ihm hinterher aber möglich machten, seinen Kopf rotieren zu lassen fast wie das Mädchen im *Exorzisten*. Nick war ein richtiger Anhänger von OMT – osteopathische Manipulationstechnik – geworden; tatsächlich hatte er sogar pro bono ein bißchen für ihren Interessenverband gearbeitet. Er war es nämlich, dem der erfolgreiche Slogan für ihre Anzeigen eingefallen war: »Osteopathen – Ärzte für den Menschen.«

Dr. Wheat befühlte Nicks Trapeziusmuskeln (vorn und hinten), die Subokzipitalmuskeln und seinen Sternocleidomastoideus. Inzwischen kannte er sich bei diesen Muskeln genauso gut aus wie im vorstädtischen Arlington, das alles in allem viel komplizierter war als die Anatomie des Menschen.

»Jungejunge«, sagte er – er war ausgesprochen jovial, der Dr. Wheat, so ein Gutmütiger aus dem Mittelwesten –, »wenn ich's nicht besser wüßte, würde ich sagen, die Leichenstarre hat eingesetzt. Was haben Sie denn bloß mit sich *angestellt?*« Er vollführte ein paar von seinem MEMR-Manövern, war aber mit dem Ergebnis nicht zufrieden, verschwand kurz und schob, als er zurückkam, eine beunruhigend aussehende Apparatur auf Rädern vor sich her. Das sah aus wie etwas, das die irakische Geheimpolizei bei jemandem zur Anwendung brachte, der sich dabei hatte erwischen lassen, als er SADDAM IST ZUM KOTZEN auf eine öffentliche Mauer schrieb; da hingen Kontakte und Elektroden dran. Dr. Wheat rieb eine Gallertmasse auf verschiedene Stellen von Nicks Brustbereich, brachte die Elektroden an und sagte: »Kann sein, daß Sie ein leichtes Brennen verspüren werden.«

Das fühlte sich so an, als würde ihm mit Holzhämmern auf den Rücken getrommelt. Er bemerkte, daß er tatsächlich bei jedem Stromstoß vom Tisch hochhopste, genau wie ein Frosch in einem biologischen Experiment in der High-School.

»W-wie-v-viel V-volt?«

»Sind schon bei drei-dreißig. Sehr eindrucksvoll. Ich möchte nicht gern viel höher als vierhundert gehen. Der Geruch von verbranntem Fleisch führt leicht zu Unruhe unter den anderen Patienten.« Dr. Wheat hatte es mit schwarzem Humor. Er erläuterte, daß das Gleichstrom war, der da Nicks Körper durchfuhr, und daß dieser dem Wechselstrom vorzuziehen sei, der den Effekt hätte, sein Herz zum Stehen zu bringen und ihn zu fritieren. Nach fünfzehn Minuten stellte er den Strom ab und versuchte, Nicks Hals zu drehen, wobei er sich mit dem Resultat immer noch unzufrieden zeigte.

»Haben Sie sich schon mal überlegt, vielleicht eine weniger stressanfällige Art von Beschäftigung anzunehmen?« sagte er, während er ein Schränkchen aufmachte und irgendeine Flüssigkeit sowie eine Injektionsnadel heraushole. »Beispielsweise bei den Fluglotsen?«

»Und die fünfundfünfzig Millionen im Stich zu lassen, die auf mich zählen«, sagte Nick und suchte seine Brust nach Brandspuren ab. »Was ist das da?«

»Das hier«, sagte Dr. Wheat, während er die Spritze aufzog, »ist für die hartnäckigen Fälle.« Er versenkte die Nadel dicht am Hals in Nicks Schulter. Das war nicht gerade eine angenehme Empfindung, als sie hineinstach, aber ... oooooooh, was für ein herrliches Gefühl durchströmte diese ganzen hypertonen Muskelgruppen. Plötzlich fühlte sich das an, als werde sein Kopf von Wolken getragen.

»Boah«, sagt er und rotierte wie ein Gyrokopter, »was *ist* das bloß?«

»Novocain. Wir müssen hier einen Teufelskreis durchbrechen.«

»Könnte ich dafür wohl ein Rezept kriegen?«

»Glaub ich kaum. Ich gebe Ihnen ein paar Soma-Tabletten mit. Viermal täglich, kein Autofahren, und in zwei Tagen sehe ich Sie wieder.«

Nick fühlte sich ziemlich toll, während er vor sich hin summend die Route 50 Richtung Washington runterfuhr und mal probierte, ob er seine Bodyguards nicht abhängen könne. Kleines Spielchen, das er sich ausgedacht hatte, und ein schöner Sport. Er flitzte über die Roosevelt Bridge und bog scharf rechts in die Rock Creek ein, dann links in die Whitehurst und die Foxhall hoch Richtung Saint Euthanasius, wo er mit Hochwürden Griggs verabredet war.

Seine Bodyguards kamen mit stinksaurem Reifenquietschen angebremst, als er gerade in das Verwaltungsgebäude spazierte, und rannten ihm schwitzend hinterher.

»Hi, Jungs.« Die Jungs sahen gar nicht glücklich aus.

»Nicky, wär mir wirklich lieb, wenn Sie so was nicht tun würden, sonst muß eben einer von uns mit bei Ihnen im Wagen sitzen.«

»Immer locker, Mike.« Ist doch wirklich soo leicht mit einem Kubikzentimeter Novocain in der Kiste ...

Sie warteten drinnen auf Hochwürden, der nach ein paar Minuten eintrat und zusammenzuckte, als er einen solchen Haufen Knorpel im Anzug in seinem stillen Wartezimmer vorfand. »Ah ja«, kapierte er, »das müssen diese Herrn sein, die heute in dem Zeitungsartikel erwähnt wurden. Fürchterliche Angelegenheit.« Nick wies die Jungs an, es sei unwahrscheinlich, daß man im Büro von Hochwürden einen Anschlag auf ihn verübe, und überließ sie der Lektüre des ›Anglican Digest‹ und des ›Modern Headmaster‹, während er sich mit Hochwürden zur Verhandlung ganz gleich welchen Geschäfts zurückzog.

»Ich bin Ihnen *so* dankbar, daß Sie gekommen sind«, sagte der und geleitete ihn in Richtung eines ledernen Sessels. Sein Studierzimmer sah so aus, als wäre es im Jahre 1535 zuletzt renoviert worden: Tudor-Vertäfelung vom Boden bis zur Decke, Sprossenfenster, fadenscheiniger Perserteppich, dazu der schwache Geruch des in hundert Jahren verschütteten trockenen Sherrys.

Als Präliminarium bekochlöffelten sie ein wenig die kürzlich erfolgte, umstrittene Ernennung einer Suffraganbischöfin. Als abgefallener Katholik hatte Nick nur einen sehr oberflächlichen Begriff von der Bischofshierarchie und ihrer Nomenklatur. Eigentlich hatte er überhaupt keinen Anhalt, was ein Suffraganbischof war, mal davon abgesehen, daß das klang wie ein Bischof in Leidensnöten. Schließlich kriegte er soviel mit, daß damit einfach nur ein Bisch zweiter Klasse gemeint war. Da Joeys ganze Zukunft in den Händen von Hochwürden Griggs ruhte, schützte Nick ein brennendes Interesse an der Kontroverse vor, bis sogar Hochwürden Griggs das Interesse zu verlieren schien und mit dem Versuch, einen Frosch aus seinem langen Hals zu verscheuchen, auf den langerwarteten Zweck der Unterredung zu sprechen kam.

»Wie Sie wissen, halten wir jedes Jahr eine Versteigerung ab, um Mittel für die Stipendien zu sammeln. Ich habe mich gefragt, ob Ihr Verband womöglich Interesse hätte, daran mitzuwirken? Diese Rezession hat den Spielraum in jeder Hinsicht aufs äußerste verengt. Sogar bei unserer« – er lächelte – »relativ gutgestellten Elternschaft.«

Ach du dickes Ei. Und *dafür* hatte Nick die ganze Woche umgeschmissen? Daß Hochwürden ihn für eine Unterschrift anhauen konnte? Und doch hielten das Soma und das Novocain ihn bei willfähriger Laune. Er sann erhitzt und ungenau drüber nach, daß sich die Dinge seit 1604 wirklich nicht verändert hatten. Das war das Jahr, wo James I., König von England, eine »Zurückeweisung zum Tabacke« veröffentlichte (anonym, versteht sich, da sich das Pamphletieren für Monarchen nicht schickte). Er erwähnte, daß im Jahre 1584 zwei Indianer aus der Kolonie Virginia auf die Kroninsel geschafft worden seien, um dort diese neumodische Sache namens Rauchen vorzuführen. Nach den Maßstäben, die von *Der mit dem Wolf tanzt* und *Dem letzten Mohikaner* gesetzt wurden, war James nicht sonderlich pc gewesen.

»Welch ehrsame That oder Politick«, hatte Seine Königliche Hoheit gedonnert, »kann Uns bewegen, die barbarische und viehische Manier des wildten, gottloßen und sklavischen Indianers nachzuahmen, insonderheit bei einem so abscheulichen und stinkigten Brauche?« Er räumte ein, daß man es zunächst als ein Gegenmittel gegen die gefürchteten »Pockken« – die den Teint seiner Verwandten Elizabeth I. ruiniert hatten – angewandt habe, schrieb aber dann, die Doktoren hielten es inzwischen für eine eklige, widerliche Angewohnheit, womit sie sozusagen den ersten Generalbundesarztbericht vorgelegt hatten, und das ganze 360 Jahre vor dem 1964 von Luther Terry präsentierten.

Für seinen eigenen Geschmack, schrieb Seine Gnaden, sei das Rauchen »ein abscheulicher Brauche, welcher dem Aug zuwider, der Nasen verhaßt, dem Hirne schädelich, den Lungen gefährelich und in seinem schwartzen stinkigten Dunste am ehsten dem entzetzelichen stygischen Rauche von jenem abgründigen Schlundte, welcher bodenlos, ähnelich«.

Bis zum Jahre 1612 allerdings hatte James I. sich das anders überlegt. Sein Schatzamt war zum Bersten voll von den Einfuhrzöllen auf Tabak aus dem James River Valley in der Kolonie Virginia. Überhaupt wurde von Seiner Majestät nie wieder ein Wort zu dem »abscheulichen Brauche« vernommen. Und so ist es in gewisser Hinsicht bis auf den heutigen Tag geblieben, wo die US-Regierung wie Capitaine Renaud in Rick's Café herumläuft und schreit: »Ich bin schockiert – schockiert!« während ihre Handelsbevollmächtigten Regierungen im Ausland – speziell in Asien – bedrängen, ihre eigenen Warnaufschriften zu entschärfen und das US-Kraut reinzulassen.

»Etwas dagegen, wenn ich rauche?«

Hochwürden sah für einen Moment aus wie schwer geschlagen. »Nein. Bitte, ja, natürlich doch.«

Nick zündete sich eine Camel an, sah jedoch davon ab, einen seiner schönen, dichten Rauchringe auszustoßen, obwohl das doch so einen schönen Heiligenschein um Hochwürdens Kopf ergeben hätte. »Aschenbecher?«

»Gewiß doch, wollen doch mal sehen.« Hochwürden fummelte herum und sah sich hilflos in seinem Studierzimmer um. »Wir müssen doch einen *Aschenbecher* haben, irgendwo.« Aber nichts da, und da Nick sich die Zigarette bereits angesteckt hatte, brannte Hochwürden die Sache schon auf den Fingernägeln, sozusagen. Nick rauchte in tiefen Zügen, um die Angelegenheit zu beschleunigen.

»Margaret«, sagte Hochwürden verzweifelt ins Telefon, »haben wir irgendwo einen *Aschenbecher*? Irgend etwas, ja.« Er setzte sich. »Wir werden einen auftreiben.«

Nick sog einen weiteren tiefen Zug ein. Die Zigarette hing über dem Perserteppich in der Luft. Die Tür ging auf, und Margaret trug eine angeschlagene Untertasse herein, in die das Wappen des Saint Euthanasius geprägt war. »Das ist alles, was ich finden konnte«, sagte sie mit einer Stimme, irgendwo zwischen peinlich berührt und darüber verstimmt, daß man von ihr verlangt hatte, die Möglichmacherin für den schwartzen stinkigten Dunste zu spielen.

»Ja, besten Dank, Margaret«, sagte Hochwürden, der ihr die Untertasse fast schon entriß und sie an Nick weiterreichte, nur Sekunden, bevor die Asche auf das Schulmotto fiel: *Esto Excellens Inter Se.* (»Seid exzellent zueinander.«)

»Üblicherweise«, sagte Nick, »sponsern wir nur Sportereignisse. Aber vielleicht ist es uns möglich, etwas zu bewerkstelligen.«

»*Wunderbar*«, sagte Hochwürden.

»Ich werde das in die Hände unserer Leute für Gemeinwohlaktivitäten legen müssen. Aber wir sprechen eine Sprache.«

»*Vorzüglich*«, sagte Hochwürden und wand sich in seinem Queen-Anne-Sessel. »Ich frage mich, ob es wohl notwendig wäre, die ... genaue Herkunft der Unterstützung ... bekanntzugeben?«

»›Mit Unterstützung der Akademie für Tabakstudien‹ auf den Programmheften?« Nick stieß den Rauch aus. »Das ist ziemlich üblich.«

»Ja, gewiß. Ja. Ich hab mich nur gefragt, ob es da nicht irgendeine ... Firmenkörperschaft gibt, der wir unsere Danksagung aussprechen könnten. Großzügig natürlich.«

»Hm«, sagte Nick. »Nun, da wäre der Rat für Tabakforschung.«

»Ja«, sagte Hochwürden voller Enttäuschung, »dacht ich mir schon.« Der RTF war jüngst aufgrund der Benavideschen Schadensersatzklage in den Nachrichten gewesen. Es war herausgekommen, daß der RTF in den Fünfzigern von den Tabakfirmen als Aushängeschild auf die Beine gestellt worden war, zu einer Zeit, da die amerikanischen Raucher merkten, daß sie immer mehr husteten und immer weniger Gefallen dran fanden, wobei der Grundgedanke der gewesen war, jedermann davon zu überzeugen, daß auch die Tabakindustrie, potztausend, diesen mysteriösen »Gesundheits«-Fragen auf den Grund gehen wollte. Das erste Weißbuch des RTF machte als Ursache für den Anstieg von Lungenkrebs- und Emphysemerkrankungen die weltweite Vermehrung von Blütenstaub dingfest. Das alles wußte Hochwürden offensichtlich.

»Gibt es zufällig noch *andere* Organisationen?«

Nick faltete die Hände und formte einen Kirchturm. »Wir sind mit der Koalition für Gesundheit verbunden.«

»Ah!« sagte Hochwürden und klatschte in die Hände. »*Ausgezeichnet!*«

Hochwürden begleitete Nick zu seinem Wagen. Nick fragte: »Ach, übrigens, wie macht sich Joey denn so?«

»Joey?«

»Mein Sohn. Er ist in Ihrem siebten Jahrgang.«

»Ah! *Außerordentlich* gut«, sagte Hochwürden. »Ein *helles* Bürschchen.«

»Läuft also alles bestens?«

»Glänzend. Also dann«, er gab Nick die Hand, »besten Dank, daß Sie gekommen sind. Und ich erwarte dann freudig alles Weitere von« – er zwinkerte, dieser räudige Stehkragenbastard zwinkerte doch tatsächlich – »der Koalition für Gesundheit.«

11

Die Wirkung des Novocains hatte inzwischen nachgelassen, aber Nick fühlte sich immer noch ziemlich gut und bedröhnt, als er seinen Bodyguards voran vom Parkplatz des Saint Euthanasius donnerte, und nach der Art und Weise, wie er mit Hochwürden umgesprungen war, auch zu einem Triumphgefühl berechtigt. Das Soma war auf seinen kleinen Katzenpfoten angekrochen gekommen und schnurrte nun in seinem zentralen Nervensystem herum, wo es alle schlechten Gedanken in die Flucht schlug. Er wurde Mike und die Jungs los, indem er an einer roten Ampel unweit der Massachusetts Avenue eine plötzliche Linkswendung vollführte, wobei er knapp einem entgegenkommenden Schnellreinigungslieferwagen auswich und um ein Haar eine Gruppe Moslems, die vom Gebet in der Moschee zurückkehrten, plattmachte; an welchem Punkte es ihm wieder einfiel, daß Dr. Wheat ihn angewiesen hatte, er dürfe nicht einmal fahren, geschweige denn im Stadtverkehr Parnelli Jones spielen.

Jeannette erreichte ihn übers Autotelefon und teilte ihm mit, sie müsse sich unbedingt mit ihm an die Medienplanung für den Bericht der Umweltschutzbehörde über Passivrauchen nächste Woche machen. Schon wieder gute Nachrichten am Tabakhorizont. Erhardt, ihr Forscher vom Dienst, türkte schon den Bericht über die hinausschiebende Wirkung von Tabak auf den Ausbruch der Parkinsonschen Krankheit zusammen.

»Ich bin in zehn Minuten da«, sagte Nick, der sich bei der Aussicht auf eine weitere Besprechung ein bißchen müde fühlte. Hatten die auch im Mittelalter schon derart viele Sitzungen gehabt? Im antiken Rom und Griechenland? Kein Wunder, daß deren Zivilisationen ausgestorben waren, wahrscheinlich waren sie drauf gekommen, daß Dekadenz und die Westgoten weiteren Sitzungen vorzuziehen waren.

»Ich werd noch einen Schlenker beim Café Olé vorbeimachen und mir einen Cappuccino holen«, gähnte er, da er sich ein bißchen Soma-tös fühlte. »Auch einen?«

»Gott *ja, bitte.*«

Er parkte in der Tiefgarage – von Mike, Jeff und Tom nicht das geringste zu sehen, stellte er mit Befriedigung fest, das sind mir aber Bodyguards – und stieg die Treppe zum Atrium rauf. Hier gab's ein Dutzend Futterstellen mit Namen wie Peking Gourmet (Knüppel aufn Kopp Suey und Hähnchen-Glutamat), Pasta Pasta (Verkauf nach Gewicht), EIJ (Echt Irrer Joghurt) und Hier geht's Weg Wie Warme Bagels. Um den Springbrunnen rum standen Tische, wo man essen konnte. Es war ganz nett, hier sein Lunch zu nehmen, besonders während des Washingtoner Sommers, wenn es keiner auf sich nehmen wollte, auf die schmelzenden Bürgersteige rauszustapfen.

Nick stand vor dem Tresen am Café Olé und wartete auf seine zwei doppelten Cappuccinos, als er bemerkte, daß ihn wer anstarrte. Er drehte sich um, sah aber niemanden außer einem Penner. Da Nick Jahrgang 1952 war, dachte er von ihnen immer noch als »Pennern« und nicht »den Obdachlosen«, obgleich er sich wohlweislich hütete, sie auch als Penner zu bezeichnen. Er hatte sogar schon mal versucht, ein Programm auf die Beine zu stellen, in dessen Rahmen die Zigarettenkonzerne kostenlos Zigaretten an Obdachlosenunterkünfte verteilen sollten, aber die Sargnägel kriegten Wind von der Sache und erreichten, daß GSD die Sache stoppte, deswegen gab's jetzt keine kostenlosen Glimmstengel für diejenigen, die sie am nötigsten hatten.

Nick kannte die meisten Penner, die im Atrium die Leute anquatschten, bis sie von der Security verjagt wurden, vom Sehen, aber den hier nicht. War ein ziemliches Prachtexemplar, eine klobige, ungeschlachte Gestalt, und trug reinrassigen Grunge-Look – so die Überreste von rund einem Dutzend Mänteln. Die Haare hingen ihm in schmierigen Klumpen über das Gesicht, das so aussah, als hätte es zuletzt irgendwann in den Siebzigern Wasser und Seife gesehen. Er kam auf Nick zu.

»Hassemannfirrldorra?« Seine Augen waren klarer als bei den meisten dieser Typen, wo sie mehr so aussahen wie die Dotter von faulen Eiern.

Nick gab ihm einen Dollar und fragte ihn, ob er eine Zigarette wolle.

»Goosseegnbruhher.« Nick gab ihm den Rest der Schachtel.

»Hassenstrachoss?« Nick gab ihm ein Einwegfeuerzeug. Seine Cappuccinos waren fertig. Er machte sich in Richtung der Rolltreppe auf, die in die Lobby ging, wo die Büroaufzüge waren. Der obdachlose Typ kam ihm hinterher. Nick war nicht auf eine zwischenmenschliche Beziehung aus, aber als abgefallener Katholik konnte er sich trotz seiner festen Überzeugung, daß das alles Bockmist war, doch nie mit letzter Sicherheit von dem Gedanken losmachen, einer von diesen armen Teufeln sei womöglich Christus in Zivil, der mal nachprüfen wollte, wer dem Geringsten seiner Geschöpfe gegenüber mildtätig war und wer es nicht war und es deswegen im ewigen Jenseits so heiß haben würde, daß im Vergleich dazu ein Washingtoner Sommer antarktisch erschien.

»Wie heißen Sie?« fragte Nick.

»Reggggurg.«

»Nick. Hier aus der Gegend?«

»Ballmurrr.«

»Nettes Städtchen.« Sie waren jetzt auf der Rolltreppe. »Also«, sagte Nick, »immer die Ohren steifhalten.«

Er spürte, wie sich ihm irgendwas mitten in seinen Rücken bohrte, so was wie eine Schirmspitze. Dann hörte er eine Stimme – sie kam von dem Penner, aber es war jetzt eine völlig andere – sagen: »Nicht umdrehen. Nicht bewegen, nichts sagen. Das ist die Mündung einer Neunmillimeter, und wenn Sie nicht alles genauso machen, wie ich's Ihnen sag, wenn ich Ihnen was sag, dann liegen Sie auf ner Steinplatte im Leichenschauhaus mit nem Schildchen an der Zehe, bevor der Kaffee da kalt ist.«

Nachdem Bekanntschaft geschlossen war, ging's nun an die kleinen Aufmerksamkeiten. Sie erreichten das obere Ende der Rolltreppe. Da waren überall so viele Leute, daß Nick *Hilfe* schreien wollte, aber die Stimme, die Stimme hatte sehr nachdrücklich darauf gedrungen, daß er das lasse.

»Sehen Sie die Limou da drüben?« sagte der Penner. »Gehen Sie ganz langsam drauf zu. Nicht rennen.«

Nick rannte nicht. Die Fenster der Limou waren undurchsichtig schwarz. Sie hatten ungefähr 15 Meter zurückzulegen. Hier war er, und diese ganzen Leute – er wurde am hellichten Tag gekidnappt, vor Hunderten von Leuten. Und – warum?

Ungefähr zwei Meter vom Wagen entfernt blieb er stehen. Die Knarre bohrte sich in seine Wirbelsäule. »Weitergehen.«

Er sollte sich Details merken. *Er war schwarz. Nein, dunkelblau, Cadillac. Nein, Lincoln. Nein, Cadillac.* Das würde eine große Hilfe sein. Gab so wenig Limousinen in Washington.

Die Tür öffnete sich.

Diese ganzen Zeitungsberichte von den Geiseln in Beirut blitzten vor ihm auf. *Gesehen wurde er das letzte Mal vor vier Jahren, als man ihn zwang, in den Kofferraum einer schwarzen Limousine zu steigen.* Wenigstens packte man ihn nicht in den Kofferraum.

Nick bemerkte plötzlich, daß ihm die Hände schmerzten. Er hielt die beiden Cappuccinos in ihren Styroplastbechern zwischen den Fingern. Sein Herz raste. Kein Koffein vonnöten.

Er fuhr herum und schleuderte die Cappuccinos auf den Pistolen-Penner. Sie trafen ihn auf die Brust und prallten ab. Die Deckel hielten. Die Becher fielen zu Boden, platzten auf und verbrühten ihm die Knöchel mit schaumigem Cappuccino. Wie oft in seinem Leben waren die Plastikdeckel abgesprungen, als sie das gar nicht sollten, hatten ihm Hände und Schoß verbrüht, die Polstermöbel ruiniert, braune Flecken in den Schritt heller Sommeranzughosen geferkelt, normalerweise vor einer wichtigen Sitzung. Aber nein, jetzt, beim einzigen Mal in seinem Leben, wo es ihm tatsächlich mal geholfen hätte, wenn die Deckel abgesprungen wären, *hatten sie gehalten*, diese unverschämten, höhnischen kleinen Plastikbastarde.

Der Penner schob ihn rückwärts in die Limousine. Nicks Kopf knallte beim Einsteigen gegen den Türrahmen. Hände zogen ihn rein, und während die Lichter der Milchstraße seinen Sehnerv durchpulsten, kriegte er eine schwarze Seidenkapuze über den Kopf, und seine Hände wurden ihm hinter dem Rücken mit etwas, das sich wie Müllbeutelschlingen anfühlte, sicher verschnürt. Der Wagen fuhr langsam los, in den Verkehr hinein.

»Hallo, Neek. Gut, Sie endlich zu treffen.«

Es war ein merkwürdiger Dialekt, mitteleuropäisch, schauerlich kriechend und ölig.

»Was soll das Ganze?« sagte Nick.

»Können Sie gut atmen unter der Kapuze? Wär doch schrecklich, wenn Sie nicht *atmen* könnten, was?« Ein kurzes, gackerndes Lachen. Klang ihm vertraut, so wie ...

»Wo fahren wir hin?« fragte Nick.

»Was für eine unglaublich unrealistische Frage, Neek. Erwarten Sie jetzt vielleicht eine Adresse?« Dieser Akzent. Das war – Peter Lorre, der den Dingsda spielte, den schmierigen kleinen Gauner in *Casablanca*, Uguarte. Nur war Lorre, soweit Nick sich erinnern konnte, schon lange tot.

»Geht's um Lösegeld?«

»Geht umme *Hypothek*, Neek.« Gelächter. Nick entschied sich, von weiteren leutseligen Versuchen, das Eis zu brechen, Abstand zu nehmen.

Nach ungefähr einer halben Stunde hielt der Wagen an, die Türen wurden geöffnet, Hände zogen ihn raus, Türen gingen auf und zu, gedämpfte Stimmen sprachen, sie gingen eine Treppe rauf, einen Flur lang, noch eine Tür ging auf und zu, er wurde auf einen Stuhl gedrückt, seine Knöchel wurden an dessen Beine gebunden. Das war alles nicht sonderlich beruhigend. Die Kapuze blieb ihm über den Kopf gezogen. Es war beruhigend, daß er ihre Gesichter nicht sehen sollte. Die Schnur, die ihm das Handgelenk fesselte, wurde entfernt, und jetzt kam etwas, was er wirklich absolut nicht mochte, kein klein bißchen: Sie fingen an, ihm die Klamotten auszuziehen.

»Entschuldigung bitte, was passiert denn jetzt?«

»Keine Sorge, Neek, sind keine Frauen im Raum. Braucht Ihnen nicht peinlich sein.« Diese Stimme. Die war so schauerlich und enervierend. War sie auch in Peter Lorres Filmen, ungeachtet dessen, daß *Casablanca* einer von Nicks Lieblingsstreifen war. »Oh, bin wirklich sorry, Sie müssen ja sterben vor Gier nach ner Zigarette.«

Tatsächlich wär eine Zigarette jetzt genau das richtige gewesen, doch, ja.

»Andererseits, wenn Sie bloß noch ein bißchen warrten, kriegen Sie soviel Nikotin, wie Sie überrhaupt bloß brrauchen können.« Gelächter. Und nicht gerade eine aufbauende Art von Gelächter, mehr so das, was man von jemandem mit schweren psychischen Problemen erwartet. Vielleicht sollte er *doch* versuchen, die Unterhaltung in Gang zu halten.

»Können wir nicht über die ganze Geschichte reden? Normalerweise lassen die einen wissen, warum die einen kidnappen. Was bringt denn das Ganze sonst?«

»Sie wissen schon, warum, Neek. Wir wollen, daß Sie aufhören, Menschen umzubrringen. So viele Menschen. Überr eine Million Menschen im Jahr. Und das bloß in den Verreinigten Staaten.«

»Dafür gibt es nicht den geringsten Beweis«, sagte Nick, der vielleicht für dies eine Mal entschuldigt war, daß er das unwissenschaftliche Präfix benutzte.

»Neek! Das wirrd Ihnen hier nicht helfen. Sie sind nicht mehrr in der *Oprah-Winfrey-Show*.«

»Na, jedenfalls ist die Zahl von einer halben Million weit entfernt. Sogar die Sargnägel-Fundis behaupten allerhöchstens, es seien 435 000.«

»Sargnägel. Das *gefällt* mir, Neek. Werden so bei euch Leute genannt, die die Tabakkonzerne davon abhalten wollen, daß sie zum Nutzen ihrer Prrofite Menschen opfern?«

Nick hatte jetzt nur noch seine Boxershorts an. Er hörte das Geräusch von Pappschachteln, die aufgemacht wurden. Mit einer schwarzen Kapuze über dem Kopf packt einen eine ziemliche Neugier, was Geräusche angeht. Noch mehr Auspackgeräusche, wie von Plastikumhüllungen.

Eine Hand wurde ihm über dem Herzen auf die Brust gepreßt. Er hüpfte mit seinem Stuhl in die Höhe und zerrte an seinen Knöcheln und Handgelenken. Die Hand wurde weggenommen, und er fühlte, daß irgendwas auf seiner Brust zurückgeblieben war, irgendwas Klebriges und Haftendes wie ein Wundverband.

Eine andere Hand – oder dieselbe Hand – krallte sich dicht neben der ersten Stelle in seine Haut und ließ noch ein Wasauchimmer zurück. Und noch mal und noch mal und noch mal, bis seine ganze Brust bedeckt war, dann die Arme, der Rücken, die Beine von den Boxershorts abwärts bis zu den Knöcheln.

Dann seine Stirn und die Wangen. Jeder Zollbreit seines Körpers war bedeckt. Wenn er sich auf seinem Stuhl verlagerte, kam er sich vor wie eine adhäsive Masse, eine Tape-Verband-Mumie.

»Hören Sie, könnten wir es an dieser Stelle nicht mit einem kleinen Gespräch versuchen?«

»Wissen Sie nicht mehr, Neek, wie ich Ihnen in derr *Larry-King-Show* gesagt hab, daß wir Ihnen den Weg ins Jenseits pflasterrn werrden?«

Weg ins Jenseits pflastern? Pflastern? Pflast. . .? Nick kapierte langsam, daß dieser Irre ihn gerade von Kopf bis Fuß mit Nikotinpflastern eingedeckt hatte. Was bedeutete, daß ihm jetzt in diesem Augenblick eine massive, ja wahrscheinlich tödliche Dosis Nikotin durch die Haut in den Blutkreislauf eingespeist wurde. Nicht daß es irgendeinen wissenschaftlichen Nachweis gab, daß Nikotin schädlich für einen war . . .

Er stellte ein paar Berechnungen an. Hatte ein Pflaster zweiundzwanzig Milligramm? Irgendwas in der Größenordnung. Und eine Zigarette enthielt ungefähr ein Milligramm, also entsprach ein Pflaster in etwa einer Schachtel . . . fühlte sich an, als hätten die ihn mit ungefähr vierzig davon bepflastert . . . das machte . . . vierzig Schachteln . . . vier *Stangen*? Sogar nach Gewerbestandards war das eine bedenkliche Tagesleistung.

»Ich will Ihnen was vorrlesen«, sagte Peter Lorre. »Das liegt den Pflastern bei, in den Schachteln. Steht unterr ›Nebenwirrkungen‹. Das ist meine Lieblingsstelle. Die Tumorrate in den Backentaschen von Hamsterrn und den Vorrmägen von F344-Ratten interressiert mich nicht so sonderlich. Ich weiß nicht mal, was eine F344-Ratte ist. Na egal, hier stehen jedenfalls so *viele* Nebenwirrkungen, daß ich kaum weiß, wo ich anfangen soll. Warum soll ich mich nicht drrauf beschränken, nur die heftigsten vorzulesen?«

So langsam fühlte Nick sich ein bißchen unwohl. Und sein Puls schien . . . na ja, er war nervös, soviel war klar, aber der fing doch ganz schön flott zu schlagen an.

»Hören Sie, ich finde, es ist absolut legitim, daß Nichtraucher glauben, sie hätten ein Anrecht darauf, rauchfreie Luft zu atmen. Unsere Branche arbeitet schon lange mit Bürgergruppierungen und der Regierung Hand in Hand, um sicherzustellen, daß . . .«

»*Neek* . . . hören Sie einfach zu, okay? ›Erythem‹, heißt es da. Wissen Sie, was das ist? Ich mußte das in einem Lexikon nachschlagen. Das heißt nichts anderres als Rötung der Haut, so wie von chemischen Giften oder Sonnenbrrand. Ich möchte meinen, Sie werden *sehr* rote Haut krriegen, Nick. Vielleicht können Sie in einem Film eine Rolle als Indianer überrnehmen. Heh, heh. Oh, muß mich entschuldigen, Neek. Das war schlechterr Geschmack.«

»Meine Branche bringt dem Fiskus jährlich achtundvierzig Milliarden an Steuergeldern. Ich glaube, Sie sehen hier verlokkenden Möglichkeiten entgegen. Ich glaube, wohl jeder hier im Raum würde sich über einen frühzeitigen Ruhestand im Saint Barth oder wo auch immer freuen.«

»Also das hierr versteh ich. ›Unterleibsschmerzen, Somnolenz‹ – das heißt Schlaf, nicht? – ›Hautausschlag, Schwitzen. Rükkenschmerzen, Verrstopfung, Dyspepsie, Übelkeit, Myalgie.‹ Da wären wir schon wieder bei diesen schwierrigen *Wörtern*. Ah, nun aber: ›Schwindelgefühle, Kopfschmerzen, Schlaflosigkeit.‹ Das versteh ich nicht, die errzählen einem was von Schläfrigkeit, und dann errzählen die einem was von Schlaflosigkeit. Werrden wir eben selber rausfinden müssen. Wissen Sie, Sie könnten einen unglaublichen Beitrag zur Forrschung leisten. Sie könnten im ›New England Journal of Medicine‹ beschrieben werrden. Was sonst noch? ›Pharyngitis?‹ Ich glaub, das muß wohl heißen, wenn einem der Rachen kaputtgeht, oder? ›Sinusitis und . . . Dysmenorrhöe.‹ Ich *möcht* noch nicht mal wissen, was das ist, so fürrchterlich, wie das klingt. Können Sie mir später dann errzählen.«

Es brannte. Seine Haut brannte *wirklich*. »Ich schätze mal, Sie könnten es als *Anfangs*forderung mal mit fünf Millionen versuchen. Und sich dann langsam hocharbeiten. Ich will ja nicht protzen, aber ich bin ein extrem wichtiger Bestandteil unserer übergreifenden Medienstrategie, deswegen . . .«

»Aberr ich *will* ja garr kein Geld, Neek.«

»Nun, was wollen Sie dann? Ich meine, ich bin ganz Ohr, jetzt.« Sein Herz. Boah. *Ba-bumm, ba-bumm*.

»Was wollen wir denn alle? Ein bißchen finanzielle Sicherheit, die Liebe einer guten Frau, keine zu grroße Hypothek, knusprigen Speck.«

Nicks Mund fing an, sich sehr trocken anzufühlen und so zu schmecken, als sei er in Alufolie eingewickelt. Sein Kopf fing zu stampfen an. Sein Herz arbeitete wie ein Preßlufthammer. Und da unten in seinem Magen braute sich etwas zusammen, das irgendwann hochkommen würde, und zwar ziemlich ... bald.

»Uuuh.«

»Übrigens, haben Sie die Storry in ›Lancet‹ gelesen? Über diesen unglaublichen Umstand, daß in den nächsten zehn Jahren 250 *Millionen* Menschen in der industrialisierrten Welt am Rauchen sterrben werrden? Jeder *fünfte*, Neek. Ist das nicht gewaltig? Das sind fünfmal soviel, wie im letzten *Weltkrieg* ums Leben gekommen sind.«

Bummbummbummbumm. »Urrrrrrrg.«

»Das ist die komplette Bevölkerung der Verreinigten Staaten.«

»Ich werd aufhören. Ich ... werd für die ... Lungen...vereinigung ... arbeiten.«

»*Gut*, Neek. Jungs, meint ihr nicht auch, daß Neek *erstklassige* Fortschrritte macht?«

»Urrrrrr.«

»Sie hören sich nicht allzu gut an, Neek.«

»– rrrrr –« *Bummbummbummbumm*. Sein Herz hämmerte gegen den Käfig seines Brustkorbs: *Ich will hier raus.*

»Sehen Sie's mal von der positiven Seite, Neek. Ich wette, wenn Sie das hier hinter sich haben, werrden Sie nie mehr wieder eine Zigarette rauchen wollen.«

»– ruuups.«

12

»Siehste das da?« sagte ein US-Parkpolizist zu seinem Kollegen, während sie in der Constitution Avenue unweit vom Vietnam Veterans Memorial in ihrem Streifenwagen saßen.

»Spät für Jogger«, gähnte der andere.

»Das sehen wir uns besser mal genauer an.« Sie stiegen aus und gingen in Richtung Constitution Gardens und leuchteten mit ihren Taschenlampen den Gegenstand ihrer Neugier an. Es war ein männliches Exemplar, Kaukasier – obwohl die Haut eine seltsame, leblose Tönung und Struktur hatte – eins achtzig, 77 Kilo, braunes Haar, athletischer Bau. Er stolperte am Rand der Lagune herum. Fixer, ganz klar.

»Sir. SIR. Bleiben Sie stehen, und drehen Sie sich um, bitte.«

»Hast du sein Gesicht gesehen?«

»Jau. Wie ein Hirsch auf Stoff. Was hat der da überall am Körper?«

»Wundpflaster?«

»Irgend etwas von Ausbrechern aus dem Saint E gehört?«

»Nichts. Der Hurensohn ist schnell. Sieh mal, wie der abgeht.«

»Koks?«

»Nee, das ist Angel Dust.«

Sie schnappten ihn sich auf der kleinen Insel in den Constitution Gardens, wo die Präambel der Unabhängigkeitserklärung zusammen mit den Namen der Unterzeichner in den Boden eingraviert ist.

»Sir?«

»Hauen Sie ab, lassen Sie mich in Ruhe! Ich mag nicht mal Ihre Filme! *Casablanca* hab ich gehaßt!«

»Wovon quasselt der?«

»Immer mit der Ruhe, Kumpel. Keiner wird Ihnen was tun.«

»Holt die Generalbundesärztin her! Ich habe *dringende Informationen für die Generalbundesärztin!*«

»Okay, Sportsfreund, dann gehen wir mal die Generalbundesärztin besuchen.«

»Darf außer ihr keiner wissen!«

»*Das* ist in Ordnung, Kumpel. Was hängt Ihnen denn da um den Hals?«

»Ist ein Schildchen.«

»›Exekutiert für Verbrechen gegen die Mengeneinheit.‹«

»›Menschlichkeit.‹«

»Was soll das denn bedeuten?«

»Keine Ahnung, aber für einen, der exekutiert worden ist, bewegt der sich ziemlich flott.«

»Der sieht aus, als wär er exekutiert worden.«

»O Junge, paß auf.«

»So ist's gut, Sportsfreund. Tief Luft holen. Mir ist noch nie jemand untergekommen, der *so* gespuckt hat.«

»Der ist mit irgendwas bedröhnt. Laß uns lieber den Krankenwagen rufen. Huppala, paß auf, geht schon wieder los.«

»Was ist los, Sportsfreund, was Falsches gegessen?«

»Weißt du, wie die aussehen – wie diese Raucherdinger, die Pflaster.«

»Joe Rinckhouse hat die Dinger mal probiert. Raucht noch immer.«

»Jede Wette, der hat nicht so viele draufgehabt. Hey, Kumpel, alles in Ordnung?«

»Nein, der ist nicht in Ordnung. Sieh ihn dir bloß an.«

»Ich glaub, wir sollten dem mal eine CPR verpassen.«

»Fühl dich herzlich eingeladen.«

»Mm-mm. *Du* bist dran.«

»Laß uns auf den Krankenwagen warten. Das hier schmeckt mir nicht. Könnte irgend so eine neue Sexsache sein.«

»Gute Idee.«

»Visite!«

»Was haben wir hier?«

»Name unbekannt, hochgradig erregt, Brechreiz, trocken wie ein Knochen. Blutdruck zwovierzig zu hundertzwanzig. Brechreiz, Erythem. Puls hundertachtzig und regelmäßig. Sieht nach SPT aus.«

»Sir? Sir, können Sie mich hören? SIR? Okay, der kommt an

einen Nipride-Tropf. Bereiten Sie Verapamil vor, zehn Milligramm intravenös. Bitte *heute* noch.«

»Schon unterwegs.«

»Was sind das für Dinger, die er überall dranhat?«

»Sieht nach Nikotinpflastern aus, ganz schön viele.«

»Ist womöglich die neue Selbstmordmethode der Neunziger.«

»Wir sollten die entfernen. Schnell. Die reichen aus, um ein Pferd umzubringen.«

»Au weia, dieser arme Kerl wird ganz schön schlimm dran sein.«

»Dieser Kerl wird ganz schön tot sein. Sir? SIR? Wie heißen Sie?«

»Mm – ojeh. V-Fib!!«

»Okay, er wird ein bißchen auf dem Blitz reiten müssen. Bis max aufdrehen. Geben Sie mal die Kontakte. Fertig? Vorsichtig.«

Wwwwwwwwwump.

»Noch mal. Alles klar.«

Wwwwwwwwwump.

»Fein! Fein! Zurück auf Sinusrhythmus. Und jetzt mit dem Lidocain-Tropf anfangen.«

Nick erwachte zu den Geräuschen piepender Geräte und mit einem Kopfschmerz, der ihn wünschen ließ, er hätte nicht überlebt. Sein Mund schmeckte, als wäre er mit heißem Teer und Taubenschiß gefüllt gewesen. Hände, Füße und Nase waren kalt wie Eis. Er bemerkte Drähte, die zu seiner Brust führten, und Schläuche, die zu jeder seiner Körperöffnungen hinein- und herausführten, außer, Gott sei Dank, zu einer.

Er hatte diesen sehr seltsamen Traum gehabt. Dr. Wheat war total durchgedreht, während Nick an die Gleichstromapparatur angestöpselt auf dem Tisch lag. Er erhöhte die Spannung, bis er damit das Washingtoner U-Bahn-Netz hätte betreiben können, während er wie wahnsinnig auf Nick einschnatterte, dieses sei seine große Gelegenheit, ins ›New England Journal of Medicine‹ zu kommen.

»Oaachhh«, stöhnte er und mobilisierte damit eine Krankenschwester, die lostrippelte, um einen Arzt zu holen. Weißbekittelte Leute kamen herein und hingen um ihn rum. Man verständigte sich lautlos. Eine Stimme sprach zu ihm.

»Mr. Naylor?«

»Urrr.«

Er hörte verschwommen das Wort *Morphium*, gefolgt von einer warmen Empfindung in seinem Arm, gefolgt von ... Visionen einer wollüstigen rothaarigen Frau, mit Brille, nackt, auf einem Pferd.

Pferd?

Schlips-und-Kragen-Typen traten ins Zimmer ein.

»Mr. Naylor? Ich bin Special Agent Monmaney, FBI. Das hier ist Special Agent Allman. Uns ist Ihr Fall übertragen worden. Können Sie uns erzählen, was passiert ist?«

Nick blinzelte durch den Drogenschleier hindurch auf die Kavallerie. Monmaney war groß, schlank, mit angespannten, blassen, maserigen Wolfsaugen. An den Schläfen angegraut. Gut, ein G-Man mit Erfahrung. Allman war untersetzt, Körperbau wie ein Hydrant. Hervorragend. Der könnte der richtige sein, um Peter Lorres Fresse zu Apfelmus mit Zimt zu hauen. Er hatte eine rotbäckige, beinahe joviale Sorte Gesicht, mit dem er aussah wie jedermanns High-School-Lieblingslehrer. Nick hätte es besser gefunden, wenn er magerer und fieser ausgesehen hätte, so wie Monmaney, aber das war schon in Ordnung, solange sie nur funktionierten wie ein Team und ihre Knarren gut geölt waren. Er sah Peter Lorre auf den Knien, wie er sie um Gnade anwinselte, während sie ihre 9-mm-Spritzen in seine Brust entleerten.

Eine Übelkeitswelle von Tsunami-Kaliber wälzte sich durch seinen Körper. Nicks Augen kehrten heftig angeschlagen zu Monmaney zurück, der ihn sich ohne das geringste Mitleid besah. Ja, ein echter Killer, der hier, und sah aus, als würde er Klavierdraht statt Zahnseide benutzen.

Sie stellten Fragen. Viele Fragen. Dieselben Fragen immer wieder und wieder und wieder. Nick sagte ihnen, was er wußte, nämlich, daß er von einem toten ungarischen Filmstar entführt und gefoltert worden war. Er erzählte ihnen, wie er seine Cappuccinos auf den Penner geschleudert hatte. Ganz bestimmt hatte jemand auf der K Street das mitgekriegt. Seine letzte Erinnerung? Das Gefühl, sein Herz versuche äußerst dringend, aus dem Körper zu fliehen, zusammen mit allem, was er in den letzten zwei Jahren gegessen hatte. Und wo er gerade dabei war, Mann, war er hungrig. Gazelle hatte ihm doppeltbeschichtete Oreo-Kekse mitgebracht, diese Sorte mit zusätzlicher Cremefüllung innen drin, aber die Krankenschwestern warfen nur einen Blick drauf und schleppten den Beutel aus dem Zimmer raus, als handelte es sich um Giftmüll.

Agent Monmaney ließ ihn alles immer wieder und wieder und wieder durchgehen, bis Nick versucht war, Sachen hinzuzuerfinden, einfach so aus reiner Langeweile. Agent Allman stand bloß daneben und nickte freundlich und glotzte jovial. Ein bißchen Mitleid wär schon nett gewesen. Aber alles, was interessierte, waren Details, Details, Details. Nick ging das langsam auf den Wekker. Er war versucht, sie zu fragen, was ihr letzter Auftrag gewesen sei, Panzerfahrer in Waco?

Barmherzigerweise kam Dr. Williams herein, und sie gingen. Sowie sie weg waren, fing Nick an, Witze zu reißen, von wegen J. Edgar Hoover trage rosa Ballettröckchen. Dr. Williams war Nicks neuer Kardiologe, ein höchst angenehmer Bursche von Anfang fünfzig mit einer Hörhilfe, was daher kam, daß er während Vietnam als Marinearzt an Bord von Zerstörern gedient hatte. Der Gedanke daran, sich im Alter von nur vierzig Jahren schon in der Obhut eines Kardiologen zu befinden, versetzte Nick in Panik, aber Dr. Williams beruhigte ihn, indem er auf klare und freundliche Weise genauestens erklärte, was passiert war.

Es war für ihn verdammt knapp gewesen. Die massive Überdosis Nikotin hatte einen Zustand namens supraventrikuläre paroxysmale Tachykardie hervorgerufen, den er damit verglich, daß man mit sechzig Meilen pro Stunde fuhr und plötzlich in den ersten Gang schaltete. Dem Herzen wird abverlangt, Sachen zu machen, für die es nicht gedacht ist, nämlich in einem irrsinnig schnellen Tempo zu pumpen. In der Notfallaufnahme war die SPT zu Kammerflimmern degeneriert, wo die Fasern des Herzmuskels tatterig werden und nicht mehr in der Lage sind, das Blut effektiv zu pumpen, wodurch die Sauerstoffzufuhr zu seinem

Gehirn stockte. Die massive Stromladung, die für Mikrosekunden über die Defibrillatorkontakte verabreicht wurde, brachte alle herzeigene elektrische Reizleitung zum Stillstand und erlaubte es seinem eigenen Schrittmacher, die Lebensfunktionen als Pumpe wiederaufzunehmen. Nick hörte sich das alles an, wobei er gegen schwere Müdigkeit anzukämpfen hatte. An jener Stelle des Vortrags, wo es um die Defibrillation ging, fiel ihm auf, daß er, so bei Dr. Wheat und jetzt bei dem hier, einen ziemlichen Teil seines Lebens auf dem elektrischen Stuhl ausgesessen hatte. Dr. Williams sagte ihm, daß es ironischerweise das Rauchen sei, was ihn wahrscheinlich gerettet habe. Eine solche Menge Nikotinpflaster hätten bei einem Nichtraucher mit ziemlicher Sicherheit früher zum Herzstillstand geführt.

Am zweiten Morgen kam eine Krankenschwester herein, um seine Drähte und Schläuche zu kontrollieren, und bemerkte, daß seine Brust mit Nitroglyzeringel bestrichen worden war, eine Vorsichtsmaßnahme, um die toxische Wirkung des Nikotins zu kompensieren. Sie wurde blaß und sah erbost aus, als sie die Paste wegwischte, und murmelte »*Jesus Christus*«, was Nicks Aufmerksamkeit erregte. Zuerst zeigte sie sich widerwillig, ihm zu verraten, wo das Problem lag. Schließlich sagte sie ihm dann, daß NTG *immer* auf die Arme aufgebracht werden müsse und *nie*, *nie*, *nie* auf die Brust. Warum? Weil im Falle, daß sein Herz mitten in der Nacht wieder tatterig werden sollte und sie mit dem Karren reingelaufen kämen und ihm die Kontakte auf die Brust packen würden, wo das Nitroglyzerin war ... sie machte mit ihren Händen eine *Bumm*-Geste. Sie stürmte hinaus, um nach dem Pfleger zu suchen, und ließ Nick mit dem Gedanken zurück, ob er im eigenen Bett zu Hause nicht vielleicht sicherer war.

Er hatte viel Besuch. Seine Mutter brachte Joey mit, den die Geschichte, wie der Pfleger seinen Vater in eine menschliche Bombe verwandelt hatte, technisch ungemein faszinierte und der Nick mit Fragen überhäufte, wo er wohl Nitroglyzeringel und Defibrillatoren kaufen könne.

Bobby Jay und Polly kamen mit Blumen und Obstkörben und unzulässigen Cheeseburgern und Bloody Marys, mit denen Bert grüßen ließ. Sie brachten von Bert's Grill auch den unechten Kamin mit, bloß damit er sich wie zu Hause fühlen sollte, eine höchst aufmerksame Geste, wenn die Krankenschwester es auch untersagte, ihn anzuschließen. Polly traten richtig die Tränen in die Augen, als sie sah, wie blaß er war und sogar blau, nämlich an den Stellen, von wo aus das gefäßverengende Nikotin die Blutzufuhr zu den Extremitäten unterbunden hatte. Nick hatte noch nicht wieder damit begonnen, sexuellen Gedanken nachzuhängen, aber er hoffte, und wie er hoffte, daß die Unterbrechung der Blutzufuhr dann, wenn er es wieder tat, keine weitreichenden Auswirkungen auf diese bestimmten Extremitäten gezeitigt haben würde.

Jeannette kam zweimal, bisweilen dreimal täglich. Sie war sehr besorgt, sehr bekümmert um die ganze Sache. Nick fragte sich, ob er ihr nicht unrecht getan hätte. Es ist schon hart, in einer Männerwelt eine Frau zu sein; deswegen werden, es stimmt wohl, manche Frauen selber hart, aber das heißt nicht, daß sie Lesbierinnen oder Dominatricen sind. Sie brachte Trüffeln und Erdbeeren vom Sutton Place Gourmet mit und auch Blumen, interessante Blumen, die, na ja, ziemlich sexualunterfüttert waren, um ehrlich zu sein. Konnte sie irgend etwas für ihn tun? In seinem Apartment nach dem Rechten sehen? Seine Sachen aus der chemischen Reinigung holen? Seinen Anrufbeantworter abhören? Joey zu seinen Jugendligaspielen bringen?

BR kam vorbei und führte sich auf wie Patton bei einer Überraschungsinspektion, stürmte los, um die Chefin der Klinikverwaltung darauf aufmerksam zu machen, daß das in Zimmer 608 ein Very Important Patient sei, und bei Gott, er wünsche, daß Nick auch als solcher behandelt werde, sogar wenn sie persönlich ihm um vier Uhr morgens die Bettpfanne reintragen müsse. Er rief Nick fünfmal am Tag mit einem Tätigkeitsbericht an. Die Akademie – die gesamte Tabakbranche – war bestürzt über das Ganze und forderte ihre sämtlichen offenen Getränkerechnungen im Kongreß ein und verlangte von Abgeordneten aus Tabakstaaten, daß sie das Weiße Haus aufforderten, Druck auf die Justizministerin auszuüben, daß sie Druck auf das FBI ausübe. (Das erklärte vielleicht Agent Monmaneys brüske Manieren am Krankenbett.)

Der Captain rief regelmäßig mit seinen Tätigkeitsberichten an, während er sich durch seine Adreßkartei-Leichen im Kongreß hindurcharbeitete. Er hatte mit Senator Jordan gesprochen, der Gulfstream-schmarotzenden Hure, und ihn in Kenntnis gesetzt, er erwarte von ihm, daß er persönlich den Präsidenten anrufe und *ihn instruiere*, dem FBI auf die Füße zu treten, damit sie *in die Puschen kämen und diese Bastarde aus dem Verkehr zögen*. Ansonsten hätte er seinen letzten Freiflug in seiner G-5 gehabt.

Das war höchst befriedigend. Nick war über alle Maßen gerührt. Tabak sorgt für die Seinen.

Heather stahl sich nach der Besuchszeit rein, so daß ihr keine Akademieleute über den Weg laufen konnten. Sie und Nick hatten sich entschieden, die kleine Sache, die sie am Laufen hatten, für sich zu behalten, nur so zur Sicherheit. Er wollte nicht, daß BR und alle anderen erführen, daß er mit dem Feind schlief; nicht daß sie einen gänzlich unschmeichelhaften Artikel geschrieben hätte, aber in BRs Buchführung waren *alle* Reporter der Feind.

Sie saß am Fußende von Nicks Bett, gekleidet in ein leichtes Sommerkleid, das Haar hochgesteckt auf mädchenhafte Art à la Gibson, so mit Haarsträngen, die über den Hals hinuntertröpfelten. Sie sah schon ziemlich verführerisch aus. Nick allerdings fehlte die Energie, amoralische Reden zu schwingen, jene Art verbales Vorspiel, die sie liebte, also hörte er nur einfach zu, wie sie erzählte, sie habe ein Einstellungsgespräch bei Atherton Blair bekommen, dem ziemlich selbstzufriedenen, schleifentragenden Ivy-League-Redaktionsvize der ›Sun‹, Washingtons Qualitätsblatt. Sie arbeitete an einer Geschichte über den neuen Image-Typen, den der Präsident angeheuert hatte; ihr lagen Informationen vor, wonach er früher einmal als Berater für einen engen Verwandten von Erich Honecker, dem früheren ostdeutschen Diktator, der die Berliner Mauer gebaut hatte, tätig gewesen war.

Jeannette rief am nächsten Tag an, um mitzuteilen, sie habe Katie Couric von der *Today-Show* »überredet«, ein Ferninterview live vom Krankenbett zu machen. So nett Jeannette auch gewesen war, bezweifelte Nick jedoch, daß sie viel Überzeugungsarbeit hatte leisten müssen, um ein Interview zu bewerkstelligen. Nick hatte genug Nachrichtenwert für die erste Seite, über dem Knick, und wenn er nur laut losheulte. Sie waren mit Interviewanfragen *überschwemmt* worden.

»Ich möchte nicht, daß Sie denken, wir würden das hier in irgendeiner Weise ausschlachten«, sagte sie, »aber wenn Sie sich dem gewachsen fühlen, glaube ich, sollten wir die Chance nicht vorübergehen lassen.«

Nur zu wahr, Nicks Entführung war ein Geschenk des Himmels gewesen, alles was recht ist. Die Sargnageltypen überschlugen sich förmlich bei dem Versuch, sich von den »Niko-Terroristen« – wie die Täter von der Boulevardpresse tituliert worden waren – zu distanzieren, und waren emsig dabei, diesen »bedauernswerten«, »extremistischen«, »abstoßenden«, »nicht hinnehmbaren« Akt zu verurteilen. Sogar Nicks Punchingball aus der *Oprah*, Ron Goode, wurde in ›Newsweek‹ mit den Worten zitiert, ganz ungeachtet dessen, wie seine persönliche Einstellung zu Nick aussehe, habe dieser es ganz gewiß nicht verdient, für seine Ansichten ermordet zu werden. Ohne Zweifel war ihm das eingepaukt worden, dem Schwein; und genauso ohne jeden Zweifel war er gestorben, das sagen zu müssen.

»Danke, Bryant. Vor vier Tagen wurde Nick Naylor, Chefsprecher der Tabaklobby, vor seinem Büro in Washington, D. C., entführt. Man fand ihn später an jenem Abend mit einem Schild um den Hals auf, das besagte, man habe ihn, und ich zitiere, ›Exekutiert für Verbrechen gegen die Menschlichkeit‹. Sein Körper war mit einer tödlichen Zahl Nikotinpflaster von jener Art übersät, die Menschen verordnet werden, die das Rauchen aufgeben wollen. Nach Aussage von Ärzten des Universitätskrankenhauses George Washington war er dem Tode nahe, als man ihn einlieferte. Das FBI ermittelt in diesem Fall, der anzudeuten scheint, daß zumindest eine Gruppierung aus der Anti-Raucher-Bewegung zu terroristischen Taktiken übergegangen ist. Mr. Naylor ist uns heute morgen von seinem Bett im Universitätskrankenhaus George Washington aus zugeschaltet. Guten Morgen.«

»Guten Morgen, Katie.«

»Ich weiß, daß dies eine ganz schöne Tortur für Sie gewesen ist. Meine erste Frage an Sie: Wie *haben* Sie das nur überlebt? Die Berichte sagen, daß Sie mit Pflaster im wahrsten Sinne des Wortes zugedeckt waren.«

»Nun, Katie, ich denke, man könnte sagen, daß das Rauchen mir das Leben gerettet hat.«

»Wie das?«

»Als Raucher, ein Zeitvertreib, in dem ich mich zusammen mit fünfundfünfzig Millionen anderen erwachsenen Amerikanern erfreuen darf, war ich in der Lage, die Dosis zu absorbieren, wenngleich sie mich beinahe umgebracht hat. Wenn diese Polizisten mich nicht so früh gefunden hätten, so würde ich heute nicht mit Ihnen plaudern können.«

»Auf das Thema Rauchen werden wir noch zurück...«

»Wenn ich darauf hinweisen darf, Katie, dies ist dazu angetan, zu beweisen, was wir nun schon seit geraumer Zeit ständig wiederholen, nämlich: Lassen Sie sich nicht mit diesen Nikotinpflastern ein. Das sind Mordpflaster.«

»Aber sicher nicht, wenn man sie weisungsgemäß anwendet.«

»Katie, aus Respekt vor Ihren Zuschauern werde ich es mir ersparen, darauf einzugehen, was diese Dinger mir alles angetan haben, Brechreiz, stoßweises Übergeben, supraventrikuläre paroxysmale Tachykardie, Unterbrechung der Blutzufuhr zum Gehirn, das Gefühl von Taubheit und Kälte in den Extremitäten, den fürchterlichen Hautausschlag, das eingeschränkte Sehvermögen und Migräneneuralgie. Auf das alles will ich also gar nicht weiter eingehen, außer daß ich sage: Wenn es das ist, was ein Haufen dieser Pflaster anrichten kann, nun, puh, dann kann ich nur vermuten, was bereits *ein einziges* davon bei einem normalen, gesunden Raucher anrichten könnte. Darum können Sie auf mich zählen, wenn es darum geht, mit lauter und fester Stimme zu sagen: Nikotinpflaster – nein danke.«

»Wie wir hören, wurde eine Nachricht der Entführer der ›Washington Sun‹ zugespielt.«

»Ich weiß nicht recht, ob ich das überhaupt kommentieren soll, Katie.«

»Es steht in der heutigen Ausgabe.«

»Tatsächlich?«

»Es ist also bereits raus. Möchten Sie den Wortlaut hören?«

»Äh . . .«

»Zitat: ›Nick Naylor ist verantwortlich für den Tod von Milliarden . . .‹«

»Milliarden? Ganz sicher Millionen.«

»Nein, da steht Milliarden.«

»Also, das ist absurd. Ich bin erst seit sechs Jahren bei der Akademie, also selbst wenn wir die Zahl von 435 000 akzeptieren würden, die natürlich sowieso schon kompletter Unsinn ist, so wäre ich lediglich, Zitat, verantwortlich, Zitatende, für wieviel, zwei Komma sechs Millionen. Darum weiß ich überhaupt nicht, wie dieses Individuum auf ›Milliarden‹ kommen will? Wer bin ich denn, McDonald's?«

»Soll ich fortfahren?«

»Bitte, ja, auf jeden Fall, ich bin fasziniert.«

»›Wir haben ihm als Warnung für die Tabakindustrie den Weg ins Jenseits gepflastert. Wenn die nicht aufhören, Zigaretten herzustellen, werden wir noch andere ins Jenseits befördern.‹«

»Ist dies zufällig mit dem Briefkopf der Generalbundesärztin geschrieben worden?«

»Wie bitte?«

»Ich dachte, ich hätte ihren Stil erkannt. Nein, ich scherze natürlich, Katie. Humor, wissen Sie. Die beste Medizin . . .«

»Haben Sie irgendeinen Anhaltspunkt, wer Ihnen das angetan haben könnte?«

»Nein, aber wenn diese Leute zuhören sollten, und ich bin sicher, daß sie das tun – vielleicht sind das große Fans von Ihnen, wie ich ganz gewiß einer bin –, so möchte ich ihnen sagen: Kommt hervor, stellt euch. Ich werde keine Klage einreichen.«

»Werden Sie *nicht*?«

»Nein, Katie, ich glaube, Leute, die so etwas machen, brauchen Hilfe, mehr als alles andere.«

»Das ist ein sehr toleranter Standpunkt.«

»Na ja, Katie, man kann Toleranz nicht ohne das *T* in *T*abak buchstabieren. Unsere Position ist seit jeher: Wir verstehen, daß es Leute gibt, die sich sehr um das Rauchen sorgen. Wir sagen:

Laßt uns gemeinsam daran arbeiten. Laßt uns in Dialog treten. Dies ist ein großes Land, und es gibt reichlich Platz genug darin für Raucher- *und* Nichtraucherzonen.«

Der erste Anruf kam vom Captain. »Brillant, Sohnemann, *brillant.*«

BR rief an. »Das muß ich Ihnen lassen, Nick, Sie haben uns alle umgehauen. Uns bleibt hier einfach die Luft weg.«

Jeannette war dran. »Nick, Sie geben einen *großartigen* Quatschkopf ab.«

Polly rief an und lachte. »Was sollte *das* denn nun wieder?«

»Es hängt gar nicht von *mir* ab«, sagte Nick. »Ich hoffe einfach nur, es stellt sich heraus, daß sie mich nach Virginia verschleppt haben und nicht nach Maryland.«

»Wieso das?«

»Na«, sagte Nick, »weil in Virginia die Todesstrafe gilt.«

13

Als Nick den ersten Tag wieder zur Arbeit kam, hielt ihm BR vor der versammelten Belegschaft eine Begrüßungsrede. Er ließ es so klingen, als habe Nick seine Kidnapper ausgetrickst und sei geflohen. Tatsächlich hatte Nick immer noch keinen blassen Schimmer, wie er schließlich in die Mall gekommen war, aber er bezweifelte doch, daß er sie ausgetrickst hatte, denn es ist ziemlich schwer, jemanden auszutricksen, wenn man gerade an einer Herzattacke und stoßweisem Brechreiz laboriert. Die Belegschaft behandelte ihn wie einen zurückkehrenden Kriegshelden. Diese ganze Aufmerksamkeit machte ihn so langsam ein bißchen verlegen, und jetzt stand BR also da und hörte sich an wie Heinrich V. bei der Schlacht von Agincourt, der seiner fröhlichen Bruderschaft gut zuredete. Dann zitierte er Churchill in Britanniens schwärzester Stunde: »Niemals nachgeben«, sagte er. »Nie. Nie. *Nie!*«

Die Belegschaft stand auf und applaudierte. Manche hatten Tränen in den Augen. Nun, so etwas wie *das* hier war ihm in der Akademie für Tabakstudien noch nicht untergekommen. Seine Verschleppung hatte eine gewaltige fördernde Wirkung auf den Kampfgeist gehabt. Das war so, als wenn der lange unsichtbare Waffenstillstand zwischen Tabak und der feindlichen Welt draußen im Lande schließlich zusammengebrochen und in einen offenen Krieg übergegangen war, und bei Gott, wenn das ein Krieg war, dann sollte er hier und jetzt anfangen. Sie waren bereit. Leute, die sich niemals in ihrem Leben auf einem Militärstützpunkt befunden hatten, geschweige denn am zweckgerichteten Ende einer Kanone, spazierten in der Gegend rum und hatten Formulierungen wie *ins Ziel bringen* und *einen Ausfall machen* auf den Lippen. Das war elektrisierend, echt. Absoluter Korpsgeist. Nick war tief bewegt.

»Nick«, sagte Gomez O'Neal, »eine Frage.« Gomez, groß, dunkel, pockennarbig, mit Armen wie Brückentrossen, war Chef der Nachrichtentruppe, jener Abteilung, die für die Beschaffung persönlicher Informationen über das Privatleben prominenter

Sargnägel und Tabakkläger verantwortlich war. Er hatte vorher einen nicht näher spezifizierten Regierungsposten bekleidet und verbat sich alle Fragen zu seiner Vergangenheit. Im Urlaub ging er an Örtlichkeiten wie Baffin Island oder der Wüste Gobi auf Einmann-Überlebenstour. BR schien Gomez nicht zu mögen, aber Gomez wiederum schien das nicht zu stören; er gehörte nicht zu der Art von Leuten, die man bei erstbester Gelegenheit feuerte, ebensowenig wie es diverse Präsidenten geschafft hatten, J. Edgar Hoover loszuwerden.

»Schießen Sie los«, sagte Nick mit einer Formulierung, die man in Gomez' Nähe normalerweise mit Vorsicht benutzte.

»Sie werden das Rauchen aufgeben?«

Es gab nervöse Lacher. Die Wahrheit war, daß Nick seit über einer Woche keine Zigarette angerührt hatte; der Gedanke, seinem Organismus noch mehr Nikotin zuzuführen, hatte wenig Gewinnendes an sich. Es kam ihm in den Sinn, daß ihn dies vielleicht sogar für Berufsinvalidität qualifizieren möchte.

Sie sahen ihn alle erwartungsvoll an. Er konnte sie nicht so einfach enttäuschen. Er war jetzt mehr als nur ihr Sprecher; er war ihr Held.

»Hat jemand was zu rauchen?« sagte er. Zwanzig Leute kramten ihre Schachteln hervor. Er ließ sich eine Camel geben, steckte sie sich an, inhalierte nur ein klein wenig in seine Lungen und blies den Rauch aus. Er fühlte sich richtig gut dabei, also nahm er noch einen Zug und blies ihn wieder aus. Die Leute lächelten billigend.

Dann tauchten Flecken auf. Bald durchpulste die gesamte Milchstraßengalaxie seinen Sehnerv, und er brach in kalten Schweiß aus, und der Raum und – o nein, nicht noch einmal, nicht vor der versammelten Mannschaft . . .

»Nick?« sagte BR.

»Mir geht's gut«, sagte er schlotternd, während er die Camel in einen Aschenbecher drückte. Der Geschmack in seinem Mund. Uach.

»Erst mal nur langsam damit anfangen«, sagte BR.

»Vielleicht sollten Sie's erst mal mit Filter versuchen«, sagte jemand hilfsbereit.

Es entstand eine peinliche Pause, während Nick da vor ihnen stand und blinzelte und wankte, ohne etwas zu sagen.

»He, Nick«, sagte Jeff Tobias. »Haben Sie schon die neuesten Zahlen für Frauen von achtzehn bis einundzwanzig gesehen?«

»Mm-mm.« *Mein Königreich für eine Packung winterfrische Salmiakpastillen* . . .

»Zwanzig Prozent raufgegangen.«

»Wunderbar«, murmelte Nick.

BR fügte an: »Warten Sie erst mal bis nach Nicks Anti-Raucher-Kampagne.« So einige waren am Glucksen. »Ach, übrigens, wann kriegen wir Schautafeln mit den Entwürfen zu sehen?«

»Ich habe heute nachmittag eine Videokonferenz mit Sven«, sagte Nick, der gleichzeitig feststellte, daß seine Finger wieder kalt geworden waren. Sollte er Dr. Williams anrufen? *Sie haben eine Zigarette geraucht?*

»Ich bin sicher, wir brennen alle darauf zu sehen, was er sich ausgedacht hat. Okay«, sagte BR, »jetzt möchte ich an Carlton übergeben, der uns ein Briefing über einige neue Security-Regeln geben wird.«

Carlton stimmte sein Publikum mit einem Witz über zwei Typen ein, die zelten gehen, und mitten in der Nacht werden sie von einem Grizzlybären angegriffen, und einer der beiden zieht sich die Turnschuhe an und macht sich daran, die zuzuschnüren. Sagt der andere: »Warum ziehst du dir Turnschuhe an, schneller als ein Grizzlybär kannst du doch nicht laufen.« Und sein Freund sagt zu ihm: »Ich muß nicht schneller laufen können als der Bär, nur schneller als du.« Der springende Punkt, so Carlson, sei, daß man bei der Terroristenabwehr – ein Ausdruck, der alle gehörig zusammenzucken ließ – dadurch gewinnt, daß man dafür sorgt, daß die Terroristen den anderen erwischen. Einige im Publikum warfen sich beunruhigte Blicke zu. *Wir paar Leutchen, die fröhliche Bruderschaft.*

Carlton, der mit seinem Anliegen immer mehr in Stimmung kam – und noch nie war er so in seinem Element gewesen –, unterstrich, wie wichtig es sei, *keine Muster zu setzen*. Alle sollten sie zu täglich wechselnden Zeiten zur Arbeit aufbrechen, täglich eine andere Fahrtroute nehmen, gegenüber Fremden, insbesondere uniformierten, ständig auf der Hut sein. Er verteilte fotokopierte Blätter mit der Überschrift WAS ZU TUN IST, WENN MAN IN EINEM KOFFERRAUM EINGESPERRT WORDEN IST. Die Leute starrten auf das Blatt wie Machos, die plötzlich die Periode kriegen. *Im Kofferraum ... eingesperrt?*

»Jetzt wollen wir mal über Sprengstoffe sprechen.« Dieser Teil seiner Ausführungen erstreckte sich über eine volle Viertelstunde, während welcher er rund drei Dutzend Bombentypen spezifizierte, einschließlich eines Typs, der einem an die Wischblätter gesteckt wird. »Sie schalten den Scheibenwischer ein, und bumms, Augenhöhe, genau in die Fresse.« Betty O'Malley wurde blaß.

BR unterbrach ihn: »Und jetzt bitte die guten Nachrichten.« Carlton öffnete ein Behältnis und verteilte kleine schwarze Dinger, die wie Pieper aussahen. Es waren elektronische Positionsmelder wie diejenigen auf Rettungsflößen, die Notsignale aussenden. Wenn jemand geschnappt wurde, sollte der die beiden kleinen Knöpfe zusammendrücken, und die komplette US-Regierung wäre alarmiert. Dann öffnete er noch ein Behältnis und gab jedem eine kleine Kartusche Tränengas. Das sollte man jedem verdächtigen Individuum ins Gesicht sprühen. Aber erst, nachdem die den ersten Schritt getan hatten. Und nur, wenn es so aussah, als wollten die einen umbringen. Andernfalls unbedingt alles genau so machen, wie sie's einem sagten, sogar wenn sie verlangten, man solle in diesen verschlossenen Kofferraum steigen.

Irgendwelche Fragen? Jetzt hätte man eine Stecknadel fallen hören können, und dabei war der Boden mit Auslegware bedeckt.

»Ich bin nicht sicher, ob ich das richtig verstehe«, sagte Charley Noble aus der Abteilung Legislative Angelegenheiten, »gelten wir *alle* als Ziele?«

»Darauf habe ich keine Antwort«, sagte BR, »aber ich bin nicht bereit, irgendein Risiko einzugehen. Carlton hat alles Nötige in die Wege geleitet, damit alle hier Anwesenden, und ich meine alle, ohne Ausnahme – außer natürlich Ihnen, Nick – das nächste Wochenende in einer Einrichtung in West Virginia verbringen werden, wo Regierungsleute in Autofahrtaktiken zur Terroristenabwehr geschult werden.«

Es entstand ein nachhaltiges Gemurmel. »Sie alle erhalten Unterweisungen in – was *war* das noch mal für ein Lehrgang, Carlton?«

»Absuchen eines Fahrzeugs nach Bomben, Ausweichmanöver, Wendemanöver und Spitzkehrmanöver, geeignete Rammtechniken und Erkennen von Beschattungen.«

»Bomben?« sagte Syd Berkowitz von der Koalition für Gesundheit. »Liegen etwa *Bomben*drohungen vor?«

»Nur eine Vorsichtsmaßnahme. Ich versichere Ihnen, daß das FBI diese Leute schon sehr, sehr bald in Gewahrsam haben wird. Für die Zwischenzeit haben wir eine Regelung mit K Street Nummer 1800 getroffen, daß wir deren Tiefgarage nutzen können. Bis auf weiteres wird das Parken in unserer Tiefgarage nicht gestattet sein.«

Inzwischen war das Murmeln recht laut geworden. BR mußte lauter sprechen, um Gehör zu finden. »Leute, Leute. Das sind bloß Vorsichtsmaßnahmen. Es sind keine Bombendrohungen eingegangen. Außerdem befinden wir uns hier in einem hohen Stockwerk. Und ich habe nicht den geringsten Zweifel, daß jeder hier damit fertig würde, ein bißchen Rauch einzuatmen.«

Jeannette lachte. Sonst lachte keiner.

Nach der Versammlung nahm BR Nick beiseite. Er reichte ihm eine Schachtel NicoStop-Pflaster. Nick hielt sie in der Hand, als habe ihm BR gerade einen frischen, dampfenden Kothaufen überreicht.

»Wissen Sie was?« sagte BR. »Die Verkaufszahlen für Ihre ›tödlichen Zugpflaster‹ sind um *fünfundvierzig Prozent* eingebrochen, seitdem Sie in der *Today-Show* waren.«

Nick reichte ihm die Schachtel mit Schaudern zurück. Er hatte von Nikotin erst mal genug.

»Es ist mir einigermaßen peinlich, aus dieser ekligen Chose noch Kapital zu schlagen, aber, Gott, das ist, wie in Scheiße zu treten und mit einem Geruch wie von Rosen wieder rauszukommen. *Sehen* Sie sich bloß die Presse an.« Er reichte Nick eine dicke Mappe, ein veritables Medienhelden-Sandwich, aus dem die Zeitungsausschnitte herausragten wie Salat- und Schinkenfetzen. Nick hatte die meisten schon zu sehen gekriegt. Er war in die Magazine aller Morgensender und aller Kabelkanäle gekommen. Die Europäer und Asiaten, die immer noch glücklich drauflospafften, konnten gar nicht genug von ihm kriegen. Nick hatte den Thrill erleben dürfen, simultan übersetzt zu werden. Die französische Interviewerin, eine ganz bezaubernd und seelenvoll aussehende Dame, hatte ein bißchen über Gefäßverengung nachgeforscht und klipp und klar Auskunft haben wollen: sei sein »romantisches Vermögen« davon beeinträchtigt worden? Nick wurde rot, sagte nein, *pas du tout*, und brach in kalten Schweiß aus. Er war im slowakischen Fernsehen gewesen, ein hochwichtiger Auftritt, da Agglomerated Tobacco, des Captains eigener Konzern, im großen Stil auf den Markt des früheren Ostblocks drängte und dort eine Marke eingeführt hatte, deren Name übersetzt »Rachenputzer« bedeutete. Die Osteuros, aufgewachsen mit Zigaretten, die wie brennender Atommüll schmeckten, hatten eine altmodische Einstellung zum Rauchen: Sie wollten mehr und nicht weniger Teer. Ihnen galt Lungenkrebs als Qualitätsnachweis.

»Jeannette hat mir erzählt, daß ›Young Modern Man‹ eine Eine-Woche-im-Leben-des-Story über Sie machen will.«

»Ja«, sagte Nick, wieder einmal verstimmt über die Jeannette-BR-Pipeline, »ich tendiere dazu, das an jemand anders abzutreten.«

»Japan ist hochwichtig für uns, und die erreichen zwei von drei japanischen Männern zwischen sechzehn und einundzwanzig.« Das war die Altersgruppe, die in der Akademie als »Einstiegslevel« galt.

»Ich weiß bloß einfach nicht, ob ich will, daß eine Woche lang japanische Reporter in meinem Büro rumhängen. Oder überhaupt irgendwelche Reporter. Ich denke, vielleicht werde ich doch langsam ein bißchen überbelichtet.«

»Zwei von dreien, Nick. Millionen und Abermillionen junger, moderner Japaner. Für diese Leute sind Sie ein Held. Das bringt eine gewisse Verantwortung mit sich.«

»Ich werde darauf zurückkommen.« Das schöne war, daß Nick jetzt ein Hot-Shot-Abräumer mit Ich-werde-drauf-zurückkommen-Privilegien war.

»Ich sprach darüber schon mit dem Captain. Er hofft, Sie werden es machen können.« Agglomerated ging auch auf den japanischen Markt, wo jetzt der US-Handelsbevollmächtigte importierte Sojasauce für den Fall mit einem 50prozentigen Strafzoll bedrohte, daß sie den US-Tabakprodukten nicht ihre Häfen und Lungen öffneten.

»Ich werde auch ihm gegenüber darauf zurückkommen.« Nick trieb es jetzt ein bißchen arg weit auf die Spitze, aber alles, was BR machen konnte, war ein Gesicht, das besagte: *Na gut, aber ich hoffe, Sie wissen, was Sie tun.*

Diese ganze Aufmerksamkeit von allen Seiten. Und Sammy Najeeb hatte diesen Morgen angerufen, um darauf zu dringen – darauf zu bestehen –, daß er noch einmal in die *Larry-King-Show* kam. Sie und Larry waren sich sicher, hatten es im Urin, daß der Drohanrufer noch mal anrufen würde, und ob Nick sich wohl *vorstellen* konnte, was das für ein TV-Event abgeben würde?

»Ach, *übrigens*«, sagte BR mit theatralischem Tonfall, »Penelope Bent wird nächste Woche mal reinschauen, und raten Sie mal, wen sie kennenlernen möchte?« Penelope, inzwischen Lady Bent, hatte unlängst eine kleine, jährlich siebenstellig dotierte Abmachung mit Bonsacker International, früher Bonsacker Tobacco, Inc., getroffen, um deren Vorstand und deren alljährlichen Generalhauptversammlungen ein bißchen *Klahsse* zu verschaffen. Das war eine zusehends um sich greifende Praxis bei den Großen Sechs der Tabakbranche, die einen Haufen erstklassiger Berühmtheiten – Kriegsgefangene der Vietnam-Zeit, frühere Präsidenten prestigeträchtiger Universitäten; sogar Mutter Teresa hatten sie gefragt – anheuerten, um unter dem Vorwand, die Freiheit der Rede oder die Verfassung abzufeiern, die Trommel für sie zu rühren. Englands Ex-PM war nun ihre letzte Neuerwerbung.

»Oh«, sagte Nick.

»Der Captain hat mich heute früh angerufen. Sie sind immer noch in Ehrfurcht vor ihr befangen und haben überhaupt noch nicht zu Worte kommen können. Sie ist eine ganz schöne Quasselstrippe, wie es scheint. Na, jedenfalls meinte er, Sie könnten die Gelegenheit ergreifen, ihr ein bißchen von unserm Evangelium zu predigen, so daß, wenn man ihr irgendwelche feindseligen Fragen zu der Verbindung stellt, alle nach der gleichen Methode pfeifen. Betonen Sie die Vielfalt der Unternehmensbereiche. Agglomerated ist nicht nur Tabak, sondern auch Säuglingsnahrung, Tiefkühlkost, Industriefette, Luftfilter, Kegelkugeln. Sie kennen ja den Sermon.«

»Ja, allerdings«, sagte Nick etwas verstimmt, weil man ihm Ratschläge in Sachen Selbstdarstellung angedeihen lassen zu müssen glaubte. »Ich bezweifle, daß Lady Titan von mir Nachhilfestunden in Sachen Umgang mit der Presse nötig hat.«

»Sie will Sie kennenlernen«, sagte BR mit strahlenden Augen. »Sie sollten sich geschmeichelt fühlen.«

»Okay, ich fühle mich geschmeichelt.«

»Vielleicht können Sie ein paar Tips abstauben, wie man mit Terroristen umgeht. Wissen Sie noch, was sie mit der IRA gemacht hat, nachdem die ihre Bulldoggen in die Luft gesprengt hatten?«

»Soll ich nicht nach Hollywood rausfliegen?«

»Wir sind dabei, ein Treffen mit Jeff Megalls Leuten zu arrangieren. Das ist so, als wollte man eine Verabredung mit Gott hinkriegen.«

»Der Jeff Megall?« sagte Nick.

»Höchstselbst. Aber der Captain sagt, er will Sie hier an Ort und Stelle haben, wo die Presse Sie finden kann, bis die Ihrer überdrüssig geworden sind. Mal ehrlich, wenn ich gewußt hätte, daß ein Kidnapping ein solches Medieninteresse zur Folge hat, hätte ich Sie glatt selber gekidnappt. Wo wir gerade von L. A. sprechen, wenn Sie schon mal dabei sind, da rauszufliegen...«

»Mm-hmm«, sagte Nick, Böses ahnend.

»Ihr Freund Lorne Lutch.«

»Er ist nicht mein Freund, BR. Ich habe nichts anderes getan, als verschiedenen Leuten die Idee auszureden, ihn zu verklagen. Bei der *Larry-King-Show* hab ich mich in einen Wandschrank gedrückt, um ihm nicht über den Weg zu laufen.«

»Er hat uns in letzter Zeit ziemlich bös zugesetzt«, sagte BR. »Haben Sie gesehen, was er letzte Woche über uns gesagt hat? Nein, natürlich nicht, Sie waren da noch auf der Intensivstation.

Ihre Busenfreundin Oprah hatte ihn zusammen mit dem Silver-O-Mädchen in der Sendung. Sie hätten die mal sehen sollen, wie sie beide durch ihre Sprechapparate quatschten. Duett für zwei Kämme.«

Das war eine *Oprah*-Sendung, zu der nicht mit eingeladen worden zu sein Nick wirklich froh war.

»Das war einfach bemitleidenswert. Ihr als Frau kann ich ja noch vergeben. Aber er. Der Mann hat einfach *kein* persönliches Verantwortungsbewußtsein.«

»Er ist dabei zu sterben, BR. Wir sollten den Mann nicht weiter behelligen. Wenn Sie mich fragen, ich würd ihm einfach ein wenig Geld zustecken, ein bißchen bei den Kosten aushelfen.«

BR sagte: »Ich bin mir nicht sicher, daß ich diesen Ansatz wählen würde, aber Sie und der Captain sind in diesem Punkt gleicher Meinung.«

»Okay«, sagte Nick zu Sven, der aus dem Video zurückstarrte, »krepiert das Rohr?«

Sven sagte: »Ich möchte gleich zu Beginn darauf hinweisen, daß, so entzückt wir auch darüber sind, hiermit betraut worden zu sein, und wir sind außerordentlich entzückt, wir alle hier, Ihr Auftrag dahin ging, eine ineffektive Botschaft zu entwerfen, die keine Wirkung auf jene Leute zeitigt, auf die sie abzielt.«

Nick kam sich so vor, als würde das Gespräch mitgeschnitten. Das war so wie ein Gespräch mit Nixon im Oval Office auf dem Höhepunkt von Watergate.

»Ich will nur einfach Klarheit darüber schaffen, wie unsere Rolle aussieht«, sagte Sven.

Nick sagte: »Okay, Sie haben jetzt festgehalten, daß Ihre Rolle die des vergewaltigten *artiste* ist. Können wir fortfahren?« Also ehrlich, diese kreativen Treibhausorchideen. Und dann auch noch in Minneapolis. Nick hatte immer noch Frostbeulen von seinem Besuch dort vor sechs Monaten.

»Was wir gemacht haben, ist folgendes. Wir haben das Konzept ›*Manche Leute wollen, daß Sie rauchen. Wir nicht*‹ genommen, das diese ganze Gesundheitsproblematik vermied und statt dessen die natürliche Befürchtung des Heranwachsenden, er werde von Erwachsenen manipuliert, anzapfte. Das mochten Sie nicht.«

»Stimmt. Weil es effektiv war.«

»Ist gegessen. Jetzt werden wir also ordentlich plump vorgehen müssen; wir wollen ihnen mit der Stimme der verachtenden Autorität kommen, an ihnen herumnörgeln, sie auf ihr Zimmer schicken, sie total anöden.«

»Ich find schon Gefallen daran«, sagte Nick.

»Okay«, sagte Sven. »Jetzt kommt's.« Er zog die Schautafel in Reichweite der Videokamera. Alles, was drauf zu sehen war, war Schrift. Der Text lautete: »Alles, was dir deine Eltern sagen über das Rauchen, ist korrekt.«

»Hmm«, sagte Nick.

»Wissen Sie, was ich daran so mag?« sagte Sven. »Daß es so *langweilig* ist.«

»*Ist* auch langweilig.«

»Ist tödlich. Die Kids werden sich das anschauen und denken: ›Kotz‹.«

Das wäre wahrscheinlich Joeys Reaktion, sinnierte Nick.

»Und dennoch«, sagte Sven, »die *Brillanz* des Ganzen, wenn ich so sagen darf, liegt in seiner Dekonstruierbarkeit.«

»Wie das?«

»Sagen Sie sich die letzten drei Wörter mal laut vor.«

»›Rauchen ist korrekt.‹«

»Von außen gesehen in die Hose gegangen, aber innen geht dir einer ab. Ein trojanischer Rohrkrepierer.«

»Ich denke doch«, sagte Nick, »daß ich das meinen Leuten verkaufen kann.«

Nick freute sich auf das Lunch, ein, zwei Stunden Normalität mit Polly und Bobby Jay. Als Dr. phil. in Selbstdarstellung verstand er mehr als gut, warum der Captain und BR darauf brannten, der Gans jedes goldene Ei abzusaugen, bevor sie dran glauben mußte, aber Ruhm hatte seinen Preis. Wie Fred Allen zu sagen pflegte: Eine Berühmtheit ist jemand, der hart dafür arbeitet, überall bekannt zu werden, und dann Sonnenbrillen tragen muß, um nicht erkannt zu werden. Auf dem Weg von der Akademie zu Bert bemerkte er, daß er von Leuten angestarrt wurde; wenn er vorbeiging, sah er Leute sich heimlich anstoßen und flüstern: »Ist *er* das nicht?« An der Ecke K und Connecticut hörte er, während er auf Grün wartete, eine Frau murmeln: »Sie haben es *verdient*.«

Er fuhr herum, aber die Frau ging einfach weiter, und ihm war nicht danach zumute, ihr hinterherzulaufen und zu fragen, ob er richtig gehört habe. Ihm lief ein Frostschauer das Rückgrat hoch. Nick war kein Waschlappen, »Massenmörder« und schlimmeres war er von ganzen Scharen von Leuten genannt worden, oft gleichzeitig; aber das war nur Zwischenruferei, und wurde üblicherweise von schildertragenden Sargnägeln oder »Gesundheitsprofis« vorgetragen. Aber wenn schon Passanten, total fremde Leute, anfingen, auf einen zuzugehen – an der betriebsamsten Kreuzung Washingtons und mitten am Tag – und sich mit Leuten solidarisch zu erklären, die ihn gekidnappt und gefoltert hatten, dann konnte man das als ein Zeichen dafür auffassen, daß man irgendwo auf seinem Karriereweg mal falsch abgebogen war.

Er drückte sich in die Trover-Filiale und erstand eine billige Sonnenbrille. Er schaffte den Rest des Wegs die Connecticut hoch und die Rhode Island runter, ohne daß ihm jemand den Tod gewünscht hätte.

Sobald er erst einmal bei Bert eingetreten war, fühlte er sich wieder sicher. Bert kam rüber und umarmte ihn und veranstaltete einen ordentlichen Aufstand; die regulären Kellner kamen her, um ihm die Hand zu schütteln und zu gratulieren und ihm zu sagen, wie gut er aussehe. Er hörte in diesen Tagen ziemlich oft die Worte »*gut* sehen Sie aus, Nick«, ungeachtet der Tatsache, daß er zehn Pfund abgenommen hatte und seine Haut fischgrau aussah.

Bert sagte ihm, sein Lunch gehe heute auf das Haus, und führte ihn persönlich zu seinem Stammtisch neben dem falschen Kamin, der ordentlich drauflosflackerte und seine tröstenden Flammen auf den Schamottestein warf.

Bobby Jay und Polly waren schon da. Sie standen beide auf, um ihn zu begrüßen, was Nick ganz aus dem Ruder warf. Gerade hier schätzte er die Labsal der Routine, und nie war irgendein Mitglied der Mod Squad aufgestanden, um ein anderes zu begrüßen. Unter Händlern des Todes regiert die Gleichheit. Polly küßte und umarmte ihn sogar. Das warf ihn völlig aus dem Gleis. Er war es leid, daß ständig so ein Aufstand um ihn gemacht wurde.

»Mir geht's *gut*«, sagte Nick. »Nichts Besonderes dabei.«

»Toll siehst du aus«, sagte Bobby Jay.

»Au ja, tust du wirklich«, sagte Polly. »Toll siehst du aus.«

Nick starrte sie an. »Was seid ihr zwei für welche, von Hallmark Cards? Ich seh wie ein Stück Scheiße aus.«

Bobby Jay und Polly tauschten Blicke. Polly berührte ihn am Unterarm. »Wir freuen uns einfach, dich wiederzuhaben.«

»Werdet mal nicht gönnerhaft.«

»*Sorry*«, sagte Polly und zog ihren Arm zurück, »ich hatte nicht bemerkt, daß du heute schlecht drauf bist.«

»BR hat mir gerade gesagt, der Captain will, daß ich den Tumbleweed-Mann besteche, der an Kehlkopfkrebs am Sterben ist, damit der aufhört, uns mieszumachen. Ich muß jede gottverdammte Interviewanfrage annehmen – bin morgen abend in der *Larry King*, er und das FBI wollen mich als Lockvogel benutzen, um diesen Peter-Lorre-Spinner aus dem Versteck zu locken – und irgend so eine Frau auf der Straße hat mir gerade zugezischt, daß ich's verdient hab, gekidnappt zu werden. Jawohl, ich bin nicht gut drauf heute.«

»Ist ein heißes Pflaster«, sagte Bobby Jay.

»Das erzähl du mir. Schaut euch mal meine neuen Bodyguards an.«

»Wo?«

»Haben euch ausgetrickst, was? Der eine da in der Jeans und die Frau mit der rucksackgroßen Handtasche? Ex-Geheimdienst. Wollt ihr mal wissen, was die da drin hat? Abgesägte Flinte. Ich *wünsch* mir, daß die's noch mal probieren. Habt ihr eine Vorstellung, was für ein schön ausgefranstes Loch eine Handvoll großkalibriger Schrot hervorruft?«

»Ja«, sagte Bobby Jay, »weiß ich wohl.«

»Die sollen sich unters Volk mischen. Im Gegensatz zu meinen alten Bodyguards mit den Anzügen und Ohrstöpseln. ›Alle mal aufgepaßt! Wir sind Bodyguards! Los, greift unsern Kunden an.‹ *Die* waren wirklich saugut.«

»Ich dachte, du hättest immer versucht, die abzuschütteln«, sagte Polly.

»Polly«, sagte Nick herablassend und in einem Ton, der andeutete, Security-Fragen gingen über das Verständnis von Frauen, »*gute* Bodyguards lassen sich nicht von den Leuten abschütteln, die sie beschützen sollen.« Er seufzte. »Jesus. Schaut mich doch bloß an. *Bodyguards.*«

»Wir werden bald *alle* Bodyguards nötig haben«, sagte Polly, »so wie die Dinge stehen. Hast du *gesehen*, was für ein Medienecho sich die fötalen Alkoholleute übers Wochenende besorgt haben?«

»Bemitleidenswert«, sagte Bobby Jay.

»Meinst du nicht, daß die ›Sun‹ sich irgendwie entwertet, wenn diesen Leuten da drin soviel Raum überlassen wird? Ich sprach mit Dean Jardel drüben bei S & B. Die vertreiben zwei Drittel aller Spirituosen im ganzen Distrikt, und er sagt, den nächsten Monat wird die ›Washington Sun‹ jetzt *ganz* ohne Spirituosenwerbung über die Runden kommen müssen.«

»Würd mir wünschen, daß wir so einen Hebel hätten«, sagte Bobby Jay, »aber die nehmen keine Anzeigen für Schußwaffen an. Nicht daß man in D. C. überhaupt eine Schußwaffe kaufen *könnte.*«

»Bei denen klang das so, als wenn wir schwangere Mütter zum Trinken ermuntern würden. Das war so ... pc, ich wollte direkt alles ...«

»Hinschmeißen.«

»Ich wundere mich direkt, daß *ich* nicht heute früh auf dem Weg zur Arbeit gekidnappt worden bin.«

Nick, der sich das alles anhörte und über die Frau auf der Straße nachgrübelte, hatte plötzlich das Gefühl, das Nikotinpflaster seines Mutes würde vergenossenschaftet. »Polly«, fuhr er dazwischen, »ich glaube nicht, daß Leute, die für die Alkoholika-Branche arbeiten, sich Sorgen machen müssen, gekidnappt zu werden, jedenfalls noch nicht.«

Peinliche Stille. Er hatte *Alkoholika* so klingen lassen wie *Abführmittel* oder *Haustierbedarf*. Polly ließ ihre Galle langsam überkochen, blies cool und konzentriert einen tiefen Lungenzug Rauch aus ihrem Mundwinkel, ließ ihre Augen dabei starr auf den seinen ruhen, tappte mit dem Fuß ein paarmal auf den Fußboden. »Sind wir heute etwa nicht unheiliger als Dero Gnaden.«

»Paß auf«, sagte Nick, »ist nicht persönlich gemeint, aber Tabak erzeugt etwas mehr Hitze als Alkohol.«

»Ach?« sagte Polly. »Ist mir neu.«

»Boah«, sagte Nick. »Ich kann deine Zahlen mit meinen Zahlen an jedem x-beliebigen Tag in die Tasche stecken. Mein Produkt serviert im Jahr 475 000 Leute ab. Das sind eintausenddreihundert pro Tag . . .«

»Warte mal ein Augenblickchen«, sagte Polly. »*Du* bist derjenige, der immer sagt, diese Zahl von 475 000 ist Quatsch mit . . .«

»Okay, 435 000. Zwölfhundert pro Tag. Wieviel alkoholbedingte Todesfälle hingegen pro Jahr? Hunderttausend, wenn's hoch kommt. Zweihundertundirgendwasundsiebzig pro Tag. Mannomickrig. Zweihundertsiebzig. Wahrscheinlich ist das die Zahl von Leuten, die jeden Tag beim Ausrutschen auf ihrem Seifenstück in der Badewanne ins Gras beißen. Darum sehe ich nicht ein, warum Terroristen sich so weit aufregen sollten, daß sie jemanden aus der *Alkohol*branche kidnappen.«

Bobby Jay sagte: »Ihr beide hört euch an wie McNamara, dieses ganze Gequatsche über Totenzahlen. Laßt uns hier einfach mal ein bißchen relaxen.«

Nick wandte sich zu ihm herum. »Wie viele Schußwaffentote pro Jahr in den Vereinigten Staaten?«

»Dreißigtausend«, sagte Bobby Jay, »aber das ist brutto.«

»Achtzig am Tag«, schnaubte Nick verächtlich. »Geringer als die Pkw-Sterblichkeit.«

»Nettoertrag liegt sogar noch darunter«, sagte Bobby Jay sanft. »Fünfundfünfzig Prozent von denen sind Selbstmorde, und weitere acht Prozent sind vertretbare Tötungen, also sprechen wir in Wahrheit nur über elftausendeinhundert.«

»Dreißig pro Tag«, sagte Nick. »Lohnt kaum das Zählen. Kein Terrorist würde sich mit einem von euch aufhalten.«

»Möchtest du dir gerne mal ein bißchen welche von meinen Haßbriefen ansehen?« sagte Polly und lief rot an. Nick hatte sie nicht mehr derart aus der Fassung gesehen, seit sie mit den Eltern einer kompletten Schulbusladung, die von einem betrunkenen Fahrer ausgelöscht worden war, in *Geraldo* auftrat.

»Haßbriefe? *Haß*briefe?« Nick lachte sarkastisch. »*Alle* Briefe, die ich kriege, sind Haßbriefe. Ich öffne eingehende Briefe nicht mal mehr selber. Ich geh immer von vornherein davon aus, daß es eine Briefbombe ist. Meine Post geht direkt ins FBI-Labor. Fachleute in Bleianzügen öffnen die über Dampf. Bitte sei so gut und mach nicht noch mal den Versuch, mir beim Thema *Briefe* den Rang ablaufen zu wollen.«

»Warum stecken wir die Fehdehandschuhe nicht weg und bestellen«, sagte Bobby Jay, »ich bin ganz ausgehungert.«

»Fein«, sagte Nick und knirschte mit den Zähnen. *Sollte doch ein bißchen Mitgefühl erwarten können ... wart mal, sie gab sich ja mitfühlend, bis du zu ihr gesagt hast, sie höre sich an wie eine Gutebesserungskarte.* Er hatte wieder diesen scheußlichen Geschmack im Mund, als wär da ein Zigarettenstummel unter seiner Zunge. Die Ärzte hatten ihm erzählt, daß sein Organismus während der nächsten drei Monate Nikotin ausspülen werde. Das Essen mundete ihm zur Zeit nicht sonderlich gut, und Gewürze ließen es schmecken wie Domestos.

Nick zwang sich zu sagen: »Ich hab's nicht drauf *angelegt*, unheiliger als Dero Gnaden zu sein.«

»Null Problem«, sagte Polly kurz und bündig. Die beiden konzentrierten sich auf ihre Speisekarten, so daß sie einander nicht anzuschauen brauchten.

Es fiel Bobby Jay zu, Konversation in Form eines Monologs zu machen. Er bewehklagte den bevorstehenden Jahrestag des Attentats auf Präsident Finisterre, da diese Gelegenheiten auf den Meinungsseiten der Zeitungen stets Anlaß gaben zu einer Orgie, wie er sich ausdrückte, von Forderungen nach Schußwaffenkontrollgesetzen, ganz *ungeachtet* der Tatsache, daß Finisterre mit einer reichweitenmäßig aufgemotzten Jagdbüchse vom Sockel gerissen wurde. »Was werden die da bloß tun, uns unsere Hirschflinten wegnehmen?«

»Nicht bevor sie die unsern kalten, toten Fingern entwinden«, murmelte Nick, der sich für Pasta entschied in der Hoffnung, die werde nicht schmecken wie die chemische Keule. Bobby Jay sagte, SAFETY plane in Voraussicht auf den Jahrestag einige vorbeugende Publicity. Sie versuchten auch, ihre Spezis im Kongreß dazu zu bewegen, das Weiße Haus dazu zu bringen, eine Woche des Schußwaffensicherheitsbewußtseins, die den Jahrestag umschließen sollte, zu unterstützen. Das Weiße Haus mauerte bislang, aber dadurch, daß es das tat, konnte es von SAFETY ins Abseits manövriert werden: *Wir haben das Weiße Haus gebeten, haben das Weiße Haus ersucht, sich hinter eine landesweite, einwöchige bewußtseinsschärfende Initiative zu stellen, und was geschah? Nichts* . . . In Ergänzung dazu hatte Stockton Drum, dem jüngst in *Face the Nation* vorgeworfen worden war, einen »Genozid« unter der schwarzen Jugend in den Innenstädten zu verüben, Anweisungen erteilt, wonach alle leitenden SAFETY-Angestellten wöchentlich eine Stunde gemeinnützige Arbeit mit schwarzen Innenstadt-Jugendlichen zu verrichten hätten. So würde er beim nächsten Mal, wo irgendein pingelärschiger Liberaler ihm vorwarf, Massenmord zu ermöglichen, in der Lage sein, dem an den Eiern in die Parade zu fahren. Drums Vollzugsanweisung war in weiten Teilen des Personals auf geteilte Gegenliebe, wenn auch bei anderen auf echtes staatsbürgerliches Bewußtsein gestoßen. Ein Angestellter hatte vorgeschlagen, in der Innenstadt kostenlose Unterweisung an Handfeuerwaffen durchzuführen. Wenn diese Kids die Straßen in den Innenstädten schon in Feuer-frei-Zonen verwandelten, so argumentierte er, könne man ihnen wenigstens beibringen, wie man dabei sorgfältiger vorgehe, so daß sie weniger unschuldige Schaulustige umbrachten. Bobby Jay hatte den Vorschlag abgebogen. »Das Traurige daran ist«, sagte er und arretierte sein Spezialmesser an seinem Haken, während das Essen kam, »daß das wahrscheinlich gar keine so schlechte Idee ist.«

Der Eiskaffee war gekommen. Polly hatte beim Essen nicht viel gesagt. Nick plagten Gewissensbisse, weil er sich so benommen hatte, und arbeitete sich gerade einer Wiederannäherung entgegen, als Bobby Jay eine Geschichte aus dem ›Washington Moon‹ vom selben Tag aufs Tapet brachte.

»Und«, sagte Polly auf geflissentlich beiläufige Weise, »wie geht's Feather?«

»Feather?«

»Heather.«

»Gut«, sagte Nick. »Schätz ich mal. Keine Ahnung. Sie versucht, einen Job bei der ›Sun‹ zu kriegen. Hat ein Vorstellungsgespräch bei Atherton Blair.«

»*Das* Arschloch. Das ist wahrscheinlich derjenige, der entschieden hat, die Fötalalkoholkonvention über dem Knick zu plazieren. Weißt du, das ist einer, der nicht *trinkt*.«

»Ein Zeitungsmann, der nicht trinkt«, sagte Bobby Jay. »Es *hat* sich was geändert.«

»Nicht nur das, er ist bei den AA.«

»Tatsächlich?« sagte Nick.

»Nach unseren Informationen ist er bei den AA. Er fährt ganz nach Reston raus, so daß ihn keiner kennt.«

»Im Ernst«, sagte Nick. »Ich sollte Heather davon erzählen.«

Polly runzelte die Stirn. »Was meinst du damit?«

»Weiß nicht. Könnte mal ganz nützlich sein. Vielleicht sollte sie ihm eine Story hindeichseln, von wegen wie toll die AA sind oder so was.«

»Und mit gezielten Tritten gegen Alkohol Punkte machen? Das sind privilegierte Informationen. Wie *alles*, was an diesem Tisch hier gesagt wird.«

»Na, nun krieg nicht gleich einen Knoten in deine Strumpfhose. Ich wollte nur . . .«

»Vertrauliche Informationen an dein Flittchen weiterreichen.«

Bobby Jay warf ein: »Ich glaube nicht, daß irgendeiner von uns auch nur eine Sekunde lang annimmt, daß irgend etwas, was an diesem Tisch gesagt wird, weiter dringt als bis zum Zuckerstreuer.«

»Korrekt«, sagte Nick.

»Korrekt«, sagte Polly.

Nick fügte kameradschaftlich hinzu: »Überhaupt, wißt ihr, ist noch gar nichts passiert. Ich hatte diese letzten paar Wochen genug andere Dinge im Kopf, wie zum Beispiel mich zu fragen, ob ich wohl jemals wieder Gefühl in meine Finger kriege. Oder ob ich ein Lebertransplantat brauche.«

»Du machst dich besser bald an die Arbeit, wenn du sie als dein Sprachrohr aufbauen willst«, sagte Polly. Sie schaute auf ihre Uhr und sagte, sie müsse jetzt los. Ihre Weinleutchen seien aus Kalifornien in die Stadt gekommen, um den Agrarausschuß in Sachen Reblaus zu beackern. Und auch, um mit ihrer Werbeagentur ein Brainstorming zu veranstalten, wie man dem desaströsen Fehleindruck entgegentreten könne, nur französische Rotweine bewahrten einen vor Herzattacken.

Nick und Bobby Jay sahen ihr nach, wie sie hinausging, über die Schulter ihre Tasche gehängt, aus der Handy-Antennen herausschauten, die Absätze über den Boden klipperklappernd. Sie trug einen kürzeren Rock als üblich, bemerkte Nick: sexy, mit Falten.

Nick sagte zu Bobby Jay: »Irgendwas los mit Polly? Sie schien mir irgendwie etwas von der Rolle.«

Bobby Jay sagte: »Sie hat einen Brief von Hector gekriegt. Der will's noch mal mit ihr versuchen. Aber er will, daß sie mit ihm in Lagos lebt.«

»Ach herrje, Teufel noch mal«, sagte Nick, »kein *Wunder*.«

Wieder in seinem Büro zurück, wurschtelte Nick an einem Stapel Papierkram vor sich hin, als Gomez O'Neal hereinkam und die Tür hinter sich schloß.

»Was gibt's?«

»Weiß ich nicht«, sagte Gomez feierlich.

Nick, komplett verdutzt, sagte: »Ist dies irgend so eine Zen-Klamotte?«

»Immer den Rücken im Auge behalten, Kleiner«, sagte Gomez und ging.

14

Nick schob einen Anruf beim Captain ein. Er war bestürzt, als dessen Sekretärin ihm sagte, der Captain sei im Krankenhaus. »Kein Grund, sich Sorgen zu machen«, erzählte sie ihm, »nur so zur Inspektion.« Offenbar hatten ein paar von den fötalen Schweineherzklappen, die man anderen Leuten eingebaut hatte, versagt, und die Ärzte vom Captain wollten kein Risiko eingehen. Er klang nicht gut.

»Hallo? Nein, gottverdammt noch mal, ich möchte *nicht* meinen Darm entleeren. Hab Ihnen das schon viermal gesagt, jetzt kümmern Sie sich gefälligst um Ihre eigenen Angelegenheiten. Hallo? Nick, Sohnemann! Du meine Güte, ist wirklich gut, Ihre Stimme zu hören. Wie's mir geht? Ging mir gut, bis man mich in dies mittelalterliche Haus der Schrecken gezwungen hat. Ich will Ihnen mal sagen, was mit der Gesundheitsvorsorge in diesem Lande nicht in Ordnung ist. *Die Krankenhäuser.*«

Im Hintergrund konnte Nick die Krankenschwester des Captains, die sich anhörte wie eine voluminöse mittelalterliche Schwarze mit höchster Autorität, vernehmen, wie sie von ihm verlangte, er solle sein Telefonat aufschieben, bis er dringendere Geschäfte abgewickelt habe. Als Südstaatler stand der Captain ihr völlig hilflos gegenüber. Es kratzte sie überhaupt nicht, daß er der Captain war, ein Wirtschaftstitan, der wichtigste Mann in Winston-Salem. »Ich ruf Sie gleich zurück«, sagte er, »wenn ich mit diesem Weibsbild *fertig* bin.«

Er rief zehn Minuten später zurück. »Eher wird die Unterwelt einen kalten Tag erleben, als daß *die* mir wieder was befiehlt.« Im Hintergrund hörte Nick: »Ich gehe nicht weg, bevor Sie nicht diese *Tablette* da geschluckt haben.«

»Ich *hab* die verdammte Tablette geschluckt. Ich hab Sie gestern abend in der *Larry-King-Show* gesehen. Sie waren glänzend. Erstklassige Arbeit. Zu schade, daß dieser Bursche, der Sie gekidnappt hat, nicht wieder angerufen hat.«

»Der hat sich wahrscheinlich schon gedacht, daß das FBI die Leitung mit den eingehenden Anrufen angezapft hat. Sagen

Sie, ich ruf wegen zweier Dinge an, Lady Bent und Lorne Lutch.«

»Ja«, sagte der Captain, »die Spritfresserin und die Nematode.« Letzteres war eine Anspielung auf den tabakpflanzenfressenden Wurm. Ersteres stellte sich als Anspielung auf den freizügigen Gebrauch, den die frühere britische PM von der Gulfstream des Captains machte, heraus. Ein Mann mit Gulfstream-Jet ist ständig gefragt.

»BR sagt, ich soll ihr das Evangelium eintrichtern?«

»Ganz richtig. Sie sind jung, sehen gut aus, sind gekidnappt worden. Sie wird Ihnen zuhören. Mir hört sie nicht zu, das kann ich Ihnen sagen.«

»Mm-hmm. Er hat mir auch erzählt, Sie wollen, daß ich Lutch besteche, wenn ich wegen dieses Filmprojekts nach Kalifornien rausfliege. Ich finde, das ist gar keine gute Idee.«

»Das war meine Idee.«

»Der Schuß könnte nach hinten losgehen.«

»Jedesmal, wenn ich den Fernseher anschalte, seh ich ihn durch diese Apparatur da auf irgendeinen herzensguten Talk-Show-Gastgeber einkrächzen, von wegen daß er nur noch zwei Monate zu leben hat und davon jede letzte Minute drauf verwenden will, die Jugend dieser Nation anzuflehen, sie solle nicht mit dem Rauchen anfangen. Für einen Mann, dem die Atemluft knapp wird, ist der *reichlich* am Reden. Wäre einen Haufen einfacher, wenn er einfach beim Rauchen im Bett gestorben wär wie diese andern, die uns verklagt haben, aber auf *so* eine Art Glücksfall können wir uns nicht jedesmal verlassen.«

Unlängst hatten es drei Leute, die Klage gegen die Tabakkonzerne eingereicht hatten, weil sie an Krebs litten, fertiggebracht, mit brennender Zigarette einzuschlafen und das Zeitliche zu segnen.

»Ich glaube nicht, daß der uns ernsthaft Schaden zufügt«, sagte Nick. »Der läßt nur Dampf ab.«

»Erzählen Sie das mal meinem führenden VP für Verkauf. Lutch war vor drei Wochen in der *Donahue* – allein der Gedanke daran, daß *diese* beiden es sich gemütlich miteinander machen, gibt mir den Rest –, und die Verkaufszahlen von Tumbleweed sind um sechs Prozent gesunken. Sechs Prozent.«

»Werden wieder raufgehen, wenn er abgetreten ist.«

»Darauf würde ich mich nicht verlassen. Das ist ein verdammt *hoch*rangiger Abtrünniger. Die Sargnägel sind schon in den Startlöchern, um einen Märtyrer aus ihm zu machen.« Der Captain senkte seine Stimme zu einem Flüstern. »Gomez O'Neal hat Informationen, daß sie eine Stiftung aufmachen werden. Die Lorne-Lutch-Stiftung. Die wollen eine Ranch bauen, für Kinder mit . . .« Er brachte es nicht über sich, es auszusprechen.

»Krebs?«

»Krieg schon einen Rappel, wenn ich nur dran denk.«

»Genau *deshalb* brauchen wir eine Anti-Raucher-Kampagne, die auf Kinder abzielt.«

»Ist schon so weit gekommen, jedesmal, wenn ich den Fernseher einschalte und jemanden sehe, der mal Zigarettenwerbung gemacht hat, muß ich dran denken: Und was, wenn der das kriegt? Wissen Sie noch, diese ganzen Werbespots, die Dick van Dyke und Mary Tyler Moore in den Sechzigern für Kent gemacht haben? Mein Gott, wenn *die* das kriegt? Können Sie sich das *vorstellen*? Das Schätzchen Amerikas, in der *Donahue-Show*, und ist am Keuchen . . . Ich will, daß Sie zu ihm fahren, Sohnemann. Ihnen wird er zuhören.«

»Warum«, sagte Nick, »sollte der mir zuhören?«

»Weil er weiß, daß Sie es waren, der es uns ausgeredet hat, seinen sattelwunden Hintern zu verklagen, als er mit dem ganzen Gelärme anfing. Und wegen dieser Kidnapperei. Sie haben Blut gefressen. Sie haben gelitten. Er ist ein Cowboy, er wird davor Respekt haben. Er ist außerdem ein Snob – das weiß ich zufällig aus eigener Erfahrung –, und jetzt, wo Sie ein großer Medienstar sind, wird er nicht widerstehen können. Tun Sie's für mich, Sohnemann.«

Nick seufzte. »Okay, aber ich will ehrlich . . .«

»*Prima*. Also natürlich wollen wir uns nicht in eine Preisfeilscherei mit ihm verwickeln lassen, deswegen möchten wir, daß unser erstes Gebot eindrucksvoll genug ist, um seine Aufmerksamkeit zu erregen. Wo ist meine Brille? Dieses Weibsbild hat die geklaut, das weiß ich. Das ist sie ja. Also, ich werf jetzt mal einen Blick auf Gomez O'Neals Hintergrundbericht . . . Ich seh da, daß es in seiner Vergangenheit mal ein kleines Alkoholproblem gab, ein paar Kneipenschlägereien, nichts sonderlich Ungewöhnliches, keine geschlagene Ehefrau. Hat mit dem Trinken aufgehört . . . ging zu den AA. Keiner trinkt mehr ein Tröpfchen, ist doch so, oder? Geht immer nur um Gesundheit heutzutage. Gesundheit, Gesundheit, Gesundheit, Joggen, Joggen, Joggen. Das Leben war mal so viel interessanter. War letztes Jahr mal selber geschäftlich nach Kalifornien raus, und da geht man auf eine Cocktailparty, und das einzige, wovon alle Leute reden können, ist ihr Cholesterinspiegel. Das allerletzte, was ich von einem Menschen wissen will, ist das Verhältnis seines schlechten Cholesterins zu seinem guten Cholesterin. Drei Kinder. So, wie's nach diesem Bericht aussieht, glaube ich kaum, daß *die*'s im Leben weit bringen werden. Es gibt aber auch noch fünf Enkel unter zwanzig. Fünf mal fünfundzwanzigtausend Dollar . . .« Nick hörte, wie er ein paar Berechnungen vor sich hin murmelte ». . . mal vier macht fünfhunderttausend. Noch ein bißchen für seine Mühsal draufpacken. Eine runde Million. Wir werden den Steueranteil noch dazu bezahlen, so daß alles einwandfrei ist, alles sauber und ordentlich und legal. Wir könnten den Scheck immerhin auf die Koalition für Gesundheit ausstellen . . . Nein, ich denke doch, wir wollen nicht, daß irgendein Reporter einen eingelösten Scheck in die Finger kriegt. Würden die *das* nicht glatt an die große Glocke hängen? Zahlen wir's lieber bar auf die Hand. Überhaupt gibt's nichts, was so erregend ist wie ein großer, fetter Stapel kaltes, hartes Bares. Als ich noch neu in der Branche war, im Verkauf, hab ich mir einen Ranzen voller Fünf- und Zehn-Dollar-Scheine geschnürt und die Läden auf dem Land abgeklappert und den Besitzern was gelöhnt, daß die uns Regalplatz einräumten. So lief das früher, lange her. Ja, zahlen wir's ihm in bar, cash auf die Kralle.«

Nick sagte: »Was halten Sie von so einer Schlagzeile: STERBENDER TUMBLEWEED-MANN WEIST SCHWEIGEGELD DER TABAKLOBBY ZURÜCK. Und das ist nur die Schlagzeile im ›Wall Street Journal‹. Die Boulevardblatt-Version wäre wahrscheinlich irgendwas in der Art von HÄNDLER DES TODES ZUM TUMBLEWEED-MANN: HALTS MAUL UND STIRB!«

»Das ist keine Bestechung«, sagte der Captain mit Nachdruck, »ganz und gar nicht. Sie werden da auf *Engels*schwingen hinfliegen, Sohnemann. Das ist Altruismus vom Allerfeinsten.«

»Nein, ehrlich . . .«

»Absolut. Eine Geste tiefempfundener Menschenfreundlichkeit. Da ist ein Mann, der rumläuft und uns Händler des Todes nennt, und wie sieht unsere Antwort aus?«

»Wir werden versuchen, ihn wegen Vertragsbruchs zu verklagen.«

»Das ist Schnee von gestern. Wir bieten an, ihm die Enkelkinder durchs College zu bringen, so daß sie nicht Benzin zapfen und Nachtverkauf machen müssen wie ihre Eltern. Und wir schmeißen noch eine halbe Million Dollar obendrauf, nur um zu sagen: ›Wir sind nicht nachtragend.‹ Das wär mal ein Beispiel für die andere Waage. Ich glaube, Christus persönlich würde sagen: ›Das ist mächtig anständig von euch, Jungs.‹ Und er hat uns bloß gemahnt, wir sollten unsere Feinde lieben. Hat niemals gesagt, wir müßten die Schweinebolzen auch noch *reich* machen.«

»Sie wollen sagen«, sagte Nick, »daß wir ihm das Geld . . . einfach so geben?«

»Na, was hab ich denn gesagt? Natürlich mein ich das.«

»Er muß nichts unterschreiben?«

»Kein Stück.«

»Kein Maulkorbvertrag?«

»Wo liegt Ihr Problem, Sohnemann? Verstehen Sie unsere Muttersprache nicht? Nein. Obwohl Sie ihm naturgemäß sagen sollten, daß wir es zu schätzen wüßten, wenn er unsere Geste für sich behielte. Eine familieninterne Angelegenheit. Sie könnten anfügen, daß wir ihm, wenn er zuallererst gleich zu uns gekommen wäre, statt zur Presse zu laufen, ausgeholfen haben würden. Tabak sorgt für die Seinen.«

»Nun«, sagte Nick und fühlte sich erleichtert, »ich hab damit überhaupt keine Probleme.« Der Captain in seinem Krankenhausbett mußte, während er über seine eigene Sterblichkeit nachgrübelte, den Entschluß gefaßt haben, seinen Frieden mit seinen Feinden zu machen.

»Ich sehe das so«, sagte der Captain, »daß der Schweinebolzen so überwältigt von verdammter Dankbarkeit sein wird, daß er einfach seine Klappe halten muß. Oder wenn wir *echt* Glück haben, kriegt er beim Anblick von dem ganzen Geld eine Herzattacke.«

Gazelle klingelte ihn über die Gegensprechanlage an, um ihm zu sagen, es seien Agenten vom FBI da, die ihn sprechen wollten.

Agent Allman, der freundlich aussah, gab Nick die Hand. Agent Monmaney, der aussah, als habe er gerade ein Lunch aus Glasscherben und Nägeln verputzt, nickte bloß.

»Haben Sie sie?« sagte Nick.

»Wen?« sagte Agent Monmaney.

»Die Kidnapper. Wen sonst?«

Monmaney starrte ihn an. Was war bloß mit dem los? Nick wandte sich an Allman, der Nicks Büro anscheinend einer Musterung unterzog. Seltsame Krankenbesuchsmanieren, diese beiden.

»Ist mir hier irgendwas weggekommen?« sagte Nick.

»Die Untersuchung läuft«, sagte Monmaney.

»Und«, sagte Nick, »kann ich Ihnen vielleicht irgendwie *helfen*?«

»Können Sie?« sagte Montmaney. Toll, noch mehr Brutalo-Zen.

Nick sagte: »Gibt es etwas, worüber Sie sprechen möchten? Oder sind Sie bloß vorbeigekommen, um mich zu beruhigen?«

Agent Allman besah sich das Plakat mit dem Lucky Strike billigenden Doktor. Er lachte in sich hinein. »Witzig.«

»Ja«, sagte Nick. »Mein Job wäre damals ein ganzes Stück einfacher gewesen.«

»Mein Dad rauchte Luckys.«

»Tatsache?« sagte Nick.

»Mm-hmm«, sagte Allman mit einem Ton, der Nick vermuten ließ, sein Vater sei einen abscheulichen, langsamen Tod durch Lungenkrebs gestorben. Klasse, genau das, was er als Mitstreiter brauchte, einen Anti-Raucher-Eiferer.

»Ist er«, tastete sich Nick heran, »war er ... im Polizeidienst?«

»Nein, er hatte eine Tankstelle. Ist jetzt auf dem Altenteil, in Florida.«

Nick verspürte größte Erleichterung, daß sich Papa Allman immer noch unter den Lebenden befand. Allman sagte: »Die Sonne wird ihn wahrscheinlich vor den Zigaretten erwischen.«

»Hah«, sagte Nick.

»Benutzt noch jemand Ihren Büroanschluß?« sagte Agent Monmaney.

»Mein Telefon? Mm, klar, möglicherweise.«

»›Klar, möglicherweise?‹«

»Mag schon sein. Wieso?«

»Nur so.«

Nick und Monmaney starrten einander an. Allman sagte: »Haben Sie jemals vorher selber Nikotinpflaster benutzt?«

»Ich?« sagte Nick. Er kriegte bei dieser Abfolge von Fragen ein höchst ungemütliches Gefühl. »Ich hab sehr gern geraucht. Ich wünschte nur, ich könnt's immer noch.«

»Sie haben sich mit Sicherheit eine extreme Methode ausgesucht, es aufzugeben«, sagte Allman, während er Nicks Briefbeschwerer, ein Nahkampfmesser aus dem Ersten Weltkrieg, hochhielt. »Fieses Ding.«

»Entschuldigung?« sagte Nick. »Sagten Sie ›ausgesucht?‹«

»Sagte ich das?«

»Ja«, sagte Nick fest, »das taten Sie.«

»Tat ich das?« sagte Allman zu Monmaney.

»Hab nichts gehört«, sagte Monmaney.

Nick saugte seine Brust ein. »Warum«, sagte er, »habe ich bloß das Gefühl, dies sei eine Vernehmung?«

»Ich habe gerade in einer dieser wissenschaftlichen Zeitungen einen Artikel über Hautkrebs gelesen«, sagte Agent Allman. »Ganz schön erschreckend. Da muß man heutzutage wirklich drauf aufpassen.«

»Ja«, sagte Nick schroff, »muß man ganz sicher.«

»Mr. Naylor«, sagte Agent Monmaney, »Sie kriegen als Ergebnis dieses Vorfalls eine ganze Menge positiver Publicity.«

»Na ja, passiert nicht alle Tage, daß ein Lobbyist verschleppt, gefoltert und beinahe umgebracht wird«, sagte Nick, »obwohl wahrscheinlich eine ganze Menge Leute finden, das sollte öfter vorkommen.«

»Das war's nicht, worauf ich hinauswollte.«

»Worauf wollten Sie denn hinaus?«

»Sie stellen sich als Märtyrer dar. Als Held.«

»Agent Monmaney«, sagte Nick, »haben Sie ein Problem mit Zigaretten?«

Die leichteste Andeutung eines Lächelns spielte sich in Monmaneys wölfische Gesichtszüge, und keineswegs eines aufbauenden Lächelns. »Nicht, seit ich aufgehört habe.«

»Ich möchte so sagen«, sagte Nick. »Zum ersten Mal, seit ich diesen Job übernommen hab, kriege ich eine *faire* Publicity. Jetzt wartet man wenigstens bis zum vierten Absatz der Story damit, mich mit Goebbels zu vergleichen.«

»Witzig«, sagte Agent Allman. Agent Monmaney teilte die Belustigung nicht.

Die drei veranstalteten ein Wettstarren. Nick war entschlossen, das Schweigen nicht zu brechen.

»Sie haben kürzlich eine Gehaltserhöhung gekriegt«, sagte Agent Monmaney.

»Mm-hmm«, sagte Nick.

»Eine sehr ansehnliche. Man hat Ihnen das Salär verdoppelt.«

»Mehr oder weniger«, sagte Nick.

»Ich möchte sagen«, sagte Agent Allman, während er sich vom Sofa unter dem Lucky-Doktor erhob, »daß Sie es verdienen. Sie leisten scheint's sehr tüchtige Arbeit beim Promoten von Zigaretten.«

»Vielen Dank«, sagte Nick scharf.

»Wir bleiben in Verbindung«, sagte Agent Allman.

— 15 —

Stress – den Nick nun deutlich verspürte – geilte ihn in der Regel auf. Er ging auf den Balkon vor seinem Büro hinaus und sah auf den Springbrunnen hinunter. Draußen war es ein warmer Frühlingstag, und die weiblichen Angestellten hatten ihre Sommerkleider an. Er war unversehens dabei, eine von ihnen zu beobachten, wie sie drunten ihren gefrorenen Joghurt aß, eine entzückende, hochgewachsene, großbusige Blondine in einem dünnen, ärmellosen Kleid, Strümpfen und hochhackigen Schuhen, die genießerisch langsam an ihrer Eiswaffel schleckte. Sogar aus dieser Höhe konnte er ihre BH-Träger erkennen. Heather beherrschte diese BH-Träger-Masche sehr wirkungsvoll. Das war so ein Trick unter gewissen, mit großzügigen Gaben der Natur ausgestatteten Frauen des Washingtoner Geschäftslebens. Sie würden nie soweit gehen, zu knappe Pullover zu tragen oder in tief ausgeschnittenen herumzulaufen – Sex mußte hier auf eine subversivere Weise eingesetzt werden –, darum achteten sie statt dessen darauf, daß für den Fotografen ein Stück vom Träger hervorschaute, und taten hinterher ganz verlegen, wenn sie's sahen.

Während er aufs Atrium runtersah, fing er zu träumen an. Er dämpfte das Licht, verbannte all die Leute von der Szene, die da Joghurt und Calzone aßen. Um den Springbrunnen herum versammelte er ein komplettes Orchester, bestehend aus superleckeren Frauen, die nichts anderes trugen als ihre Instrumente. Er plazierte die Cellistinnen vorne für sich. Ja. Das hat schon was, so nackte Cellistinnen. Er ließ sie das Zigarettenlied aus dem ersten Akt von *Carmen* spielen, wo den jungen sevillanischen Männern von ihren Herzchen, den Mädchen, die in der Zigarettenfabrik arbeiten, ein Ständchen gebracht wird. Die Akademie hatte die Aufführung der Oper vor zwei Jahren im Kennedy Center unterstützt. Seither hatte Nick das Lied immer wieder unter der Dusche gesummt. *C'est fumée, c'est fumée!*

*Seht, wie Raucheswolken ziehn
In die Lüfte kräuselnd dahin*

Und verbreiten holde Düfte.
Sanft betäubet, schlürft den Rauch
Mit den Lippen, und wie ein Hauch
Laßt uns süße Wonne nippen.
Ist so ein Mann Liebe zu schwören bereit –
Das ist Hauch!
Sagt er, daß uns er sein Leben geweiht –
Leicht wie Rauch!
Ein treues Herz in der Brust –
Ist nur Hauch!
O süßer Schmerz, Liebeslust –
Das ist ein Hauch, so leicht wie Rauch!

Die Szene entschwand. Verblieben war nur die *pièce de résistance*: Heather, stramm, rosig und ganz und gar *au naturel*, aussehend wie eine von Renoirs badenden Schönheiten, im höchsten Bekken des Springbrunnens sitzend, mit ihm, aus eisgekühlten Flöten Champagner (Veuve Cliquot, demi-sec) trinkend.

Er ging wieder hinein und rief Heather an.

»Hi«, sagte Heather und hörte sich sehr kehlig an, »ich kann gerade nicht ans Telefon kommen. Hinterlassen Sie eine Nachricht, und ich werde Sie zurückrufen, sobald ich kann. Wenn Sie mit einer Telefonistin sprechen wollen, drücken Sie die Null.«

Er hinterließ eine Nachricht, um sie zu fragen, ob sie heute abend mit ihm im Il Peccatore dinieren wolle, und ging dann wieder nach draußen, um zu sehen, ob sein *tableau* immer noch *vivant* war. War's nicht. An die Stelle des Orchesters waren wieder Kränzchen von Beschäftigten getreten, die Calzone und gefrorene Joghurts aßen.

Er saß an seinem Schreibtisch und wandte sich der Arbeit, die anlag, mit dem Enthusiasmus eines Mannes zu, der an einem bullig heißen Tag auf der Interstate einen platten Reifen wechselt. Es ging darum, als Ghostwriter ein Meinungsmache-Ding für den Kongreßabgeordneten Jud Jawkins (D-Ky) zu schreiben, in dem eine NIG-Studie, wonach Kinder von rauchenden Müttern 80 Prozent mehr Asthmaanfälle hatten als Kinder von nichtrauchenden Müttern, in Frage gestellt wurde. Nick seufzte.

Er schrieb: »Niemand hat mehr Hochachtung vor der Arbeit, die in den Nationalen Instituten für Gesundheit geleistet wird, als ich, doch ist es bedauerlich, daß zu einer Zeit, da unsere Nation sich mit so vielen abscheulichen, schweren Gesundheitsproblemen konfrontiert sieht – Aids, in die Höhe schnellende Cholesterinwerte und dem jüngsten Ausbruch von Masern in meinem eigenen Heimatstaate, um nur einige wenige zu nennen –, daß die NIG sich durch Political Correctness einer solchen Zerreißprobe ausgesetzt sehen, daß sie wertvolle Ressourcen darauf verwenden, das amerikanische Volk mit Informationen zu bombardieren, über die es ohnehin schon verfügt.«

Das war einer seiner konventionellen Kunstgriffe – der alte Déjà Voodoo –, aber es würde reichen müssen. Er war gerade dabei, ein bißchen moralische Gegenentrüstung und Appelle an den gemeinsamen Sinn für Anstand und Fairness hinzudeichseln, als es an seiner Tür klopfte und Jeannette sagte: »Störe ich?«

Er sah von seinen Bauchrednereien auf und gewahrte Jeannette, wie sie ihren Kopf zur Tür hereinstreckte. Sie sah sehr viel entspannter aus als normalerweise. Sie hatte ihrem eisblonden Haar Freigang aus seinem üblichen Gefängnis in Form eines Knotens am Hinterkopf gewährt und es lose mit einer Schmuckspange zu einem Pferdeschwanz hochgesteckt. Sie trug ihr dunkelblaues Rührmichnichtan-Standardkostüm eng am Körper, so daß es jede einzelne Minute jeder im Fitnessclub verbrachten Schweißstunden hervorhob; aber sie hatte ein knallig buntes seidenes Schultertuch von Hermès oder Chanel zugegeben, das sie aussehen ließ wie eine reiche Frau, die auf ein bißchen Spaß aus war. Nick mußte zugeben, daß Jeannette heute nachmittag mächtig gut aussah. Vielleicht war ihr von einer ihrer Interessengruppierungen bedeutet worden, sie solle auf locker machen und den Dominatrice-Look ablegen. Schließlich lief die ganze Idee, sich ein Sprecherpüppchen zuzulegen, doch darauf hinaus, den Betrachter von Krebs und Herzleiden und Emphysem abzulenken und nicht, seine Libido mit Stuhl und Peitsche in die Enge zu treiben.

»Hi«, sagte sie in freundlicher Manier. »Störe ich?«

»Nein«, sagte Nick. »Ich hab nur gerade ein bißchen Gefühlsduselei zur Meinungsmache betrieben.«

Sie schloß die Tür hinter sich. »Gott«, sagte sie, »ich würde glatt einen *Mord* begehen, um Ihr Talent für Meinungsmache zu haben.«

»Ach«, sagte Nick, »Kinderspiel.«

»Ich kann das eine Ding noch auswendig, was Sie für Jordan gemacht haben, als Deukmejian das Rauchen auf Flügen in Kalifornien verboten hatte. ›Ich habe sehr viel Respekt vor Gouverneur Deukmejian. Sein Respekt vor der Verfassung ist es, um den ich mich sorge.‹ Oktober siebenundachtzig, stimmt's?«

Nick errötete. »Hat viel Gutes bewirkt.«

Sie setzte sich hin und legte ihre bestrumpften Beine übereinander, die, wie Nick bemerkte, heute sehr glatt aussahen. Er hob die Augen und erkannte, daß sie ihn seinen Blick auf ihre Stelzen hatte erhaschen sehen. Er schaute runter auf sein Meinungsmache-Ding und legte die Stirn in Falten, als mühe er sich, auf das passende Wort zu kommen.

»Was ist los«, sagte er auf geschäftsmäßige Weise, obwohl es inzwischen beiden klar war, was genau los war.

»Ich hab da so eine Idee, die ich wirklich ganz aufregend finde.«

»Oh?« sagte Nick und starrte immer noch auf seine Meinungsmache.

»Eine Zeitschrift für Raucher.«

»Hm«, sagte Nick, lehnte sich zurück und sah sie an, wobei er sehr darauf achtete, mit den Augen über der Gürtellinie zu bleiben. »Paar von den Konzernen haben's mal versucht. Kontrollierte Verbreitung, kein Kioskverkauf.«

»Ich denke«, sagte Jeannette, »genau das war der Fehler, an der die Sache gescheitert ist. Ich will, daß sie an den Kiosken präsent ist. Ihnen ins Gesicht springt. Sehen Sie sich doch die Kioske von heute an. Zeitschriften für alles und jeden, bloß nicht für Raucher.«

»Was würden Sie ihr für einen Titel geben?«

»›Lungenzug!‹« sagte Jeannette. »Mit dem Ausrufezeichen in

Form einer Zigarette, wissen Sie, mit der Asche. Dynamisch, offensiv und *heiß.*«

»Heiß?«

»Sexy«, sagte Jeannette. »*Triefend.*«

»›Lungenzug!‹« sagte Nick. »Erzählen Sie mir mehr.«

»Wir haben da draußen im Lande eine Kundschaft von fünfundfünfzig Millionen, die sich an der Straße in Hauseingängen zusammendrängen und sich schikaniert vorkommen. Warum sollten die nicht eine Zeitschrift ganz für sich haben wollen? Wir sprechen über ein größeres Leserpotential, als der ›TV Guide‹ hat. Eine Zeitschrift für Raucher-Lifestyle. Übergewichtige Frauen, Minderheiten, Leute im Blaumann, Depressive, Alkoholiker . . .«

»Knorrige Individualisten«, sagte Nick. »Unabhängige Geister. Leute, die volles Risiko gehen. Was der Inbegriff von amerikanisch ist. Ich glaube manchmal, unsere Kunden sind die amerikanischsten Menschen, die es überhaupt noch gibt.«

»Und heftig am Aussterben.«

»Titelgeschichten über den amerikanischen Westen, schnelle sexy Autos mit Muskeln . . .«

»Bungee-Jumping.«

»*Ja.*«

»Raucherfreundliche Restaurants werden aufgelistet. Ein echtes Servicemagazin.«

»Aber sexy.«

»Heiß. Miezen vom Typ ›Sports Illustrated‹ in Badeanzügen, aber mit Zigarette in der Hand. Rauchen hat sowieso von seinem Sex eingebüßt.«

»Aber ein gehaltvolles Magazin.«

»Absolut. Interviews mit prominenten Rauchern.«

»Gibt es welche?«

»Castro.«

»Der hat's aufgegeben. Überhaupt bin ich mir nicht ganz sicher, ob karibische Kommies noch immer sexy sind. Nixon. Nixon raucht. Das wissen nicht viele Menschen.«

»Ist Nixon *sexy*?«

»Clinton. Zigarren.«

»Er steckt sie aber nicht an.«

»Wir werden schon wen auftreiben.«

Gazelle kam über die Gegensprechanlage. Sie klang amüsiert. »Nick, die beiden Herren vom ›Modern-Man‹-Magazin . . .«

»›Young Modern Man‹«, korrigierte eine japanische Stimme im Hintergrund.

»Sorry. Wir sehen uns.«

Nick verdrehte die Augen. »BRs Idee.«

»Später«, sagte Jeannette.

»Wann später?« sagte Nick.

»Später-später? Ich zieh mir gerade was über das Baufolgensyndrom rein, aber ich möchte das hier unbedingt mit Ihnen in Angriff nehmen.«

»Möchten Sie vielleicht später-später auf einen Drink? Oder später-später-später auf einen Happen?«

»Abgemacht. BR will, daß ich auf einen Sprung bei der Gesundes-Herz-2000-Klamotte im Omni-Shoreham vorbeischaue, Flagge zeigen, wissen Sie.«

»Würg. Nehmen Sie Ihre Flakweste mit.«

»Glauben Sie mir, ich werd da nicht lang hängenbleiben. Acht?«

»Prima. Mögen Sie weichschalige Krabben?«

»Ich *liebe* weichschalige Krabben.«

Heather rief mitten in seiner Besprechung mit dem Reporter und dem Fotografen von ›Young Modern Man‹ an, die ihren Fragen nach zu urteilen – »Wen halten Sie für den wahren rauchenden Helden des heutigen Amerika?« – auf der Seite der Engel standen. Aber die Japaner waren ja auch absolut tolerant, wenn es ums Rauchen ging: Sie erlaubten sogar Zigarettenwerbung in TV-Sendungen für *Kinder*. Vielleicht sollte er um eine Versetzung nach Tokio nachsuchen . . .

»Ich kann heute nicht essen gehen«, sagte Heather, die sehr beschäftigt klang, umgeben von einer Geräuschkulisse der Nachrichtenredaktion. Gott sei Dank. Nick wurde bewußt, daß er zwei Frauen zum Essen eingeladen hatte.

»Mach dir keinen Stress. Ach, übrigens, wir werden die neue Anti-Raucher-Kampagne für Minderjährige nächste Woche anlaufen lassen, und ich frage mich, ob der ›Moon‹ vielleicht eine Exklusiv-Vorabvorführung will.«

»Nick, ich hab dir doch gesagt, ich mach keine Propaganda.«

»Sieh mal, wir begehen wirtschaftlichen Selbstmord. Willst du mir vielleicht erzählen, das sei keine Nachricht?«

»Vielleicht für Oprah.«

»Was ist denn los, sorgst du dich, daß dieser Knilch in der ›Sun‹ dich für zu tabakfreundlich hält?«

»Wohl kaum.«

»Na gut«, sagte Nick, »aber gib nicht mir die Schuld, wenn bei der Pressekonferenz was Interessantes passiert.«

»Nämlich was zum Beispiel? Wird bekanntgegeben, daß Rauchen Krebs heilt?«

»Du lachst«, sagte Nick, »aber wir haben gerade eine Studie gelesen, die nachweist, daß Rauchen den Ausbruch von Parkinson hinausschiebt.«

»Wo denn? Im ›Tobacco Farmer's Almanac‹?«

»Die Hälfte meines Jobs«, sagte Nick zu den Leuten von ›Young Modern Man‹, nachdem er aufgelegt hatte, »besteht darin, den guten Draht zu den Medien in Gang zu halten. Informationen bringen nicht das geringste ein, wenn man sie nicht unter die Leute kriegt. Stimmt's?«

Der Oberkellner im Il Peccatore führte Nick in dieselbe Ecknische, wo er das erste Lunch mit Heather gehabt hatte. Das veranlaßte ihn zu der Hoffnung, daß Heather nicht auftauchte; obwohl's auch schnurz war, für sie würde das einfach so aussehen, als würde er mit einer Kollegin zusammen essen.

Seine Bodyguards saßen mit ihren Klettverschlußtaschen an einem Tisch in der Nähe, bereit, Il Peccatore in ein Schlachthaus zu verwandeln, falls Peter Lorre und seine Pflasterbande einen neuen Schachzug täten. Es waren zwei wortkarge Frauen, stahläugig und *sehr* mackerhaft, zugegeben, aber trotzdem: Leibwächter*innen*? Er hatte irgendwas deswegen zu Carlton gesagt, der bloß lachte und sagte: »Hören Sie, Nicky, Godzilla persönlich würde diese beiden Schätzchen nicht anwichsen wollen, das können Sie mir glauben. Jeder, der Ihnen auch nur zu nahe tritt, wird zum Organspender großen Stils gemacht werden. Wenn überhaupt noch was Heiles zum Spenden übrigbleibt.«

Jeannette traf zehn Minuten nach acht ein, unter Entschuldigungen, und hatte ein Abstäubsel dabei, das sie Nick überreichte: eine Gesundes-Herz-2000-Tragetasche.

»Doppelten Dewar, ohne Eis«, wies sie den Kellner an. Sie steckte sich eine Tumbleweed Light an und blies den Rauch aus. »Jesus, hätte nicht gedacht, daß ich da jemals wieder rauskomm. Kardiologen, wo man hinsah.« Ihr schauderte.

»Ich nehm die Cocktailpartys generell nicht mehr mit«, sagte Nick. »Ich setz mich aufs Podium, ich eß Lunch mit denen, aber ich weigere mich, im selben Raum mit denen zu sein, wenn die an Chardonnay und Wodka nuckeln. Ist einfach *zu* flüchtig.«

»Farkley Krell war da«, sagte Jeannette. Krell war die graue Eminenz von Senator Ortolan K. Finisterre, rechte Hand, Redenschreiber, Pressesprecher.

»Hat er Ihnen seinen Drink ins Gesicht geschüttet oder Sie bloß ignoriert?«

»Ich war sehr höflich. Ich ging rüber, streckte ihm die Hand hin, die er aber nicht ergriff, und hab ihm gesagt, wie sehr wir uns drauf freuen, in Sachen Passivrauchen mit ihm zusammenzuarbeiten.«

»Das war *wirklich* mutig.«

»Was soll ich wohl sonst sagen? BR hat gesagt, ich soll Flagge zeigen, also ... Er hat mich angesehen, als würde ich Tränengasparfüm benutzen, und gesagt: ›Ich bin sicher, wir werden schon bald bei einer *Reihe* von Themen zusammenarbeiten.‹«

»Hm. Was sollte denn *das* wohl heißen?«

»Weiß ich nicht, aber ich dachte, ich ruf BR besser an deswegen. Drum bin ich auch spät dran. Er hat Gomez deswegen befragt. Und raten Sie mal, was los ist? Finisterre hat da diese guatemaltekische Haushälterin namens Rosaria. Die ist schon bei der Familie gewesen, als Romulus Präsident war. Sogar noch länger, seit dem Devonzeitalter oder wann auch immer. Jedenfalls, die raucht. Und jetzt raten Sie mal?«

»Sagen Sie bloß nicht ...«

»Mm-hmm. Man gibt ihr noch sechs Monate, bestenfalls.«

Nick seufzte. »Wissen Sie, gute Neuigkeiten gibt's gar nicht. Polly und Bobby Jay kriegen wenigstens ab und zu gute Neuigkeiten rein. *Sixty Minutes* macht eine Sendung, in der herauskommt, daß Rotwein einen vor Herzattacken bewahrt, oder irgendwer benutzt eine Schußwaffe dazu, was Gutes zu tun, einen Serienmörder umzulegen oder so.« Er schüttelte den Kopf. »Wie ist Gomez hinter diese Sache mit der Putzfrau gekommen?«

»Gomez? Machen Sie Witze? Gomez weiß alles. Ich glaub, der arbeitet immer noch für die CIA. Aber ich hab kein gutes Gefühl bei dieser Sache. Finisterre will nächstes Jahr wiedergewählt werden, seine Umfrageergebnisse sind beschissen, er will einen Sieg auf die leichte Tour . . .«

Nick rührte seinen Wodka mit dem Zeigefinger um.

»Na«, sagte Jeannette und beugte sich zu ihm vor, »lassen Sie uns von was anderm reden.«

Die Weichschalen kamen. Sie waren winzig, zart, knusprig, nur mit einem Hauch Ingwer bepudert und mit einer Hummerrogensoße übergossen. Nick wies die Weinkarte zurück und fragte den Kellner, ob sie zufällig eine bestimmte Achtunddreißig-Dollar-Flasche Sancerre hätten, von der er genau wußte, daß sie die hatten, weil er sich erkundigt hatte, bevor Jeannette kam. Der Kellner spielte seine Rolle, indem er über Nicks geheimnisvolle Wahl in frohlockendes Gurren ausbrach. Es stellte sich als ein Tropfen heraus, der schmeckte und doch gediegen war, trocken und doch schwer, herb und doch lieblich, voll und doch nicht voll. Er war all das, was eine Achtunddreißig-Dollar-Flasche Wein sein sollte, nämlich gut.

»Sie haben wirklich Ahnung von Wein«, sagte Jeannette und beugte sich sogar noch weiter rüber.

»Warum bestellen wir nicht noch eine Flasche?«

»Absolut. Niemand trinkt mehr heutzutage. Niemand trinkt, niemand raucht . . .«

Im Wagen versuchte Nick sich darauf zu konzentrieren, in seiner Spur zu bleiben und zu flehen, daß heut nacht keine Bullen mit Straßensperre und Pustetütchen unterwegs waren. Seine Promillen mußten schon dreistellig sein.

»Wie wär's noch mit nem Schlummertrunk?« sagte Jeannette.
»Wir könnten in den Jockey Club?«
»Zu voll da«, sagte Jeannette. »Wie wär's bei Ihnen? Wohnen Sie nicht dicht beim DuPont-Kreisel?«
»Doch.«
Sie berührte seinen Arm, während er schaltete. »Dann mal Vollgas«, sagte sie einschmeichelnd.

»Ohh«, sagte sie.
»Ahh«, sagte er.
»Uhh«, sagte sie.
»Ooo«, sagte er.
»Ich wollte das schon die ganze Zeit, seit ich dich das erste Mal sah«, sagte sie.
»Mrrr«, sagte er. »Urr.«
»Willst du, daß ich dich feßle?«
»Hm? Mm-mm.«
»Hast du irgendein Seil?«
»Mm-mm.«
»Wäscheleine?«
»Mm-mm.«
»Bungee-Seil?«
»Mm-mm.«
»Müllbeutelschlingen?«
Nick setzte sich auf. »Nein. Wollen wir nicht ein *bißchen* Licht machen?« Jeannette hatte auf Pechdunkel bestanden. Nick hörte das Geräusch von Gummi, das geweitet wurde.
»Was machst du da?« fragte er.
»Latexhandschuhe anziehen.«
»*Handschuhe?*« sagte er. »Warum ziehst du Handschuhe an?«
»Ich liebe Handschuhe. Ich finde die soo sexy.«
»Mm . . .« Sie kaute an seinem Ohrläppchen. »Da«, sagte sie und reichte ihm im Dunkeln eine Schachtel.
»Was ist das?«
»Kondome«, stöhnte sie. »Extra groß.«
»Oh.«
Er fing an, die Lasche der Schachtel zu öffnen. Waren das so

welche, die im Dunkeln leuchten? Hatte sie deshalb das Licht aus haben wollen?

»Du bist doch nicht beleidigt? Ist nur, ich bin *so* fruchtbar.«

»Nein«, sagte Nick, »natürlich nicht.« Er riß die Schachtel auf.

»Hier«, sagte sie und nahm ihm die Schachtel aus den Händen, »laß mich das machen.«

»Du wirst mich hoffentlich nicht damit fesseln wollen?«

»Sei nicht albern«, sagte sie.

»Ohh«, sagte er.

»Ahh«, sagte sie.

—— 16 ——

BR rief ihn morgens um halb acht an, als er unter der Dusche *C'est fumée, c'est fumée* summte – Jeannette war irgendwann vor dem Morgengrauen davongeschlüpft –, um ihm mitzuteilen, daß er gerade einen Anruf vom Captain gekriegt habe. Lady Bent halte in New York eine Ansprache vor der Trilateralen Kommission, und in ihrem Zeitplan habe sich ein fünfzehnminütiges Fenster aufgetan. Er wolle, daß Nick nach New York fliege und mit ihr Tacheles rede.

»Wieso ich?« sagte Nick.

»Der Captain glaubt, daß die Sonne auf Ihrem Arsch auf- und untergeht.«

»Aber was soll ich ihr denn erzählen? ›Erwähnen Sie Zigaretten, wenn Sie das nächste Mal jemand über den Mittleren Osten befragt?‹«

»Der Captain meint, sie würde auf Sie fliegen, weil Sie jung, gutaussehend . . .«

»Ach, kommen Sie, BR.«

»Und weil Sie, genau wie sie selber, ein Opfer von Terroristen gewesen sind.«

»Sehen Sie, ich spreche gar kein Britisch.«

»Okay, dann rufen Sie den Captain an und erzählen ihm, Sie weigern sich, sich mit der Ex-Premierministerin zu treffen.«

Nick seufzte. Zu zweit, ach, ließ sich trefflich das alte Spiel *Erzählen sie das dem Captain* spielen.

»Na gut. Aber ich hab um neun die Marktschreier zu Besuch.«

»Ich scheiß auf die Marktschreier. Soll Jeannette mit denen sprechen.«

»Sie erwarten mich. Ich kann die nicht hängen lassen.«

»Ich krieg die Krätze von diesen Leuten. Was für ein Haufen Verlierer.«

»Die bemühen sich redlich. Hören Sie, ich kann auch Marktschreier *und* die Zementhose erledigen.«

»Vorausgesetzt, Sie kriegen den Zehn-Uhr-Shuttle. Und übrigens: *Top*-Sicherheitsstufe für die ganze Sache. Falls diese Holloway-Zippe oder sonst irgendein Reporter rausfindet, daß Nick Naylor Penelope Bent Nachhilfe in Motivation gibt, wird's vierzehn Tage und Nächte lang Scheiße regnen, also niemandem ein Sterbenswörtchen, nicht mal zu Ihren Mitarbeitern.«

Nick kehrte unter die Dusche zurück und seifte sich ein. Angesichts der Aussicht, sich mit der berühmtesten Frau der Welt – britische Prinzessinnen und Liz Taylor mal beiseite gelassen – zu treffen, hatte er absolut neutrale Gefühle, weil er schon ganz genau wußte, wie das ausgehen würde. Sie würde ihn in klitzekleine, mundgerechte Häppchen schneiden, ihn verspachteln und hinterher seine Eingeweide als Zahnseide benutzen.

Er seifte sich ab. Den Zehn-Uhr-Shuttle zu kriegen würde knapp werden ... aber er konnte die Marktschreier nicht sitzenlassen. War ein großer Deal, für die jedenfalls.

Es handelte sich um die Raucherrechtsgruppen, die sich überall im Lande spontan gebildet hatten, als die Anti-Raucher-Bewegung immer mehr auf Touren kam. Sie traten für die Rechte der unterdrückten Raucher ein, die im Restaurant keinen Raucherbereich finden konnten oder die ihren Schreibtisch verlassen und sich für ein Weilchen in den Schnee stellen mußten, um eine Zigarette durchzuziehen. Sie nahmen Lokalpolitiker aufs Korn, die zu Anti-Raucher-Verordnungen neigten, attackierten die Generalbundesärztin sehr viel bösartiger, als das die Akademie selber konnte, organisierten »Smoke-ins« – so kläglich die auch ausfielen, wie Nick zugeben mußte – und »Seminare« – gleichfalls kläglich –, versandten Formschreiben mit vorgedruckten Adressen von Rauchergegnern im Kongreß und im Senat hier in Washington, vergaben die Auszeichnung »raucherfreundlich«, zumeist an Restaurants, die ihre Raucherbereiche nicht ganz nach hinten neben die Müllentsorgung verbannten, und vertrieben moralstärkende T-Shirts und Mützen mit Pro-Raucher-Emblemen, die dem alten Black-Panther-Gruß nachempfunden waren: hochgereckte Fäuste mit Zigaretten zwischen den Fingern. Angeblich waren das Bürgerinitiativen, die im Lande tief verwurzelt waren und ihr Ohr am Herzschlag (oder Herzinfarkt) Amerikas hatten und bewiesen, wie engagiert und politisch aktiv die fünfundfünfzig Millionen Raucher waren.

Man sehe sich doch nur das ganze Geld an, das sie zur Finanzierung all dieser Aktivitäten aufzubringen in der Lage waren.

In Wirklichkeit hatte das Erstehen dieser Gruppen überhaupt nichts Spontanes an sich gehabt. Es waren reine Kampfgruppen: Geistesprodukte des Captains, entworfen nach dem Muster der vom CIA finanzierten Studentenorganisationen in den Fünfzigern. Sie wurden fast ausschließlich von der Akademie finanziert, wobei das Geld dadurch – legal – gewaschen wurde, daß man es verschiedenen Mittelsmännern zukommen ließ, die als anonyme Spender auftraten und es als Beiträge an die Gruppen weiterleiteten. Die gesamte Operation kostete so gut wie gar nichts, relativ gesehen, und auf diese Weise konnten die Tabakfreunde im Kongreß und im Senat aufstehen und mit dem Finger auf diese Gruppen zeigen – als Beweis für den aufwallenden Volkszorn.

Außerdem konnte es ab und zu mal vorkommen, wenn die Sauregurkenzeit ausgebrochen war, daß ein Lokalblatt seinen Reporter losschickte, um den örtlichen Vorsitzenden der Koalition für das Rauchen in Gebäuden oder des Vereinigten Raucherbunds für die Freiheit zu interviewen oder auch den der zu mehr Militanz neigenden Hispano-Gruppe, Fumamos!

Einmal im Jahr kamen alle Gruppen en masse nach Washington, um in der Mall ein Smoke-in abzuhalten und auf der Suche nach gesundheitsbewußten Kongreßabgeordneten, die man belästigen konnte, die Wandelgänge des Capitols zu durchstreifen.

Obwohl es die Akademie naturgemäß vorzog, bei ihren Kontakten zu diesen Kampfgruppen Zurückhaltung zu üben, hielt Nick es für wichtig, sie für ein paar anfeuernde Worte zu empfangen. Was tat es schon, daß die bloß Strohmänner waren? *Sie* wußten davon nichts. BR hatte auf seine hochnäsige Weise recht: Sie waren alle, durch die Bank, absolut abgedrehte Schaumschläger. Nick wurde wenigstens dafür bezahlt, in Sachen Rauchen leidenschaftlich zu sein. Diese Leute taten das umsonst. Auf komische Weise waren die Marktschreier genau wie die Sargnägel: humorlos, besessen, total stinkig.

Und doch dachte sich Nick, das mindeste, was die Akademie tun konnte, war, ihnen eine halbe Stunde zu opfern. Er würde sie nicht für irgend so eine vorschußgrapschende frühere PM versetzen. Heut morgen befand sich Nick im Frieden mit der Welt, obwohl er die letzte Nacht fast gar keinen Schlaf abbekommen hatte. Aufs Kreuz gelegt zu werden hatte diese Wirkung. Und er war aufs Kreuz gelegt worden. Sie hatte ihn durch zwei Schachteln ihrer Kondome hindurchgescheucht. Jeannette wußte definitiv, wie man um den Laufpaß rumkam. Und aufmerksam war sie zudem; er wollte vermeiden, daß leere Kondomschachteln in der Gegend rumlagen und Heather in die Augen sprangen, und als er sie entsorgen wollte, bemerkte er, daß sie sie schon alle mitgenommen hatte. Sauberkeitsdrang; ging wahrscheinlich mit ihrem zwanghaften Trieb Hand in Hand, Leute fesseln zu wollen.

Als er reinging, verkündete ihm Gazelle, daß Monmaney und Allman im Büro auf ihn warteten.

»Guten Morgen«, sagte Nick grimmig. »Haben Sie sie schon gefunden?«

Agent Allman erwiderte seinen Gruß. Agent Monmaney nicht.

»Was kann ich für Sie tun?« sagte Nick, der sich weitere Freundlichkeiten ersparte. »Ich hab einen dichtgedrängten Vormittag.«

Monmaney zückte einen Notizblock. »Vor sechs Jahren, als Sie für GRAW gearbeitet haben, gingen Sie live auf Sendung und sagten, Präsident Broadbent sei gestorben.«

»Mm-hmm«, sagte Nick.

»Wie konnte das passieren?«

»Ein ehrlicher Fehler.«

Das entlockte Monmaney einen seiner Starrblicke mit kurzer Zündschnur.

»Steht das irgendwie in Beziehung zur Suche nach meinen Kindnappern?«

»Nein«, sagte Agent Allman. »Nun, Sie sind beschäftigt. Wir können später weiterreden.« Sie gingen. Nick fragte sich: Konnte man bei FBI-Agenten um Ablösung bitten?

Sie warteten alle auf ihn in dem kleinen Vortragssaal. Nick hatte schwer mit der Luft hier drinnen zu kämpfen, die so rauchgeschwängert war, daß er kaum die letzte Sitzreihe ausmachen konnte. Diese Menschen *liebten* das Rauchen wirklich.

Sie begrüßten ihn mit stehenden Ovationen. Das war sehr befriedigend. *Meine Leute,* dachte er. Der Chef der Vereinigten Raucher von Amerika, Ludlow Cluett, ließ ihm eine mitreißende Vorstellung zuteil werden, in der es klang, als habe er seine Kidnapper mit bloßen Fäusten abgeschüttelt, und sagte, wieviel ihm die Akademie bedeute. Wenn der wüßte!

Nick übernahm das Rednerpult und fing mit der Rede an, die er unter der Dusche komponiert hatte und in der er die Zuhörer in eine lange Traditionslinie amerikanischer Freiheitskämpfer einreihte, die sich bis zu Ethan Allens Green Mountain Boys zurück erstreckte. Das erforderte ein bißchen Frisiererei an der amerikanischen Geschichte, war aber machbar.

Er war bis zum Ersten Weltkrieg und Pershings dringendem Telegramm an Washington, die Landser benötigten mehr Zigaretten, gekommen – den Abschnitt darüber, wie das zu den ersten Fällen von Lungenkrebs in Amerika geführt hatte, ließ er aus –, als der ganze Rauch im Saal so langsam zu ihm drang. In seinem Kopf kreiselte und hämmerte es, und er fing an zu husten. Richtig zu husten, so diese Art von Husten, wo man sich das Taschentuch vor den Mund hält, damit die Leute drumherum nicht eine Gischtladung abkriegen.

»Entschuldigen Sie...«, japste er, »Gripp... ürrrrrg...«

Er schaffte es, sich zusammenzureißen, und war gerade mitten beim Einprügeln auf Lucy Page Gaston, als er von einem Hustenkrampf von hurrikanischer Kraft gepackt wurde, an dessen Ende er Sterne vor den Augen hatte und sein Herz nicht mehr weit von supraventrikulärer paroxysmaler Tachykardie entfernt war. *Tabaksprecher erleidet tödliche Herzattacke, während er vor Pro-Raucher-Gruppen spricht.* Die Leute würden lachen, wenn sie seinen Nachruf lasen. Er mußte hier irgendwie raus.

»Zusammenfassend«, keuchte er, »möchte ich Sie mit dem Gedanken entlassen, daß...«

Sie sahen ihn bewundernd an, harrten seiner Worte. *Meine Leute...*

»... daß es Leute sind ... wie Sie ... die die Feuer der ... *ürg ürg* ... Freiheit überall in diesem unserem ... *ürg ürg ürg* ... großen Land ... *keuch* ... entfachen.«

Schlingernd blieb er noch kurz im Saal, um ein paar Autogramme zu geben, hauptsächlich auf Zigarettenschachteln, dann entfloh er zum Shuttle, wo er die Titelseite seiner ›New York Times‹ aufschlug und las: »Um Geld einzusparen, speisen Fluglinien in den Vereinigten Staaten weniger Frischluft in die Kabinen vieler Flugzeuge ein.« Aber in den Zigarettenkonzernen waren sie nicht ganz dicht, was?

Er verschwand in der Herrentoilette, während er auf dem Inlandsflughafen auf den Shuttle wartete. Das war der einzige Ort, wohin ihm seine Bodyguard-Tanten nicht folgen konnten. Er stand vor dem Urinal und kümmerte sich um sein Geschäft, als er eine Stimme hinter sich sagen hörte: »Hallo, Neek!« *Peter Lorre!*

Nick wirbelte herum, wobei er immer noch seinen Zapfhahn hielt, der gerade in vollem Flusse begriffen war, bloß um feststellen zu müssen, daß er das Hosenbein eines unschuldigen und arg bestürzten Geschäftsmannes besprühte.

»He! *Verdammt noch mal!*«

»Sorry, sorry«, stammelte Nick. »Ich ...«

Der Geschäftsmann reinigte sich wutschnaubend. Nick sah sich um. Es war sonst niemand im Raum. Nick verbrachte den größten Teil seines Fluges damit, auf die Rücklehne des Sitzes vor sich zu starren. Er rief Dr. Williams über Airfone an und beschrieb ihm den Vorfall. Auf seine einfühlsame Art gab Dr. Williams wiederholt zu verstehen, Nick habe eine sehr traumatische Erfahrung gemacht, und bot ihm die Nummer eines Psychiaters an. Nick sagte, er werde darüber nachdenken, legte auf und machte sich wieder dran, mit leerem Blick auf die Rücklehne des Sitzes zu starren.

Lady Bent logierte in einem oberen Stockwerk des Hotels Pierre. Um in diesen Stock zu gelangen, mußte ein Vertreter der Geschäftsführung einen speziellen Schlüssel in das Tastenfeld im Lift einführen, und während man hochfuhr, hatte man so ein Gefühl, als würden Sensoren einem den Körper abtasten; jeden Teil des Körpers.

Die Tür *dingte* auf und gab den Blick auf drei athletische Männer mit schwellenden Achselhöhlen frei; Nick erkannte auf der Stelle, daß das Security-Leute waren, und sie fixierten ihn mit den üblichen abschätzenden Starrblicken. Obschon nicht mehr an der Macht, stand Lady Bent wegen dessen, was sie mit der IRA gemacht hatte, nachdem die ihre Bulldoggen in die Luft sprengten, immer noch unter dem Schutze der Speziellen Abteilung. Die IRA hatte geschworen, sie würde sie kriegen, irgendwann.

Ihre Bodyguards mochten es gar nicht, daß Nick mit seinen eigenen bewaffneten Wachen gekommen war – Gott sei Dank hatten sie ihre abgesägten Flinten nicht mitgebracht. Ein mexikanisches Patt entstand, weil Nicks Walküren strikte Order hatten, ihn nicht aus den Augen zu lassen, und Lady Bents Leute es nicht dulden wollten, daß sie in die Nähe von Lady Bent kämen. Ein Faktotum erschien auf der Bildfläche und betrieb zwischen den beiden bewaffneten Lagern etwas Diplomatie und bat Nick, ihm zu folgen.

Sie traten in eine breite und endlose Suite ein. Das Faktotum klopfte leise an eine Tür, die sich öffnete und den Blick nicht auf Lady Bent, sondern auf ihren Privatsekretär freigab, einen Mann von vizeköniglichem Äußeren, groß, schlank, exquisit gekleidet. Er hatte seltsame, transparente Haut – man konnte darunter beinahe seinen Schädel sehen – und eine solche Adlernase, daß Nick versucht war, ihr einen Fisch zum Fressen zu offerieren.

»Ah ja, Mr. *Naylor*«, sagte er und entbot ihm ohne zu lächeln die Hand. »Ich fürchte, wir sind heute früh ein wenig hinter der Zeit zurück, wenn Sie also nichts dagegen einzuwenden haben, kurz Platz zu nehmen, so könnten wir, dachte ich, die Zeit nutzen, um darüber zu sprechen, was ganz genau es ist, das Sie mit Lady Bent zu erörtern gedenken.«

»Sorry?« sagte Nick verblüfft.

Des Vizekönigs Antlitz nahm für einen Augenblick Schmerzenszüge an, welche andeuteten, er habe nicht zwei summa cum laude in Cambridge erworben, um seine Zeit drauf zu verschwenden, seine makellos formulierten Fragen zu Nutz und

Frommen geistig zurückgebliebener postkolonialer Individuen zu wiederholen. Er wiederholte sich wortwörtlich, langsam.

Nick räusperte sich und fragte: »Ich wollte sagen, worauf hat man Sie vorbereitet, das ich hier mit Lady Bent erörtern wolle?«

»*Gesagt* ist uns von Mr. Boykins Leuten einfach worden, daß Sie mit der früheren Premierministerin in Zusammenhang mit ihrem Arrangement mit Agglomerated Tobacco zu sprechen begehrten. Die genaue Natur der Erörterung ist in der Tat nie spezifiziert worden, unserem, ich muß wohl sagen, wiederholten Begehr um Klarstellung hinsichtlich dieser Angelegenheit zum Trotze. Hier also sind wir, sozusagen; obschon, wie ich gewißlich hoffe, nicht im Zwiste.«

Reichlich genug Worte, um eine Giraffe zu ersticken, aber allmählich dämmerte es Nick, daß der Captain, seines Zeichens Industrietitan und Herr über eine Männerwelt, von dieser Frau absolut *eingeschüchtert* war, ganz ungeachtet der Tatsache, daß er ihr ein kleines Vermögen zahlte und sie für $ 15 000 pro Stunde in seiner Gulfstream herumflog. Er konnte sich einfach nicht überwinden, geradeaus damit rauszurücken und ihr zu erzählen: »*Verdammt noch mal, fangen Sie an, nette Sachen über meine Zigaretten zu sagen!*«

Und so, wie es aussah, würde der Vizekönig ihm nicht mal Gesichtszeit mit der alten Zementhose einräumen, wenn er sich nicht vorher davon überzeugt hatte, daß der Gegenstand des Gesprächs ihrer wertvollen Zeit würdig war.

»Äh«, sagte Nick und versuchte verzweifelt, sich etwas einfallen zu lassen, was er sagen konnte. Der Vizekönig starrte ihn an. Nick flüsterte: »Ist dieses Zimmer sauber?«

»Ich *bitte* um Entschuldigung?«

»Ist es, Sie wissen schon, gesäubert worden?«

»Gesäubert? Wie meinen Sie? Von *Wanzen*?«

Nick nickte.

»Ich ... nehme das kaum an, höchstwahrscheinlich nicht. Aber warum um *alles* in der Welt sollten Sie denn besorgt sein?«

Nick holte seinen Notizblock raus und schrieb darauf: »Gibt es hier ein Badezimmer, wo wir sprechen können?«

»Ein *Badezimmer*?« sagte der Vizekönig. »Wovon *reden* Sie denn nur?«

Nick schrieb: »Betrifft L.B.s persönliche Sicherheit.«

Der Vizekönig sah auf, verwirrt, und sagte ungeduldig: »Nun gut, dann also.« Nick folgte ihm ins Badezimmer, und nachdem er so tat, als suche er es nach Abhöranlagen ab, drehte er alle Wasserhähne an, so daß es sich so anhörte wie die Niagarafälle. Er flüsterte: »Wie Sie vielleicht schon wissen, bin ich das Ziel des Anschlags einer radikalen Anti-Raucher-Bewegung gewesen.«

»O ja, ich dachte mir schon, Sie kommen mir ein bißchen bekannt vor. Aber was um alles in der Welt hat das mit Lady Bent zu tun?«

»Wir wissen nicht, bis zu welchem Grad diese Gruppe ihr Anliegen weiterverfolgen könnte. Falls Sie verstehen, was ich meine.«

»Aber das hat nichts mit ihr zu tun. Ihre Verbindungen zu Ihrer Branche sind außerordentlich gering. Hin und wieder ihre Anwesenheit bei Vorstandssitzungen, ein gelegentliches Dinner, solcherlei Sachen.«

»Sie *bezieht* doch Geld von der Branche?«

»Nun ja, doch, aber . . .«

»Und reist im Flugzeug von Ag Tobacco.«

»Ja, aber sie ist kaum . . .«

»Dennoch sind wir sehr besorgt um sie.«

»Ich glaube, Sie überreagieren, um ehrlich zu sein. Ich erkenne nicht, wie dieses die Premierministerin betreffen soll.«

»Wenn Sie bereit sind, das Risiko in ihrem Namen einzugehen, prima. Sie haben wahrscheinlich recht. Die würden's wahrscheinlich nicht auf sie absehen. Ich flieg dann einfach mal zurück und erstatte Bericht, schriftlich, daß Sie nicht glauben, da sei ein Problem.«

»Vielleicht sollten Sie doch mit ihr persönlich reden. Aber nur *ganz* kurz, bitte. Wir sind heute nachmittag sehr in Druck.«

Er öffnete die Badezimmertür, und da war Lady Bent und stand mitten im Zimmer. Sie war ein stattliches altes Mädchen mit großem, matronenhaftem Busen, Mungoaugen und einem Helm aus Haar, der aussah, als könne er herannahende Nukleargeschosse aus ihrer Bahn lenken.

»Ah«, sagte sie, »ich habe schon überall nach Ihnen gesucht. Was um *alles* in der Welt haben Sie beide *da* drin gemacht?«

Der Vizekönig wurde rot.

Lady Bent bot Nick einen Stuhl an und sagte: »Was kann ich für Sie tun?«, womit sie klarmachte, daß sie sich nicht in Small talk über das Pierre, New York oder die Neigung ihres Privatsekretärs, jüngere Männer in Toiletten zu locken, ergehen wollte. Bevor Nick antworten konnte, besah sie ihn sich neugierig und sagte: »Sie sind der Zigarettenmann, der überfallen wurde, nicht wahr?«

»Ja, Ma'am«, sagte Nick.

Sie wurde auf der Stelle wärmer. »Sie brauchen mich nicht Ma'am zu nennen. Ich bin nicht die Queen. Das muß ziemlich gräßlich gewesen sein.«

»Na ja, es war nicht gerade *spaßig*«, sagte Nick. »Aber nichts im Vergleich zu dem, was Sie durchgemacht haben.«

»Da haben wir ja etwas gemeinsam. Wir wissen, daß Terrorismus nie, niemals Vorschub geleistet werden darf.«

»Aber sicher«, sagte Nick. »Allerdings, Lady Bent, sind unsere Leute sehr darum besorgt, daß diese Gruppe – die sich immer noch auf außerordentlich freiem Fuß befindet – Sie ins Visier nehmen könnte, und wir würden es naturgemäß ganz schrecklich finden, wenn irgend etwas passieren sollte. Ich bin deshalb gekommen, um Sie zu bitten, daß Sie bei allen Ihren öffentlichen und sogar Ihren privaten Äußerungen absolut *Abstand* davon nehmen, Tabak zu erwähnen. Und, Gott bewahre, zumal davon, irgend etwas Positives darüber zu sagen.«

Sie richtete sich auf wie eine wachgewordene Löwin und fixierte ihn mit einem vernichtenden Blick. Nick dachte sich, es müsse ganz sicher mächtig spaßig gewesen sein, in ihrem Kabinett zu sitzen und quer über den Tisch diesem Blick ausgesetzt zu sein.

»Mister Naylor«, sagte sie gleich einem arktischen Wind, »ich habe nie zu denen gehört, die aus Besorgnis um die persönliche Sicherheit von den eigenen Prinzipien weichen.«

»Natürlich nicht«, sagte Nick. »Und ich hab ganz bestimmt nicht andeuten wollen, daß Sie das täten. Es ist nur so, daß wir meinen . . .«

»Wenn wir uns von Terroristen diktieren lassen, was wir nicht sagen dürfen, dann ist das ganz genauso, als ließen wir uns von ihnen diktieren, was wir zu sagen haben. Und wenn wir das tun, dann sind wir als zivilisierte Menschen erledigt.«

»Sehr schön ausgedrückt«, sagte Nick. »Dennoch muß ich darauf bestehen, daß Sie Tabak nicht erwähnen. Sie werden diese Leute nicht völlig verrückt machen wollen. Ich kenne mich ja mit der IRA nicht aus, ich weiß bloß, das sind böse Nachrichtenlieferanten und alles – und das war eine ganz schreckliche Sache, was die mit Ihren Hunden gemacht haben –, aber hier in Amerika können die Dinge manchmal ziemlich übel werden.«

Lady Bent stieg die Farbe ins Gesicht. Sie stand auf und signalisierte damit, daß ihr Gespräch zu Ende war, und streckte ihm ihre Hand hin. Sie sagte knapp und ohne zu lächeln: »Schön, Sie kennengelernt zu haben«, und marschierte, der Vizekönig immer hinterher, aus dem Zimmer, dessen Türen sich wie von Zauberhand öffneten.

Zwei Tage später, in Washington, machte Nick sich gerade für seinen Trip nach Kalifornien fertig, als BR ihn zu sich rief.

»Schon gesehen?« sagte er und warf ihm das ›Wall Street Journal‹ hin.

Hatte Nick noch nicht. Er las:

Nach dem Dinner im Pierre sprach Lady Bent eine Stunde und fünfundzwanzig Minuten, was sogar für ihre Maßstäbe sehr lang ist. Thema ihrer Rede war das freie Unternehmertum in der Ära nach dem kalten Krieg. Es überraschte niemanden der Gäste, bei denen es sich größtenteils um Geschäftsleute und internationale Handelsfunktionäre handelte, aus dem Munde der früheren britischen Premierministerin eine mitreißende Verteidigung des Freihandels und eine beißende Attacke auf Protektionismus zu vernehmen; sie schloß auch eine mit ungewöhnlicher Leidenschaft vorgetragene Bekräftigung des Rechts amerikanischer und britischer Zigarettenkonzerne, als Mitwettbewerber auf asiatischen Märkten aufzutreten, ein.

Lady Bent sitzt im Vorstand von Agglomerated Tobacco, eines Konzerns, der bei seinen Versuchen, die Handelsbarrieren der Pazifikanrainer gegen amerikanische Tabakprodukte niederzureißen, besonders aggressive Töne angeschlagen hat. In einem informellen Meinungsaustausch mit einem

Reporter nach dem Dinner sagte Lady Bent, ihre Bemerkungen über Tabak stünden in keinerlei Beziehung zu ihrer Verbindung mit Agglomerated. »Meine Ansichten zum Tabakhandel sind die nämlichen wie meine Ansichten zum Eiscremehandel«, sagte sie, »und sie sind während meiner ganzen Karriere unverändert geblieben.« Sie fuhr fort, indem sie der Anti-Raucher-Bewegung in scharfem Ton vorwarf, sie sei »wirtschaftsfeindlich«.

»Ich weiß nicht, was Sie ihr erzählt haben«, sagte BR, »aber es hat mit Sicherheit funktioniert. Ich bin angewiesen worden, Ihnen eine weitere Gehaltserhöhung zu gewähren. Auf zweihundertfünfzig.«

Auf dem Flur lief Nick Jeannette über den Weg. Sie lächelte von Kopf bis Fuß.

»Wir haben immer noch nicht über ›Lungenzug!‹ gesprochen«, sagte sie.

»Ich muß morgen nach Kalifornien.«

»Dann sollten wir uns heute besser noch einen weiteren Schlummertrunk genehmigen«, schnurrte sie. Sie wollte wieder zu Nick nach Hause rüberkommen. Und alles lief wieder genauso ab: kein Licht, Kondomschachteln – Jeannette hatte es definitiv mit Latex –, die Oohs und die Aahs. Am nächsten Morgen erwischte Nick, wund und weh, den Flug vom Dulles nach L. A. zu seinem Big Meeting mit dem Big Guy.

17

Er flog erster Klasse, was BR gebilligt hatte, weil er einen Aktenkoffer bei sich trug, der eine halbe Million Dollar in Fünfzig- und Hundertdollarscheinen enthielt. Schweigegeld für Lorne Lutch. Es war ein komisches Gefühl, dies ganze Geld zu schleppen. Er kam sich dabei vor wie ein Drogendealer oder eine Watergate-Größe. Als er im Dulles durch die Röntgenapparatur ging, wurden die Augen des Typen, der den Bildschirm überwachte, ganz bekloppt, als er den ganzen Zaster sah. Kein Gesetz gegen das Rumschleppen von Geld, aber es gab eine kleinere Szene, als seine drei Bodyguard-Tanten ihre Neunmillimeter-Spritzen deklarierten. Aber als er erst mal in der First saß und von Stewards umsorgt wurde, die heiße Handtücher und Bloody Marys austeilten, fing er an, sich zu entspannen. Nick mochte Flugzeuge, selbst wenn die Fluggesellschaften weniger Frischluft in die Kabinen einspeisten, um mehr Geld zu machen. In gewisser Weise, sinnierte er, waren er und sie in derselben Branche.

Die erste Klasse war voll. Dieser Tage gab's reichlich Pendelverkehr zwischen D. C. und L. A. Er erkannte Barbra Streisands Pressesprecher, der, wie er gelesen hatte, eingeflogen war, um den Nationalen Sicherheitsrat über Barbras Position zur in Bewegung geratenen Situation in Syrien in Kenntnis zu setzen. Der Pressesprecher von Richard Dreyfuss war ebenfalls an Bord; er hatte dem Kabinett Richards Meinung in Sachen Gesundheitsreform auseinandergesetzt.

Erst als sie schon zwei Stunden lang in der Luft waren, wurde Nick sich dessen bewußt, daß die Frau neben ihm hinter den schwarzen Brillengläsern in Jackie-O-Größe Tarleena Tamm war, die TV-Produzentin und Freundin der First Family. Nick stellte sich nicht vor, da er wußte, wie sehr Berühmtheiten, insbesondere die kontrovers diskutierten, in der Luft ihre Anonymität zu schätzen wissen. Aber dann bemerkte er, daß sie ihm verstohlene Blicke zuwarf. Als ihre Blicke zum dritten, verlegenmachenden Mal aufeinandertrafen, lächelte er sie an. Sie sagte: »Sind Sie nicht diese Tabakperson, die gekidnappt wurde?«

»Ja«, sagte Nick, sehr geschmeichelt, daß er von einer Berühmtheit angesprochen wurde. Er stand gerade im Begriff, sich zu revanchieren, als sie ihren Kiefer runterklappte und sagte: »Ich kenn eine Menge Menschen, die an Lungenkrebs gestorben sind. *Gute* Menschen.«

Nick sagte zu ihr: »Keine *schlechten* Menschen?«

Sie verpaßte ihm einen wüsten Blick, reckte den Hals, um zu sehen, ob irgendwo ein freier Sitz war, und machte sich, da sie keinen fand, wieder daran, mit einem großen, zornigen Rotstift zornig das Skript auf ihrem breiten Schoß anzustreichen. Irgendein TV-Schreiberling würde Nicks Unverschämtheit auszubaden haben.

Nick liebte L. A. Die Ankunft dort gab ihm immer ein Gefühl wie Freitag, sogar mitten in der Woche und mit der Aussicht auf eine volle Arbeitsladung. Er fühlte sich richtig angeheitert, als er aus dem Flugzeug rausspazierte und sich vorstellte, wie er am Steuer des sportlichen roten Mustang saß, den für ihn zu mieten er Gazelle aufgetragen hatte, und bei Nacht den Mulholland Drive entlangfuhr und auf all die Lichter der Stadt runterschaute, die sich so weit ausbreiteten, wie das Auge nur sehen konnte. Zu schade, daß nicht Heather oder Jeannette da war. Vielleicht könnte er Heather ja dazu verleiten, rauszufliegen. Oder Jeannette.

Zerstörerisch auf dieses angenehme Gedankenspiel wirkte sich der Anblick eines mittelöstlich aussehenden Chauffeurs mit einem Hundert-Dollar-Haarschnitt aus, der am Gate auf ihn wartete und eines dieser Schilder hochhielt: MR. NAYLOR. Als er in aller Unschuld nach Nicks Aktenkoffer langte, drehten ihm Nicks Bodyguards fast den Arm aus der Pfanne. Der Chauffeur stellte sich unter Entschuldigungen als Mahmoud vor und sagte, er sei von Mr. Jack Bein von Associated Creative Talent geschickt worden, und reichte Nick einen Umschlag mit einer Nachricht von Bein, der Nick bat, ihn unverzüglich anzurufen.

Nick tat es noch mehr um seinen gestrichenen Mustang leid, als er Mahmouds Untersatz sah, eine weiße Strecklimousine von der Länge einer Schwimmbahn. Menschen, die nahbei am Bordstein standen und auf den Shuttle-Bus warteten, sahen Nick samt Entourage und Moby-Dick-Limousine und wollten sein Autogramm haben, was die Bodyguards nervös werden ließ. Nick gab eins, und die Person, die darum gebeten hatte, besah es sich, runzelte die Stirn und sagte: »Ist er gar nicht.« Die kleine Menschenmenge zerstreute sich.

Drinnen war es kühl und höhlenhaft und von Dutzenden winziger Weihnachtsbaumlichter erhellt. Ein riesiger Fernsehschirm präsentierte vorne ein Feuerwerk, das die Worte »WILLKOMMEN IN LOS ANGELES, MR. NAYLOR« formte. Ein Mikrowellenherd öffnete sich piepend und ließ eine Schüssel mit heißen Handtüchern sehen; eine Bar öffnete sich und präsentierte vier Sorten frisch ausgepreßter Säfte wie auch Alkoholisches. Auf den Sitzen lagen frische Exemplare von ›L. A. Times‹, ›Variety‹ und ›Asahi Shimbun‹. Und wo, fragte sich Nick, war dann wohl der plüschene Bademantel?

Plötzlich verschwand die Feuerwerksvorstellung vom Bildschirm und wich einem riesigen Gesicht: tiefgebräunt, die Zähne so weiß, daß das Hinsehen weh tat, die Augen mit einer getönten Fliegerbrille maskiert. Nick versuchte gerade rauszufinden, warum der Fernseher angegangen und welcher Game-Show-Gastgeber dies war, als das Gesicht sagte: »*Nick!*«

Nick zuckte zusammen.

»Jack Bein. Alles okay?«

Die Frage wurde dringlich gestellt, ängstlich, als erwarte er, Nick würde ihm sagen: *Nein, alles ist nicht okay, Jack. Die Dinge stehen ganz un-okay. Und du, deine Familie und dein Hund werden dafür leiden müssen.*

»Ja«, sagte Nick, der seine Fassung wiederfand. »Prima. Besten Dank.«

»Ich kann es nicht glauben, daß ich nicht da bin, Sie persönlich zu begrüßen.« Nick blieb es überlassen, das zu interpretieren, wie er mochte. »Jeff freut sich wirklich darauf, Sie zu treffen. Ich werde Sie so schnell wie möglich im Hotel abholen. Hier ist meine Nummer von zu Hause, Sie können mich jederzeit anrufen, mitten in der Nacht, wann auch immer. Was immer Sie brauchen. Ich mein das auch so, okay?«

»Okay«, sagte Nick.

Eine halbe Stunde später hielten sie vor einem Hotel an. Es war nicht das Peninsula, wo Gazelle reserviert hatte, sondern das Encomium, sehr glorreich, offen und gewaltig, mit einer riesigen Yitzak-McClellan-Springbrunnenfontäne *bleu* draußen. Ein Vertreter der Geschäftsführung wartete am Bordstein auf ihn.

»*Ja*, Mr. Naylor, wir haben Sie schon erwartet. Der Geschäftsführer hat mich gebeten, Ihnen sein aufrichtiges Bedauern zu übermitteln, daß er nicht hier sein kann, Sie persönlich zu begrüßen. Gehören diese«, sagte er und nahm die drei viehischen Frauenspersonen, die Nick umgaben, in Augenschein, »Ladies zu Ihrer Gesellschaft?« Nick sagte, das würden sie.

»Steigen Sie alle gemeinsam ab?«

»Nein, nein«, sagte Nick.

»Wenn Sie mir bitte folgen wollen.«

Nicks Gepäck wurde weggezaubert. Die Check-in-Formalitäten wurden ihm erlassen. Der Vertreter der Geschäftsführung überreichte ihm eine Magnetkarte, um damit einen eigenen Privataufzug zu bedienen, und geleitete ihn in dem außen angebrachten Glasaufzug zu einer riesigen Penthouse-Suite mit versenkter Marmorwanne, Kamin, Balkon, Wasserfall und einem ungeheuren Bett mit bereits zurückgeschlagener Decke. An der Wand hingen Hockneys: Originale. Nicks ganz persönlicher Butler, ein makelloser junger Asiatenbursche, stand da mit weißer Krawatte und hielt ein Silbertablett mit einem Wodka Negroni on the rocks in einem Baccarat-Glas. Nicks Drink. Also *das* war schon ein ziemlicher Fortschritt.

»Wir waren so frei, heute früh Ihr Büro anzurufen, sobald wir wußten, daß Sie kommen«, erklärte der Vertreter der Geschäftsführung.

»Darf ich Ihnen ein Bad einlassen?« sagte der Butler.

Das Telefon klingelte.

»Darf ich das für Sie annehmen? Mr. Naylors Suite. Ja, bitte bleiben Sie am Apparat. Es ist für Sie, Sir. Mr. Jack Bein von ACT.«

»Nick, Jack. Ist alles in *Ordnung*?«

»Ja, Jack«, sagte Nick. »Alles prima.«

»Sind Sie *sicher*?«

»Denke doch.«

»Zeichnen Sie einfach für alles ab. Machen Sie sich keine Gedanken deswegen.«

Das alles hier war – umsonst? Was für eine tolle Stadt.

»Ich möchte, daß Sie mich anrufen, wenn Sie nicht glücklich sind«, sagte Jack, »aus welchem Grund auch immer. Falls Sie mitten in der Nacht aufwachen und einfach reden möchten. Ich bin hier. Ich weiß, was es heißt, allein in einer fremden Stadt zu sein. Notieren Sie diese Nummer, es klingelt auf meinem Nachttisch. Nur drei Leute auf der ganzen Welt haben diese Nummer, Michael Eisner, Michael Ovitz, Jeff natürlich, und jetzt Sie. Und meine Mutter macht fünf. Haben Sie eine Mutter? Die sind großartig, nicht wahr? Ich werd Sie zum Frühstück sehen. Ist Haiphong da?«

»Wer?«

»Der Butler. Sie haben Ihnen doch einen Butler gegeben, oder? Jesus Christus auf Rollerblades, was ist da bloß los?«

»Heißen Sie Haiphong?« fragte Nick den Butler. »Ja, Jack, er ist hier.«

»Geben Sie ihn mir mal.«

»Er möchte mit Ihnen sprechen«, sagte Nick und reichte dem Butler den Hörer.

Haiphong sagte etliche Male steif »Ja, Sir« und legte auf.

»Darf ich die Masseurin hochschicken? Sie ist sehr gut. Hervorragend geschult.«

»Also, ich . . .«

»Ich schick sie gleich hoch.«

»Haiphong«, sagte Nick, »kann ich Sie mal was fragen?«

»Ja, Sir.«

»Ist Mr. Bein irgendwie mit diesem Hotel *verbunden*?«

»Alle ACT-Gäste und auswärtigen Kunden steigen im Encomium ab, Sir.«

»Ah«, sagte Nick.

»Ich werde Bernie gleich hochschicken.«

Nick lehnte sich auf einer Chaiselongue zurück und nippte an seinem Wodka Negroni und besah sich durchs Fenster die Sonne, die über Santa Monica und dem Ozean unterging. Der

Campari mit Wodka fing gerade an, ihn angenehm zu betäuben, als Haiphong klopfte, um mitzuteilen, daß Bernie da sei. Sie war eine Mittzwanzigerin, hübsch, muskulös und blond, mit großem Kalifornien-Lächeln – »Hal*öchen*!« – in einem weißen Body mit V-Ausschnitt.

Die paar Male, wo er der Massage gefrönt hatte – niemals in einem »Massage«-Salon –, war Nick immer ein bißchen verlegen gewesen, aber Bernie sorgte mit ihrem freundlichen, offenen Wesen dafür, daß er sich ganz ungezwungen fühlte, und sehr bald lag er splitternackt auf dem geneigten Tisch, ein Handtuch über seinem Geschlecht. Sie ließ ihm ein Massagemenü angedeihen – schwedisch, Shiatsu, heißes Öl, tibetanisch usw. –, empfahl aber mit Nachdruck etwas namens NMT gleich Neuromuskuläre Therapie, was, sagte sie, von einem vielfach verwundeten Vietnam-Veteranen erfunden worden sei, der, als er von der abendländischen Medizin die Nase voll hatte, östliche Heilverfahren studiert habe. Es war nicht gerade sehr entspannend und verursachte bei Nick sogar so heftige Schmerzen, daß er stöhnte und die Zähne zusammenbiß, während sie ihm ihre Fingerknöchel in die Wirbelsäule drückte, seine Sternokleidomastoiden und so Zeugs durchknetete, seine Lendengegend mit ihren Ellbogen zermalmte und ihm dann noch die Haut abkniff, bis sie brannte – um, wie sie erklärte, das Blut an die Oberfläche zu holen. Diese letztere Folter nannte sie »Bindegewepps«, eine Technik, die von den Deutschen erfunden worden war; *naturrlick*.

Sie legte eine Kassette namens *Pelagic Adagios* ein. New-Age-Berieselungsmusik, die aus winselnden Buckelwalen und gesynthesizertem musikalischem Geschnatter bestand. Immerhin war's doch angenehm genug, denn das Geplätscher lenkte ihn von dem Schmerz ab. Nachdem sie ihre Daumenkuppen an den Rändern seiner Augenhöhlen entlanggedrückt hatte, was eine Lichtaura erzeugte – trübe Notsignale vom Sehnerv, kein Zweifel –, manövrierte sie seinen Kopf über die Kante des Tisches hinaus und drückte sein Gesicht zu einer »Gesichtswiege« runter. Da der Tisch von den Beinen her abfiel, schwappte das Blut sehr bald in seinen Schädelhöhlen herum und verschaffte ihm ein Gefühl, als hätte er einen schweren Schnupfen. Sie stand ihm zu

Häupten und beugte sich über seinen Kopf, um den unteren Teil seines Rückens zu malträtieren, während ihre Brüste seinen Scheitel streiften. Vor und zurück, vor und zurück. Nach ein paar Minuten dieser Übung sah er sich gezwungen, in Siebenerabständen von einhundert rückwärts zu zählen, eine Verzögerungstaktik, die er viele Jahre zuvor gelernt hatte. Da lag er, das Gesicht nach unten, und schnüffelte durch seine verklumpten Nasengänge wie ein Trüffelschwein und hörte sich dabei Buckelwale an, die in der Tiefe herumwinselten und -kapriolten.

»Mögen Sie die Musik, Nick?«

»Ürhh.«

»Ich liebe Wale. Das sind die majestätischsten Geschöpfe überhaupt, finden Sie nicht?«

»Rhh.«

»Ich kann einfach nicht *glauben*, daß die Japaner wieder anfangen wollen, die zu jagen.«

»Wrrhl.«

»Man muß irgendwie richtig so 'n bißchen vorsichtig sein, so was hier zu sagen.«

»Nrrll mhhmm?«

»Sind Sie jemals mit Delphinen geschwommen, Nick?«

»Nrhn.« Wo führte *das* bloß hin?

»Mein Freund und ich haben das gemacht, vor ein paar Wochen mal.« Aha. Freund. Code für *Nicht auf irgendwelche Gedanken kommen. Das hier ist streng geschäftlich.*

»Da gibt's einen Ort nördlich von San Diego, wo man für zehn Dollar mit Delphinen schwimmen kann. Mark und ich sind da auf seinem Motorrad rausgefahren. Er hat eine Harley-Davidson. Eine große?« Sie hatte die Angewohnheit, alles in Fragen zu verwandeln, sogar die allereinfachsten Aussagesätze, nur so für den Fall, daß man nicht *mit*kam? »Er ist bei der Marine, da stationiert. Er ist SEAL? Er darf nicht drüber sprechen, was er macht. Egal, er wollte jedenfalls gar nicht mit den Delphinen schwimmen, aber ich wollte das echt mal, also haben wir's gemacht. Deren Haut ist wirklich ganz unglaublich und so weich, und wenn die atmen, ist das, als wenn sie seufzen? Die machen so *Puusch*. So ungefähr hört sich das an. Das war so sinnlich, wissen Sie?

Auf denen zu reiten, sich an der Rückenflosse festzuhalten? Das war fast ...« Sie seufzte. »Mark mochte die nicht. Hat sie immer geboxt, wenn sie bei ihm angekommen sind. Der Mann, dem das da gehört, der wurde ganz wütend und hat ihm gesagt, er soll rauskommen, dann hat Mark zu ihm gesagt, er würd ihn gleich zu den Delphinen reinschmeißen.«

Noch mehr Geheimcode: *Mein Freund ist ein reizbarer, gutausgebildeter professioneller Killer. Wie war das mit dem Handanlegen?*

»Aber ich bin dringeblieben«, fuhr sie fort, »ich hätte da *ewig* drinbleiben können, so toll war das? Neulich nachts hab ich sogar davon geträumt. Ich ritt im Mondschein auf Delphinen, hüpfte so über die Wellen rauf und runter. Keinen Badeanzug an oder irgendwas, und dann das bombastische Gefühl von seiner Haut auf meiner. Und er so am Seufzen. *Pusch* ... Ich war ganz aufgeregt, als ich aufwachte? Und da liegt Mark neben mir und schnarcht. Mark schnarcht *wirklich*. Und wenn ich ihm davon erzähl, wird er wütend. Ich hab ihm zum Geburtstag dieses Ding da gekauft, das ist so was in der Art von einem Mikrofon, was man sich oben ans Pyjamaoberteil klemmt, und das reagiert auf dies Problem wie eine Armbanduhr, nur daß man's sich an den Arm schnallt, und jedesmal, wenn man schnarcht, verpaßt es einem einen kleinen Stromschlag? Und er wurde ganz *wütend*. Er hat uns den ganzen Abend verdorben. Alle sind sie früh nach Hause. Mark kann manchmal so wütend werden? Man sollte denken, ein Marine-SEAL kann diesen ganzen Ärger bei der Arbeit ablassen?«

»Yurnh.«

Sie bearbeitete seine Halsmuskulatur mit Daumen und Zeigefinger. »Ihre Bänder neigen zu Hypertonie, Nick. Sie sind ziemlich verspannt.«

»Urnh.« Ihre Brüste wurden wieder gegen seinen Kopf gepreßt. 100 ... 93 ... 86 ...

»Möchten Sie, daß ich Sie total entspanne, Nick?«

»Hurnh?« War das eine echt ernstgemeinte Frage?

»Mr. Bein hat gesagt, ich soll mich *wirklich* gut um Sie kümmern.«

Er sah einen großen Marine-SEAL vor sich – einen großen,

wütenden Marine-SEAL –, triefend naß, Gesicht geschwärzt, die Türöffnung ausfüllend, ein riesiges Ginsu-Messer in Händen ...
79 ... 92 ... 65 ...

»Hätten Sie was dagegen, wenn ich dies hier ausziehe? Mir wird plötzlich echt *warm*?«

... 65 ...

»Ohh, so ist das schon viel besser. Ist das besser für Sie, Nick?«

»*Nick*«, sagte Jack Bein früh am nächsten Morgen mit umhauender Heftigkeit in der Lobby. Das Gesicht, das Nick gestern auf dem TV-Großbildschirm in der Limou gesehen hatte, war, wie sich nun erwies, mit einem kleinen, aber muskulösen Körper in einem Leinenanzug, dem ein Zipfelchen teurer türkisfarbener Seide aus der Brusttasche ragte, verbunden. Eine Uhr, die den Fabrikarbeiterlohn eines Jahres wert war, hing ihm schimmernd über dem Hemdsärmel der rechten Hand. »Spart Zeit«, sagte Jack. »Man muß sie nicht erst unter dem Ärmel rauspulen. Ich hab überschlagen, daß ich im Laufe meines Lebens zweihundert Arbeitsstunden einspare.«

Jack sah zu den Leibwächterinnen rüber und machte mit dem Gesicht ein Fragezeichen, also war jetzt Nick dran, seinerseits seine kuriosen Anhängsel zu erklären. Jack war hochbeeindruckt.

»Vor zwei Jahren mußten wir so was für Jeff machen. Vielleicht erinnern Sie sich.« Konnte Nick nicht. »Einer seiner früheren Kriegskunstausbilder war ein bißchen durchgedreht. Er hatte sich eingebildet, Jeff würde ihn zum nächsten Steven Seagal machen. Ich persönlich denke ja, Jeff hätte dem die Glocke säubern können, aber wenn von einem Zweihundertdreißig-Pfunds-Koreaner mit mehr schwarzen Gürteln als Liz Taylor die Rede ist, möchte man doch kein Risiko eingehen, oder? Haben Sie gut geschlafen? Haben Sie Ihre Massage bekommen? War das Bernie, die Sie behandelt hat?«

Nick murmelte betreten, daß ja, Bernie.

»Feines Kind. Und machen Sie sich keine Sorgen wegen des Freunds bei der Marine. Der ist groß, aber harmlos. Das ist einer von denen, die sie während der Operation Wüstensturm nach Bagdad geschickt haben, um zu versuchen, Saddam Hussein umzulegen. Die haben den um fünf Minuten oder so verpaßt. Wissen Sie, warum? Der war gerade bei seiner Mieze und hat die aufs Kreuz gelegt. Die Bomben kommen runter wie Regen, und der hat einen Abgang. Was für ein Schmock. Kein Wunder, daß der den Krieg verloren hat. Darf übrigens eigentlich keiner was von wissen. Darf *ich* eigentlich nicht mal wissen, aber wir bringen sie durchs College. Was ist los, irgendwas nicht in Ordnung mit Ihrem Frühstück? Das ist der Jetlag. Ist jetzt zehn in D. C. Versuchen Sie's mal mit Vitamin B, Jeff schwört darauf. Wollen Sie eine Injektion? Wie ist das so, in D. C. zu leben? Ist das okay? Der neue Typ da, wird der's packen?« Nick reimte sich zusammen, daß er den Präsidenten der Vereinigten Staaten meinte. »Ehrlich gesagt, Jeff ist ein bißchen enttäuscht von dem. Jeff hat sich so *sehr* für ihn eingesetzt. Ihn den richtigen Leuten vorgestellt. Jeff ist derjenige, der ihn mit Barbra bekannt gemacht hat. Es gibt andere, die sich diese Ehre auf ihr Konto haben buchen lassen, aber Jeff war's, der's geschaukelt hat. Sollte ich Ihnen eigentlich gar nicht erzählen, aber ich mag Sie, darum erzähl ich's einfach.«

Sie fuhren in Jacks Wagen, einem roten Dodge Viper, einem Wagen mit Muskeln und Anabolika. Jack erläuterte, daß er versuchte, für die US-Wirtschaft zu tun, was er konnte. »Jeff glaubt *felsenfest* an Amerika. Darum reizt ihn dieses Projekt auch so sehr. Es ist eine Chance, einer echt amerikanischen Branche zu helfen. Was könnte amerikanischer sein als Tabak, stimmt's?«

»Aber sicher«, sagte Nick, hocherleichtert, daß sie endlich auf Tabak zu sprechen kamen.

»Na, was halten Sie von dem neuen Gebäude?«

Es ragte irrwitzig vor ihnen hoch wie ein Mormonentempel und nahm einen ganzen Straßenblock ein, ein Kristallpalast aus gekrümmten Spiegeln.

»Wir hatten anfangs ein paar Probleme, nachdem es fertiggestellt war. Die Spiegel reflektierten die Sonne so auf die Straße runter, daß die Fußgänger gegrillt wurden. Ein paar mußten tatsächlich ins Cedars-Sinai eingeliefert und wegen Hyperpyrexie behandelt werden. Nicht daß es in L. A. viele Fußgänger gibt. Aber man will ja nicht die wenigen grillen, die man hat. Wir mußten einen Abschnitt der Außenhaut neu machen, und ich kann Ihnen sagen, das war nicht billig.«

»Ist sehr nett geworden«, sagte Nick, der spürte, daß man ein Kompliment von ihm erwartete.

»Sagen Sie Jeff, wie sehr es Ihnen gefällt. Er hat viel von sich selbst in dieses Gebäude eingebracht. Und wissen Sie was? Es *spiegelt*.«

Nick blickte auf und sah den Viper auf der schimmernden Wand des ACT-Hauptquartiers reflektiert. »Nicht schlecht für jemanden, der im Postraum angefangen hat«, sagte er.

»Ich will Ihnen mal was sagen. Jetzt kommen schon ausländische *Regierungen* zu uns.«

»Tatsächlich? Welche denn?«

»Darüber sollte ich wirklich nicht reden, Nick. Ist schon so, wie Sie sagen – Jeff ist vom Postraum aus sehr weit gekommen.«

Sie fuhren am Haupteingang vorbei, der von ansehnlichen Nanomako-Yaha-Skulpturen flankiert wurde.

»Sehr hübsch«, sagte Nick.

»Die da? Die waren ein Einzugsgeschenk von Deke Cantrell.«

»Das war großzügig.«

Jack lachte. »Großzügig? Bitte. Deke Cantrell hat mit *Spud* genug eingesackt, um Nanomako Yahas tiefgefrorenen Leichnam kaufen zu können. Verstehen Sie mich nicht falsch. Deke ist ein ungeheuer talentierter Mensch und ein ungeheuer anständiger Mensch, trotz allem, was man so hört, aber Tatsache ist doch, bevor Jeff ihn engagierte, hatte er ein Gesicht. Jetzt hat er einen Namen. Er kriegt zehn bis zwölf pro Film.«

»Trotzdem, nette Geschenke.«

»Nicht der Wille zählt. Das Geld zählt.« Jack lachte. »Wir fahren nicht durch den Haupteingang. Den nennen wir den Potemkin-Eingang. Nur sehr wenige Leute benutzen den. Wollen Sie wissen, warum? Die andern Agenturen haben Räumlichkeiten in dem Gebäude gegenüber gemietet, da drüben. Die beschäftigen Leute mit Ferngläsern und Teleskopen, um zu sehen, wer so kommt und geht. Manchmal heuern wir, bloß so, um die ein bißchen anzuwichsen, Doubles berühmter Schauspieler an, daß die da reinspazieren. Treibt C.A.A., William Morris und I.C.M. in den *Wahnsinn*. Die glauben, ihnen wird die Kundschaft abtrünnig. Ich sollte *wirklich* nicht darüber reden. Na jedenfalls, jetzt, wo wir ausländische Regierungen beraten, kriegen wir wahrscheinlich auch richtige Spione auf den Hals, die uns von der anderen Straßenseite beobachten. Kennen Sie in Washington irgendwelche Spione?«

»Wir haben ein paar Ex-Agenten in der Firma«, sagte Nick. »Sollte ich Ihnen eigentlich gar nicht erzählen.«

»Wir haben da dieses CIA-Filmprojekt in Arbeit, das wird *ganz* riesig werden. Der Grundgedanke ist, daß die CIA findet, Franklin Roosevelt ist zu traulich mit Stalin, also legen sie ihn um, damit Truman ans Ruder kommt und die Japaner atomisiert. Phantastischer Film.«

»Hört sich toll an. Aber ich glaube nicht, daß es die CIA 1945 schon gab.«

»Nicht?«

»Ich glaube, die haben '47 ihren Laden aufgemacht.«

»Ist schon ein bißchen spät, die ganze Grundkonstellation noch zu ändern. Die Aufnahmen fangen in zwei Wochen an. Wir werden die Sache ein bißchen frisieren müssen. Ach, zum Teufel, diesen Umfragen zufolge glauben High-School-Schüler doch sowieso, Churchill wär Trumans Vizepräsident gewesen. Wir haben in Verbindung mit dem Projekt übrigens an Sie gedacht.«

»Wie das?«

»Roosevelt hat geraucht, stimmt's?«

»Ja, hat er«, sagte Nick. »Aber ich glaube, wir halten nach jemand Zeitgenössischerem Ausschau.«

»Da tun Sie wahrscheinlich recht dran. Wie viele Mädels wollen schon einen toten Heini mit Kinderlähmung ficken?«

»Mm, stimmt.«

Sie parkten in der Tiefgarage und nahmen einen Aufzug. Bis jetzt war Nick nur in Privataufzügen gefahren, seitdem er in L. A. angekommen war. »Übrigens«, sagte Jack, »Sie sollten nicht nervös sein, wenn Sie mit Jeff zusammentreffen. Sie wären überrascht über die Namen von manchen der Leute, die zu Eis erstarrt sind, als sie ihm zum ersten Mal begegneten.« Er senkte die Stimme, was Nick veranlaßte, sich zu fragen, ob der Aufzug wohl verwanzt sei. »Tom Sampson, Cookie Perets ... Rocco Saint Angelo?«

»Rocco Saint Angelo? Echt wahr?«

»Knapp vorm Koma. Ich dachte schon, ich müßte dem Ammoniak-Kapseln unter der Nase zerknacken. Aber Ihnen wird nichts passieren. Jeff ist tief da drinnen im Grunde eine sehr menschliche Person.«

Die Aufzugstüren öffneten sich und gaben den Blick auf einen Fischteich frei. Nick folgte Jack über Trittsteine im Wasser. Große weiße und rote Karpfen faulenzten unter der Oberfläche. »Der eine da drüben«, flüsterte Jack, »siebentausend Dollar.«

»Siebentausend? Für einen Fisch?«

»Muß man sich mal vorstellen. Kein Wunder, daß das Sushi da drüben hundert Eier pro Portion kostet. Mögen Sie Sushi? Ich sorg mich immer wegen Würmern. Die können einem ins Gehirn raufkrabbeln. Jedesmal, wenn ich jetzt noch Sushi esse, was man sozusagen einfach muß – stimmt's? –, denke ich, ich ende wie John Hurt in *Alien*, und mir kommt die ganze Soße aus der Brust raus. Na egal, jedenfalls war der Fisch ein Geschenk von Fiona Fontaine. Noch so ein Gesicht, aus dem Jeff einen Namen gemacht hat. Der da drüben, mit den schwarzen Tupfen? *Zwölf*tausend. Von Kyle Kedman. Jeff besorgte ihm die Hauptrolle in *Mung*, und dabei war's für Columbia beschlossene Sache, und ich mein wirklich *beschlossene*, daß Tom Cruise die übernimmt.«

»Halten Sie hier drinnen auch Haifische?«

»Näh«, lachte Jack. »Wir sind hier ganz lieb.«

Ihnen kam am Ende der Trittsteine eine äußerst attraktive Frau in den Fünfzigern entgegen, die sich mit einem Händedruck und einem »Ich arbeite für Jeff« vorstellte. Sie flüsterte Jack etwas ins Ohr. Jack nahm Nick am Arm und führte ihn an den Wasserrand zurück. »Seine Durchlaucht beehrt Jeff gerade mit einem Anruf.«

»Seine Durchlaucht?«

»Der Sultan von Glutan«, flüsterte Jack. »Neuer Kunde.«

»Aha«, sagte Nick. »Der reichste Mann der Welt.«

»Nicht mehr«, grinste Jack. »Mach bloß Witze.« Er führte Nick zu etwas, was ein Wartebereich zu sein schien, direkt am Teich. Nick betrachtete den Mann, der dort saß und im ›Golf Digest‹ las. Nein. War das nicht ... wow, er war's.

»*Sean!*« sagte Jack. »Wo ist denn der Kilt?« Jack stellte Nick vor, und zum ersten Mal in seinem Leben verspürte Nick den zungenlähmenden Schrecken, einem echten Filmstar-Helden zu begegnen. Er war mit den Filmen dieses Mannes großgeworden. Einige davon konnte er praktisch auswendig herrezitieren. Er hatte davon geträumt, er zu *sein*. Und da stand er jetzt, direkt am andern Ende eines Händedrucks. Er hätte gar nicht freundlicher und höflicher sein können, schien sogar an Nick interessiert. Nick für seinen Teil brachte nichts anderes zuwege, als offenen Mundes zu lächeln und energisch zu nicken. Er und Jack redeten ein wenig über das Golfturnier, das er gerade bestritten hatte, und dann recht verblümt über das Projekt, das mit Jeff zu bereden er offensichtlich hier war. Nach etwa zwanzig Minuten erschien die attraktive Frau wieder, um mitzuteilen, Jeff sei mit dem Telefonat fertig und würde sie empfangen.

»Sie meinen«, flüstert Nick Jack zu, als sie ihr folgten, »daß wir vor *ihm* an die Reihe kommen?«

»Sie hätten den Warteraum gestern mal sehen sollen«, sagte Jack. »Goldie, Jack *und* Mel.«

Zwei Türen aus poliertem burmesischem Teakholz mit eingeschnitzten Schriftzeichen öffneten sich und enthüllten einen weiten, domartigen Raum mit einem sinnverwirrenden Ausblick auf die Großstadt und den Pazifik dahinter. Jack flüsterte: »An klaren Tagen kann man bis nach Tokio sehen.« In der Mitte des Raums stand ein Schreibtisch mit gläserner Platte und nichts darauf – also *das* war Macht: ein absolut freier Schreibtisch – und dahinter ein Mann von Anfang vierzig, klein, braungebrannt, sich lichtendes Haar, extrem fit, mit einer Brustmuskulatur, die sich unter dem eine Nummer zu klein aussehenden blauen Hemd hervorwölbte. Er hatte ein sanftes Gesicht, glitzernde, auf Lücke stehende Zähne und blasse Laseraugen.

Er lächelte breit und erhob sich von seinem Kristallthron und kam hinter dem Schreibtisch hervor, um Nick die Hand zu geben. »Jeff Megall«, sagte er und überraschte Nick damit erneut; die meisten der exaltierten feinen Pinkel, die Nick bisher erlebt hatte, neigten dazu, sich die Selbstvorstellung zu schenken. *Wir wissen ja alle, wer ich bin* . . .

»Wie war Ihr Flug?« fragte er.

»Gut, besten Dank.«

»Jack, würden Sie arrangieren, daß Mr. Naylor in unserer Maschine nach Washington zurückreist? Wie steht's um Ihr Hotel?«

»Er ist im Encomium«, ging Jack dazwischen.

»Gutes Hotel«, sagte Jeff. »Lassen Sie hören, was wir für Sie tun können?« Er machte eine Geste in Richtung eines Sofas. »Kann ich Ihnen irgend etwas anbieten? Kaffee? Tee? Sprudel?«

»Wenn's nicht zuviel Mühe macht.«

»Wie trinken Sie ihn?«

»Schwarz.«

»Schwarzen Sprudel?« Er lachte. »Könnten wir etwas schwarzen Kaffee für Mr. Naylor bekommen?« Er sprach das einfach so in die dünne Luft hinein; es war sonst niemand im Raum, und innerhalb von Sekunden erschien eine Frau, eine ausgesprochen hübsche Frau mit langem Haar, langen Beinen und einem kurzen Rock, und brachte eine dampfende Tasse perfekten schwarzen Kaffee.

Jeff sagte: »Wünschen Sie einen Aschenbecher?«

»O nein«, sagte Nick, »ist schon okay. Ich bin . . .«

»Bitte, es macht mir nicht das geringste aus. Ich sehe gerne Leuten beim Rauchen zu. Das ist heutzutage so selten geworden.«

»Nun«, sagte Nick, »das ist es, worüber ich mit Ihnen sprechen wollte.«

»Übrigens, ich finde, Sie sind mit diesem Kidnapping absolut prima umgegangen. Das muß eine schreckliche Erfahrung für Sie gewesen sein. Aber Ihre Statements gegenüber den Medien zeigten eine charakterliche Raffinesse. Ich beglückwünsche Sie dazu.«

»Na ja . . .«

»Resultierend aus Ihrem Interesse daran, mit uns zusammenzuarbeiten, habe ich mir mal Gedanken über die Tabakbranche gemacht, und ich bin zu dem Ergebnis gelangt, wenn die Dinge so weiterlaufen, wie sie es bisher tun, dann wird der amerikanische Tabakfarmer verschwinden, und mit ihm ein Lebensstil.«

»Ja«, sagte Nick, »darüber sind wir selber sehr besorgt.«

»Also«, sagte Jeff, »dann lassen Sie uns einmal sehen, was wir tun können, um diesen Menschen zu helfen.«

Nick war *sehr* beeindruckt. Jeff hatte schon seine Gründe: Es ging ihm hierbei nicht um das Geld – er war mit dabei, um die Farmer zu retten. Nick mußte es ihn fragen – aus Gründen kollegialer Bewunderung mußte er einfach die Antwort hören: »Sie haben keine Probleme mit der Gesundheitsfrage?«

Jeff antwortete ohne Zögern: »Die Antworten darauf habe ich nicht. Ich bin kein Arzt. Ich bin nur ein Möglichmacher. Alles, was ich mache, ist, daß ich kreative Menschen zusammenbringe. Was es an Informationen gibt, ist da draußen vorhanden. Die Menschen werden selber entscheiden. Ich kann ihnen die Entscheidung nicht abnehmen. Das ist nicht meine Rolle. Das wäre moralisch vermessen.«

»Ja, richtig«, sagte Nick. Er war geblendet. Dieser Mann war ein *Titan* der Zweideutigkeit. Von diesem Mann konnte er noch was lernen.

»Also«, sagte Jeff, »warum unterhalten wir uns nicht ein wenig darüber. Sie wünschen sich eine aggressivere Form von Product Placement.«

»Jeff ist zu bescheiden, um das zu erwähnen«, ging Jack dazwischen, »aber er selbst war die treibende Kraft hinter Product Placement.«

»Jack, Mr. Naylor ist nicht den ganzen Weg von Washington hier herausgeflogen, um Sie meinen Werdegang rezitieren zu hören.«

»Entschuldigung, Jeff, aber ich glaube, es ist relevant für Nick, zu wissen, daß Sie dem ganzen Feld des Product Placement überhaupt erst den Weg gebahnt haben. Nick, erinnrrn Sie sich noch, wie in den Filmen immer dann, wenn irgendwer ein Bier oder ein Soda trank, das Etikett entweder nur einen Oberbegriff trug oder verdeckt war? Dann ging es langsam los, daß man die Etiketten zu sehen bekam. Und heute sieht man sie aus solcher

Nähe, daß man die Inhaltsstoffe mitlesen kann. Das hat Jeff gemacht. Bin schon fertig.«

»Das ist der Grund, daß wir auf ACT zugekommen sind«, sagte Nick. »Wir wußten, daß Mr. Megall der Beste ist.«

»Vergeben Sie mir. Ich war mir nicht sicher, daß Sie das wissen.«

»Können wir fortfahren, Jack?« sagte Jeff im Tonfall leichter Ungeduld. »Oder wollen Sie Nick noch erzählen, auf welcher Position ich für die Bruins gespielt hab?«

»Fahren Sie fort, bitte.«

»Tatsache ist«, sagte Jeff, »daß wir *in der Tat* die ersten waren, die die Bedeutung von Product Placement erkannt haben. Was allgemein gar nicht so sehr bekannt ist, und ich weiß, daß dies manche Leute überrascht, aber seinerzeit, da machten wir das gar nicht, um mehr Mittel aufzutreiben.«

»Nicht?« sagte Nick.

»Absolut nicht. Wir wollten die Einfühlung des Publikums in die Figuren erhöhen. Die Menschen sehen ihre Helden vor sich auf der Leinwand. Sie wollen alles über sie wissen. Nehmen wir James Bond. Er trinkt, wie war das noch, ›Wodka medium Martini trocken, geschüttelt und gerührt‹? Meinen Sie nicht, daß die Leute wissen wollen, *was* für einen Wodka James Bond trinkt? Soviel kann ich Ihnen schon mal sagen«, sagte Jeff, »im nächsten James-Bond-Film *werden* sie herausfinden, was James Bond für einen Wodka trinkt.«

»Aha«, sagte Nick.

»Nun, wie das Leben so spielt, sind die Hersteller dieses bestimmten Wodkas – welcher immer das am Ende auch sein wird – mehr als glücklich, finanziell an dem schöpferischen Prozeß teilhaben zu dürfen. Aber das Geld war von Anfang an nur das Nebenprodukt eines kreativen Entscheidungsprozesses.« Er grinste. »Ist natürlich schön, wenn das vorkommt.«

Blendend. Absolut blendend. Der Mann ließ es so klingen, als sei Product Placement von entscheidender Bedeutung für die Entwicklung einer Figur. *Nennt mich Ismael, und reicht mir eine Coca-Cola.*

»Wir dachten, vielleicht Mel Gibson«, sagte Nick, platzte

richtiggehend damit raus, außerstande, noch länger an sich zu halten.

»Das dürfte schwierig sein«, sagte Jeff. »Er hat gerade damit aufgehört. Wissen Sie, er hat sechs Kinder. Nicht daß er nicht ewig leben und dabei rauchen könnte, aber, hören Sie, ich weiß, wie Sie drauf kommen. Mel war ein hinreißender Raucher. Die beste zeitgenössische Raucherszene, die ich je gesehen hab, war in *Zwei stahlharte Profis*. Er sog den Rauch so weit ein, daß man sich nicht sicher war, ob der jemals wieder rauskäme. Und als er's dann doch tat, war das wie der Atem eines Drachens.«

»Als ich das sah, wollte ich wieder mit dem Rauchen anfangen«, sagte Jack. »Hab ich auch fast getan.«

»Vergessen Sie aber nicht«, sagte Jeff, »daß Mel einen Bullen hart an der Kante spielte, einen Kerl mit ziemlich schweren psychischen Problemen. Was steckt er sich in dem Film sonst noch in den Mund? Die Mündung seiner Waffe. Sehen Sie, wenn Sie heute Leute auf der Leinwand rauchen sehen, dann ist das generell ein Zeichen dafür, daß bei denen mit ihrem Leben etwas nicht in Ordnung ist. Das ist nicht mehr Humphrey Bogart in *Casablanca*.« Nick erschauderte, als das Bild Peter Lorres vorbeiflimmerte. Jeff fuhr fort: »Heute ist das Bobby de Niro, der in *Kap der Angst* einen kettenrauchenden, tätowierten Irren spielt, Andy Garcia, der in den *Schatten der Vergangenheit* durch ein Loch in seiner Kehle raucht, Thelma und Louise, die sich eine anzünden und ihre Schießeisen laden und dann zum Parkplatz rausgehen, um einem Vergewaltiger die Eier wegzublasen. Mit Zigaretten kann das heutzutage *sehr* gruselig werden. Pat Hingle verpaßt Anjelica in *Grifters* mit einer Zigarette ein Brandzeichen. Laura Dern und Nick Cage kettenrauchen sich durch *Wild at Heart*, während sie davon reden, daß ihre Eltern alle an Lungenkrebs und Leberzirrhose gestorben sind. Nick Nolte im *Herr der Gezeiten*. Definitiv ein Mann mit Problemen. Oder Harrison Ford in *In Sachen Henry*. Er geht in einen Laden mit späten Öffnungszeiten, um eine Schachtel Zigaretten zu kaufen, und am Ende liegt er auf dem Fußboden, und sein Hirn ist über den ganzen Laden verspritzt. Er hat noch nicht mal die Zeit, die Warnung der Generalbundesärztin zu lesen. Was für eine Botschaft wird in diesen

Filmen wohl weitergetragen, was denken Sie? Daß Rauchen cool ist? Glaube ich nicht.«

»Genau«, sagte Nick. »Wir brauchen einen Siegertyp. Ein rauchendes Rollenmodell.«

»Ja. In den Fünfzigern spielend, bevor dieser ganze Gesundheitskrempel außer Kontrolle geriet.«

»Wir *möchten* schon gern zeitgenössisch sein«, sagte Nick. »Wir wollen, daß sich die Menschen heute beim Rauchen gut vorkommen. In den Fünfzigern kamen sich *alle* beim Rauchen gut vor, zumindest, bevor sie den ›Reader's Digest‹ gelesen haben.«

Jeff legte sein Kinn auf die zu einem Kirchturm gespitzten Finger. »Wir müßten schnell in die Gänge kommen. Die Aufnahmen beginnen in zwei Wochen. Was halten Sie von Franklin Delano Roosevelt? Da hätten wir ein Rollenmodell. Und einen *sehr* eleganten Raucher. Dieser Halter, beinahe feminin...«

»Ein *hübscher* Raucher«, sagte Jack.

»Wir könnten das Skript umarrangieren. Tatsächlich...«

»Was meinen Sie?« fragte Jack.

»Daß die Zigaretten eine zentrale Rolle spielen könnten. Die CIA tut das Gift in die Zigaretten. Die Zigaretten werden zum McGuffin.«

»*Brillant*«, sagte Jack.

Nick sagte: »Also stirbt FDR dann... am Rauchen?«

»Ja, aber nicht an Krebs.«

»Ich glaube, es würde mir schwerfallen, das meinen Leuten zu verkaufen.«

»Ja,« lächelte Jeff, »ich seh wohl, wo das ein Problem geben könnte. Zeitgenössisch ist gut, aber das Bild in den Köpfen hat sich schon dagegen verhärtet. Der Stadtrat von L. A. hat gerade dafür gestimmt, das Rauchen in Restaurants hier zu verbieten.«

»Weiß ich«, sagte Nick mit Kummermiene. »Siebentausend Restaurants.«

»Soviel zur Verfassung. Für die Mehrheitsmeinung ist das Spiel schon ziemlich weit fortgeschritten... Momentchen mal, Momentchen mal...«

»Was denn? Was denn?« sagte Jack.

»Das ist es.«

»*Was denn?*« sagte Jack.

»Die Zukunft.«

»Brillant«, sagte Jack.

Jeff wandte sich wieder Nick zu. »Ich sollte Ihnen vielleicht nicht davon erzählen, aber FAU hat einen Frigef-Sci-Fi-Film in der Entwicklung, der ganz, *ganz* riesig werden wird.«

»Frigef?«

»Frau in Gefahr. *Alien* mal *Der Wüstenplanet* mal *Krieg der Sterne* durch drei plus Darth Vader ist schwul. Ein *Kreischer*. Ich habe das Skript gesehen. Das ist ein saukomisches Teil, ein Oscar-Teil. Der Held ist ein in Ungnade gefallener Weltraumbaron mit einem Alien-Bengel als Kumpel, der sich in alles Beliebige verwandeln kann. Das Mädchen ist die Kaiserstochter, die von zu Hause weggelaufen und in absolut üble Gesellschaft geraten ist. Heißt *Botschaft aus Sektor Sechs*. Die Effekte werden phantastisch sein. Eine halbe *Stunde* Morphing. Sie wissen, was Morphing ist? Was sie im *Terminator 2* gemacht haben.«

»Sie nennen das *Morph und Mindy*«, sagte Jack.

»Eine Million Dollar pro Minute. Sie haben schon für den Start einer Raumfähre Werbefläche auf dem Rumpf reservieren lassen. Sie haben ein Budget von hundertzwanzig Millionen Dollar. Das wird der teuerste Film sein, der jemals gedreht worden ist. Und dabei drehen sie ihn in *Mexiko*.«

»Ich hab gehört, sie sind jetzt schon bei hundertvierzig.«

»Wäre schlimm, wenn der nicht gut wird. FAU wird Anfragen auf Product Placement mit offenen Armen entgegennehmen.«

»Zigaretten?« sagte Nick. »Im Weltraum?«

»Spielt im sechsundzwanzigsten Jahrhundert«, sagte Jeff. »Da sind sie nicht mehr schädlich. Eigentlich ... eigentlich ...«

»Was?« sagte Jack.

»Sind sie *gut* für einen. Die *Schläfer*-Grundidee. Das erinnert mich dran, ich muß Woody unbedingt anrufen, obwohl ich nicht weiß, was ich ihm erzählen soll. Jack, rufen Sie Bill Hyman, Jerry Gornick, Voltan Zeig an und machen Sie eine Sitzung für heute nachmittag fest.«

»Schon geschehen.«

»Bin richtig leer im Kopf. Ginseng-Entzug. Wer führt Regie?«
»Chick Dextor.«
»Wird eine laaange Einstellung werden.«
»Erzählen Sie mir davon.«
»Nick«, sagte Jeff, »das könnte für uns alle eine ganz aufregende Geschichte sein.«
»Ich . . . aber explodiert man denn nicht, wenn man sich in einem Raumschiff eine ansteckt? Der ganze Sauerstoff?«
»Spielt doch im sechsundzwanzigsten Jahrhundert. Die haben das alles durchgedacht. Das läßt sich mit einer Skriptzeile arrangieren.«
»Das klingt wie . . . ich weiß nicht . . .«
»Nick. Die Hauptrollen in diesem Film spielen Mace McQuade und Fiona Fontaine.«
»Keine Witze?«
»Keine Witze. Können Sie die beiden vor sich sehen, wie sie in ihrem Raumschiff eine Post-Sex-Zigarette rauchen, in einem runden Bett mit Satinlaken und einem klaren Luftblasenhimmel. Die Galaxien schwirren vorbei, der Rauch kräuselt sich schwerelos nach oben. Das wirft Ihnen die Pumpe nicht an? Meinen Sie nicht, das würde ein paar Stangen Mehrabsatz bringen?«
»Doch«, sagte Nick. »Ich denke, das würd's wohl.«
»Ich sag Ihnen noch mal was anderes. Es entspricht nicht meiner Rolle, mich in diesen Teil der Sache einzumischen, wenn man mich nicht bittet, aber wenn ich Sie wäre, würde ich mich *auf der Stelle* daranmachen, eine ganz neue Zigarettenmarke auf den Markt zu bringen, und zwar gleichzeitig mit dem Film auf den Markt zu bringen. Sektor Sechs. Mit Zigaretten hat das noch niemand gemacht.«
Jeff stand auf. Die Besprechung war zu Ende. Er schüttelte Nick die Hand. »Sie haben mit mir etwas gemacht, was ich sehr zu verhindern suche. Sie haben mich emotional für die Sache entflammt.«
Draußen ackerte Sean an einem Kreuzworträtsel. Im Aufzug sagte Jack: »Sie sollten mit sich zufrieden sein. Jeff hat Sie *wirklich* gemocht.«

18

Lorne Lutch lebte auf einer Avocado-Farm sechzig Meilen westlich von L. A. Da er die Notwendigkeit verspürte, das Lenkrad in der eigenen Hand zu halten, hatte Nick auf Mahmoud und seinen Großen Weißen Wal verzichtet und fuhr nun selbst in einem gemieteten roten Mustang, gefolgt von seinen Bodyguards in ihrer gemieteten gelbbraunen Limousine mit der halben Million Bargeld. Vielleicht würde Lutch die Symbolkraft zu schätzen wissen, wenn Nick mit einem Mustang erschien. Vielleicht würde er auch mit einer doppelläufigen Flinte rauskommen und Nick aus seinem Schalensitz blasen. Möglich war beides.

Er hatte die Kladde mit Gomez O'Neals bodenlos gründlichem Briefing über die persönliche und finanzielle Geschichte dieses Mannes gelesen, detailliert genug, um die Strippenzieher der Nationalen Sicherheitsbehörde blaß aussehen zu lassen – wo *hatte* Gomez bloß all dies Zeugs her? –, schon wußte er auf den Penny genau, wieviel Lorne Lutch auf seinem Visa- und seinem MasterCard-Konto und wieviel Eiweiß er in seiner letzten Urinprobe gehabt hatte. Die Jungs von Gomez hatten ihre Finger in jeder Urinprobe, die mit Tabak zu tun hatte, begierig auf Spuren von Stoff.

Hier handelte es sich um eine sehr befremdliche Mission, eine, die er für niemanden außer dem Captain übernommen hätte. Am Abend vorher hatte er Polly angerufen, die einzige Person, von Bobby Jay einmal abgesehen, an die er sich mit der Bitte um einen Fingerzeig, wie man sterbende Markenmodel am besten bestechen könne, wenden konnte. Polly hatte durch die Zähne gepfiffen, als er ihr von seinem Vorhaben erzählte.

»Hm«, sagte sie, »wenn ich du wäre, würde ich eine Gutebesserungskarte reinstecken, die Tasche an der Haustür abstellen, auf den Klingelknopf drücken und rennen wie der Teufel.« Wirklich keine schlechte Idee.

Derweil er mit Polly telefonierte, rief Jeannette an, ganz Sex und schweres Atmen, und wollte wissen, ob sie schon eifersüchtig auf Fiona Fontaine sein solle. Und während sie noch an der

Strippe war, rief Heather an, die das dritte Lämpchen auf der Telefonkonsole zum Leuchten brachte und Nick sich fühlen ließ wie ein Fluglotse.

Heather rief keineswegs an, um ihm über weite Distanz hinweg süße Nichtigkeiten ins Ohr zu wispern. Sie war ganz geschäftsmäßig, abgesehen davon, daß sie sich über die Washingtoner Hitze und die Taxifahrer beklagte. Die meisten Taxifahrer in Washington sind Neuankömmlinge aus Ländern, wo Autofahren die nationale Jagdsportvariante ist; wenn sie sich im Rückspiegel einem attraktiven weiblichen Passagier mit hübscher Figur in dünnem Sommerkleid gegenübersehen, neigen sie dazu, die Straße vor sich komplett zu ignorieren, während sie ihren Passagieren verbindliche Anträge à la *Mögen Sie haitianische Küche?* machen. Für heute hatte Heather erst mal genug davon, sich von verschwitzten Tonton Macoutes anmachen zu lassen. Sie wollte von Nick erfahren, was er über die Gesetzesvorlage wisse, die Ortolan K. Finisterre, wie verlautete, demnächst einbringen wolle. Auf dem Hügel gaben sie sich dazu sehr zugeknöpft, und das war *sehr* ungewöhnlich. Heather sagte, daß die ›Sun‹ sie mit der Bitte um noch mehr Interviews zurückgerufen habe, jetzt sei also denfinitiv die Zeit gekommen, wo sie mit ihren Reportagen glänzen könne. Nick sagte, er sei hier in Hollywood ein bißchen weit ab vom Schuß, wolle aber sehen, was er bei der Abteilung Legislative Angelegenheiten herausfinden könne.

»Übrigens«, sagte Heather, »was *tust* du denn eigentlich da draußen?«

»Nicht viel«, sagte er, »ich mach nur unser Westküstenbüro ein bißchen scharf. Besuch bei den Truppen zur Hebung der Kampfmoral.«

»Mm-hmm.« Schweigen. Sie war eine zu gute Reporterin, um das zu schlucken. Der Senat ist mit Vollgas an einer großen Sache zugange, und du bist in L. A., ohne richtigen Grund? »Und was treibst du wirklich?«

»Vertraulich?«

»Okay.« Sie klang ein bißchen beleidigt.

»Ich bin hier draußen, um den Tumbleweed-Mann, der an

Lungenkrebs stirbt, zu bestechen, daß er uns nicht mehr in den Medien angreift.«

Heather lachte. »Weißt du, das würd ich dir glatt auch noch zutrauen.«

Es machte Nick ein bißchen unruhig, daß sie ihm nicht geglaubt hatte. Polly war ärgerlich, daß er sie fünf lange Minuten hatte warten lassen.

»Ich hab mit einer Reporterin gesprochen«, sagte Nick und beschwor damit einen zuverlässigen Mod-Squad-Dispens.

»Heather Holloway?« sagte Polly

»Nein«, sagte Nick, »bloß ... eine Reporterin.«

»Eine Reporterin?«

»Ich bin mir nicht mal sicher, ob ich ihren Namen noch weiß.«

Warum, so fragte er sich, nachdem sie fertig waren, log er Polly in Sachen Heather an?

Das Lutchsche Avocado-Areal war ein eher bescheidenes namens Verwerfungslinien-Farm, ein Name, der Sinn machte, wie Nick merkte, als er quer über das kümmerliche Feld vor dem Haus eine klaffende Erdspalte sah, eingefaßt von einem Wirrwarr aus toten Avocado-Bäumen.

Er holte den Aktenkoffer von seinen Bodyguards und wies sie an, in ihrem Wagen zu bleiben. Sie stritten mit ihm darüber, ob sie ihn ohne Schutz hinter die feindlichen Linien verschwinden lassen sollten. Mame, die Befehlshaberin bei ihrem Sondereinsatz, brachte das überzeugende Argument vor, Lutch habe sehr wenig zu verlieren, wenn er Nick erschießen würde. Nick spielte einen Augenblick lang mit dem Gedanken, sie mitzunehmen, stellte sich dann aber die Schlagzeile TUMBLEWEED-MANN BEI SCHUSSWECHSEL MIT BODYGUARDS VON TABAKSPRECHER GETÖTET vor und entschied, es sei besser, so was zu vermeiden, also sprach er ein Machtwort und erklomm die Stufen allein. Ein großer Rhodesischer Ridgeback faulenzte in der Hitze auf der Veranda und blinzelte kaum zu Nick auf, während der sich näherte. Auf der Veranda stand eine Reihe von Stahlflaschen mit der Aufschrift SAUERSTOFF.

Nick holte tief Atem und hämmerte an die Fliegentür. Heute, sagte er sich, wirst du dir dein Gehalt verdienen.

Er fühlte, wie ihm etwas in den Rücken piekte, und hörte eine krächzende Stimme sagen: »Nicht bewegen, oder ich blas ein Loch, so groß wie eine Grapefruit, in Sie rein. Jetzt die Hände hoch, und lassen Sie sie, wo ich sie sehen kann.«

Nick tat, wie ihm geheißen.

»Jetzt drehen Sie sich um. *Langsam.*«

Nick drehte sich langsam herum und stand Lorne Lutch von Angesicht zu Angesicht gegenüber. Er war immer noch als der Tumbleweed-Mann zu erkennen, sogar mit fünfzig Pfund weniger auf den Rippen und gelber Haut. Er war in Bademantel und Latschen und hätte kein bißchen bedrohlich ausgesehen, wäre da nicht die Flinte gewesen, die auf Nicks Bauch zielte.

Er musterte Nick. »Sie sind Nick Naylor, oder?«

»Ja, Sir. Ich war gerade...« Auf der Durchreise, mit einer halben Million Dollar Bargeld im Schlepp. »Haben Sie, dürfte ich, haben Sie ein Minütchen Zeit? Wenn's gerade ungelegen kommt, könnte ich auch, äh, wiederkommen.«

Lutch sagte mißtrauisch: »Was wollen Sie hier?«

»Bloß... bißchen reden.«

»Na gut«, sagte er und senkte die Flinte. Er drückte die Fliegentür mit dem Gewehrlauf auf. Sie setzten sich. »Wollte Sie nicht erschrecken«, sagte er. »Aber irgendwer schleicht mir hinterher.«

Gomez?

Er krächzte: »Roberta, Besuch.« Es veranlaßte ihn zu husten. Und zu husten und zu husten.

Mrs. Lutch trat ein, warf einen Blick auf Nick und wurde kalt wie ein Eimer flüssiger Stickstoff. Lutch hustete weiter und überließ es Nick, dazustehen und zu warten, bis es sich legte, so daß er vorgestellt werden könnte. Das war eine unangenehme Situation, ehrlich. Als Lornes Gehuste keine Anzeichen gab, daß es sich bald legen würde, intonierte er ein »Hallo«.

»Was wollen *Sie* denn?« funkelte sie ihn mit einer solchen Heftigkeit an, daß Nick fast bedauerte, seine Prätorianerinnen draußen im Wagen gelassen zu haben. Er hatte nicht damit gerechnet, von der *Frau* erschossen zu werden.

»Nun, nun, Roberta«, keuchte Lutch und wischte sich den Mund ab, »wir wollen nicht rüde zu unseren Gästen sein. Ich nehme nicht an, daß er ohne guten Grund den ganzen weiten Weg hier rausgekommen ist. Vergiß nicht, er ist derjenige, der's dem Konzern ausgeredet hat, mich wegen Vertragsbruchs zu verklagen.«

»Den würde ich lieber an die Schweine verfüttern, als ihn hier im Haus zu haben.« Nachdem sie Nick mit einem letzten kupferummantelten Geschoß ihres Augapfels fixiert hatte, drehte sie ihm den Rücken zu und machte sich davon. Beim Hinausgehen hielt sie an und sagte: »Willst du noch ein bißchen Morphium, Schatz?«

»Nein, danke«, sagte Lorne, »mir geht's ganz gut. Aber vielleicht möchte unser Gast irgendwas haben.«

»Etwas Morphium wäre prima, danke«, sagte Nick. Mrs. Lutch verschwand, wahrscheinlich um Nick Domestos unter sein Morphium zu mischen.

»Ich will Ihnen was sagen«, sagte Lorne und machte es sich in einem großen, abgewetzten Lehnsessel bequem, »so ziemlich das einzig *Schöne* daran, an Krebs zu krepieren, ist der Stoff. Die *Träume*, die ich schon gehabt hab . . . und in Technicolor.«

»Muß gewaltig sein«, sagte Nick.

»Wissen Sie, wo das Wort ›Heroin‹ herkommt? Das ist deutsch. Die Krauts sind damit als erste auf den Plan getreten, damals im neunzehnten Jahrhundert schon; die schönste Sache, die Deutschland der Welt jemals eingetragen hat, das kann ich Ihnen sagen. *Heroisch*. So fühlten sich die Leute davon. Heldenhaft. Wissen Sie, anfangs, als ich mit der Chemotherapie begonnen hab, fingen die Leute meilenweit im Umkreis an, mir Marihuana-Plätzchen mitzubringen. Hält den Brechreiz in Schach. Man kann's auch in Tablettenform kriegen, aber die bringen einen so weit, daß man durch brennende Reifen springen würde, um dranzukommen, und dann tun sie's in Sesamöl rein, so daß man nicht high wird. Finden Sie das nicht irre? Gott verhüte, aber Leuten, die unter Schmerzen sterben, sollte man beim Abtreten wenigstens eine kleine Freude gönnen. Wie auch immer, ich hab so rund zehn Pfund Pot-Plätzchen in der Gefriertruhe.«

Nick dachte sich: Wär Gomez nicht völlig aus dem Häuschen, wenn er das erführe? TUMBLEWEED-MANN WEGEN DROGENVERGEHENS FESTGENOMMEN.

»Schätze, ich muß wohl genug haben, um mich für den Rest meines Lebens wegtreten zu lassen«, sagte Lutch. »Wollen Sie eines?«

»Nein, danke«, sagte Nick. »Bloß das Morphium. Ich pfeif mir wohl besser nicht mehreres durcheinander rein.«

Lutch lachte, wovon er wieder husten mußte. Diesmal hielt es länger an als beim letzten Mal. Mrs. Lutch kam mit einem Zerstäuber angerannt.

»*Entschuldigen* Sie«, sagte Lutch, als er schließlich wieder zu sich kam. »Rauchen Sie?«

»Nein«, sagte Nick. »Seit der Verschleppung bin ich dazu nicht mehr imstande.«

»Hab davon gelesen. Ich sah Sie in der – waren Sie nicht in der *Larry-King-Show*? Roberta hat gesagt, Sie wären am selben Abend wie ich auf Sendung gewesen. Komisch, daß wir uns nicht im Studio über den Weg gelaufen sind.«

»Ja«, sagte Nick.

»Das muß schon ganz schön was gewesen sein. Mein Arzt hat gesagt, Sie wären ein einziger Glücksbastard.« Lutch gluckste. »Hat auch noch ein paar andere Sachen gesagt, die ich lieber für mich behalte. Wissen Sie, Ärzte haben früher sogar für Zigaretten *geworben*.«

»Ganz recht«, sagte Nick, »zwanzigtausendsechshundertneunundsiebzig Ärzte sagen: ›Luckys verursachen weniger Reizung.‹«

»Frag mich bloß, wie's *denen* heute so geht?« sagte Lutch sarkastisch. »Komisches Geschäft. In den frühen Fünfzigern hatten sie die erste Krebspanik, also fingen sie an, Filterzigaretten herzustellen. Dann kriegten sie Befürchtungen, daß die Männer finden würden, Filtermundstücke wären was für Tussis. Da trat ich dann auf den Plan.«

»Sie waren toll«, sagte Nick. »Früher wollte ich immer so sein wie Sie. Ich meine, als Jugendlicher. Wir wollten alle erwachsen werden und Cowboys sein.«

»Als wenn ich das nicht wüßte. Kennen Sie diesen Song von George Jones, ›Hell Stays Open All Night Long‹? Das hör ich mir immer wieder an.«

»Sie sind ganz schön hart mit sich selbst, nicht?«

»Letztes Jahr, nachdem die Diagnose feststand, flog ich in den Osten, um an der jährlichen Aktionärsversammlung von Total Tobacco teilzunehmen. Und ich bin aufgestanden und hab denen erzählt, sie sollten ihre Werbung zumindest einschränken. Und wissen Sie, was der Vorsitzende mir gesagt hat?«

Das wußte Nick sehr wohl, aber er schüttelte den Kopf.

»Er hat gesagt: ›Es tut uns ganz gewiß leid, von Ihren Gesundheitsproblemen zu hören. Ohne Ihre Krankengeschichte zu kennen, glaube ich, sollte ich weiter nichts dazu sagen.‹ Dann versuchten die, so zu tun, als hätte ich nie für sie gearbeitet. Ich konnte es einfach nicht glauben. Sogar als ich den Reportern meine Honorarbelege zeigte, behauptete der Konzern weiter, das sei gar nicht ich da auf den Bildern. Dann, als ich nicht aufhörte, einen Riesenaufstand zu machen, erzählten sie mir, sie wollten mich verklagen – wegen Vertragsbruchs! Ich glaub, Sie waren derjenige, der dem einen Riegel vorgeschoben hat.«

»Ja«, sagte Nick. »Ich hab denen erzählt, daß das eine ziemlich blödsinnige Idee sei. Na, das können schon Arschlöcher sein, daran gibt's gar keinen Zweifel.«

»Will Ihnen noch mal was sagen. Ich hab noch nicht mal Tumbleweeds *geraucht*. Hab Kools geraucht.«

Nick lachte.

»Sie sehen wie ein halbwegs anständiger Kerl aus. Warum arbeiten Sie für diese Arschlöcher?«

Irgendwie schien die übliche Chose von wegen Hypothek abbezahlen müssen diesmal nicht so recht angemessen. Nick sah sich um, was da bei Lorne so an der Wand hing – Rodeo-Trophäen, ausgestopfte Forellen, auf blanklackiertes Holz aufgezogene Familienfotos –, und sagte: »Ich bin gut darin. Ich bin besser darin, als ich bei irgendwas anderem je gewesen bin.«

»Na, zum Teufel, Sohnemann, ich war gut darin, Koreaner abzuknallen, aber ich hab da keinen *Beruf* draus gemacht.«

Nick lachte. Lutch sah ihn für ein Weilchen, das ihm sehr lang vorkam, an und sagte dann: »Ich glaube, wir müssen alle irgendwie die Hypothek abbezahlen.«

Nick hätte ihm um den Hals fallen können.

»Ich war gut darin, meine Rolle zu spielen. Die Leute haben mich dauernd erkannt und um mein Autogramm gebeten. Ich hab keine Ahnung, wieviel das an der Himmelstür zählen wird, aber ich war einfach bloß ein tumber Cowboy, der auf Bildern zu sehen sein wollte, wohingegen *Sie*«, er lächelte verschmitzt, »nach einer College-Ausbildung für zwanzigtausend Dollar aussehen.« Das Lächeln war wieder weg. »Warum also sind Sie den ganzen weiten Weg hier rausgekommen?«

»Gute Frage«, sagte Nick und starrte unheilvoll auf den Aktenkoffer.

»Sind Sie hier, um mich zu bequatschen, daß ich den Rand halte? Ist es das, was Sie da in Ihrem Koffer haben?«

»Ja, im Grunde«, sagte Nick. »Nein, nicht im Grunde. Genau das ist der springende Punkt.«

Lutch starrte ihn stählern an. »Hören Sie«, sagte er, »meine Würde steht nicht zum Verkauf.«

»Nein«, sagte Nick, »es ist noch komplizierter.«

»Wie meinen Sie das?«

»Das hier ist einfach als Schenkung ohne Vorbehalte gedacht, ohne irgendwelche Fesseln. Die Steuern sind schon alle bezahlt. Sie dürfen's behalten, egal, was Sie anstellen. Es steht Ihnen frei, uns runterzuputzen. Die Idee dahinter ist, daß Sie solche Schuldgefühle haben werden, wenn Sie uns die Fresse polieren, daß Sie beim nächsten Mal, wenn ein Redakteur von der *Oprah* anruft, womöglich nein sagen.«

Lutch starrte Nick an. »War das so abgemacht, daß Sie mir das alles sagen?«

»Nein. Sollte bloß einfach Entschuldigung sagen, Ihnen das Geld geben und verschwinden.«

»Warum erzählen Sie mir das alles denn dann?«

»Weiß ich eigentlich gar nicht«, sagte Nick. »Nicht mit Hintergedanken, wie Sie vielleicht denken werden. Ich glaube nicht an die Himmelstür oder eine 24-Stunden-geöffnet-Hölle. Ich mag den Typen, für den ich arbeite, denjenigen, der diese Idee ausgebrütet hat, obwohl ich zu ihm gesagt hab, wir sollten Sie einfach in Frieden lassen. Der hat einfach das totale Fracksausen, wie die andern auch alle. Und ich werde wahrscheinlich weiter das machen, was ich mache. Darum weiß ich gar nicht, warum ich's tu. Keine Ahnung.«

»Sind ein komischer Vogel, Nick.«

»Ich kenn Leute, die Ihnen da zustimmen würden. Nein«, sagte Nick, »ich sollte ehrlich sein, dies eine Mal nur. Ich weiß, warum ich's Ihnen erzählt hab.«

»Warum?«

»Wegen dieser Art und Weise, wie Sie das Geld annehmen werden.«

»Warum sollte ich?«

»Weil Sie verrückt sind. Das erste, was Sie tun werden, ist, die ›L. A. Times‹ und KBLA anzurufen und denen zu sagen, sie sollen auf der Stelle hier rauskommen.«

»Da haben Sie verdammt recht.«

»Übrigens, vergessen Sie nicht CNN. Und *bestehen* Sie auf Bonnie Dalton, deren Topfrau in L. A. Wissen Sie noch, wie sie letztes Jahr diese Story über die Risse im Hoover-Staudamm gemacht hat? Sie kann so einer Sache wie dieser den letzten Schliff geben. Sie ist sehr gut in kontrollierter Rage, ohne gleich über Bord zu gehen. Außerdem sieht sie gut aus. Bonnie Dalton. Sagen Sie denen: keine Bonnie, keine Story, und die können sich's auf KBLA ansehen.«

»Okay«, sagte Lutch. »Bonnie Dalton.«

»Also wenn ich Sie wäre, würde ich den Aktenkoffer öffnen und das ganze Bare auf dem Fußboden auskippen.«

»Wieso das?«

»Das wird dann viel effektvoller aussehen. Schauen Sie mal.«

Nick kippte das Geld aus. »Und schütteln Sie das Ding so wie ich jetzt, damit Sie noch das letzte Bündel rauskriegen. Wär außerdem toll, wenn Sie dabei husten könnten. Die ganze Zeit über, während Sie am Auskippen sind, sollten Sie uns anprangern, sozusagen auf den letzten Silberling hinarbeiten. Sie könnten's sogar direkt so nennen. Wissen Sie, wie bei den dreißig Silberlingen in der Bibel, der Judaslohn. Dann erzählen Sie ihnen, was Sie damit zu tun gedenken.«

»Was *gedenke* ich denn damit zu tun?«

»Sie werden es selbstverständlich der Krebs-Ranch schenken.«

»Na ja, ich hab wohl auch eine Familie . . .«

»Boah, Lorne. Sie können das Geld nicht *behalten*.«

»Warum zum Teufel denn nicht?«

»Wie wird denn das aussehen? Uns erst anprangern und das dann behalten? Das ist Blutgeld. Sehen Sie's sich an.« Sie starrten beide auf die Bündel von Hundertdollarscheinen auf dem Fußboden. Ganze Masse Geld.

»Ich werde das mit Roberta besprechen müssen«, sagte Lutch und rutschte unruhig auf seinem Sessel herum.

Nick fuhr mit Tempo nach L. A. zurück. Er wurde rechts rangewinkt, weil er zweiundneunzig Meilen pro Stunde gefahren war. Der Bulle brummte ihm den vollen Satz auf. Nick stritt nicht deswegen.

Am nächsten Morgen rief Gomez O'Neal im Encomium an. »Wir haben gerade gehört, daß Lutch seine Teilnahme an einer lokalen TV-Talk-Show nächste Woche abgesagt hat. Läuft prima.«

Der Captain rief fünf Minuten später an. »Gomez O'Neal erzählt mir gerade, es funktioniert. Ich hab doch gewußt, das würde es. Gute *Arbeit*, Sohnemann.«

BR rief an. »Soviel ich höre, laufen die Dinge gut da draußen.«

Nick legte auf und rief Lutch an. »Lorne«, sagte er verärgert, »wie sieht's aus?«

»Roberta und ich sind noch immer am Überlegen deswegen«, sagte er.

»Hören Sie, es wird nichts Gutes dabei rauskommen, wenn Sie uns in einer Woche oder in einem Monat, von jetzt an gerechnet, anprangern werden. Rage ist wie Fisch, muß nämlich frisch sein.

Machen Sie's heute. Hätte eigentlich wirklich schon gestern über die Bühne gegangen sein sollen.«

»Mal angenommen«, sagte Lutch, »ich würde Sie anprangern, mir einhunderttausend Dollar zugesteckt zu haben? Wäre das für Ihre Leute wohl in Ordnung?«

19

Jack Bein rief an, um mitzuteilen, Jeff habe gute Neuigkeiten und wünsche für sieben am nächsten Morgen eine Unterredung. »Das ist doch nicht zu früh für Sie, oder?« Nick sagte ihm, daß auch in Washington das Geschäftsleben früh beginne.

»Ich hab mit allen gesprochen, die mit *Sektor Sechs* zu tun haben«, sagte Jeff und nippte an einer Tasse Ginseng-Tee. »Ich hab den Produzenten erzählt, was wir wollen, und«, er lächelte zynisch, um Nick zu verstehen zu geben, daß ihre Antwort für ihn keineswegs überraschend ausgefallen sei, »sie haben mir erzählt, was *sie* wollen, und das ist eine ganze Stange Geld. Eine solche Stange Geld«, er gluckste, »daß sogar ich überrascht war. Und ich möchte doch meinen, daß ich nicht leicht zu überraschen bin.«

»Wie hoch ist die Summe?« fragte Nick.

»Es ist ein Film über den Weltraum. Die Höhe der Summe ist dementsprechend astronomisch, könnte man sagen.«

»Na ja«, sagte Nick, »meine Branche macht im Jahr achtundvierzig Milliarden, also werde ich vielleicht nicht gleich in Ohnmacht fallen. Also, von welcher Summe reden wir?«

»Wenn Mace rauchen soll, zehn. Wenn Fiona und Mace rauchen sollen, fünfundzwanzig. Ich sagte denen, Moment mal, wo kommen denn da die fünf zusätzlichen her? Normalerweise, wenn man was im Doppelpack kauft, gibt's einen Mengenrabatt. Sie sagten, das sei wegen der aufschaukelnden Wirkung. Das sind keine blöden Leute. Die haben's gleich geschnallt: Wenn Mace und Fiona sich nach so einem kosmischen Fick in der Luftblasensuite eine anstecken, dann verkauft das eine *Menge* Zigaretten.«

Fünf...undzwanzig? »Wir wollen uns ihre Lungen bloß für zwei Stunden mieten«, sagte Nick. »Wir bitten sie nicht drum, Krebs zu kriegen.«

»Der ist echt gut«, sagte Jack Bein.

»Ich würde nicht davon ausgehen, daß diese Zahlen in Beton gemeißelt sind«, sagte Jeff. »Der Punkt ist, die wollen spielen. Das ist ein sehr teurer Film, sogar mit der Zusatzfinanzierung. Ich sollte Ihnen das eigentlich nicht erzählen, aber der Sultan von

Glutan hat vor, seine Präsenz in diesem Lande auszuweiten, und es drängt ihn in das Filmgeschäft rein.«

»Drängt ihn *rein* ist korrekt«, sagte Jack.

»Der Gund, daß ich das erwähne, und zwar streng vertraulich«, fuhr Jeff fort, »ist, daß ich mich vergewissern wollte, ob Sie irgendwelche Probleme damit hätten, finanziell mit dem Sultan verstrickt zu sein.«

Also deshalb erzählt er das alles, dachte Nick. Jeff Megall war nicht der Mann, Small talk zu machen oder leichthin Vertrauensbruch zu begehen. Der Sultan war unlängst in die Schlagzeilen geraten. Man hatte auf einer der abgelegeneren Inseln seines Archipels erneut Öl entdeckt. Die Insel wurde von einigen tausend Angehörigen eines primitiven Stammes bewohnt, die drolligerweise geglaubt hatten, die Ölbohrleute würden ihre Erdmutter vergewaltigen, indem sie ihre Schäfte in sie versenkten, und sie dann folgerichtig zu Kleinholz gehackt hatten. Der Sultan, der der reichste Mann der Welt und als solcher Ungelegenheiten gegenüber recht unduldsam war, hatte als Antwort darauf seiner Luftwaffe befohlen, die Insel zu bombardieren, bis darauf nichts mehr am Leben war außer dieser ganz besonders widerstandsfähigen Untergattung der Eidechsen *Komodo terribilis*. Die UNO hatte die Aktion verurteilt, und die Meinung der Weltöffentlichkeit richtete sich heftig gegen ihn; dies in solchem Maße, daß ein halbes Dutzend internationaler Berühmtheiten ihre Teilnahme an seiner jährlichen Jachtparty in Costa Splendida für dieses Jahr abgesagt hatten.

»Lassen Sie mich hinzufügen«, sagte Jeff, »daß die Beteiligung der Sultans an der Finanzierung absolut anonym sein wird. Wir lassen das über eine seiner off-*off*-shore Gesellschaften laufen.« Er breitete – mit der internationalen Geste der Hilflosigkeit, Handflächen nach oben – seine Hände aus. »Was diese Kontroverse anbelangt, es ist nicht an mir, dazu etwas zu sagen. Ich bemühe mich sehr darum, mich nicht in politische Angelegenheiten hineinziehen zu lassen.«

»Wo wir gerade davon sprechen«, sagte Jack, »haben Sie sich schon entschieden, ob Sie zu seinem Geburtstag gehen?«

Das mußte wohl der Geburtstag des Präsidenten sein, dachte

Nick. Heather hatte davon gesprochen. Ganz große Sache, auf dem Südrasen des Weißen Hauses. Es wurde natürlich als Wohltätigkeitsveranstaltung aufgezogen, nämlich für obdachlose Kinder. Heutzutage konnte man nicht einfach nur eine Party für sich selbst geben.

»Weiß ich nicht«, sagte Jeff mit einem Anflug von Überdruß. »Weiß ich noch nicht. Hab mich einfach noch nicht entscheiden können.«

»Ist morgen schon, Jeff.«

»Ja, ist es. Vielleicht werd ich hingehen. Weiß nicht. Die ganze Geschichte finde ich ausgesprochen ... traurig.«

Wieder einmal war Nick verblüfft. Der Tod Tausender von Glutanesen war durch eine Diskussion darüber verdrängt worden, ob Jeff an der Party eines Präsidenten teilnehmen sollte, der ihn dadurch enttäuscht hatte, daß er nicht als Gast in seinem Haus weilen mochte, nur weil die Presse ständig darauf herumritt, wie er sich durch Hollywoods Starruhm blenden lasse. Und doch war Jeff ganz deutlich ein Mann mit Feingefühl: Er hatte Nick so viel an professioneller Höflichkeit angedeihen lassen, daß er den einen Massenmörder fragte, ob er Einwände habe, sich das Sponsern eines Films mit einem anderen Massenmörder zu teilen. In einer durchgedrehten, aus dem Lot geratenen Welt, dachte sich Nick, lief alles bloß auf gute Umgangsformen hinaus.

»Also«, sagte Jeff, »wäre das ein Problem für Sie?«

Blutsultan und Tabakkonzerne verbünden sich bei Filmgeschäft. Nick seufzte. »Das sollte ich besser meine Leute entscheiden lassen.«

»Natürlich«, sagte Jeff, der enttäuscht klang.

Nick begriff, daß Jeff es nicht gewohnt war, wenn man ihm sagte: *Ich werde darauf zurückkommen.*

»Und diese Zahlen«, sagte Jeff und setzte seine Tasse Ginseng ab. »Darüber werden Sie auch Ihre Leute entscheiden lassen wollen«, im Tonfall milder, aber unmißverständlicher Herabsetzung.

Es wurde Zeit, schätzte Nick, im Gegenzug jetzt den eigenen Knüppel aus dem Sack zu holen. Eine Achtundvierzig-

Milliarden-Dollar-Branche brauchte sich für die Größe *ihres* Pimmels nicht zu entschuldigen.

»Natürlich«, Nick lächelte, »sind diese Summen *absolut* jenseits von Gut und Böse. Insbesondere im Lichte der Tatsache, daß man uns bittet, das Risiko eines solchen Unterfangens im Verein mit jemandem einzugehen, den man den Hitler des Südpazifik genannt hat. Nicht daß wir uns unsererseits in politische Angelegenheiten hineinziehen lassen.«

Jeff starrte ihn an. Schließlich brach Jack das Schweigen. »Vieles bei der Sache ist in der Presse einfach verschwiegen worden. Er *hat* anfangs angeboten, sie umzusiedeln. Und was haben sie gemacht? Seinen Unterhändler mit einem Speer aufgespießt. Nach meinem Verständnis kann man, wenn man Sultan ist, so ein Betragen einfach nicht hinnehmen, weil einem sonst sehr bald *jeder* auf der Nase rumtanzt. Das ist nicht so, als wär man Gouverneur von, was weiß ich, Kansas.«

»Ich glaube, jetzt kommen wir ein wenig aus dem Gleis«, sagte Jeff. »Ich persönlich kann sagen, daß sich der Sultan im Umgang mit mir als sehr vernünftig und feinfühlig erwiesen hat. Und was diese Summen betrifft, die können wir noch runterhandeln. Wir wollen alle nur unser Bestes. Gleichzeitig, Nick, müssen wir aber realistisch bleiben. Wir sprechen von zweien der angesagtesten Stars in der Branche, Supernovas. Und einige technische Dinge wären zu klären. Wie zum Beispiel, warum die sich nicht selbst in die Luft jagen, wenn die sich in einem Raumschiff eine anstecken. Es wird immer noch um eine echte Stange Geld gehen müssen.«

»Mm-hmm«, sagte Nick. »Natürlich werden wir wollen, daß alles genauestens geregelt wird, vertraglich. Begutachtung des Skripts. Marke der Zigaretten, Zahl der gerauchten Zigaretten, Erwähnungen von Zigaretten im Dialog, insbesondere unter Bezugnahme darauf, wie toll es ist, sie zu rauchen. Und so weiter. Tatsächlich werden wir es uns bei solchen Summen vorbehalten müssen, daß genau spezifiziert wird, wie viele Züge sie von jeder Zigarette nehmen. Kann Mace McQuade Qualmringe hinkriegen?«

»Weiß ich nicht«, sagte Jeff. »Dazu liegen mir keine Informationen vor.«

»Bei solchen Summen würden wir auf Qualmringen bestehen.«

Jack sagte: »Für *Kraken* hat er Sporttauchen gelernt. Ich sehe kein Problem für ihn, Qualmringe zu erlernen.«

»Gut«, sagte Nick. »Denn für die Summen, von denen wir wohl sprechen, würden meine Leute in *Sektor Sechs* ein mehr als ordentliches Gerauche wünschen.«

»Wir wollen sehen, was wir bewerkstelligen können«, sagte Jeff. »Wir bleiben in Verbindung.«

Diesmal blieb Jack Bein bei Jeff zurück. Während Nick quer über den Fischteich stapfte, kam er sich vor wie einer von den Leuten in den James-Bond-Filmen, die man, da sie Nummer Eins geärgert haben, durch die Falltür ins Haifischbecken stürzen läßt; aber er schaffte es bis zu den Aufzügen, ohne von teuren Karpfen zu Tode beknabbert worden zu sein.

Im Encomium zurück, fand Nick dringende Mitteilungen von dem Captain, BR, Heather, Polly, Jeannette und Jack Bein vor. Er war sich unsicher, wen er als erstes zurückrufen sollte, aber in Sachen Telefonanrufe ist es wie im Leben immer klug, demjenigen Priorität einzuräumen, der einem die Brötchen bezahlt.

Der Captain war aus dem Krankenhaus raus, hörte sich aber an, als sollte er lieber wieder rein. Er war nicht sehr gut drauf.

»Ich nehme an, Sie haben diese ... *groteske* Neuigkeit schon gehört«, sagte er. Nick sagte, er sei den ganzen Vormittag in einer Besprechung mit Jeff Megall gewesen. Der Captain fragte nicht einmal nach, wie diese Sache gedeihe.

»Finisterre?«

»Heißt Ende der Erde, auf französisch«, sagte der Captain und machte eine kurze Pause, um irgendwas zu schlucken. Nitroglyzerin? »Das trifft die Sache auch. Gomez O'Neal hat gestern abend Bericht erstattet. Einer von den Senatsleuten hat's schließlich ausgebuddelt. War weder einfach noch billig. Dieser Hurensohn wird bis zum Ende der Woche eine Gesetzesvorlage einbringen, die vorsieht, daß Zigarettenschachteln künftig einen Totenschädel und gekreuzte Knochen tragen müssen.«

»Autsch«, sagte Nick. Natürlich – die hispanische Haushälterin. Eine Warnung, die sogar des Englischen unkundige Leute verstanden. Er hätte das eigentlich schon drei Meilen gegen den Wind gerochen haben müssen. Verlor er sein Gespür?

»Wir werden wie *Ratten*gift aussehen«, sagte der Captain. »Sie kehren besser mit dem nächsten Flieger zurück.«

Er rief BR an. Der nahm die Neuigkeit nicht so emotional auf wie der Captain, aber er war dicht an der Kante. Es lag definitiv ein Geruch von Paranoia in der Luft. Das erste, was er fragte, war, ob Nick auf Funknetz sei. Sogar nachdem Nick ihm versichert hatte, er sei auf Kabelnetz, weigerte sich BR, ganz genau zu enthüllen, wie Gomez an diese grausige Neuigkeit herangekommen sei, aber er sagte doch, sie sei gesichert. Weiterhin, erzählte er Nick, habe Finisterre den Abgeordneten Lamont C. King aus Texas – einen der konservativeren Getreidekäfer im Kongreß – dazu gebracht, die Vorlage im Haus zu unterstützen. Ein kurioses Gespann. King konnte Finisterre nicht ausstehen; aber Finisterre saß in der Kommission für die Schließung von Militärstützpunkten.

»Wir haben einen schnellen und unsauberen Hammelsprung gemacht«, sagte BR, »bei dem rausgekommen ist, daß die Vorlage angenommen werden *wird*. Don Stookey sagt einen fünfundzwanzigprozentigen Kursverfall bei allen Tabakaktien innerhalb einer Woche voraus.«

»Oje«, sagte Nick.

»Das wird ziemlich haarig werden«, sagte BR. »Sie kommen besser mit dem nächsten Flugzeug zurück.«

Nick rief Heather an. Er hoffte nun, sie hatte nicht auch deswegen angerufen. Hatte sie nicht.

»Zwei FBI-Agenten waren hier, um mit mir zu sprechen«, sagte sie mit einem seltsamen Ton in der Stimme. »Sie haben mir Fragen gestellt.«

»Das ist das, was FBI-Agenten zu tun pflegen«, sagte Nick. »Ist deren Job. Sie versuchen die Leute zu finden, die versucht haben, mich umzubringen.«

»Sie wollten wissen, wie gut ich dich kenne.«

»Oh?«

»Fehlte nicht mehr viel, und die hätten gefragt, ob wir zusammen geschlafen haben. *Wie gut ganz genau kennen Sie Mr. Naylor?* Waren zwei Stück. Ein guter Bulle und ein böser Bulle. Der böse Bulle hat das meiste Quatschen gemacht. Monmaney. Richtig hübsch, wenn man einen Geschmack hat, der Richtung Wölfe tendiert. Er wollte wissen, Zitat, was für ein Mensch, Zitatende, du bist.«

»Na«, sagte Nick, »ich nehm mal an, das ist nicht weiter unüblich.«

»Er hat gefragt, ob du besonders ambitioniert bist.«

»*Ambitioniert?*«

»Mm-hmm. Sie wollten auch wissen, ob ich meinte, du hättest es, Zitat, psychisch immer noch nicht überwunden, Zitatende, der Welt das Ableben des Präsidenten verkündet zu haben. Hallo?«

»Was hast du ihnen erzählt?«

»Natürlich hab ich mich geweigert, denen irgend etwas zu sagen.«

»Dich geweigert? Wieso denn das?«

»Weil ... ich bin Reporterin. Reporter plaudern nichts an FBI-Agenten aus.«

»*Ausplaudern?* Was heißt hier *ausplaudern?* Die haben dir doch bloß Routinefragen gestellt.«

»So was nennst du Routine?«

»Aber jetzt werden sie glauben, du schützt mich.«

»Ich schütze nicht dich. Ich schütze ein Prinzip.«

»Aber warum konntest du denn nicht einfach die Wahrheit erzählen? *Das* ist auch ein Prinzip, oder was?«

»Jetzt hör mir mal zu. Es gibt keinen Zusammenhang zwischen Rauchen und Erkrankung. Ehrlich. Hallo?«

»Bin noch da«, seufzte Nick und massierte sich mit Daumen und Zeigefinger den Nasenrücken.

»Warum regst du dich so auf? Du klingst richtig ...«

»Was?«

»Schuldbewußt.«

»Schuldbewußt? Schuldbewußt weswegen? Mich mit Nikotinpflastern übersät zu haben? Ich wär um ein Haar abgenibbelt!«

»Beruhige dich. Die fischen bloß im trüben rum. Die haben gar nichts.« Pause. »Oder etwa doch?«

»Heather«, sagte Nick, »*wovon sprichst* du eigentlich?«

»Hey, *ich* weiß doch nicht, wieso das FBI mir solche Fragen stellt.«

»Na, du könntest aber auch ein bißchen mißtrauischer sein. Jesus, die meisten Reporter, die ich kenne, sind so mißtrauisch, daß die überhaupt nichts glauben. Außer Mutter Teresa, und ein paar von denen, die ich kenne, glauben sogar, daß *die* sich schmieren läßt.«

»*Stopp* jetzt mal. Wie konnte Mutter Teresa in ein Gespräch über die mit Füßen getretenen Prinzipien eines Tabaklobbyisten geraten?«

»Besten Dank auch«, sagte Nick verdrießlich. »Du bist mir heute wirklich eine kolossale Stütze.«

»Ich *werde* dir helfen. Indem ich drüber schreibe.«

Nick sagte: »Du tust was?«

»Wir werden das FBI in die Defensive drängen. Sollen die doch erklären, warum sie Kidnapping-Opfer schikanieren. Drangsalierung aus Gründen von Political Correctness. Eskalation der anhaltenden Verleumdungskampagne gegen Tabak. Tabak als das neue Reich des Bösen. Es überrascht mich, daß du daran noch nicht gedacht hast. Das gibt eine tolle Geschichte.«

»Du willst über diese Sache *schreiben*?«

»Ich *muß* über diese Sache schreiben.«

»Und jedermann erzählen, daß ich, daß ich, daß ich vom FBI verdächtigt werde? Mm-mm. Nein, danke. Glaube ich kaum. Hallo? Heather? Heather, dieses Gespräch ist vertraulich. Heather?«

»Hör auf, so paranoid zu sein. Das wird sehr positiv für deine Seite ausfallen. Also, haben sie sich schon direkt an dich herangemacht? Hallo?«

Er rief Polly an. Sie klang beunruhigt.

»*Nick*«, sagte sie, »Gott sei Dank. Ich hab die ganze Zeit versucht, dich zu erreichen. Äh, du bist doch nicht auf Funknetz? Gut, das FBI war nämlich gestern da, um mit mir zu sprechen. Sie . . .«

. . . hatten ihr dieselben Fragen gestellt wie Heather. Jetzt war

Nick *wirklich* paranoid. Er wußte, daß das FBI gut war, aber wie hatten sie von Heather und von Polly erfahren können? Wie hatten sie dies ganze *persönliche* Zeugs in Erfahrung gebracht?

»Keine Sorge«, sagte Polly. »Ich hab denen nichts erzählt.«

»Wie meinst du das?«

»Gibt es irgend etwas, was ich für dich tun kann? Marty Berlin sagt, der richtige Anwalt dafür ist Geoff Aronow. Ist bei Arnold & Porter. Teuer, aber echt gut.«

»Polly...« Aber Nick war moralisch zu sehr ausgelaugt, um zweimal in einer Stunde seine Unschuld zu beteuern. Dann kam es ihm in den Sinn, daß er, wenn das FBI dieses Gespräch abhörte – und weiß Gott, die waren fähig, auch Kabelnetze abzuhören –, wohl besser zumindest die Gestik des Schockiertseins abspulen sollte. Aber Polly, die liebe Polly, machte die Sache nur immer noch schlimmer, indem sie unablässig sagte, es *interessiere* sie nicht, es *mache* ihr nichts *aus*, sie stehe hundertzehnprozentig hinter ihm. Wenn es eine Formulierung gab, die den Anzapfern angenehm die Ohren kitzelte, dann ganz bestimmt diese, aus dem Mund einer Frau: *Ich stehe hundertzehnprozentig hinter dir.*

Jeannette war nicht vom FBI ausgefragt worden, Gott sei Dank. Sie hatte angerufen, um mit ihm wegen der Finisterre-Bombe »einen raschen Gedankenabgleich durchzuführen«. Sie frage sich, ob es nicht Sinn machen würde, es selbst schon vor Finisterres eigener Ankündigung durchsickern zu lassen, so daß sie der Sache ihren eigenen Drall verpassen konnten: *Traurig, nicht wahr, daß Senator Finisterre, bloß um die Menschen von der Tatsache abzulenken, daß er sich schon wieder scheiden läßt, so eine Schau mit diesem hysterischen Unsinn abzieht und dabei gleich noch die Intelligenz des amerikanischen Volkes beleidigt, indem er sie alle wie analphabetische Ratten behandelt?* Nicht schlecht, dachte Nick. Ganz schön helle, die Jeannette. Er beglückwünschte sie. Sie schnurrte: »Ich hab einen guten Mentor.«

»Ach, übrigens«, sagte er und ließ es unaufgeregt und beiläufig klingen – wäre absolut nicht gut, wenn BR in einem Augenblick wie diesem ausrastete, weil einer seiner Angestellten unter Verdacht stand –, »das FBI stochert offenbar in der Gegend rum und stellt blöde Fragen persönlicher Natur.«

»Was für Schwachköpfe«, sagte sie.

»Ja, aber tu mir einen Gefallen. Wenn sie bei dir auftauchen, erzähl denen alles.«

»*Alles?*« lachte sie.

»Na ja«, sagte Nick, »im Sinne der Tatsachen. Ich hab vor, denen nichts zu verbergen.«

»Besorg dir einen Flug zurück«, zischte sie. »Ich *will* dich.«

Nick zog gerade den Reißverschluß seiner Kleidertasche zu, als Jack Bein anrief, ganz betrübt, weil fast eine Stunde vergangen war, ohne daß Nick zurückgerufen habe. In einer Stadt, wo alles endlos brauchte, waren fünfundvierzig Minuten eine Ewigkeit.

»Jeff fand, die Unterredung sei *echt* gut gelaufen, und«, sagte Jack mit einem Gehabe, als gäbe er den Gewinner einer Lotterie bekannt, »er möchte, daß Sie ihn heute zum Dinner in seinem Haus besuchen. Normalerweise lädt Jeff neue Kunden nicht zum Essen in sein Haus ein. Er führt ein sehr zurückgezogenes Privatleben. Das ist ein Zeichen dafür, wie sehr er Sie schätzt. Es werden nur Sie, Fiona und Mace dasein. Zuzüglich Jerry Gornick und Voltan Zeig, die Produzenten. Er wird etwas ganz Spezielles servieren lassen. Ich krieg den Namen nie richtig auf die Reihe, mein Japanisch ist nicht sonderlich gut – sollte ich wohl besser mal aufbessern, stimmt's? –, aber jedenfalls ist das transparentes Sushi. Die holen das ganz vom Boden des Marianengrabens hoch. Aus wahrscheinlich Tausenden von Metern Tiefe, wo die richtig seltsamen Viecher hausen. Jurassische Tintenfische. Wissen Sie, diese Dinger, die Augäpfel an den Enden von ihren Fühlern haben? Also ehrlich gesagt, ich bin da gar nicht so verrückt nach. Ich persönlich mag ja Fisch, wo man nicht durchsehen kann, aber das ist ja so eine unglaubliche Rarität, und man kann dies Zeugs nicht mal in den besten Restaurants kriegen. Jeff hat da so eine Verbindung über Sumitashi International, wo ich Ihnen noch gar nichts von erzählt hab. Normalerweise läßt Jeff das nur servieren, wenn sagen wir Ovitz oder Eisner kommen, es ist also ein grandioser Tribut an die Gefühle, die er Ihnen entgegenbringt.«

Nick erklärte ihm, daß er, so geehrt er auch sei, soeben in dringenden Geschäften nach Washington zurückgerufen worden sei. Es entstand eine lange Pause. Jack klang tödlich verletzt. »Nick, ich weiß gar nicht, wie ich es ausdrücken soll, aber was kann denn wichtiger sein als *das*?«

Der Page klopfte an die Tür. Sein Flug ging in – Jesus – fünfundfünfzig Minuten. »Glauben Sie mir, Jack, es ist gewaltig. Ich ruf Sie später an, von unserer Küste aus.«

20

Das Gespräch über den Tisch neben dem unechten Kamin bei Bert lief heute streng sotto voce. Nick, Polly und Bobby Jay saßen vornübergebeugt wie Revolutionäre in einem Pariser Café, die über Bomben debattierten.

Bobby Jay war ganz fahl angesichts der Neuigkeit über Finisterre. Als er noch Gouverneur von Vermont war, hatte Finisterre ein – vom Standpunkt der SAFETY-Leute aus gesehen – sehr unangenehmes Anti-Handfeuerwaffen-Gesetz durchgebracht, das eine achtundvierzigstündige Wartezeit zwischen Kauf und Warenerhalt vorsah *und* Neuanschaffungen auf eine pro Woche beschränkte. Jetzt, wo er sich mit dem Geld seiner Familie einen Sitz im Repräsentantenhaus gekauft hatte, konnte er seinen Neopuritanismus auf nationaler Bühne austoben.

»Bei diesem kleinen Bastard mit den vorstehenden Zähnen stimmt irgendwas nicht«, sagte Bobby Jay und malmte seine Beißer in eine große Peperoni, wobei er Pollys Kleid mit etwas feurigem grünem Saft besprützte, »aber nichts, was hundert Körner Weichblei nicht in Ordnung bringen könnten.«

Sosehr es Nick auch im Herzen wohl tat, solche Sympathie einstreichen zu können, schien Bobby Jays Reaktion doch um eine Spur zu extrem, besonders für einen wiedergeborenen Christen.

»Habt ihr irgendwelche Ideen für mich«, sagte Nick, »abgesehen von der, ein Attentat auf ihn zu verüben?« Nick zog die Nelke aus der Vase und untersuchte sie penibel.

»Was tust du da?« sagte Polly.

»Überprüfung auf Wanzen. Solange wir darüber diskutieren, US-Senatoren zu erschießen.«

Bobby Jay nahm die Blume und sprach hinein. »Ich hege größte Hochachtung für Senator Or-to-lan K. Finisterre.«

»Der ist bloß in schlechter Stimmung«, sagte Polly, »weil diese Woche wieder ein Briefträger zum Berserker geworden ist und ein Postamt in ein Schlachthaus verwandelt hat. Da fällt mir ein, ich wollte dich noch fragen – wie konnte er sich eigentlich legal einen *Granat*werfer anschaffen?«

»Nörgel ich etwa jedesmal an dir rum, wenn irgendein besoffener Teenager einen Nobelpreisträger umnietet?« sagte Bobby Jay. »Und übrigens, Peperonisaft läßt sich nicht rauswaschen.«

Nick sagte: »Ich glaub, wir sprachen über mein Problem.«

»Ich nehme mal an, ihr stärkt Finisterres Gegenkandidaten den Rücken«, sagte Polly.

»O ja doch. Der wird sich *wälzen* können in Papiergeld. Und Hartgeld. Aber das bringt uns noch nicht viel ein. Die Wahl ist im November, und diese Geschichte ist jetzt.«

»Na«, sagte Polly, »und könnt ihr ihm irgendwas anhängen?«

»Er ist ein Wüstling und Seitenspringer«, sagte Bobby Jay. »Dreimal verheiratet und geschieden, und nur der Herr allein weiß, wie viele Ficknutten zwischendurch.«

»So schockierend das für das amerikanische Volk auch sein mag, ich dachte an etwas irgendwie, weiß nicht, Abgefahreneres. Perverseres, Peitschen und so Sachen? Gott«, sagte sie und stieß einen langen, philosophischen Rauchstrom aus, »hör bloß mal, wie wir reden. Ich war mal drauf und dran, zum Außenminister zu werden.«

»Was ist denn los?« sagte Bobby Jay. »Verträgst du die Hitze nicht? Das Leben ist ein schmutziger, fauliger Job, und irgendwer muß ihn tun.«

»Geh und schieß einen Wal«, sagte sie zu Nick. »Ist denn euer Typ da – Garcia? – nicht an dem Fall dran?«

»Gomez. Ja. Die machen sich wahrscheinlich gerade in diesem Augenblick über seine Kreditkartenquittungen her.«

»Vergeßt nicht seine Video-Ausleihlisten. Denk daran, was diese Schweine mit dem armen Richter Thomas gemacht haben.«

»Ich bin zuversichtlich«, sagte Nick, »daß Gomez O'Neal keiner ist, dem so was entgeht.«

»Wird nichts bei rauskommen. Die haben heute alle eingebaute Sicherungen. Hat wahrscheinlich jemanden unter seinen Angestellten, der die schmutzigen Filme für ihn ausleiht. Pharisäer.«

»Der hatte ein bißchen was von einem Playboy an sich, als er noch jünger war. Und dünner. Der hat sich früher massig oft besoffen. Wurde einmal zur Blutprobe angehalten.«

»Oh, *bitte*«, sagte Polly, »laßt die Finger davon, wenn's irgend geht. Überhaupt ist das Frühgeschichte. Er war derjenige, der den in Vermont zulässigen Promillewert auf null Komma acht senkte, der scheinheilige Bastard. Typisch. Bloß weil er früher immer mit einem in der Krone gefahren ist, wird jetzt jeder, der zweimal am Chardonnay nippt, für sechs Monate seinen Lappen los. Und was soll man denn wohl tun, in Vermont? Ein Taxi rufen?«

»Du bist dir doch wohl bewußt, daß ihr die nächsten seid, oder?« sagte Nick. »Wenn er damit durchkommt, Totenschädel und Knochen auf Zigaretten aufzudrucken, wie lange, meinst du, wird's dann wohl noch dauern, bis er die auch auf Scotch, Bier und Wein draufklatschen wird?«

»Da ist kein *Platz* mehr drauf für noch mehr Warnaufdrucke«, sagte Polly bitter. »Es überrascht mich bloß, daß wir nicht auch noch raufschreiben müssen, man soll die Flasche nicht mit runterschlucken.«

»Wir sind alle am Ende«, sagte Nick verdrießlich.

»Verzweiflung ist eine Todsünde«, sagte Bobby Jay.

»Meine gesamte Produktpalette ist dabei, von der Ladenkasse ins Regal ›Haushaltsgifte‹ verfrachtet zu werden, und das FBI glaubt, ich hätte mich selbst mit Nikotinpflastern zugekleistert. Ich glaub ehrlich, daß ich zu ein bißchen Verzweiflung berechtigt bin.«

Polly legte ihm ihre Hand auf die seine. »Laß uns mal Schritt für Schritt vorgehen.«

»Sie hat recht«, sagte Bobby Jay. »Es gibt nur eine Methode, einen Elefanten aufzuessen. Löffel für Löffel.«

»Was soll das denn wohl werden, Redneck-Haiku? Können wir bitte mal *aufwachen*?«

Bobby Jay beugte sich weit hinüber. »Wir haben Freunde im J.-Edgar-Hoover-Gebäude. Wolln doch mal sehn, was ich rausfinden kann.«

»Über laufende Ermittlungen? Viel Glück.«

»Du könntest überrascht sein. Auf einem Schießplatz läuft so allerlei an Verbindungen; Männerbande. Du weißt nie, was du alles so mit den leeren Hülsen aufsammelst.«

»Na«, seufzte Nick, »sag ihnen, sie sollen hingehen und noch ein paar islamische Fundamentalisten mehr einbuchten.«

»Prima, wir machen Fortschritte«, sagte Polly. »Bobby Jay kümmert sich um dein FBI-Problem. Jetzt mußt du also bloß noch eine Lösung finden, was du mit Finisterre anstellen kannst. Der muß doch irgendwo einen schwachen Punkt haben. Hat jeder.«

»Was soll ich denn wohl tun? Ihn in *MacNeil-Lehrer* attackieren, weil er sich *Feuchte Bräute* ausgeliehen hat?«

»He«, sagte Polly und ergriff ihn an der Schulter, »wo ist der alte Drachentöter des Neopuritanismus? Wo ist der Typ, den ich kannte, der in einem rappelvollen Theater aufstehen konnte und ausrufen: ›Es gibt keinen Zusammenhang zwischen Rauchen und Erkrankung?‹«

Nick sah sie an und wurde von der alten Regung für Polly ergriffen. Aber es war nicht die Zeit, über so was nachzudenken, denn er hatte halbwegs was mit Heather am Laufen und auf jeden Fall was mit Jeannette. Ein Jammer. Er und Polly wären . . . na, egal, jedenfalls hatte sie recht. Du willst einen leichten Job? Geh fürs Rote Kreuz Klinken putzen.

Die Kellnerin kam, um sie über die Dessert-Spezialitäten in Kenntnis zu setzen. Sie war neu; Bert hatte sie noch nicht instruiert, daß Tisch sechs nie, niemals wegen der Tagesspezialitäten zu behelligen war.

»Wir haben gedeckten Apfel*kuchen*«, sagte sie, »und der wird entweder à la mode serviert, mit Eiscreme, oder mit Vermont-Cheddar, der *wirklich* gut ist.«

»Und«, sagte Polly, als die Kellnerin endlich verscheucht war, »was ist denn nun mit Fiona Fontaines Haar los? Nick? Nick?«

Es war, als stecke er in einer Isolierkammer, von Wissenschaftlern über einen geschlossenen TV-Stromkreis beobachtet. Er bekam seinen Fragesteller und die anderen Gäste nicht einmal über Monitor zu sehen. Alles, was reinkam, war Ton – und dann diese Linse, die ihn unverwandt anstarrte wie ein großer, glasiger, fischäugiger, menschenfressender Zyklop.

Koppel war es so am liebsten – er selber allein im Studio, seine Interviewgäste in anderen. Das TV-Nachrichten-Äquivalent zum Einwegspiegel auf Polizeistationen. Das verschaffte ihm den Vorteil, sich nicht mit der Körperlichkeit seiner Versuchsperson abgeben zu müssen. Bei dieser Methode würde er sich nicht von ihrer nervösen Körpersprache ablenken lassen und Mitleid mit ihnen haben. Nur ganz spezielle Gäste durften neben ihm sitzen, beispielsweise der in Ungnade gefallene frühere Präsidentschaftskandidat, der sich, Monate später, für *Nightline* entschied, um einen Erklärungsversuch zu unternehmen, warum – um alles in der Welt – er sein Königreich für einen Schleudersitzjob verschleudert habe.

»Dreißig Sekunden noch«, hörte Nick aus seinem Ohrhörer. Er war nervös. Er war früher schon in *Nightline* gewesen, aber es hatte noch nie soviel auf dem Spiel gestanden. Er konnte richtig *fühlen*, wie man ihn beobachtete, spürte am anderen Ende der Linse den Captain, BR, Polly, Jeannette – die von der Garderobe ein paar Türen weiter aus zuschaute –, Heather, Lorne Lutch, Joey, seine stolze Mutter – mein Sohn, der Tabaksprecher –, Jack Bein und womöglich sogar Jeff Megall, der hoffen würde, daß Nick mit Pauken und Trompeten durchfiel, nämlich als Rache für die *lèse-majesté*, es ausgeschlagen zu haben, mit ihm durchsichtigen rohen Fisch zu speisen.

Sei cool, befahl er sich. In einem heißen Medium ist Coolsein alles, Klarheit noch besser und sich nicht an die Nase zu fassen vom feinsten. Er machte seine Atemübung, einen Zehn-Sekunden-Atemzug, in zwölfen wieder rauslassen. Er schloß seine Augen und versuchte, seinen Kopf zu leeren. Irgendwo hatte er gelesen, daß japanische Mönche zwanzig Jahre Stille, grünen Tee und braunen Reis dafür brauchten, den ihren zu leeren. Heute ging's ihm allerdings gar nicht um die Erleuchtung, nur um einen langsameren Pulsschlag.

Plötzlich hörte er durch seinen Ohrhörer – heftiges Husten. War das der Toningenieur?

O nein, denn schon hörte er die vertraute Geisterstimme: »Zigaretten ... manche Schätzungen besagen, daß nicht weniger als eine halbe Million Amerikaner in diesem Jahr an den Folgen des Rauchens sterben werden.«

Na klasse, dachte Nick, das gibt einen famosen Start: das Bild eines Patienten mit Krebs im Endstadium, der geplatzte Lungenbläschen hochspuckt.

»Doch obwohl«, fuhr Koppel fort, »das Bundeszigarettenbeschriftungs- und Werbegesetz von 1965 den Aufdruck deutlicher Warnungen auf Zigaretten verlangt, rauchen die Menschen auch weiterhin. Nun will ein US-Senator . . .«

Nick machte eine weitere Atemübung.

»Guten Abend. Ich bin, aus Washington, Ted Koppel, und dies . . . ist *Nightline*.«

Diese zum Markenzeichen gewordene Pause erinnerte Nick an den Taktschlag, den Edward R. Munrow immer in seine berühmten Radiokriegsberichte aus dem bombardierten London einfügte. »Dies . . . ist London.« Lieber alter kettenrauchender alter Edward R. Munrow. Lieber alter, toter alter, Edward R. Munrow.

». . . später in der Sendung werden wir den Senator für Vermont, Ortolan K. Finisterre, Urheber der Senatsvorlage, und Nick Naylor, Chefsprecher der Tabaklobby, hier begrüßen können. Doch zunächst sehen Sie einen Bericht von unserem Korrespondenten Chris Wallace . . .«

Wallace brachte in seinem aufs scheußlichste gründlichen Bericht die ›Lancet‹-Studie zur Sprache, die bis zum Ende des Jahrhunderts weltweit 250 Millionen Todesfälle infolge Rauchens voraussagte – jeder fünfte Mensch in den Industrieländern. Bastard von Studie, das. Nick machte sich im Kopf eine Notiz, trotz allem zu versuchen, die weltweit angesehenste medizinische Zeitschrift mit Dreck zu bewerfen.

»Wir wollen mit Ihnen beginnen, Senator. Zigaretten tragen bereits deutliche Warnaufschriften. Warum brauchen Sie diesen zusätzlichen Aufdruck?«

»Nun, Ted, wie Sie bereits in Ihrer vorzüglichen Einleitung ausgeführt haben . . .«

Arschkriecher. Aber – klarer Fall von verrechnet! Koppel war zu stolz, um sich marktschreierisch anschleimen zu lassen, schon gar nicht von einem Politiker.

»Aber zweifellos klingt der Warnaufdruck *schon jetzt dramatisch*«, fuhr er ihm dazwischen. Nick spornte ihn an. »Er benennt die Risiken. ›Lungenkrebs‹, ›Emphysem‹, ›Herzkrankheiten‹, ›Fötalasphyxie‹. Wofür brauchen wir da noch Totenschädel und Knochen?«

»Unglücklicherweise, Ted, können viele Menschen in Amerika nicht lesen oder nicht Englisch lesen, deswegen ist diese Maßnahme speziell zu ihrem Nutzen gedacht. Ich glaube, wir haben diesen Menschen gegenüber eine Verantwortung.«

»Okay. Mr. Naylor, und ich sollte darauf hinweisen, daß Sie, wie immer man auch über das Rauchen denken mag, zweifellos für Ihre Branche zum echten Frontkämpfer geworden sind, denn Sie wurden gekidnappt und um ein Haar umgebracht, und zwar von einer offensichtlich radikalen Anti-Raucher-Gruppierung . . .«

»Für *mich* offensichtlich«, sagte Nick.

»Vielleicht sollte ich Sie zu Beginn fragen, ob Sie glauben, daß Zigaretten schädlich sind.«

Sauberes Zuspiel.

»Nun, Ted, ich stehe auf dem, was ich den wissenschaftlichen Standpunkt nennen möchte, nämlich, daß noch sehr viel mehr Untersuchungen nötig sind, bevor wir in dieser Sache zu irgendeinem Resultat kommen können.«

Gut, ausgezeichnet. Mit einem einzigen Satz hatte er sich zum Verbündeten verantwortungsbewußter Forschung gemacht.

»Obwohl es heute bereits über sechzig*tausend* Studien gibt, die allein eine Verbindung zwischen dem Rauchen und Krebs anzeigen?«

Nick vollführte ein weltüberdrüssiges Nicken mit dem Kopf, um anzudeuten, er sei nicht überrascht, daß diese lausige Zeitungsente mal wieder strapaziert worden sei. »Ich glaube, diese Zahl, die Sie eben angeführt haben, Ted, kenne ich. Wenn mich nicht alles täuscht, stammt sie aus dem Buch von Ex-Generalbundesarzt Koop, aus demjenigen, für das er einen recht ansehnlichen Vorschuß bekommen hat.«

»Ich bin mir nicht ganz sicher, was Sie da andeuten wollen.«

»Nur daß Mr. Koop, wie so viele andere politische Gestalten auch, durchaus seine eigene Agenda hat.«

Etwas gequält vielleicht, aber wenigstens hatte er ein bißchen mutmaßlichen Dreck auf die Schuhe eines ehrwürdigen Mediziners gehäufelt, eines Facharztes für Kinderheilkunde obendrein. Eines Mannes, der das Leben . . . kleiner Kinder . . . gerettet hat.

Nicht dran denken! Gott sei Dank sah Koop wie Kapitän Ahab aus, mit diesem schauerlichen Bart, den er trug.

Er konnte richtiggehend spüren, wie Ortolan K. Finisterre ungestüm seine Arme in Richtung Lehrer in der Luft rumschwenkte. »Ted, darf ich dazu etwas sagen?«

Koppel aber war nicht geneigt, sein Muschelhorn einem Arschkriecher auszuliefern, der seine politische Karriere einem Hohlkopf verdankte, der vor dreißig Jahren in Disneyworld seinen Präsidentenonkel in die Luft gejagt hatte.

»Ich bin mir nicht sicher, ob ich Sie recht verstehe, Mr. Naylor. Sie behaupten, daß nach Zehntausenden von Untersuchungen und, ganz ehrlich, einer überwältigenden Fülle wissenschaftlicher Erkenntnisse, wonach Zigaretten schädlich sind, daß es da *immer noch* eine offene Frage sei, ob sie schädlich sind oder nicht?«

»Ted, vor zwanzig Jahren haben die Wissenschaftler uns erzählt, daß wir alle an künstlichen Süßstoffen sterben würden. Und heute sagen sie uns – wir haben Mist gebaut, macht euch nichts draus. Je mehr Zyklamat, desto besser. Darum denke ich, daß jeder Wissenschaftler, der seinen Schuß Pulver – oder in diesem Fall seinen Schuß Süßstoff – wert ist, Ihnen sagen würde, das oberste Prinzip der Wissenschaft ist – der Zweifel.«

Koppel klang belustigt, und zwar auf eklige Weise belustigt. »Na gut, wir wollen probehalber einmal davon ausgehen, daß die Frage immer noch offen ist. Aber würden Sie mir zustimmen, daß wir bis zu dem Zeitpunkt, an dem es *sehr wohl* schlüssige Beweise für die Schädlichkeit des Rauchens geben wird, daß wir uns da lieber zugunsten der Umwelt irren sollten und die Gesellschaft vor der Möglichkeit – um einen so *neutralen* Ausdruck zu benutzen, wie ich nur kann – zu schützen, daß es schädlich sein *könnte*, und deswegen die Zigaretten mit Senator Finisterres Aufdrucken versehen?«

Spitzfindiger Bastard.

»Nun«, lachte Nick weich und tolerant, »*sicher*, aber da würden wir einen gewaltigen Haufen von Warnungen überall draufdrukken müssen, um *alle* Dinge im Leben abzudecken, die womöglich nicht hundertprozentig sicher sind.« Nun aber genug palavert.

Es war Zeit, den Zündstift aus der Handgranate zu ziehen, die die Kellnerin ihm verschafft hatte. »Aber die *Ironie* bei alldem ist, Ted, daß der wirkliche, der *nachgewiesene* Nummer-eins-Killer in Amerika das Cholesterin ist. Ich kenne *gar* keinen Wissenschaftler, der mir da widersprechen würde. Und da kommt Senator Finisterre, dessen feiner und adretter Staat, wie ich leider sagen muß, die Arterien der ganzen Nation mit Vermont-Cheddar regelrecht *zupfropft*, mit seinem Vorschlag daher, uns mit Rattengiftaufklebern zuzupflastern.«

»Das ist doch total absurd. Ted, dürfte ich . . .«

»*Wenn* ich vielleicht ausreden dürfte?« sagte Nick und schnappte sich noch mal das Mikrofon. »Ich wollte damit nur sagen, daß ich mir sicher bin, die Tabakbranche würde zustimmen, diese Aufschriften auf *unser* Produkt aufdrucken zu lassen, wenn er die *tragische* Rolle, die *sein* Produkt spielt, dadurch anerkennt, daß Finisterre die gleichen Warnaufschriften auf diese tödlichen Klumpen massiven Lipoproteins geringer Dichte aufdruckt, die unter der Bezeichnung Vermont-Cheddar laufen.«

»Ted! . . .«

21

Er holte Jeannette nach der Sendung in der Garderobe ab. Es schwirrten noch andere Leute herum, die meisten versuchten, ihre Telefonnummer zu kriegen. Sie sah heute abend äußerst gepflegt aus. Nick gegenüber war sie die Seele kühler Professionalität persönlich und beschränkte sich darauf, ihm dazu zu gratulieren, daß er »einige sehr wichtige Punkte« gemacht habe. Dann, als sie im Aufzug allein waren, krallte sie ihn sich am Hals und drückte ihm einen Kuß auf wie bei einem NASA-Andockmanöver.

»Du warst einfach unglaublich. Ich werde dich zum *Stöhnen* bringen.«

Jeannette wußte ganz zweifelsohne, wie man einen Typen sich so fühlen läßt wie nach einem ehrlichen Tagewerk. Im Wagen auf dem Rückweg zu Nicks Wohnung hörte sie nicht auf, ihn anzufallen. Desinformation funktionierte bei Jeannette offensichtlich wie ein Aphrodisiakum. Sie taumelten durch die Tür und aufs Bett. Wie üblich blieb das Licht aus, und wie üblich zog Jeannette ihre perverse Latexnummer mit den Handschuhen und den Kondomen ab.

Gerade als die Sache richtig schweißtreibend wurde, klingelte das Telefon. Pollys Stimme war über den Lautsprecher des Anrufbeantworters zu hören. Das war quälend und verwirrend, mit einer Frau zu bumsen und dabei einer anderen zuzuhören.

»Killer*käse*?« lachte Polly. »Gut gemacht. Finisterre sah aus, als würd bei dem gerade die Gürtelrose ausbrechen. Von Bobby Jay soll ich dir sagen, daß du der Mod Squad heute einen Riesendienst erwiesen hast. Glückwunsch. Ruf mich an, wenn du wieder da bist. Ich muß morgen auf eine Podiumsdiskussion, darum pauk ich mir gerade die Wirkung von Alkohol auf die Nervenfunktion rein. Wußtest du schon, daß Alkohol echt den Ionenfluß durch den Neurotransmitter-Ionenkanal *stärkt* und einen beruhigenden Effekt zeitigt, ziemlich ähnlich dem von Valium? Bei *moderater* Dosierung natürlich, aber das kann ich hinbiegen. Wenn's eins gibt, was der Moderation Council haßt, dann ist das moderates Trinken. Na, egal, Kleiner, du warst echt toll. Hast meine Ionenkanäle zum Sausen gebracht. Bye.«

»Wer war denn das?« sagte Jeannette.

»Nicht aufhören. *Oh*.«

»Klang ziemlich freundschaftlich.«

»Polly Bailey. Einfach ne Freundin.«

»Was ist denn Mod Squad?«

»Merchants of Death. Wir essen zusammen. O ja, genau. *Ohhh*.«

Das Telefon klingelte wieder. »Hi, Nick, Heather hier. *Käse*? Das muß ich dir schon lassen. Du könntest die Serben so aussehen lassen wie Humanitätsfreaks. Ruf mich an, ja? Wir müssen über diesen Artikel da sprechen. Geht das, daß wir morgen zu Abend essen gehen?«

»War das Heather Holloway?«

»Ohhhhhhhhhh. Ja.«

»Ah. Ich *wußte* doch, du bist ihr Kehlkopfkitzler. Böser Junge. Solltest den Hintern versohlt kriegen. Möchtest du, daß ich dir den Hintern versohle?«

»Nein.«

»Also, fickst du die?«

»Wen?«

»Heather Holloway.«

»Können wir später darüber reden? Au! He!«

Der nächste Anruf kam vom Captain. »Nick, Sohnemann. Sie waren ganz große Klasse! Dieser pickelärschige Hurensohn mit den vorstehenden Zähnen sah aus, als wenn er sich gleich in die Unterhose scheißen würde. Ich glaub wirklich, ich hab den genau das tun hören. *Gut* gemacht, Sir. Sie sind das einzig Gute, was Tabak in den letzten zehn Jahren passiert ist. Und glauben Sie nicht, ich hätte nicht auch vor, meine Anerkennung zum Ausdruck zu bringen.«

»War das etwa – der Captain?«

»Oh, oh, oh, oh . . .«

»Niick.«

»*Was*? Ja.«

»Der klang absolut überglücklich.«

»Mrrmph. Schätzchen, Schätzchen . . .«
»Was meinte der mit Anerkennung zum Ausdruck bringen?«
»Rmmm. Oo, oo, oo. Jajajajaaachchchch.«

Als er aufwachte, war sie wie üblich weg und hatte wieder einmal gründlich aufgeräumt und es ihm damit erspart, den Bumsschutt verschwinden lassen zu müssen. Sehr ordentliche Frau, die Jeannette. Hing wahrscheinlich mit dem Sadomaso-Fetischismus zusammen. Was für eine müllübersäte Szenerie wäre das heute früh gewesen, Schachteln, Hüllen, kleine schlaffe Liebeszeppeline überall über den Boden verstreut. Fünfmal! War schon beruhigend, so mit gut vierzig, zu wissen, daß die alte Kobra immer noch fünfmal in einer Nacht hochkommen und zischen konnte.

Das Telefon klingelte. Es war Gazelle, die in Panik war, weil es schon neun Uhr fünfzehn war – er war erst nach vier zum Schlafen gekommen – und sein Telefon schon wegschmolz vor lauter wütenden Anrufen, größtenteils aus Vermont, darunter auch einer aus dem Büro des Gouverneurs. »Sie sagen besser diesen Lesben, die man Ihnen zur Bewachung gegeben hat, die sollen scharf Ausschau halten«, sagte sie, »denn diese Leute hören sich so an, als würden die mit ihren Käselastern hier angerauscht kommen und die alle auf Ihrem *Arsch* parken wollen.«

Als er ins Büro kam, klatschte man ihm im Flur die Hände ab und ließ den siegreichen Helden hochleben. Tabak mochte wohl in Flammen untergehen, aber sein Paladin schwang jedenfalls eine scharfe Lanze.

BR schien einen Tick gedämpft. Einen Tick unterkühlt sogar. »Ich hab gerade mit dem Gouverneur von Vermont telefoniert«, sagte er. »Ich würde den nicht gerade als fröhlichen Zelter bezeichnen wollen.«

»Das wird ihn lehren, in seinen Gefängnissen das Rauchen zu verbieten.« Nick zuckte die Schultern und goß sich Kaffee ein. Nach intesiver interner Diskussion hatte die Akademie für Tabakstudien entschieden, *nicht* zugunsten der Raucherrechte der Mörder, Vergewaltiger und Diebe im Green-Mountain-Staat vor Gericht zu ziehen.

»Die Rechtsabteilung sagt, wir werden von jedem einzelnen

Cheddar-Hersteller im ganzen Staat verklagt werden«, sagte BR.
»Tragische Rolle von Käse?«

»Sollen sie uns ruhig verklagen«, sagte Nick. »Soll Käse doch in den Zeugenstand dafür, daß sich was ändert. Zum ersten Mal, seit ich denken kann, reiten wir eine Attacke, statt unsere Planwagen im Kreis aufzufahren.«

»Das tun wir. Ich wünschte nur, der Angriff wär auf was Besseres gegründet als auf Käse.«

»Als da wäre? Gesundheit?«

BR runzelte die Stirn.

»Ich dachte, Sie wünschten sich eine Herausforderung. Wir werden unsere Forschungsduckmäuser in Stellung bringen müssen. Sie sorgen wohl besser schnell dafür, daß unsere Nachrichtentruppe sich krummlegt. Sie wissen, wonach wir suchen.«

»Käsetodesopfer?«

»Arteriosklerosezahlen in Vermont. Spricht gar nichts dagegen, die Käseproduktion in Vermont mit Herzerkrankungen zu korrelieren, landesweit. Jede beliebige Cholesterin-Schädigung haut hin. Teufel auch, wir können wahrscheinlich jede Herzattacke im ganzen Land auf Vermont-Cheddar schieben. Betrauen Sie Erhardt mit dem Fall. Erhardt wär glatt imstande, Haferkleie als tödlich hinzustellen.«

»Ich würde mir an Ihrer Stelle nicht vornehmen, diesen Herbst in Vermont auf Laubbeschau zu gehen, außer wenn Sie sich einen falschen Bart ankleben und unter einem angenommenen Namen absteigen.«

»Ja, je nun, gibt immer noch New Hampshire«, sagte Nick und wandte sich zum Gehen.

»Nick«, sagte BR unbehaglich, »es gibt da noch etwas, über das ich mit Ihnen sprechen müßte. Diese beiden FBI-Agenten, Monmaney und Allman, waren gestern nachmittag da, um mit mir zu sprechen, und, nun ja, warum sagen wir nicht einfach, daß Sie und ich dieses Gespräch nie geführt haben.«

»Wo liegt das Problem?«

»Die wollen Ihre Telefonaufzeichnungen sehen.«

»Mm-hmm«, sagte Nick. »Und warum, bitte schön, wollen die das wohl?«

»Weiß ich nicht. Aber ziemlich klar war, wenn ich die Telefonaufzeichnungen nicht freiwillig rausrücken werde, kommen sie mit einer Vorladung wieder. Ich glaube, das möchte keiner von uns beiden. Aber ich wollte erst mit Ihnen gesprochen haben.« Er sah Nick mit schmerzerfülltem Blick an. »Was möchten *Sie*, das ich tun soll?«

»Ich bin nicht sicher, ob ich richtig folge, BR. Stehe ich wegen irgend etwas unter Verdacht?«

»Genau das habe ich die auch gefragt.«

»Und?«

»Sie haben mir als Nichtantwort so schwachsinniges Blech aus dem Ausbildungsleitfaden des G-Man vorgeschwatzt. Hat mich wütender gemacht als eine Hornisse, und ich hab's denen aber gegeben, das können Sie mir glauben. Aber offensichtlich, ja, sind sie an diesem Punkt scheint's ... neugierig was Sie betrifft.«

»Was glauben die denn, was passiert ist? Ich hab mich selber gekidnappt und fast umgebracht, und zwar mit, mit, mit *Nikotin*pflastern?«

»Ich nehme an, aus dem gleichen Grund, aus dem es auch mir in den Sinn kam. Diese ganze tolle Presse, die wir hinterher hatten. Damals, Sie werden sich erinnern, sagte ich Ihnen, ich wünschte nur, *ich* wär auf die Idee gekommen, Sie zu kidnappen. Dasselbe Motiv scheint auch denen eingefallen zu sein.«

»Sollen die meine Telefonaufzeichnungen ruhig *haben*. Ich hab nichts zu verbergen. Die Rechnung meiner Schnellreinigung können sie gleich auch noch haben.«

»Nick«, sagte BR in väterlichem Ton, »ich glaube, es ist Zeit, daß Sie sich einen Rechtsvertreter suchen. Nur so ... für den Fall.«

»Für den Fall, daß was? Ich hab's nicht getan. Das ist das einzige in meinem Leben, wovon ich mit wirklicher Überzeugung sagen kann – ich bin unschuldig.«

»Nick, mich müssen Sie doch nicht überzeugen. Ich bin auf Ihrer Seite. Aber lassen Sie uns zunächst diese Sache richtig machen.«

»Toll. Tabaksprecher heuert Anwalt an.«

BR zuckte zusammen. »Ich seh, worauf Sie hinauswollen. Aber wenn diese Sache noch weitere Kreise zieht, ruf ich Steve Carlinsky an.«

»Steve Carlinsky? Der den Dingsda verteidigt hat, den Tunk-ein-und-leuchte-Typen, Scarparillo?«

»Er ist der Beste. Und er hat ihn rausgehauen, was schon ein ansehnlicher juristischer Triumph war, wenn man bedenkt, daß dem fünfzehn bis fünfundzwanzig Jährchen dafür drohten, neuverpackten radioaktiven Müll als Möbelabbeizer verkauft zu haben. Tom Salley hat mir gesagt, das sei die brillanteste Verteidigung gewesen, die ihm je untergekommen sei, und er hat für Edward Bennet Williams gearbeitet. Wo wollen Sie hin?«

»Den Holland-Tunnel in die Luft jagen.«

»Was?«

»Wenn mich das FBI schon festnimmt«, sagte Nick schroff, »könnt ich dafür wenigstens auch ein bißchen Spaß haben.«

Nick saß in seinem Büro und starrte auf das Plakat mit dem Lucky-Strike-Doktor, absolut stinkesauer, als Jack Bein anrief. »*Nick!* Sie waren kolossal.«

»Sie haben mich gesehen?« sagte Nick überrascht. Jack kam ihm nicht gerade wie der typische *Nightline*-Zuschauer vor.

»Nicht persönlich. Aber Sie waren phantastisch. Und ich hab seinerzeit glatt für den Onkel dieses Typen gestimmt, da wissen Sie also, wo *ich* herkomme. Wissen Sie, ich kann gar keinen Käse essen. Da krieg ich Kopfschmerzen von. Hören Sie, ich war gerade bei Jeff, und übrigens, es gibt keine verletzten Gefühle wegen des Dinners, also wischen Sie sich das von der Seele.«

»Riesige Erleichterung«, sagte Nick.

»Also wir haben ganz unglaubliche Neuigkeiten. Jerry und Voltan – die Produzenten – sind bereit, mit ihren Prozenten an der Vergütung, die Mace und Fiona für Product Placement kriegen, runterzugehen, und das heißt, Mace und Fiona werden auch runtergehen müssen.«

»Nun, da ist allerdings noch gewaltiger Raum für Nachbesserungen, Jack. Ich hab meinen Leuten diese Summen genannt, und die bekamen einen Herzstillstand.«

»Nick, Jeff will, daß das was wird, also wird es was. Machen Sie sich keine Sorgen wegen der Summe. Wir werden die Summe passend machen. Also, Jeff hat sich mit den Agenten von Mace und Fiona getroffen, und die Situation sieht von denen aus folgendermaßen aus ...«

Nick starrte in Berts Kamin und beobachtete das rotierende purpurrote und gelbe Licht, das Flamme spielte. Bobby Jay hatte über seine FBI-Kontakte nichts rausgefunden. Und Polly meinte, er solle Steve Carlinsky auf der Stelle anheuern, was Nick so sehr verdroß, daß er das Thema wechselte.

»Mace McQuade und Fiona Fontaine haben, Zitat, Bedenken, Zitatende, dagegen, Zitat, das Rauchen zu verherrlichen, Zitatende.«

Bobby Jay schüttelte den Kopf, während er den Kaffee mit seinem Stahlhaken umrührte, eine Angewohnheit, die Polly ungehobelt fand. »*Bedenken*«, schnaubte er, »bei Leuten, die sich ihre Brötchen damit verdienen, Sex und Gewalt zu verherrlichen.«

»Was ist mit eurer Durk-Fraser-Werbekampagne?« sagte Polly. »Er hat *seine* Millionen damit verdient, einen brutalen Polizeibeamten zu spielen, und jetzt ist er euer Plakatjüngelchen. ›Ich geh auf Nummer SAFETY.‹«

»Durk Fraser ist ein hochmoralischer Mensch«, sagte Bobby Jay, »der immer für das eingetreten ist, was richtig und was gut ist.«

»Stimmt, während er Geständnisse aus Minderheiten herausfolterte.«

»Das war bloß ein Film, und Tatsache ist, daß die meisten Verbrechen von Minderheiten begangen werden, etwas, was manche herzblütige Liberale schwer zugeben können.«

»Bloß weil ich Durk Fraser für abstoßend halte – *und* für einen schlechten Schauspieler –, bin ich noch lange keine Liberale.«

»Durk Fraser«, sagte Bobby Jay, »ist ein fünfmal so großer Schauspieler wie Mace McQuade und er hatte es nie nötig, mit seinem blanken Hinterteil über die Leinwand zu wackeln. Wenn ich Nick wäre, würde ich diesem Jungen und seinem Agenten sagen, sie sollen auf kürzestem Weg zur Hölle fahren und nicht mal anhalten, um die Fliegen von der Windschutzscheibe zu wischen. Und was nun diese Rahab angeht . . .«

»Wen?«

»Die angemalte Hure von Babylon.« Zwei Espressos, und Bobby Jay wurde zum flammenwerfenden alttestamentarischen Moralisten. »Ich kenne das gesamte *Öffre* von Fiona Fontaine, und wenn ich auch nicht bestreite, daß der Herr sie mit natürlicher Schönheit ausgestattet hat – die sie entweihte, indem sie ihre Titten mit Plastik vollpumpen ließ –, verstehe ich ehrlich gesagt absolut nicht, wieso soviel Wirbel um sie gemacht wird. Wenn man keine Unterhöschen trägt, ist man deshalb noch keine Schauspielerin.«

»Und«, sagte Polly, »heißt das nun: kein Rauchen in *Sektor Sechs*?«

»Oh, das nicht«, sagte Nick, »zwei Millionen Dollar – pro Nase – können die Bedenken schon ein ganzes Stück weit lindern. Das muß ich Jeff Megall schon lassen; für einen Typen, der durchsichtiges Sushi ißt, ist er ganz clever. Ihm ist eine brillante Lösung eingefallen: die Szenen doppelt zu drehen, in denen Mace und Fiona rauchen, dies aber nur für den Auslandsverleih. Auf diese Weise kriegt sie hier zu Hause keiner rauchend zu sehen. Bloß Milliarden von Asiaten, die genauso wie Mace und Fiona sein wollen. Jeff nennt das ›chirurgisches Product Placement‹. Wie bei den Bomben.«

»Das *ist* aber auch echt bombig. Also macht es Mace und Fiona nichts aus, Zitat, das Rauchen zu verherrlichen, Zitatende, solange das nur zu Nutz und Frommen der Dingsda ist, der . . .«

»Schlitzaugen«, sagte Bobby Jay.

»Ich hasse das Wort«, sagte Polly.

Bobby Jay hielt seinen Haken in die Höhe. »Ich hab da drüben zehn Liter Blut und einen halben Arm gelassen«, sagte er, »drum find ich, ich kann die nennen, wie's mir gerad *gefällt*.«

»Eins null für ihn«, sagte Nick. »Megall hatte sogar noch eine andere Idee: die Szene mit weißen Zigarettenschachteln zu drehen, dann können sie verschiedene Markennamen reindigitalisieren, je nach Land.«

»Wow«, staunte Polly.

»In der Filmkopie, die nach Japan geht, rauchen sie also eine japanische Marke, in der, die nach Indonesien geht, eine indonesische, und in der ungarischen Kopie eine ungarische Marke wie *Rachenputzer*. Gibt's wirklich, den Namen. In Osteuropa *wollen* die mehr Teer und Nikotin.«

»Clever.«

»Überhaupt«, sagte Nick, »weiß ich gar nicht, wieso wir da nicht drauf gekommen sind. Im Ausland macht man das schon, man benutzt Transponder, um TV-Satellitenübertragungen mit Logos zu überlegen. So wird das Madonna-Konzert in Spanien in Hongkong zum Salem-Madonna-Konzert. Man kann da überall nämlich Sachen machen, die hier nicht gehen. Laura Branigan, Tiffany, Stevie Wonder, Roberta Flack, Huey Lewis, Luciano Pavarotti, Tom Berenger, Roger Moore, James Coburn, Jimmy Connors und John McEnroe haben in Übersee alle schon Zigaretten unterstützt, entweder direkt oder indirekt. Und die haben damit hier bei uns nicht den geringsten Kummer deswegen, weil's gar keiner sieht.«

»Aber wie sieht's dann mit hier aus? Die ganze Idee dahinter war doch, das Produkt hier zu bewerben, oder?«

»Jeff sagt, kein Problem. Das sind bloß die Mega-Schauspieler, die acht oder zehn Millionen pro Streifen einsacken, die sich so was wie, Zitat, Bedenken, Zitatende, leisten können. Er sagt, wir werden in drei Weihnachtsfilmen drin sein. Schon *dieses* Weihnachten.«

»Wie muß ich das anstellen, wenn ich mit Jeff Megall in Kontakt kommen will?« sagte Polly.

Unter den gegebenen Umständen dachte Nick, sei es wohl sinnvoller, Heather nicht im Il Peccatore zu treffen, sondern an einer etwas abgelegeneren Örtlichkeit, also wählte er das River Café in Foggy Bottom. Er war als erster da. Es war ein nervtötender Tag gewesen, inklusive Anhören von Drohungen des Gouverneurs von Vermont. Er bestellte einen Wodka Negroni on the rocks, erinnerte sich aber, nachdem der den Weg zum Stammhirn hinauf massiert hatte, an die Notwendigkeit mentaler Klarheit. Auf der Tagesordnung heute abend stand nicht die Frage, wie bei Heather ein Feuer zu entfachen war, sondern die, wie er Heather davon abhalten konnte, dafür zu sorgen, daß er gefeuert wurde. In diesem einen Punkt schien sie heißer drauf, ihre prospektiven Arbeitgeber bei der ›Sun‹ zu beeindrucken, als sie auf ihn heiß war.

Sie traf genau pünktlich ein, ganz Lächeln und in einem Kleid, das sie ohne Zweifel erst nach der Arbeit angezogen hatte, für ihn. Es hätte in jeder beliebigen Redaktion schwere Verwüstung angerichtet.

»Hi!« sagte sie. »Bin ich zu spät? Ich komm direkt von der Arbeit.«

Sie begannen mit ein bißchen Small talk, gingen dann zur großen Mediengerüchteküche über – wer würde Morton Kondracke in *The McLaughlin Group* ersetzen? Mann, dachte Nick, was wir in Washington so für Sorgen haben.

Schließlich, nachdem sie beide ein Dessert abgelehnt hatten und sich über ihre entkoffeinierten Cappuccinos hermachten, wagte sich Heather vor: »Weißt du, je mehr ich drüber nachdenk, daß das FBI gegen dich ermittelt, desto saurer werd ich.«

»Entsetzlich, nicht?«

»Darum finde ich's auch so wichtig, daß es nach draußen dringt. ›Ihre Steuerdollars bei der Arbeit.‹ Ich glaube, die werden dich von dem Moment an in Ruhe lassen, wo das in Druck geht.«

»*Wird* das in Druck gehen?«

»Ja«, sagte sie nervös, »ich habe aus anderer Quelle bestätigt bekommen, daß sie dich überprüfen. Also würde ich kein Vertrauen mißbrauchen.«

Nick unterdrückte den Drang, sie dazu zu beglückwünschen, daß sie nun auf sein unterirdisches ethisches Niveau herabgesunken war. Er nickte einfach bloß. »Ist wohl fair.«

Heather schien über seine Willfährigkeit überrascht. »Du bist nicht stinkig?«

»Nein. Eigentlich denk ich sogar, du hast recht. Ich glaub, wahrscheinlich würden die mich in Ruhe lassen. Schreib, was du willst. Wobei ich's allerdings gewiß zu schätzen wissen würde, wenn du mich nicht zitiertest.«

»Nein, geht natürlich klar. Bist du sicher?«

»Ganz sicher. Überhaupt«, er beugte sich in seiner besten Konspirationshaltung vor und flüsterte, »absolut, vollkommen und total vertraulich unter der Hand, das wäre wohl so ziemlich . . . zu unserm Besten.«

»Oh?«

Der Haken saß drin.

»Laß uns hier weg«, sagte Nick.

Sie spazierten die I Street in Richtung Watergate hinunter. Eine angemessene Gehrichtung für das, was er vorhatte. Heather sagte: »Was meinst du mit ›zu unserem Besten‹?«

»Na ja«, lachte Nick, »fändest du das etwa gut, wenn das FBI sich durch *deine* Schubladen wühlte?«

»Nick, versuchst du, mir irgendwas zu sagen?«

Nick grinste. »Bloß daß die Menschen zu erstaunlichen Sachen fähig sind, wenn genug auf dem Spiel steht.«

»Du hast dich selbst gekidnappt?«

»Das hab ich nicht gesagt.«

Er setzte Heather mit einem keuschen Küßchen ab, mehr als zuversichtlich, daß es keine Story geben würde. Sie würde ihre Augen jetzt auf eine viel größere Story gerichtet haben, und die gab's gar nicht. Am Ende würde sie Stoßstange an Stoßstange feststecken, und nichts würde mehr gehen.

22

Normalerweise gefiel es Nick, vor Unterausschüssen des Senats aufzutreten. Dabei überkommt einen das Gefühl, für einen kurzen, strahlenden Moment am großen Seriendrama der amerikanischen Geschichte teilzuhaben. Die grellen Fernsehscheinwerfer, der Henkelkrug und das Glas Wasser, die grüne Filztischplatte, das Gesumme und Gebrumme der Zuschauer, die Senatoren, die wie römische Büsten auszusehen versuchten, das krebsige Gehusche ihrer Hilfskräfte, wie sie so taten, als wichen sie den Fernsehkameras aus, und jetzt, wie Nick bemerkte, dieser neue Dreh der Stenographie – die Stenographen sprachen in Spitztüten rein, die ihnen über dem Mund saßen.

Heute allerdings gefiel Nick seine kleine Rolle im großen Seriendrama der amerikanischen Geschichte gar nicht. Heute war das mehr eine Übung in Warterei, eine Kreuzung aus Geschworenenauswahl und Disneyworld. Es war jetzt kurz vor vier, und Nick hatte seit zehn heute vormittag drauf gewartet auszusagen. Finisterres kleine Rache. Zuerst wollte er Nick noch nicht einmal vor seinem Unterausschuß auftreten lassen, aber er gab nach, als Senator Jordan privat damit drohte, ihm seine Mittel zum Ausbau der Highways zu streichen. (Nachdem der Captain dem privat damit gedroht hatte, ihm seinen kostenlosen Jet zu streichen.)

Bis jetzt hatte Nick sich anhören müssen, wie Tabak – und speziell er persönlich – von bekannten wie auch neuen Widersachern gebrandmarkt wurde: von den Anti-Raucher-Müttern, den Teenagern gegen die Ausbeutung der Jugend (*was* für ein Haufen Streber), den Leuten des Nationalen Instituts für Drogenmißbrauch (Finisterre als der subtile Heini, der er war, wollte allen einbleuen, daß Tabak nichts anderes sei als eine weitere Droge, so wie Crack) und der Koalition für ethische und verantwortliche Werbung (einer eher kleinen Gruppierung).

Um vier, nachdem eine weinerliche hispanische Frau mit einer düsteren Schilderung, wie ihr Mann Ramon von dem bösen Kraut umgebracht wurde, fertig geworden war – »Er nicht schreiben kann also nicht wissen ist so schlecht für ihn« –, versuchte Finisterre, die Verhandlung für heute zu vertagen. An welchem Punkt Senator Plum Rudebaker aus North Carolina, Tabaks Spezi in diesem Unterausschuß, in sein Mikro grummelte, dieses »Gelynch« sei nun schon lang genug im Gange, und verlangte, Nick solle heute noch gehört werden.

Nick dankte dem Vorsitzenden Finisterre herzlich für die Gelegenheit, seine Ansichten vor so einem hochgeschätzten Ausschuß präsentieren zu dürfen. Wie stolz wären die Gründerväter auf die Senatoren, die vor ihm saßen, gewesen: unter ihnen mehr als zweitausend geplatzte Schecks, ein Verführer minderjähriger SenatsbotInnen, drei Trunkenheiten am Steuer, ein Einkommensteuerhinterzieher, ein ehelicher Prügler, dessen einzige Verteidigung darin bestand, seine Frau habe *ihn* zuerst verprügelt, und ein Plagiator, der eine Wahlrede von – ausgerechnet – Benito Mussolini abgekupfert habe. (Der betreffende Senator schob diese Episode später einem »übereifrigen Mitarbeiter« in die Schuhe.)

Sowie Nick seine vorbereitete Erklärung abzog, bestehend aus einem eloquenten Appell, die amerikanischen Tabakfarmer nicht zu den Sandsturm-Wanderarbeitern der neunziger Jahre zu machen – angereichert mit tränentreibenden Zitaten aus den *Früchten des Zorns* –, standen zwei von den Senatoren ostentativ auf und verließen den Raum, ohne dem Vorsitzenden auch nur die übliche Ausrede aufzuschwatzen, die Sicherheit der Republik hänge von ihrer sofortigen Präsenz an anderem Orte ab. Nick hielt in seiner Rezitation lang genug inne, um darüber nachgrübeln zu können, was für ein trauriges Stadium doch erreicht sei, wenn sich Verführer von Teenagern und Mussolini-Zitierer einem moralisch überlegen fühlten. Er würde seine vorbereitete Erklärung mit einem stolzen Hinweis auf die tatkräftige Anti-Raucher-Kampagne für Minderjährige der Akademie abstützen. Solches getan, warf Rudebaker den Ball mit geschicktem Zuspiel in den Ring, genau aufs Stichwort.

»Äch möche Mistah Nayla fühe seine Couragiertheit dankn, den heutigen Anhöungen beizuwohn«, intonierte er in seinem North-Carolina-Bariton. »Und äch spräch näch bloß von seiner moraalischen Couragiertheit, sonnern seiner *physischen* Couragiertheit.« Nick senkte bescheiden die Augen, eine sehr angemessene Geste, wenn man bedenkt, daß er in seiner Eigenschaft als Ghostwriter dem Senator genau diese Worte ausformuliert hatte. »Denn wie äch höre«, fuhr Rudebaker fort, »ist er von einer ganzen Reihe von Wäh-lärn mahnes geschätzten Kollägen aus Vähmont *bedroht* worden.«

»Was genau«, bellte Finisterre, »möchte der Herr aus dem tabakproduzierenden Staat mit dieser Bemerkung andeuten?«

»Ächh *deute* gaanichts *aan*.« Wiederum genau aufs Stichwort hielt Plum eine ganze Handvoll Papiere hoch und ließ sie los, daß sie im ganzen Saal herumflogen. Die Fotografen, die inzwischen aus lauter Langeweile schon dem Koma nahe waren, knipsten wie wild drauflos und erfüllten den Raum mit den Grillengeräuschen der Transportautomatiken. »Un äbensowenig tun das diese Todesdrohungen, die *alle* im feinen Staate Väh-mont abgestempelt sind.«

Murmel murmel, hämmer hämmer.

»Ich hoffe mit Bestimmtheit, daß mein geschätzter Kollege . . .« Phantastisch, diese Senatorenhöflichkeit. ». . . nicht unterstellen will, daß diese *angeblichen* Briefe irgendwie Ergebnis irgendeines koordinierten Versuchs . . .«

»Äch wäll *gaa*nichts dieser*art* sagen oder *unterstellen* oder sonstwie *andeuten*. Äch wäll bloß saagen, daß es gaanz schön traurig ist, wenn ein Mann, dessen einziges Väbrächen darin besteht, die Interessen eines *legalen* Produkts zu vätreten, zum Gäjagten wird. In däm Zusammenhang möchte äch den geschätzten Vorsitzenden darauf hinweisen, daß Mistah Nayla daafür, daß er seinen Job macht, schon Kidnappen und Folterung über sich ergähen lassen mußte. Un jätz muß er mit so was läben. Äch pässönlich weiß ja näch, wär ihm diesä Käsähändler-Attäntäter auf die Färsen gehätzt hat, aber äch möchtä *wohl* vorschlagen, daß därn gewählte Väträter ätwas Führungsstärke bäweisen und diesä Kriegshundä zurückpfeifen, bevor ärgendwem was *pessärt*.«

»Irgendwem *was*?« sagte ein Reporter, der hinter Nick saß.

»Plum hat sich zweifelsohne der Lage gewachsen gezeigt«, sagte

BR am nächsten Tag, während er und Nick das Medienecho überflogen. FINISTERRE DISTANZIERT SICH VON DROHUNGEN GEGEN TABAKSPRECHER.

»Glauben Sie ja nicht, daß es uns nichts kosten wird«, sagte der Captain über Lautsprecher. Es war dunkel in BRs Büro. Die neuen »sturmgehärteten« Vorhänge, die Carlton hatte einbauen lassen, waren zugezogen. Man sagte ihnen nach, sie würden elektronische Lauschangriffe vereiteln. Zwischen den FBI-Ermittlungen einerseits und dem Frontalangriff auf einen US-Senator andererseits stieg der Panaroia-Pegel wie der Mississippi in einem nassen Frühjahr. »Aber«, fuhr der Captain, vernehmlich kurz bei Atem, fort, »wir haben den Schweinebolzen in die Defensive gedrängt. Brillante Idee, Sohnemann, einfach brillant.«

Nick, erschöpft von einer weiteren Nacht, deren knappe Stunden wiederum mit Jeannette und hoch die Tassen vergangen waren, gähnte. »Das hier werden wir nicht gewinnen, Captain. Die Rechtsabteilung sagt, die Vorlage werde mit zwölf zu fünf passieren. Und wenn sie einschlägt, dann aber mal aufgepaßt. Wir sollten uns vielleicht den Tatsachen stellen. Es geht abwärts.«

»Kommen Sie einem Südstaatler nicht mit Defätismus«, sagte der Captain.

»Ich versuche einfach nur, realistisch zu sein.«

»Wie steht's um den Bericht Ihres Kraut-Doktors?«

Erhardts Institut für Lifestyle-Gesundheit hatte ein Schriftstück des Titels *Der heimliche Killer* hingedeichselt, das die Zahl der Amerikaner, die an von Vermont-Cheddar verstopften Arterien starben, auf über zwei Millionen jährlich veranschlagte. (Das Ganze basierte natürlich auf der Annahme, daß jeder, der jemals auch nur einen Mundvoll Vermont-Cheddar gegessen hatte, schließlich deswegen gestorben war.) Nicks Empfehlungen gingen dahin, das nicht zu veröffentlichen. Ja, sogar dahin, jedes einzelne Exemplar von *Der heimliche Killer* unverzüglich in den Reißwolf zu geben.

»Gomez?« sagte der Captain mit gesenkter Stimme.

»Wir sind uns ziemlich sicher, daß er vor ein paar Jahren ein Au-pair angemacht hat«, sagte BR.

»Ein was?«

»Ein Kindermädchen aus dem Ausland. Isländisches Mädel, einundzwanzig, namens Harpa Johannsdottir. Sie ist inzwischen wieder in Island. Ich hab da jemanden, der jetzt nach ihr auf der Suche ist. Das könnte ein bißchen dauern. Das isländische Telefonbuch ist nach Vornamen sortiert, und . . .«

»Dürfte ich unterbrechen?« sagte Nick. »So sehr ich auch bedaure, das sagen zu müssen, denke ich doch, wir müssen, und zwar sofort, unser Planungen auf eine Umwelt nach dem GAU des Schädel-und-Knochen-Emblems auszurichten anfangen.«

»Das ist Appomattox-Gerede.« Der Lautsprecher erfüllte das Zimmer mit dem Gehuste des Captains. Klang überhaupt nicht gut. Man sprach davon, ihm eine neue fötale Schweineherzklappe einzusetzen.

Nick tat es leid um den alten Knaben, und er wünschte, er könne ihm positive Gedanken andienen. »Vielleicht«, sagte er, »gibt's irgendeine Möglichkeit, das zu *unserm* Schädel-und-Knochen-Emblem zu machen.«

»Was meinen Sie denn *da*mit?« sagte der Captain.

»Weiß ich auch noch nicht. Lassen Sie mich mit unseren kreativen Leuten beratschlagen und irgendwas auszutüfteln versuchen. In der Zwischenzeit kommt vielleicht Gomez' Mann in Reykjavík mit einem isländischen Kind der Liebe mit vorstehenden Zähnen über.«

Gazelle wartete vor BRs Büro auf ihn und sah sorgenvoll aus. »Die sind wieder da«, flüsterte sie.

»Welche die?«

»FBI.«

»Na, glotzen Sie nicht so schuldbewußt«, sagte Nick genervt.

Sie waren in seinem Büro. Monmaney warf zu Nicks beträchtlicher Verärgerung prüfende Blicke über seine Schreibtischplatte. Allman – der menschlichere von den beiden – besah sich amüsiert den Lucky-Strike-Doktor.

Nick schloß die Tür hinter sich und sagte: »Sie haben sie also gefunden.«

»Wen?« sagte Allman freundlich.

»Meine Kidnapper.«

»Oh«, sagte Allman.

»Haben Sie vor zu verreisen, Mr. Naylor?« fragte Monmaney.

»Was?«

»Zu verreisen.«

»Nein.«

Agent Monmaney las von dem Memo, das mit einer Büroklammer an Nicks Flugtickets geklemmt war, ab. »Dulles – LAX. Mahmoud wird Sie am Gate treffen.«

»Ach, das. Geschäftlich. Ich dachte, Sie meinten zum Vergnügen.« Agent Monmaney verpaßte Nick seinen gemaserten Wolfsstarrblick.

»Warum fragen Sie mich danach?« sagte Nick.

»Keine Sorge«, sagte Allman. »Es ist nun mal so. Könnten wir Ihr Apartment mal in Augenschein nehmen?«

»Mein Apartment?«

»Ja.«

»Nun ... suchen Sie was Bestimmtes?«

»In Fällen, wo es zu Gedächtnisverlust infolge traumatischer Erlebnisse kommt, macht es Sinn, alle Eventualitäten in Betracht zu ziehen.«

»Daß wir uns recht verstehen«, sagte Agent Monmaney, »dies ist eine Bitte. Es kann nicht von Ihnen verlangt werden, ihr nachzukommen.«

»Nicht?«

»Nein. Man kann bloß von Ihnen verlangen, einem Durchsuchungsbefehl nachzukommen.«

»Genau«, sagte Allman. »Aber wir haben keinen solchen Befehl.«

Nick dachte nach: Gab's da irgend etwas in seinem Apartment, dessentwegen er sich Sorgen machen müßte? Irgend etwas Unanständiges? Nein ... Jeannette war so peinlich gewissenhaft, was das Aufsammeln der schlaffen Liebeszeppeline betraf ... O Jesus. *Die Haschplätzchen im Tiefkühlfach.* Wieheißtsienochmal, Paula, die Stewardess, hatte eines Abends vor zwei Jahren welche angeschleppt. Seine Putzdame hatte versehentlich mal eins gegessen und anschließend die Toilette mit dem Staubsauger gereinigt. Er hatte sie immer mal wegwerfen wollen. *Warum* hatte er sie bloß nicht weggeworfen? Blödmann! Idiot! Für altbackene Haschplätzchen ins Kittchen!

Die Agenten Monmaney und Allman sahen ihn an.

»Äh ja, sicher. Wann möchten Sie vorbeikommen?«

»Wie wär's jetzt gleich?«

»Jetzt?« sagte Nick und schaute auf seinen Terminplan. »Jetzt ... heute ... ziemlich ... Wie wär's mit morgen?«

Wieder dieser Blick. Monmaney sagte: »Sie fliegen morgen nach Los Angeles.«

»Stimmt.« Er holte seine Schlüssel raus und reichte sie ihnen. »Seien Sie so gut.«

Monmaney schüttelte den Kopf. »Wir würden es vorziehen, wenn Sie anwesend wären.«

»Ich helfe, so gut ich kann, aber es ist nicht so einfach, eine Dienstbesprechung abzuhalten und zwei Interviews zu geben und sich auf eine Podiumsdiskussion über Passivrauchen vorzubereiten, aber ... gut.« Er klingelte Jeannette an und bat sie, für ihn einzuspringen.

Er fuhr hinten in ihrer Limousine mit und stellte sich seine nächste Fahrt darin vor, in Handschellen, auf dem Weg in den Knast wegen Drogenbesitzes. Er sah es alles voraus: *Sie sagen, ihr Name war Paula? Für welche Fluggesellschaft hat sie gearbeitet?* Allman, das heitere Schwein, wollte unbedingt Small talk machen. Es war nicht so einfach, sich eine Erklärung für den Besitz von Betäubungsmitteln zurechtzulegen, während man mit einem G-Man Small talk machte.

Moment mal, das ist nicht mein Kühlschrank!

»Ich verstehe gar nicht, warum du dir solche Sorgen machst«, sagte Polly.

Nick hatte eine Krisensitzung der Mod Squad einberufen. Bobby Jay war ein bißchen vergrätzt, weil dies sein Kegel-, Gebets- und Pizzaabend mit den Wiedergeborenen war, aber da er in Nicks Stimme den Unterton der Panik erkannt hatte, war er da. Spätabends sahen die Flammen in dem unechten Kamin um eine Spur realistischer aus.

Nick süffelte seinen dritten Wodka Negroni runter.

»Du kübelst das ja richtig weg«, sagte Polly.

»Du hast uns immer noch nicht erklärt, wo das Problem liegt«, sagte Bobby Jay. »Wo sie deine *Drogen* doch gar nicht gefunden haben.«

»*Schh*«, sagte Nick. »Jesus.«

»Wir wollen Jesus da raushalten.«

»Er hatte seine Hand direkt da *drauf*«, sagte Nick, der den ganzen Horror von neuem durchlebte: Agent Monmaney, wie er das Gefrierfach öffnete und mitten zwischen den gefrorenen Bagels und dem Cookie-and-Cream-Eis und dem Piña-Colada-Konzentrat rumfingerte. »Ich wollte schon gerade versuchen, sie ihm aus der Pfote zu grapschen, und versuchen, sie zu verspachteln, als der andere, Allman, in die Küche reinspaziert kommt und einen Gesichtsausdruck aufgesetzt hat, der besagte: *Ich hab's gefunden.*«

»Was gefunden? Was kann der denn gefunden haben?«

»Weiß ich nicht. Das war so diese wortlose Klamotte unter G-Men. Was das auch immer gewesen sein mag, Monmaney hat's gerafft. Er hörte auf, in meinem Gefrierfach rumzufummeln. Sie sagten Wiedersehen und sind weg.«

»Aber was könnten die denn gefunden haben?«

»*Nichts.*«

»Und du bist sicher, daß du nicht irgendwo noch mehr *Drogen* verstaut hattest?«

»Willst du bitte deinen Rand halten, Bobby! Und was ist aus den ganzen Männerbanden auf dem Schießplatz geworden? Statt dessen krieg ich dich an den Hörer, und du bist aus und für Jesus am Kegeln.«

»Ich *arbeite* dran.«

»Na, dann arbeite heftiger dran, wärst du so gut, bitte? Wenn das schon das Beste ist, was du zustande kriegst, dann ist das kein Wunder, daß die Lobby der Handfeuerwaffenkontrollierer die Oberhand gewinnt.«

23

Am nächsten Abend wurde Nick in Mahmouds Großem Weißem Wal chauffiert, unterwegs vom Flughafen zum Encomium, als er aus dem Fenster und auf die Skyline von Los Angeles schaute und das Plakat erblickte, so kühn und verwegen wie eine seiner eigenen Lügen. Es zeigte einen riesigen Totenschädel mit gekreuzten Knochen. Der Schriftzug darunter lautete: RAUCHT KEINE DEATH-ZIGARETTEN.

Nick wußte alles über Death-Zigaretten. Jeder in der Akademie hatte so eine Schachtel mit unübersehbarem Schädel-und-Knochen-Logo, obwohl die offizielle Einstellung der Branche den Deaths gegenüber nicht gerade kollegial war. Es war die perfekte Zigarette fürs zynische Zeitalter. Sie sagte – schrie – *Unser Produkt wird dich umbringen!* Welches Produkt überhaupt warb ehrlicher als dieses? Die Warnung der Generalbundesärztin an der Seite der Schachteln war absolut lächerlich. Und sie *flogen* nur so aus den Regalen, wenngleich ihre Anziehungskraft sich tendenziell auf junge Städter konzentrierte, für die es immer noch ein Zeichen von Männlichkeit war, Blut auszuhusten.

In Minneapolis war es schon spät, aber für ein Dreißig-Millionen-Dollar-jährlich-Konto konnte man wohl von seinem kreativen Werbeleiter erwarten, selbst dann einen Anruf entgegenzunehmen, wenn es in Minneapolis schon spät ist. Nick erklärte seine Idee dem benommenen Sven, der sagte, er werde seine Geheimlaboratorien sofort dransetzen und fliege am Freitag nach Washington.

Ziemlich früh am nächsten Morgen fand sich Nick neben Kevin Costner vor Jeff Megalls Büro sitzen. Er hatte kaum die Zeit, ihm zu sagen, wie sehr ihm *Der mit dem Wolf tanzt* gefallen habe, bevor er von der tüchtigen älteren Lady reingeführt wurde.

Sie saßen alle um den malachitenen Konferenztisch herum.

»*Nick*«, sagte Jeff warm. Jack Bein machte Nick ein Zeichen, daß er von der Wärme von Jeffs Begrüßung beeindruckt sein solle. »Nick, dies sind Jerry Gornick und Voltan Zeig, von denen Sie ja schon gehört haben. Und dies ist Harve Gruson. Harve hat daran mitgewirkt, *Sektor Sechs* den letzten Schliff zu geben. Da die Regelungen, die von den juristischen Vertretern aller beteiligen Parteien ausgearbeitet worden sind, hinsichtlich des Inhalts der zusätzlichen Szenen so sehr ins Spezielle gehen, macht es wohl Sinn, daß wir alle einmal zusammenkommen. Harve, bringen Sie uns tüchtig in Fahrt.«

»Okay«, sagte Harve, ein größtenteils glatzköpfiger, übergewichtiger und erschöpft aussehender Mann von Anfang dreißig. »Wir haben zehn Szenen, wo nebenher geraucht wird. Sie machen, was immer sie eben gerade machen – navigieren, essen, ziehen sich an, was auch immer –, nur daß sie eben auch dabei rauchen. Dann haben wir zusätzliche Szenen. Bis jetzt haben wir zwei postkoitale Szenen von je fast einer Minute.«

»Ist es das, wo er diese Sache mit den Rauchringen machte?« fragte Jeff.

»Nein. *Sie* macht diese Sache mit den Rauchringen. Sie bringt ihm bei, wie man Ringe haucht. Das ist echt heiß. Mein Computerbildschirm ist richtiggehend geschmolzen.«

»Darf ich?« Nick streckte seine Hand nach dem Skript aus.

    SUBJ KAMERA über Slades Schulter.
              SLADE
    Voll ins Schwarze. Wo hast du das gelernt?
              ZEENA
    Mein Programmierer hatte's mit Hufeisen.

»Sie meinen«, sagte Nick, »sie bläst ihre Ringe nach seinem . . .«

»Hab's ja gesagt. Echt *heiß*.«

»Zu schade, daß wir's in der US-Version nicht bringen können«, sagte Jeff. »Das ist eine grandiose Szene.«

»Wir brauchen das Jugendfrei-Dings«, sagte Voltan schulterzuckend.

»Fiona spielt einen Roboter?« sagte Nick.

»Nicht einen Roboter. Einen Format-Sieben-Gynorg. Das Hirn von Einstein und den Körper von Jamie Lee Curtis.«

»Traumdate«, sagte Jerry.

»Nicht *mein* Traumdate«, lachte Voltan ungehobelt.

Jeff sagte zu Harve: »Was haben Sie sonst noch für uns?«

»Wir haben die Szene geändert, wo Mace aus dem Gefängnis auf Alar ausbricht. In der US-Version löscht der dem Wärter das Auge mit dem Eiszapfen aus. In dieser Version wird er es ihm mit einer Zigarette auslöschen. Alarianer haben bloß ein Auge, drum ist *dem* die Schaulust vergangen.«

»Ich glaube nicht, daß das Auslöschen von Augäpfeln mit unserem Produkt . . . ich bin mir ziemlich sicher, daß das nicht das ist, was wir wollen.«

Harve wandte sich an die Produzenten. »Mir wurde gesagt, Zigaretten müßten als etwas Wesentliches integriert werden. Wie wesentlicher kann man noch werden? Mace erringt sich mit einer Zigarette seine Freiheit. Das ist eine durchschlagende Botschaft.«

»Ich glaube«, sagte Jeff, »daß Nick dabei unwohl ist.«

»Okay«, sagte Voltan, »Auge streichen.«

Harve zuckte die Schulter.

»Übrigens«, fragte Nick, »wie erklären wir, warum der Sauerstoff in dem Raumschiff nicht jedesmal, wo sie sich eine anzünden, in die Luft fliegt?«

»Spielt im fünfundzwanzigsten Jahrhundert«, sagte Voltan. »Bis dahin werden sie sich was ausgetüftelt haben.«

»Wir könnten irgendwo einen Satz einfügen, daß sie dem Luftvorrat Freon beimischen«, sagte Harve.

»Das ist gut«, sagte Jack. »Würde sie das albern reden lassen?«

»Wie die Tunten«, sagte Voltan.

»Nee«, sagte Jerry. »Das ist Helium.«

Der Captain erreichte Nick im Großen Weißen Wal auf dem Weg zum Flughafen. Er hörte sich nicht sonderlich gut an, und es gab reichlich atmosphärische Störungen in der Leitung. »Ich bin für ein paar Tage mit einem Fischerboot los«, hustete er, »oben am See, in Roaring Gap. Dachte mir, ich verschaff mir frische Luft und beweis diesen Idiotendoktern da drunten, daß mit mir nichts aus dem Lot ist, was sich nicht mit ein paar *kompetenten* ärztlichen Ratschlägen beheben läßt. Mir kommt so langsam der Verdacht, die haben sich ihre Ärztediplome alle in Grenada erworben. Die sagen, sie wollen mich aufschnippeln und mir schon wieder ein Schweineherz reinstecken. Das einzig Gute daran ist, daß man nicht warten muß, bis sich ein Organspender gefunden hat. Die gehen einfach mit einer Axt los. Hupps, eins am Haken. Ruf Sie zurück.«

Das Telefon klingelte ein paar Minuten später wieder, gerade als Mahmoud auf den Century Boulevard in Richtung LAX abbog. »Der Schweinebolzen hat mich um einen Baumstamm gewickelt. Fühlte sich auch an wie ein Sechspfünder. Nun, Sohnemann, äh, BR erzählt mir da, das FBI stochert rum, stellt Fragen und so. Können Sie für mich ein bißchen Licht in die Sache bringen?«

Der Tonfall des Captains überraschte Nick. Er erzählte ihm alles, nur nicht das mit den Haschplätzchen.

»Hmm«, sagte der Captain. »Na, die sind wahrscheinlich auf Fischzug, genau wie ich. Gefällt mir aber gar nicht. Bei dieser Finisterre-Sache, das allerletzte, was wir da brauchen können, ist so was wie das hier.« Es entstand eine Pause. »Da läuft nicht zufällig noch irgendwas, was ich wissen sollte, oder?«

»Was meinen Sie?« sagte Nick.

»Nichts. BR ist ein bißchen überkandidelt.«

»Was ganz genau«, sagte Nick, »hat BR Ihnen gesagt?«

»Er scheint zu finden, wir sollten Ihnen einen Anwalt anheuern. Jüdischer Name. Der eine, der diesen Burschen freigekriegt hat, der seine Kunden im Dunkeln zum Leuchten brachte. Carlinsky.«

»Es ist mir nicht ganz klar, warum Sie mir einen Strafverteidiger anheuern sollten.«

»Nun kommen Sie man nicht gleich ins Schwitzen. Stress ist ein Killer. Angeln Sie?«

»Bißchen.«

»Wenn Sie gerne jetzt sofort etwas Urlaub machen möchten, nur zu.«

»Urlaub machen? Bei allem, was gerade abläuft?«

»Sie wissen, was Winston Churchill gesagt hat. Er hat gesagt, es gibt nie einen günstigen Zeitpunkt, um Urlaub zu machen, also nur immer zu und ihn genommen.«

Nick saß in der ersten Klasse und knirschte sich den Schmelz von den Zähnen und spürte, wie die Bänder in seiner Halsmuskulatur der Hypertonie anheimfielen. Er rief Jeannette an. Auch in ihrer Stimme war irgendwas. Sie klang wie die alte Jeannette, diejenige, die nicht das geringste Interesse gezeigt hatte, die ganze Nacht aufzubleiben und ihn zum Stöhnen zu bringen.

»Mein Flug kommt um sechs im Dulles an«, sagte Nick. »Kannst du's hin schaffen? Ich muß mit dir sprechen.«

»Ich bin wirklich sehr beschäftigt«, sagte sie. »Worüber mußt du denn mit mir sprechen?«

»BR hat mit dem Captain über die Situation gesprochen, weißt du, über die beiden Leute, die mich besuchen kamen . . .«

»Das FBI?«

Entsetzlich. Die Hälfte aller Amateurfunker in Amerika hörte zu. »Alles, was ich weiß, ist, BR hat den Captain wegen meiner Situation angerufen, und der Captain hat mich gerade angerufen, um mir vorzuschlagen, ich solle Urlaub nehmen.«

»Ich wünschte, der Captain würde *mich* mal anrufen und mir sagen, ich soll in Urlaub fahren.«

»Das ist nicht wirklich der springende Punkt. Hast du vielleicht *irgendeine* Idee, was BR ihm wohl erzählt hat?«

»Nein.«

»Willst du dich später mit mir treffen?«

»Nein.« Das nächste Geräusch, was Nick hörte, war eine Bandstimme, die ihm sagte, wenn er noch einen teuren Anruf aus einer Höhe von 35 000 Fuß machen wolle, brauche er nur die 2 zu drücken.

Er rief BR an. Er wurde acht Minuten lang auf Warteschleife gelegt.

»Ja, Nick?« Wieder so ein Ton in der Stimme. Hatte denn jeder in der Akademie Freon eingeatmet?

»Ich frag mich, was Sie dem Captain wohl erzählt haben, daß er mir vorschlägt, einen Anwalt anzuheuern und angeln zu gehen.«

BR räusperte sich. »Ich dachte, ich sei es ihm schuldig, ihn in Sachen dieser FBI-Geschichte auf den Stand der Dinge zu bringen.«

»Ich verstehe. Haben Sie ihm sonst noch was erzählt?«

»Nur das, was ich weiß.«

»Na, und was wissen Sie?«

»Daß das FBI ein sehr lebhaftes Interesse an Ihnen zeigt. Ich habe schon mal vorgearbeitet und Steve Carlinsky für Sie engagiert...«

»Oh.«

»Sehen Sie, Nick, das FBI war heute schon wieder da. Die Leute fangen an zu reden. Ich glaube, an diesem Punkt brauchen wir alle Rat.«

»Was wollte das FBI diesmal?«

»Nick, ich glaube nicht, daß ich in der Lage bin, das mit Ihnen zu diskutieren.«

»Was?«

»Das dient nur Ihrem Schutz. Aber, um deutlich zu werden, ich habe die Verantwortung, an die Situation der Akademie zu denken.«

Nick summte nach der Flugbegleiterin. »Wissen Sie, wie man einen Wodka Negroni macht?«

»Ganz bestimmt nicht!« sagte sie fröhlich.

»Was ich *nicht* verstehe«, sagte Steve Carlinsky am nächsten Morgen in seinem Büro, dessen Wände mit zahlreichen Fotografien berühmter Leute, die mit ihm posierten, bedeckt waren, »ist, warum Sie bis jetzt damit gewartet haben, mich anzurufen.«

Carlinsky war groß und hager und hatte eng beieinanderliegende Augen, die einen Blick permanenten Erstaunens aussandten. Alles an ihm war grau, abgesehen von einem Farbspritzer in Gestalt eines schlappen seidenen Querbinders, der in seinem Universum beinahe den Tatbestand des Ordinären erfüllte. Seine einzige Passion – neben Stunden, die sich in Rechnung stellen ließen – waren, so hieß es, Weine, die er nicht trank, sondern sammelte.

»Die Leute begehen bei Anwälten den gleichen Fehler«, fuhr er fort, »den sie auch bei Ärzten begehen. Sie warten zu lange. Und bis dahin hat sich der Tumor...«

»Ich habe Sie nicht angerufen«, sagte Nick. »Und wie sind denn *Tumore* in diese Sache reingeraten?«

»Ich muß mich entschuldigen. Das war gefühllos. Ich bin sicher, in Ihrem Geschäft hören Sie öfter, als Sie wollen, von Tumoren. Na, erzählen Sie mir einmal alles. Je mehr ich weiß, desto besser kann ich Ihnen helfen.«

Das war so ein bißchen wie eine Therapie, nur mit $ 450 pro Stunde etwas teurer. Carlinsky war ein perfekter freudianischer Analytiker. Er sagte nichts. Als Nick fertig war, sagte Carlinsky: »Obwohl ich Ihnen *nie* erlaubt hätte, FBI-Agenten ohne Durchsuchungsbefehl in Ihre Wohnung zu lassen, bin ich in einer Hinsicht doch dankbar, daß Sie das getan haben, denn das können wir noch gegen sie verwenden, wenn die Zeit gekommen ist.«

»Wenn welche Zeit gekommen ist?« sagte Nick.

»Für einen Regentag. Möchten Sie gern rauchen? Ich habe keine Einwände. Obwohl ich selber nie geraucht hab, muß ich doch objektiv feststellen, daß die Anti-Raucher-Lobby bei *weitem* zu viel Macht angesammelt hat.«

»Ich habe seit dem Vorfall nicht wieder rauchen können«, sagte Nick.

»Das können wir auch verwenden. In Ihrer Branche bedeutet das Erwerbsunfähigkeit. Jetzt möchte ich, daß Sie wieder zu Ihrer Arbeit zurückkehren, das Ganze vergessen, und wenn das FBI wiederauftaucht, würden Sie mir dann wohl einen persönlichen Gefallen tun und *mich* anrufen? In der Zwischenzeit lassen Sie mich einige Anrufe tätigen und sehen, was sich herausfinden läßt.«

Das war gar nicht so übel, dachte sich Nick, als er die drei Blocks von Carlinskys Büro zur Akademie spazierte. Ein absolut anständiger Kerl, und feinfühlig dazu.

Als er in der ATS ankam, kam Gazelle mit einer Telefonnotiz auf ihn zugerauscht. Die besagte: »Heather Holloway, ›Moon‹, Dringend!!!«

»Heather? Nick.«

»Nick, kannst du eben dranbleiben? Okay, wie ich höre, hast du Steve Carlinsky angeheuert? Hallo?«

»Bin hier.«

»Ich brauch einen Kommentar dazu, Nick.«

»Immer noch hier.«

»Das ist kein Kommentar.«

Überlegen, Mann. »Wie kommst du auf die Idee?« *Oh, brillant.*

»Du hast gerade eine Stunde lang bei ihm im Büro gesessen.«

Publicitygeiles Schwein. »Ja«, sagte Nick taumelnd, »hab ich in der Tat, aber wir besprachen eine private ATS-Angelegenheit, und es steht mir wohl kaum frei, das mit dir zu debattieren.« Er hörte die Geräusche von Fingern – Fingern, die ganz andere Dinge hätten tun sollen –, wie sie das alles notierten.

»Du meinst«, sagte sie, »die Ermittlungen des FBI gegen dich betreffend?«

»Du spielst auf deren bis dato ergebnislose Ermittlungen in Sachen meiner Folterverschleppung an?«

Klickerklacker.

»Du bestreitest also, daß Steve Carlinsky engagiert worden ist, um in Verbindung mit der Ermittlung des FBI in Sachen deines jüngsten Verschwindens und anschließenden Wiederauftauchens in der Mall, übersät mit Nikotinpflastern, tätig zu werden?«

»Das ist eine sehr kunstvoll gedrechselte Frage, muß ich schon sagen.«

»Komm schon, Nick, ich bin's doch.«

»Ich darf annehmen, daß Ortolan Finisterre dahintersteckt?«

»Was?«

»Ehrlich«, sagte Nick mit weltüberdrüssiger Stimme, »ich hätte nicht gedacht, daß er sich gar so weit herablassen würde.«

»Wovon um alles in der Welt sprichst du?«

»Das FBI dafür zu benutzen, seine private Verleumdungskampagne zu betreiben, nur um jedermanns Aufmerksamkeit von dem wirklichen Problem, nämlich dem Käse, abzulenken. Das finde ich ausgesprochen traurig. Ein trauriger Tag für Vermont, ein trauriger Tag für den US-Senat und ein trauriger Tag für die Wahrheit.«

Nick starrte den Lucky-Strike-Doktor an und versuchte sich vorzustellen, wie diese Ente wohl funktionieren würde, als Sven mit den Entwürfen für den neuen Warnaufdruck erschien. Er war dankbar für die Ablenkung.

»Es war eine echte Herausforderung«, sagte Sven und zog den Reißverschluß einer flotten schwarz-burgunderfarbenen Wildledermappe auf. »Aber wir schätzen Herausforderungen. Alles in Ordnung mit Ihnen? Sie sehen etwas blaß aus.«

»Prima. Was haben Sie für mich?«

»Lassen Sie uns mit unserer Ausgangsposition anfangen.« Sven zog ein großes Foto hervor, das eine Schachtel Death-Zigaretten zeigte. »Wie Sie sagten, ein brillantes Konzept. Und so vorausschauend. Ich möchte bezweifeln, daß die Hersteller der Death-Zigaretten dieses Finisterre-Gesetz in die Mangel nehmen werden. Okay. Wir haben ein paar verschiedene Ansätze durchprobiert und dabei die in dem Gesetzentwurf spezifizierten Anforderungen an Größe, Plazierung auf den Schachteln etc. etc. berücksichtigt. Um sie klar unterscheiden zu können, haben wir allen Spitznamen verpaßt. Den ersten nennen wir ›Jolly Green Roger‹.« Sven zeigte ihm eine Packung Marlboro mit lindgrünem Schädel und ebensolchen Knochen an der Seite. »Unsere PFT-Leute haben uns gesagt . . .«

»Wer?«

»Psychologische Farbtheorie. Die schwingen heutzutage einen dicken Knüppel. Egal, jedenfalls wissen wir, daß Grün unter beruhigend läuft – Rasen, Geld, Minze, Billardtische . . .«

»Operationskluft, Eiter . . .«

»Die Spezifizierungen in Finisterres Gesetzentwurf schreiben nicht vor, welche Farbe die Schädel haben müssen, also sind wir aus dem Schneider, juristisch gesehen. Wir haben einen schnellen und unsauberen Zielgruppentest mit allen Möglichkeiten durchgezogen, und der Jolly Green Roger hat sich ganz ordentlich gemacht. Nur vierzig Prozent haben gesagt: ›Ich würde die unter gar keinen Umständen rauchen, wenn das auf der Packung aufgedruckt wäre.‹«

Nick seufzte. »Vierzig Prozent?«

»Bleiben sechzig Prozent. Was meinen Sie?«

»Ich meine, das sieht aus wie Totenschädel und Knochen in Grün.«

»Dies nächste«, sagte Sven, »ist ›Schönen Tod noch‹. Im Prinzip haben wir das Schönen-Tag-noch-Gesicht genommen, die

Augen vergrößert, Zähne hinzugefügt, den Unterkiefer konturiert und die Knochen so aussehen lassen wie auf der Brust gekreuzte Arme.«

»Jesus. Das ist scheußlich. Das ist richtig *verschreckend*.«

»Das hat uns die Testgruppe auch gesagt. Sehr hohe Negativwerte. Aber jetzt probieren Sie mal . . . *das* hier.«

Nick war sich nicht sicher, was das war, nur eben ein lächelnder Totenschädel. Und trotzdem, je länger er den betrachtete, desto freundlicher kam er ihm vor. Beinahe . . . liebenswürdig.

»Wer«, sagte Sven, »ist der netteste Mensch auf der ganzen Welt?«

»Ich kenn *überhaupt* keine netten Menschen«, sagte Nick.

»Dann sagen Sie Ihrem neuen Freund guten Tag, ›Mr. Death's Neighborhood‹.«

Nick starrte den Schädel an. *Es ist ein schöner Tag in der Nachbarschaft, ein schöner Tag für einen Nachbarn, willst du der meine sein?* »Das ist *sein* Schädel?«

»In Fleisch und Blut. Oder vielmehr ohne Fleisch und ohne Blut. Der Computer gibt einem ein perfektes Bild davon, wie sein Schädel innen drin aussieht. Das ist im Prinzip einfach die Umkehrung eines Programms, das man für forensische Anthropologen entwickelt hat, die rauszufinden versuchen, wem die Knochen gehört haben, die gerade bei irgendwem in der Kellerbaugrube aufgetaucht sind.«

»Wow.«

»Das Programm heißt KCIROY. Yorick, wissen Sie, der Schädel aus *Hamlet*, nur rückwärts buchstabiert.«

»Oh, stimmt.«

»Alles, was hier fehlt, ist die wollene Strickweste. Dafür war kein Platz mehr. Die Testgruppen haben es geliebt. Die Nichtraucher wollten diese Schachtel direkt kaufen. Ich hab's mit nach Haus genommen und bei meinen Kindern ausprobiert. Und *die* haben's auch geliebt.«

»Also echt«, sagte Nick. »Ich muß mir das mal mit meinem Zwölfjährigen zusammen ansehen.«

24

TABAKSPRECHER ENGAGIERT STRAFVERTEIDIGER,
DA FBI ERMITTLUNGEN JETZT AUF IHN KONZENTRIERT

Naylor wirft Senator Finisterre vor,
bundesbehördliche Untersuchungen veranlaßt zu haben

VON HEATHER HOLLOWAY
MOON-KORRESPONDENTIN

»Ich hab den Eindruck«, sagte Polly in dem gedämpften Tonfall, der inzwischen bei den Mod-Squad-Essen zum Standard gehörte, »daß deine Heather-Holloway-Strategie nicht so voll und ganz erfolgreich gewesen ist.«

»Ich dachte«, sagte Nick und rührte seinen zweiten Wodka Negroni mit dem Finger um, »wenn ich sie glauben ließe, ich hätte mich selbst gekidnappt, würd ich sie davon abhalten, mit der Geschichte darüber, daß das FBI gegen mich ermittelt, ins Blatt zu drängen. Und sie würde sich schließlich selbst ein Bein stellen bei dem Versuch, zu beweisen, daß ich mich selbst gekidnappt hab, was sie nicht beweisen kann, weil ich's nicht getan hab. Falls du ... verstehst.«

»Junge Washingtoner in Liebesbanden«, schnaubte Bobby Jay verächtlich. »Wie das doch toll ist.«

»Für einen Jesus-Freak«, sagte Polly, »bist du arg zynisch, Bobby Jay.«

»Hätte eigentlich funktionieren müssen«, sagte Nick. »Weil ich mich *nicht* selbst gekidnappt hab.«

»*Schhh*«, sagte Polly und ergriff seinen Arm.

»Warum«, sagte Nick, »kriege ich bloß das Gefühl, daß ich den *Un*bekehrten predige?«

»Wir glauben dir«, sagte Polly, ziemlich gezwungen.

»Dann läßt dieser Wichser Carlinsky zu ihr durchsickern, daß er meine Interessen vertritt, und dann – *das* hier.« Nick klatschte auf die Zeitung.

»Wie kannst du dir sicher sein, daß das Carlinsky war?«

»Weil er mir gesagt hat, er sei's nicht gewesen. Würdest du einem Rechtsverdreher glauben, der's geschafft hat, einen Mann freizukriegen, der radioaktiven Müll als Abbeizmittel verkauft hat, und den Chef der Trucker-Union, und diesen Deutschen, den sie geschnappt haben, als er versuchte, den Irakis dieses U-Boot da zu verkaufen?«

»Verstehe, was du meinst.«

»Ich hab ihn mal ein bißchen abgecheckt. Er trinkt nicht, er raucht nicht, er treibt die Kuschelsache weder mit Frauen *noch* mit Männern. Alles, was ihn interessiert, ist Publicity. Wißt ihr, daß er Mr. Tunk-ein-und-leuchte für jedesmal, wo er in der Presse zitiert wurde, was extra auf die Rechnung gesetzt hat?«

»Echt?«

»Als er in *Nightline* war, kriegte sein Klient eine Rechnung über eine halbe Stunde, was in seinem Falle zweihundertfünfundzwanzig Dollar heißt. Zuzüglich der Kosten für die Limou, die ihn zum Fernsehstudio brachte. Und er hat da noch nicht mal über den Tunk-ein-und-leuchte-Fall debattiert. Das war eine Sendung darüber, ob es zu viele Anwälte gibt.«

»Na«, sagte Polly, »da wird bei deinem Fall ja wohl viel für ihn rausspringen. Ich hab so das Gefühl, du wirst verdammt oft in der Presse Erwähnung finden.«

»Wenigstens ist er gut«, sagte Bobby Jay. »Er wird dich wahrscheinlich freikriegen.«

»Gegen mich ist überhaupt noch keine Anklage erhoben worden, Bobby.«

»Ich meine, falls.«

»Wir *glauben* dir«, sagte Polly und herzte ihn.

»Würdest du bitte nicht in diesem *tröstenden* Tonfall mit mir sprechen. Ich bin kein Patient mit Nervenproblemen.« Nick besah sich mürrisch die ›Moon‹-Schlagzeile. Titelseite, aber unter dem Knick.

»Sie hat immerhin mein Zitat abgedruckt, von wegen daß Finisterre das FBI drauf angesetzt hat«, sagte Nick.

Polly las: »Leslie Dach, ein Mitarbeiter von Senator Finisterre, wies Mr. Naylors Unterstellung als ‚niederträchtiger als der Abschaum vom Unterbauch eines Aals' zurück und fügte an, dieses sei ‚die Art odiöser Unterstellung, die für die Tabaklobby typisch geworden ist, während diese sich zusehends verzweifelter darum bemüht, ihren Würgegriff um die Lungen und Brieftaschen der amerikanischen Öffentlichkeit beizubehalten'.‹ Ich würde doch sagen, sie hat dem Finisterreschen Lager gleichen Raum gegeben, um deinen Vorwurf zu kontern.«

»Hab dir ja gesagt, diese Frau bringt nichts als Ärger«, sagte Bobby Jay.

»Besten Dank, Bobby Jay«, sagte Nick. »Das ist gerade jetzt sehr hilfreich. Genau das richtige, um mich bei Laune zu halten, bis du mir dein supertolles Info vom FBI-Schießplatz besorgt hast.«

»Ich glaube, es hilft dir wenig, wenn du dich jetzt bis zur Betäubung zuknallst.«

»Jungs, Jungs«, sagte Polly.

»Wenn ich nicht rauchen kann, sauf ich halt«, sagte Nick. »Das ist die einzig mir bekannte Methode, *Karoshi* zu vermeiden.«

»Was ist das denn?«

»Japanisch für ›plötzlicher Tod‹. Passiert deren Verwaltungsbeamten ziemlich oft. Die arbeiten dreiundzwanzig Stunden pro Tag, dann, eines Tages, wenn sie gerade die Ginza langspazieren, so auf dem Rückweg ins Büro um zehn Uhr nach einem Geschäftsessen, fallen sie einfach auf dem Bürgersteig um und sterben. In der einen Sekunde sind sie noch im mittleren Management, in der nächsten liegen sie mit dem Rücken auf dem Pflaster wie die Junikäfer.«

Nicks Handy klingelte. Es war Gazelle, und sie flüsterte. »Nick, es sind diese FBI-Leute. Die sind zu Ihnen hin abgeschoben.«

»Was soll das heißen?«

»Nick, ich *mußte* denen sagen, wo Sie sind.«

»Warum? Haben die mit Gummiknüppeln auf Sie eingeschlagen? Ach, zum Teufel noch mal. Na gut, rufen Sie Carlinsky an. Nein, lassen Sie's, *ich* werd ihn anrufen.«

»Was ist mir Ihrem Podiumsgespräch heute nachmittag?«

»Was für ein Podiumsgespräch?«

»Das Gesundes-Herz-2000-Podium.«

»Rufen Sie Jeannette an. Nein, rufen Sie Tyler an. Und sagen Sie ihm, er soll sich auf eine Menge Fragen zur ›JAMA‹-Story letzte Woche über Klumpen einstellen. *Klumpen*. Erhardt hat da was drüber. Liegt irgendwo auf meinem Schreibtisch.«

Nick legte auf und schüttete sich den Rest seines Wodka Negroni auf einen Zug rein. »Nun, würdet ihr gerne mal ein paar FBI-Agenten kennenlernen?«

Die Agenten Monmaney und Allman trafen wenige Minuten später ein, was hieß, sie hatten sich beeilt – nicht sonderlich beruhigend. Nick sah, daß ihnen ein uniformierter D.-C.-Polizist folgte – noch weniger beruhigend. Nicks drei Bodyguards, die die Situation sofort richtig einschätzten, rührten keinen kleinen Finger, um diesen besser legitimierten Waffenträgern ins Gehege zu kommen.

»Mr. Naylor«, sagte Monmaney in seiner üblichen gewinnenden Art, »würden Sie bitte aufstehen und sich zu dem Kamin hinbegeben.«

»Und warum«, sagte Nick, »sollte ich das wohl tun wollen?«

»Jawohl. Moment mal, ein Minütchen«, sagte Polly.

»Ma'am!« sagte der D.-C.-Bulle warnend. Was für ein Macho-Typ, so grob mit einer Größe sechs zu reden.

Aber – was war das? Monmaney legte unmißverständlich die Hand auf seine Waffe? »Okay, Mr. Naylor, stehen Sie bitte auf, lassen Sie Ihre Hände, wo ich sie sehen kann, drehen Sie sich um, und begeben Sie sich zu dem Kamin.«

Und so fand sich Nick mit über dem Kamin adlerhaft gespreizten Armen wieder, in die unechten Flammen runterstarrend, während Agent Monmaney ihn filzte. Und ihm dann Handschellen anlegte. Undeutlich hörte er das Wort »festgenommen« und die bekannten Zeilen, von wegen daß er das Recht habe, die Aussage zu verweigern et cetera.

»Ich möchte gern Ihre Ausweise sehen«, sagte Bobby Jay mit stählerner Stimme.

»Sir!« schrie der D.-C.-Bulle.

»Na, *das* Recht haben Sie, Bürschchen.«

»Stehen Sie auf, Sir.« Dann mußte sich Bobby Jay spreizarmig aufstellen, oder in seinem Falle spreizhakig, und wurde von dem Bullen gefilzt.

»Was ist das da?« Der Bulle fand etwas Interessantes dicht bei Bobby Jays Knöchel. Eine Ausbuchtung. Jetzt kam Bewegung in die Sache, und der D.-C.-Bulle holte *seine* Waffe raus und zielte damit auf eine, wie Nick fand, ganz klein wenig melodramatische Art und Weise auf Bobby Jay.

»Hmm-äh«, sagte Bobby Jay. »Das ist – wissen Sie, ich hab gar nicht dran gedacht, daß ich die trage. Sehen Sie, ich wohne in Virginia, und ich hatte eigentlich nicht geplant, heute noch nach D. C. zu kommen, und . . .«

»Sie sind wegen Besitzes einer verdeckt getragenen, geladenen Schußwaffe verhaftet.«

»Ach je, nun kommen Sie, das ist doch nicht nötig. Ich bin führender Vizepräsident von SAFETY.«

»Sie haben das Recht, die Aussage zu verweigern . . .«

Der D.-C.-Bulle sah sich in der Patsche, da er nicht wußte, wie er Bobby Jays Haken Handschellen anlegen sollte.

Während Nick und Bobby Jay weggeführt wurden, sagte Polly, die aussah, als stehe sie unter Schock, zu den beiden: »Ich werde . . . die Rechnung . . . übernehmen.«

FBI verhaftet Tabaksprecher und wirft ihm Kidnapping-Intrige vor

Nikotinpflasterschachteln mit Naylors Fingerabdrücken in Hütte in Virginia gefunden

Mit ihm Waffenlobbyist verhaftet, der illegale Handfeuerwaffe trug

von heather holloway
moon-korrespondentin

»Was ich nicht verstehe«, sagte Steve Carlinsky, »ist, warum Sie mir vorher nichts von diesen Schachteln gesagt haben.«

Nick betrachtete die Sache ein bißchen gelassener, was an den zehn Milligramm Valium lag, die Polly ihm gegeben hatte. Er hätte ein paar steife Wodka Negroni vorgezogen oder, was das betraf, auch ein Haschplätzchen, aber er nahm davon Abstand, um sei es das erstere, sei es das letztere zu bitten, da es zehn Uhr morgens war. Es waren keine sehr angenehmen 18 Stunden gewesen. Seine Finger stanken immer noch nach dem Zeug, das sie ihm zum Entfernen der Fingerabdrucktinte gegeben hatten, und der Rest an ihm fühlte sich schal und klamm an, trotz des sauberen Hemds, der Unterwäsche und der Socken, die Polly – die liebe Polly – ihm gebracht hatte. Die ganze Nacht über war sie zwischen dem FBI-Gebäude, wo Nick die Nacht damit verbracht hatte, von den Agenten Monmaney und Allman vernommen zu werden, und dem D.-C.-Stadtgefängnis, wo Bobby Jay seine Nacht damit verbracht hatte, sich alle möglichen neuen Freunde anzulachen, von denen etliche seine Ansichten zum Thema Waffenkontrollgesetze teilten, hin und her zu pendeln. Nicks einziger Trost war es, daß das Niveau der Leute, die man in einem Bundeskittchen traf, vielleicht um eine Spur höher war als das derjenigen, die man in einem städtischen Knast traf. Bei seiner Anklageverlesung hatte Polly ihm berichtet, Bobby Jay habe seinen Haken tief in die weicheren Körperteile eines Mitgefangenen versenkt, der sein Verlangen zum Ausdruck gebracht habe, mit ihm auf dem Klo Intimitäten auszutauschen. Es liege nun im Bereich des Möglichen, daß zu der Anklage wegen Waffenbesitzes noch eine Anklage wegen tätlichen Angriffs mit einer tödlichen Waffe hinzukomme, wenngleich sein Anwalt in diesem Punkt optimistisch sei. Was Nick betraf, Carlinsky hatte den Richter überredet, daß, so schwer die Anklage auch wog – Verabredung zur Begehung verbrecherischen Betrugs; verbrecherischer Betrug; Falschaussage gegenüber Bundesbeamten; zusammen mit einigen weniger schwerwiegenden Anklagen, von denen Carlinsky meinte, die seien reine »Augenwischerei« –, es nicht sehr wahrscheinlich sei, daß Nick in seinem BMW zur kanadischen Grenze fliehe, und so hatte er ihn gegen eine Kaution von $ 100000, die zu hinterlegen der Captain BR vom Krankenhausbett aus verfügt hatte, freibekommen. Nick saß jetzt also in den Büroräumen jenes Mannes, von dem es jetzt abhing, ob er für zehn bis fünfzehn Jahre eingebuchtet würde, und tat sein Bestes, auf der Höhe zu bleiben.

»Ihnen *was* von diesen Schachteln gesagt hab?«

Carlinskys ohnehin schon eng zusammenliegende Augen näherten sich einander so weit, daß Nick schon dachte, sie würden sich zu einem einzigen großen Auge gleich jenen der Gefängniswärter auf dem Planeten Alar vereinigen.

»Nick, wie soll ich Ihnen denn helfen, wenn Sie mir nicht helfen wollen?«

»Steve, ich *weiß* nicht, wie meine Fingerabdrücke auf die Schachteln geraten sind.«

Carlinsky formte seine Hände tiefsinnig zu einem Kirchturm. »Wir wollen noch mal alles durchgehen.«

»Noch einmal?«

»Man hat zehn mit Ihren Fingerabdrücken übersäte Nikotinpflaster-Schachteln gefunden, in einer Miethütte in Virginia, die von einer nicht in Augenschein genommenen Person telefonisch angemietet wurde. Man hat eine Liste von Anrufen, die von Ihrem Büroanschluß aus zu dieser Hütte getätigt wurden, der zweite davon am Morgen der Verschleppung, und einen in Ihrem Apartment aufgefundenen Zettel mit der Telefonnummer der Hütte. Okay, nun könnte jeder nächstbeste Rechtsgehilfe in meinem Büro es schaffen, dieses letztgenannte Beweisstück aufgrund ungesetzlicher Beibringung aus dem Verfahren ausschließen zu lassen, und wer weiß wer könnte die Anrufe von Ihrem Büro aus zu der Hütte getätigt haben – *vorausgesetzt,* wir könnten geltend machen, daß Sie sich zu der Zeit, da die Anrufe getätigt wurden, nicht in dem Büro aufgehalten haben. Aber die Schachteln. Die Schachteln sind ein Problem. Was die Beweiskraft anbelangt, sind die Fingerabdrücke sehr, sehr hartnäckig. Ich würde lieber gegen DNS-Spuren angehen müssen als gegen Fingerabdrücke. Wissen Sie, warum?« Carlinsky war einer von der Sorte, die warteten, bis man *Warum?* sagte.

»Warum?« sagte Nick.

»Weil so eine typische District-of-Columbia-Geschworenenriege DNS nicht *versteht*. Und wenn man ihnen Vorträge darüber hält, dann fühlen die sich, als säßen sie wieder in der High-

School und rauschten in Biologie durch. Man muß das denen so *laangsaam* und *voorsichtig* auseinanderpulen, daß sie sich dabei vorkommen wie die letzten Idioten. Das nehmen die einem dann krumm, und wenn man Geschworenen das Gefühl gibt, der Sache nicht gewachsen zu sein, kann nicht viel Gutes dabei herauskommen. Aber Fingerabdrücke – Fingerabdrücke sind leicht zu kapieren. Viel leichter als DNS oder so edle Körperflüssigkeiten wie Blut oder Urin oder Sperma.«

»Wollen Sie damit sagen, es würde Ihnen die Arbeit erleichtern, wenn die Nikotinpflasterschachteln mit meinem Blut oder Sp. . .?«

»Nick, sind Sie okay? Warten Sie, wir haben zu arbeiten. Wo wollen Sie hin?«

»Jemanden umbringen«, sagte Nick und hastete aus der Tür.

Nick stürmte aus dem den Farragut Square überblickenden Hill Building heraus und machte sich mit dem, was Passanten für nichts anderes hätten halten können als das, was man rasende Wut zu nennen pflegt, auf den Weg die I Street hinunter in Richtung Akademie-Büros. Die einzige Frage, für die er in seinem Kopf immer noch nach einer Lösung suchte, war – welches Instrumentarium er bei Jeannette anwenden solle. Sein erster Impuls ging dahin, sie an diesem festen kleinen Haarknoten zu seinem Balkon zu ziehen und dann zehn Stockwerke tief in den Springbrunnen zu werfen. Er sann über andere, weniger spektakuläre, aber genauso effiziente Wege nach, ihren Hinschied zu bewirken. Aber es ist eine wissenschaftliche Tatsache – und zwar keine von denen Erhardts –, daß wir in Stress-Momenten fünfundzwanzig Prozent unserer Verstandeskraft einbüßen, und so wichen, als sich der erste Anfall von Wut gelegt hatte, die Wunschphantasien, Jeannettes Todesröcheln zu lauschen, während seine Hände ihren reizenden Hals erdrosselten, dem Horrorbild, wie er von Männern in Weiß aus der Akademie rausgekarrt und auf die andere Seite des Flusses ins Saint Elizabeth geschleppt wurde, wo sein neuer Gummizellengenosse John Hinckley ihm immer wieder und wieder und wieder eine Kritik von Jodie Fosters schauspielerischer Leistung in dem *Schweigen der Lämmer* angedeihen lassen konnte.

25

Diesmal gab's keine Hurrarufe für den zurückkehrenden Eroberer, als Nick seinen Weg durch die Akademie abschritt. Es war ausgesprochen peinlich. Die Leute sagten »Oh – Nick ...« und gingen einfach weiter. Nur Gomez O'Neal, den er beim Kaffeeautomaten traf, grüßte ihn mit Sympathie.

»Sind Sie okay, Nick?«

»Prima, prima«, mahlte er auf seinen Backenzähnen.

Gomez legte ihm die Hand auf die Schulter. »Sie hängen ganz schön drin.«

Den Kaffee in der Hand, suchte sich Nick seinen Weg an einem Fehdehandschuh aus abgewandten Blicken vorbei in Richtung BRs Büro.

»Oh – Nick ...«, sagte BRs Sekretärin. »Er ist beschäftigt. Er ist mit Jeannette drinnen.«

Nick dachte sich, in dem Satz könnte man womöglich ein kleines Wörtchen durch ein anderes ersetzen. Er platzte einfach so rein und hoffte ziemlich, er würde sie in *flagell-ranti* erwischen, wie sie einander mit Reitpeitschen malträtierten, aber sie gingen nur Papiere durch.

»Morgen«, sagte Nick.

BR und Jeannette starrten ihn überrascht an. »Sind Sie soweit in Ordnung?« fragte BR.

»Prima, prima. Das hat schon was, die ganze Nacht auf zu sein und FBI-Agenten seine Unschuld zu beteuern, was ich einfach total aufbauend finde.«

»Würden Sie uns entschuldigen?« sagte BR zu Jeannette.

»Nein, *bitte*«, sagte Nick. »Vor *Jeannette* habe ich mit Gewißheit nichts zu verbergen.«

BR lehnte sich in seinem großen schwarzen Ledersessel zurück. »Wie, meinen Sie, sollten wir nun vorgehen?«

»In welcher Hinsicht?«

»In Hinsicht auf Ihre Situation.«

»Ach, *das*. Nun, wie Sie schon sagten, Steve Carlinsky ist der Beste, den's gibt. Ich bin mir sicher, er wird sich was ausdenken.

Das ist ja der Grund, daß Sie ihm vierhundertfünfzig Dollar pro Stunde zahlen.«

»Ich meinte eher hinsichtlich der kurzfristigen Situation. Ich muß Ihnen wohl nicht sagen, was wir derzeit für eine Presse haben. Ich habe die Verantwortung, an die Organisation zu denken. Jeannette meinte, ein Urlaub könnte durchaus Sinn machen.«

»Ich habe keine Einwände, wenn Jeannette Urlaub nehmen möchte.«

»Äh, ich glaube, wir sprechen davon, daß *Sie* Urlaub nehmen.«

»Viel zuviel zu tun. Finisterre, Jolly Green Rogers Nachbarschaft, Projekt Hollywood. Muß den Rubel am Rollen halten.« Nick lächelte. »Neopuritaner schlafen nie.«

»Ich bin mir nicht sicher, ob das an diesem Punkt ratsam ist. Sie sind jetzt mehr oder weniger ...«

»Eine Belastung?«

»Ein Thema für sich ganz bestimmt.« BR hielt die Morgenzeitungen hoch. »Ihre Ms. Holloway scheint scharf hinter ihrem ersten Pulitzer-Preis herzusprinten. Sie hat jedenfalls eine gute Quelle.«

»Keine so gute wie das FBI. *Die* haben nämlich auch ihre Quellen.«

»Wir kriegen eine verdammt große Menge Anrufe in dieser Sache. Sehr, sehr wütende Anrufe.«

»Ja, ich kann mir vorstellen, was die denken müssen.«

»Jeannettes Büro hat heute vormittag einhundertachtundsiebzig Anrufe registriert.«

»Jeannettes Büro?«

»Wir können Anrufe in Ihrer Sache natürlich nicht an Ihr Büro weiterverbinden.«

»Nein, nein. Natürlich nicht. Nun, Jeannette wird gewiß damit umgehen können. Überhaupt weiß ich Jeannettes Fähigkeiten von Tag zu Tag immer mehr zu schätzen. Aber ich bin mir nicht sicher, ob ein Urlaub eine so gute Idee ist.«

»Und warum nicht?«

»Weil«, grinste Nick, »das ein Signal setzen würde, als ob Sie alle dächten, ich sei schuldig. Was natürlich nicht der Fall ist. Stimmt's?«

BR und Jeannette starrten ihn an.

»Ich meine, allein die Vorstellung, daß ich mich selber so mit Nikotinpflastern bedecken sollte, daß ich infolgedessen mehrere Herzattacken erleide und mich hundertmal übergebe, und dann die leeren Schachteln überall in der Hütte zurücklasse, daß das FBI die findet, sobald sie auf die Spur gesetzt sind. *Und* die Hütte an dem Morgen von meinem Büroanschluß aus anrufe, an dem ich mich verschleppe. *Und* die Nummer der Hütte ganz offen in meinem Apartment rumliegen lasse. Ich meine, wer würde wohl glauben, daß ein so cleverer Typ wie ich so SCHEISSBLÖD WÄRE?!«

Jeannette schrak zusammen.

»Sorry«, sagte Nick. »Weiß gar nicht, was in mich gefahren ist. Jedenfalls weiß ich, daß meine Kollegen, meine Schützengrabenkameraden, meine Waffenbrüder und -schwestern niemals glauben würden, daß ich einer solchen Dummheit fähig wäre. Also«, sagte er strahlend, »lassen Sie uns das den ganzen Weg bis zum Obersten Gerichtshof durchkämpfen.«

BR sagte: »Haben wir eine Verteidigungsstrategie?«

»Jede Wette. Wir werden die Leute ausfindig machen, die mich zum Arschloch gemacht haben.«

»Haben Sie irgendeinen Anhalt, wer das sein könnte?«

»Na ja«, sagte Nick tiefsinnig, »das müssen Leute sein, die mich wirklich verachten. Aber in meinem Fall wären das ungefähr vier Fünftel der US-Bevölkerung. Zweihundert Millionen. Ziemlich großer Verdächtigtenkreis, nicht? Wissen Sie, die werden wahrscheinlich ganz aus dem Häuschen sein, wenn ich für zehn bis fünfzehn Jährchen den Liebessklaven der Arierbruderschaft spielen muß.«

»Ich bin mir nicht sicher, ob es *dazu* kommen wird«, sagte BR. »Wir sollten in der Lage sein, Sie an eine Örtlichkeit mit einem gewissen Sicherheitsmindestabstand zu kriegen.«

»Oh«, sagte Nick, »darauf würde ich mich nicht verlassen. Carlinsky sagt, er hat noch niemals Anklagevertreter so total stinkig gesehen. Böser Yuppie-Abschaum heuert billigen Stunt an, um für sich selbst und Krebs PR zu machen. Er sagt, die wollen Blut sehen.« Nick grinste. »Meins.«

»Nun«, sagte BR und beugte sich auf eine Weise vor, die signalisierte, er sei des Scherzens über einen Nick müde, der seine nächste Dekade hinter schwedischen Gardinen verbringen und sich von Leuten mit Hakenkreuztätowierungen terrorisieren lassen mußte. »Carlinsky ist der Beste, und wir stehen hinter Ihnen, aber ich glaube, unter den gegebenen Umständen macht ein Urlaub sehr wohl Sinn.«

»Warum lassen wir das nicht einfach den Captain entscheiden?«

»Ich würde den Captain gerade jetzt nicht damit behelligen wollen. Das Ganze ist für ihn ein fürchterlicher Schock gewesen. Es geht ihm nicht sonderlich gut.«

»Geht's ihm *nicht?*« sagte Nick.

»Nein«, sagte BR mit der feinsten Spur eines Lächelns. »Ich fürchte, geht's ihm nicht.«

Sowie sich die Tür zu BRs Büro hinter ihm geschlossen hatte, sauste Nick zu seinem Büro und fand dort ein gelbes VERBRECHENSTATORT-Klebeband an seiner Tür und etliche FBI-Techniker in Einteilern mit den großen, einschüchternden Lettern FBI-KRIMINALSUCHTRUPP auf dem Rücken vor. Sie trugen Latexhandschuhe und stellten, so wie es aussah, im Verlauf ihrer Arbeit jeden Zollbreit seines Büros auf den Kopf, wodurch es nun einen Eindruck wie Nicks altes Zimmer im College machte. Gott allein weiß, was sie da drin zu finden hofften, dachte Nick – vermutlich eine Datei in seinem Computer unter dem Stichwort »SELBSTVERSCHLEPPUNGSPLAN. Sachen, die mit in die Hütte müssen: 10 Schachteln Nikotinpflaster, Seil, Handschellen . . .«

»Muß das unbedingt sein?« sagte er zu einem der FBI-Techniker, der ihn geflissentlich ignorierte.

Er nahm Gazelle zur Seite. »Buchen Sie mir den nächsten Flug nach Winston-Salem.«

»Die haben gesagt, Sie dürften das Stadtgebiet nicht verlassen. Bedingung Ihrer Kaution.«

»*Gazelle.*«

»Leiste ich damit Beihilfe?«

»Schon gut, schon gut. Suchen Sie mir bloß die Flüge raus. Können Sie das mit Ihrem Gewissen in Einklang bringen? Ich besorg mir das Ticket selber.«

Er nahm den Aufzug runter zur I Street. Ein Taxi parkte dort, und der Fahrer, ein Mann aus Mittelost mit kurzgeschorenem schwarzem Bart, aß ein Knish von einem Gehwegverkäufer. Nick winkte ihn herüber und stieg hinten ein.

»Inlandsflughafen. Aber schnell.« Es war unnötig, das einem im Ausland geborenen D.-C.-Taxifahrer eigens zu sagen, da sie nur zwei Geschwindigkeiten kennen, gefährlich schnell und echt gefährlich schnell. Ab ging die Sause.

Nick sah aus dem Heckfenster und bemerkte eine gelbbraune Limousine mit zwei athletisch aussehenden Typen mit Sonnenbrille. FBI-Typen. Die Schlagzeile blitzte vor ihm auf.

Naylor nach Verstoss gegen
Kautionsbedingungen wieder in Gewahrsam

Der ans Armaturenbrett gepinnten Lizenz zufolge hieß der Fahrer Akmal Ibrahim.

»Mr. Ibrahim«, sagte Nick, »haben Sie irgendwelchen Ärger mit dem FBI?«

»Warum sagen Sie das?«

»Weil Sie verfolgt werden. Die gelbbraune Limou da. Das sind FBI-Agenten. Ich sah, wie die Sie beobachtet haben.«

Akmal sah nervös in den Rückspiegel. »Ich hab keine Probleme mit FBI.«

»Die scheinen aber irgendein Problem mit Ihnen zu haben.«

»Seit Bombe im World Trade Center denkt FBI immer, alle Moslems sind schlecht. Ist nicht wahr. Ich hab Familie in Reston.«

»Weiß ich«, sagte Nick. »Es ist scheußlich, wie Menschen wegen ihres Glaubens verfolgt werden. Frag mich bloß, was die mit Ihnen anstellen wollen.«

»Ich hab nichts zu fürchten.«

»Warum biegen Sie nicht mal plötzlich ab, ohne zu blinken. Mal sehen, ob die uns folgen.«

Akmal bog im letzten Augenblick scharf in die Virginia Avenue ein. Die Limousine schleuderte herum, um ihnen zu folgen, wobei sie um ein Haar mit einem Dienstwagen des Außenministeriums kollidierte.

Akmal sagte besorgt: »Sie folgen!«

»Ja. Wissen Sie, ich hab gesehen, wie die was in Ihren Kofferraum taten, als Sie gegessen haben.«

»*Was?!*«

»Es könnte bloß so eine Abhöranlage gewesen sein, aber es könnte auch was anderes gewesen sein, Sprengstoff oder so. So daß die Sie als Bombenleger festnehmen können. Ich bin Reporter von der ›Sun‹. Wir haben gehört, daß die eine große Razzia bei den Moslems planen. Die brauchen Geiseln, um mit Saddam Hussein verhandeln zu können, falls wir gegen den in den Krieg ziehen.«

»Aber ich hab Green card!«

»Na, dann viel Glück.«

»FBI nimmt viele falsche Leute fest. In New York sie nehmen Leute für die Bombe fest, die sind *nicht* die, die die Bombe getan haben. Die Bombe ist von israelische Geheimpolizei getan, für in Amerika schlechte Meinung über Moslems zu machen.«

»Ich weiß. Ist ganz scheußlich. Ich schreib einen großen Artikel darüber. Aber wenn die Sie erst einmal anhalten und finden, was immer sie Ihnen in den Kofferraum getan haben, das wars dann, Akmal. So haben die Scheich Omar auch geschnappt, wissen Sie. Und er kommt vor dem zweiundzwanzigsten Jahrhundert nicht mehr aus dem Gefängnis raus.«

»Scheich Omar ist sehr heiliger Mann.«

»Vielleicht werden Sie ins selbe Gefängnis gesteckt. Sie und er könnten Freunde werden.«

Nick fragte sich, während er, als Akmal das Gaspedal durchdrückte, von der Gravi-Kraft in den Sitz zurückgezwungen wurde, ob er klug gehandelt hatte. Es gab mächtig viel Gehupe und Reifengequietsche. Als er seine Augen aufmachte und nach hinten schaute, war die gelbbraune Limousine fünfzig Meter hinter ihnen zurück. Sogar bestausgebildete G-Man-Fahrer können es mit dem durchschnittlichen Mittelostler nicht aufnehmen.

Als sie das Arlington-Ende der Memorial Bridge erreichten, hatte Akmal noch mehr Vorsprung herausgeholt. Dann vollzog er ohne geringste Vorwarnung eine atemberaubend präzise Kehrtwendung in den herannahenden Verkehr hinein und beschwor damit einen wütenden Chor von Autohupen und Antiblockiersystemen herauf. Nick wurde seitwärts gegen die Tür geknallt.

»Wir werden sie los!« rief Akmal triumphierend.

Nick spähte aufmerksam durch das Rückfenster und sah, daß die FBI-Limousine aufzuholen versuchte, indem sie um den Kreisel vor dem Friedhof jagte. Inzwischen hatte Akmal ein paar hundert Meter Vorsprung vor ihnen. Nach einer weiteren absolut illegalen Richtungsänderung, nach Süden auf die Rock Creek, dann auf die Independence, vollführte er noch eine Hundertachtzig-Grad-Kehre. Dann ging's auf die Rock Creek zurück, rechts auf die Virginia, links auf die Route 66, beim Iwo Jima Memorial runter, nach links auf die Route 50 und dann auf den George Washington Parkway South. Nick gab Akmal 50 Eier Trinkgeld und stimmte mit ihm darin überein, daß Gott in der Tat großartig sei, erwischte dann den Flug nach Charlotte, wo er Anschluß nach Winston-Salem kriegte, und kam im medizinischen Zentrum Bowman-Gray erst nach Ende der Besuchszeiten der Herzpflegestation an, was es notwendig machte, einen ziemlich breiten Südstaatlerakzent anzunehmen, während er der Krankenschwester erzählte, er sei Doak Boykin III, ähn Eile härgekommen, um sahnen lieben ahlten Großpapa zu bäsuchen.

»Sie sind sein Enkel?« bohrte sie ein bißchen mißtrauisch nach.

»Jaaha«, sagte Nick, der sich anhörte wie Butterfly McQueen.

Sie musterte ihn. »Sie kommen mir bekannt vor.«

Zweifellos war Nicks Gesicht mit großem Tamtam auf der Titelseite des ›Tar-Intelligencer‹ verbreitet worden.

»Man sagt, äch sähe *genaa* so aus wie er. Darf äch ihn bitte sehen? Äch hab mich so gäsorgt.«

»Na«, sagte sie, »ist in Ordnung. Aber nur zehn Minuten. Er ist sehr müde.«

»Wird er wieder ähn Ordnung kommen?«

»Ach, der mag's einfach bloß, uns allen Sorgen zu bereiten. Der wird wieder in Ordnung kommen. Wenn er sich gut *benimmt*.«

Die Herzpflegestation war allererste Sahne, finanziert mit Tabakgeldern, mal wieder ein Beispiel dafür, wie Tabak und Fortschritt Hand in Hand greifen. Der Captain war an eine Reihe von Apparaturen angestöpselt. Im Halbdunkel warfen ihre Bildschirme einen kalten Lichtschein auf das Gesicht des Captains, das Nick sehr blaß und verzerrt vorkam. Er stand dicht neben dem Bett.

»Captain?«

Die Augen des Alten öffneten sich und blinzelten ein paarmal auf und zu. »Ich *sagte* doch«, sagte er, »daß ich mir keine weiteren Schweineteile einsetzen lasse. Ich will *Menschen*teile, verdammt noch mal.«

»Captain. Ich bin's, Nick.«

Der Captain hob die Augen.

»Was denn, *Sohnemann*. Setzen Sie sich, bedienen Sie sich vom Sauerstoff.«

»Ich bin gekommen, um Ihnen alles zu erklären. Wegen der Verhaftung.«

»Ja«, sagte der Captain hustend. »Das könnte etwas Erklärung brauchen. BR hat mich mitten in der Nacht angerufen, um mitzuteilen, Sie seien in Haft.«

»Vielen Dank für die Kautionsstellung.«

»Ich nehme nicht an, daß es uns ruinieren wird. Dieser jüdische Anwaltskerl, den wir Ihnen angeheuert haben, wird's aber womöglich schaffen. Vierhundertfünfzig Dollar die Stunde . . .«

»Das wird sich jetzt ein bißchen seltsam anhören«, sagte Nick, »aber passiert ist, glaube ich, folgendes.«

Nick holte tief Luft und legte los: BR wollte Nick feuern und durch sein Flittchen Jeannette ersetzen, aber sein Auftritt in der *Oprah-Show* hatte aus ihm des Captains Goldlöckchen gemacht, und darüber war BR eifersüchtig geworden. Der Drohanrufer in der *Larry-King-Show* hatte BR wahrscheinlich auf die Idee gebracht, zwei Fliegen mit einer Klappe zu schlagen: Nick loszuwerden und durch die Erschaffung eines Märtyrers ein bißchen Sympathie für Tabak zusammenzutrommeln. BR, der sich aus der mafiagetrübten Welt der Zigarettenautomaten hochgearbeitet hatte, verfügte bestimmt über die nötigen Verbindungen, um Leute anzuheuern, die das über die Bühne brachten. Aber die Kidnapper hatten, nach dem Schildchen »Hingerichtet für Verbrechen gegen die Menschlichkeit« zu schließen, die Sache vermasselt, indem sie ihn auf der Mall abluden, als er noch am Leben war. Deshalb hatten BR und Jeannette einen Plan ausgeheckt, um Nick selbst das Kidnapping anzuhängen, indem Jeannette ihn verführte und seine Fingerabdrücke überall auf die »Kondom«-Schachteln kriegte und diese in der Hütte am Virginiasee deponierte, wozu noch ein paar andere kompromittierende Anhaltspunkte kamen. Nick würde ins Kittchen wandern, entehrt, und BRs Mißtrauen würde sich als berechtigt herausstellen, also würde er aussehen wie ein Held. Natürlich war der wirkliche Verlierer dieser ganzen Geschichte der Tabak ...

Nick war fertig. Der Captain sah ihn mit gesenkten Augenbrauen an, holte einmal tief Luft und sagte: »Sie hören sich ganz wie einer von diesen Leuten an, die glauben, es seien damals an jenem Tag auf dem Grassy Knoll in Dallas fünf Killer gewesen.«

»Ich weiß«, sagte Nick. »Es wird sich wahrscheinlich auch im Gericht danach anhören.«

»Andererseits«, sagte der Captain und richtete sich im Bett auf, »so absurd das auch klingt, einzelne Elemente davon haben doch einen gewissen«, er seufzte, »Beiklang, der meine Leber zum Ziepen bringt.« Er runzelte die Stirn. »BR erzählte mir schon seit der Woche nach dem Kidnapping, daß er glaubt, Sie seien drin verstrickt.«

»Oh«, sagte Nick.

»Und ich hab's von meinem eigenen Mann dort, daß er und dieses blonde Mädel Jumelle ...«

»Jeannette.«

»... während der Zeit, die der Firma gehört, die Tassen hoch machen. Das also paßt mit Ihrer Konspirationstheorie zusammen. Ich kenne BR als rücksichtslosen Knaben. Wissen Sie, er wollte, daß wir publik machen, daß Ihr Freund Lorne Lutch das Geld von uns angenommen hatte.«

»Warum das?«

»Dann sähe der wie eine Hure aus, und es gäbe keine Rancho-Canceroso-Stiftung. Er hat nie gewollt, daß wir uns sein Schweigen kaufen. Bei einem Gespräch, das wir mal führten, sagte er: ›Es gibt bessere Möglichkeiten, mit solchen Leuten fertig zu werden.‹ Ich hab mich gefragt, was er damit wohl meinte. Wissen Sie, als ich ihn von Allied Vending weg anheuerte, steckten wir bis zum Hals in Schadensersatzklagen, und ich hab ihm gesagt, ich würde ihm für jeden, der nicht bis vors Gericht durchkommen würde, eine Gratifikation zahlen. Und drei von den großen kamen nicht bis vors Gericht, weil die, wie Sie sich erinnern werden, beim Rauchen im Bett ums Leben kamen. BR hat darauf bestanden, daß ich die Gratifikationen auszahle, obwohl das Unfälle gewesen sind. Er sagte, abgemacht ist abgemacht. Hat mich dann auch reichlich gekostet, wenngleich eine höllische Stange weniger, als wenn wir vor Gericht verloren hätten.«

»Captain«, sagte Nick, »ich glaub, da ist etwas ganz *oberfaul*.«

»Sie meinen doch nicht, daß er ... nein. Also, ich bezweifle nicht, daß er ein bißchen eifersüchtig wegen meiner Zuneigung zu Ihnen gewesen sein könnte. Und wenngleich es stimmt, daß die Leute im Automatengeschäft Ellbogen an Ellbogen mit ein paar rauhbeinigen Individuen verkehren, würde ich doch nicht glauben ... guter Gott, sollte das möglich sein?« Sein Kopf sank auf das Kissen. Er legte sich die Hand über die Augen. »Ich werde meinen Mann Erkundigungen einholen lassen müssen.«

»Ihren Mann? Wer ist das?«

»Halte seine Identität wohl besser geheim, bis auf weiteres.«

Der Captain schlug seine Augen wieder auf und zog die Hand weg. »Nun, Nick, falls sich diese Groteskereien, die Sie mir da enthüllten, als wahr erweisen sollten, da nehme ich wohl nicht an, daß ich Ihnen ausmalen müßte, was dies für die Branche bedeuten wird.«

»Na ja, nein, aber ...«

»Natürlich gilt dem hier nicht die *erste* Überlegung. Einmal angenommen, Ihnen sei schweres Unrecht zugefügt worden, so werden wir Ihnen eine Wiedergutmachung zuteil werden lassen müssen. Angenommen – nur einmal angenommen –, gesetzt den Fall, wir stellen fest, daß das, was Sie sagen, der Wahrheit entspricht, woran ich gar nicht zweifle, dann werde ich BRs erbärmlichen Arsch – und seine Schickse, Jumelle – ohne großes Tamtam feuern, aber mit einem solchen extrem deutlichen Zeugnis, daß er sich glücklich schätzen wird, noch einen Job als Lotterieverkäufer auf Guam kriegen zu können. Und Sie müßten sich in diesen Anklagepunkten schuldig bekennen.«

»Schuldig?«

»Haben Sie Geduld mit mir. Schuldig mit einer Erklärung. Soll heißen, schuldig der Sünde, jung und ungestüm zu sein, genau so wie ein Haufen anderer Leute, die in Washington gearbeitet haben. Teufel auch, Sie *haben* bereits den Ruf weg, zu ungestüm zu sein, wo Sie doch jedermann mitgeteilt haben, der Präsident sei erstickt. Für vierhundertfünfzig Dollar die Stunde kann Carlinsky Ihnen verdammt noch mal eine verkürzte Einsitzzeit in irgendeinem Landclubkittchen verschaffen, wo sie nur Aufruhr machen, weil der *coq au vin* zu lange im Rohr und der Wein nicht richtig gekühlt ist.«

»Mm . . .«

»So, und jetzt kommt der richtig gute Teil der Sache. Wir eröffnen ein stilles kleines Bankkonto auf den Kaiman-Inseln für Sie, sagen wir . . . fünf Millionen Dollar. Ach zum Teufel, zehn. Also, selbst wenn wir Inflation und Steuern mitzählen, sind zehn Millionen Dollar *immer noch* eine ganz hübsche Stange Geld, Sohnemann. Sie brauchten für den Rest Ihres Lebens nicht mehr zu arbeiten. Sie angeln doch gern, oder? Na, Sie könnten sich irgendwo ein nettes Inselchen kaufen und angeln und sich von dunkelhäutigen Weibern, die keine Kleider anhaben, mit Mangos füttern lassen. Das hört sich für *mich* ganz ordentlich an. Will Ihnen mal was sagen, wenn Sie weiterhin für uns arbeiten möchten, übertrag ich Ihnen die Leitung des Büros in Hongkong. Sie werden der Chef des gesamten amerikanischen Tabakgeschäfts im Fernen Osten sein. Teufel auch, da liegt überhaupt die ganze Zukunft. So viele Asiaten, so wenig Zeit . . .«

Nick dachte nach. »Der Teil betreffs BRs und Jeannettes gefällt mir. Was den Rest angeht, weiß ich nicht recht.«

»Nun, lassen Sie uns Schritt für Schritt vorgehen. Wir fangen mit BR an, dann sehen wir mal, was Sie so von frühzeitigem Ruhestand halten.«

»Ich . . .«

»Sie sind jetzt gar nicht in der Verfassung, die richtige Entscheidung zu treffen. Sie sind richtiggehend gerädert. Sie sehen aus, als hätten Sie seit einer Woche nicht mehr geschlafen. Dunkle Ringe unter den Augen. Ein feiner Tabaksprecher sind Sie mir«, murmelte er.

»Also gut«, sagte Nick, »Schritt für Schritt.«

»Wußte doch, Sie sind ein vernünftiger Kerl. Wußte das gleich den ersten Tag, als ich Sie im Club kennenlernte. Wissen Sie noch? Wie liebend gerne würde ich jetzt auf der Stelle meine Lippen um einen von deren Minzetrünken wickeln.«

Die Oberschwester kam mit gestrengem Gesichtsausdruck herangeschritten. »Ich werde später mit Ihnen sprechen«, sagte Nick. »Sie brauchen Ruhe.«

»Wenn ich beim nächsten Mal, wo Sie mich sehen, oink-oink mache, dann wissen Sie, man hat mich wieder über den Tisch gezogen.«

Nick wandte sich, um zu gehen. Der Captain sagte ihm hinterher: »Nicht vergessen, Tabak sorgt für die Seinen.«

26

Am nächsten Tag pfiff Nick gerade »*C'est fumée! C'est fumée!*«, während er sein vom FBI völlig auseinandergenommenes Büro wieder herrichtete, als Gazelle ihren Kopf hereinsteckte und in ihrem nun schon gewohnheitsmäßigen paranoiden Flüsterton zischte: »Nick, *FBI!*«

»Lassen Sie sie gleich rein«, sagte er.

Es waren die Agenten Monmaney und Allman. Beide waren sie ganz klar der Meinung, daß sie auf die üblichen einleitenden Freundlichkeiten verzichten konnten, jetzt, wo Nicks Arsch ihnen gehörte.

»Haben Sie die Stadt gestern verlassen?« bellte Monmaney.

»Was«, sagte Nick und fuhr mit dem Aufräumen fort, »und gegen die Kautionsbedingungen verstoßen?«

»Sie sind draußen vor dem Büro in ein Taxi gestiegen. Der Fahrer fuhr wie auf der Flucht und hat gegen etliche Verkehrsregeln verstoßen. Wofür er in Gewahrsam genommen wurde. Und befragt.«

»Schon wieder auf Moslem-Hatz, eh?«

Agent Monmaney ballte seine Fäuste.

»Ich würde sagen, der ist ganz normal gefahren, für einen D.-C.-Taxifahrer.«

»Er behauptet, Sie hätten ihm erzählt, wir hätten etwas in seinem Kofferraum versteckt.«

»Na ja, Sie werden gemerkt haben, daß sein Englisch ein bißchen holperig ist. Er muß mich falsch verstanden haben. Eigentlich hab ich ihn nur gefragt, ob er schon mal Stecklinge von Pflanzen in seinem Kofferraum gezogen hat.«

»Sie sind heut morgen ganz schön naßforsch, Nick«, sagte Agent Allman.

»Ja, bin ich«, grinste Nick. »Geht mir *bedeutend* besser.«

»Sie haben ein Ticket nach Winston-Salem, North Carolina, gekauft.«

»Hab ich das?«

»Wollen Sie der Liste noch Meineid hinzufügen? Sie haben das auf Ihre Luftreisekarte setzen lassen. Wir haben die Quittung. Und Sie sind im Motel Eight in Winston-Salem abgestiegen. Auch da haben wir die Quittung.«

»Aha.«

»Was soll das heißen?«

»Ich hab gestern meine Brieftasche verloren. Irgendwer muß meine Kreditkarten dazu benutzt haben, nach Winston-Salem zu fliegen. Ich muß schon sagen, seltsame Wahl für ein Reiseziel. Ich wär irgendwo hingeflogen, wo man mehr Spaß haben kann. Ich hab heute früh erst gemerkt, daß sie fehlt. Ich hab sie als gestohlen gemeldet.« Er lächelte. »Sie werden in der Lage sein, das zu verifizieren.«

»Raffiniert, Nick. Übrigens, alles, was Sie sagen, *wird* gegen Sie verwendet werden.«

»Sind wir wieder festgenommen?«

»Nein«, sagte Agent Monmaney. »Bis auf weiteres nicht.«

»Wissen Sie«, sagte Nick, »ich verstehe, wie Sie beide über mich denken. Aber wenn Sie's hören wollen, ich hab mich nicht selbst gekidnappt. Und Sie werden schon noch herausfinden, daß ich's nicht war. Und wenn Sie das dann geschafft haben, lassen Sie uns alle zusammen einen heben und sagen: Fuck, was *sollte* bloß der ganze Scheiß?«

Sie sahen Nick unschlüssig an. »Sie rechnen mit guten Neuigkeiten?«

»O ja«, sagte Nick. »Sehr guten.«

»Hat das irgend etwas mit Ihrem Besuch in Winston-Salem zu tun?«

»Kann mich nicht erinnern, daß ich gesagt hätte, ich wäre in Winston-Salem *gewesen*.«

»Auf geht's«, sagte Agent Allman.

»Sagen Sie«, sagte Nick, »warum lassen Sie Akmal nicht einfach gehen. Sie können ihm doch nicht vorwerfen, daß er das Muffensausen gekriegt hat. Ihre Leute *sind* mit diesen armen Moslems ziemlich hart umgesprungen.«

»Los«, sagte Allman zu Monmaney.

»Tschüsi«, sagte Nick.

»Arschloch«, sagte Monmaney beim Rausgehen.

Der Besuch der Unbestechlichen im Verein mit seiner Entscheidung, das Schweigegeld vom Captain nicht anzunehmen, hatte Nicks Stimmung in die Höhe schnellen lassen wie ein Soufflé. Er konnte nicht auf den Captain warten. Er ging zu BRs Büro und spazierte, die Proteste seiner Sekretärin ein weiteres mal ignorierend, einfach hinein. Jeannette war bei ihm.

»Ah«, sagte Nick, »Teamwork. Das ist der Knackpunkt der ganzen Chose, nicht?«

BR glotzte finster. »Was wollen Sie, Nick? Sie sollten eigentlich nicht hier sein.«

»Aber ich arbeite hier.«

»Sie sind beurlaubt. Mit sofortiger Wirkung.«

»Nein«, lächelte Nick, »das glaub ich kaum. Aber ich glaube, *Sie* werden bald für lange beurlaubt werden. Und genauso die Mata Hari da drüben. Vergiß deine Gummis nicht, Jeannette.«

Jeannette sagte: »Du kannst überhaupt nichts bew...«

BR machte pst und deutete per Pantomime an, Nick könnte verdrahtet sein. Das machte er so gewandt, daß Nick sich fragte, ob er das wohl zum ersten Mal aufführte.

Nick wedelte vor Jeannette mit seinem Finger. »»Oh, Nick, oh. Hier, nimm die Kondome. Ich hab die extra großen...‹ Das wird im Gerichtssaal für ziemliche Gaudi sorgen. Und was Sie betrifft, mein wunderbarer, rückhaltgebender Boss, hellen Sie mal was für mich auf. Ich hab nicht drauf kommen können, warum Ihre Rent-a-Kidnapper mich am Leben ließen. Aber dann fiel mir ein, daß die vielleicht einfach bloß alles vermasselt haben. Wird's schon wärmer?«

BR starrte ihn an.

»Sie und Ihre Dominatrice-Tussi haben also den Kondome-in-den-Nikotinpfläster-Schachteln-Plan ausgeheckt? Sauber.«

»Nick«, sagte BR mit in Zaum gehaltener Stimme, »Sie haben sehr viel Stress durchgemacht. Ich glaube, Sie hätten ein bißchen professionelle Hilfe nötig.«

»Ja«, sagte Nick. »Ich habe reichlich viel Stress durchgemacht. IHR ARSCHLÖCHER!!!«

BR und Jeannette zuckten zusammen.

»Sorry«, sagte Nick. »Stress. Also, bis dann in Zellenblock C.«

Nick schloß die Tür hinter sich und fühlte sich viel besser. Als er zu seinem Büro kam, saß Gazelle an ihrem Schreibtisch und sah ganz besonders kummervoll aus.

»Kopf hoch«, sagte Nick. »Es läuft zu unsern Gunsten.«
»Haben Sie noch nicht gehört?«
»Was gehört?«
»Der Captain ist heute früh gestorben.«

»Was ich nicht verstehe«, sagte Carlinsky, »ist, warum Sie mir das nicht vorher erzählt haben.«

»Ich *wußte* das vorher noch nicht. Und würden Sie wohl bitte aufhören, sich ständig zu wiederholen. Das nervt ziemlich.«

»Also, so wie Sie die Sache sehen, hat BR Sie gekidnappt. Das Kidnapping schlug fehl. Dann haben er und Jeannette Sie reingeritten, indem sie Mittel und Wege fanden, Ihre Fingerabdrücke im Dunkeln auf die, wie Sie glauben, Kondomschachteln, die aber in Wahrheit die Nikotinpflaster-Schachteln waren, zu kriegen.«

»Genau.«

»Sie haben nicht den geringsten Beweis.«

»Nein«, sagte Nick, »ich hab keine Videokamera in meinem Schlafzimmer.«

»Und Sie haben dieses Szenario Mr. Boykin in der Nacht, bevor er starb, mitgeteilt.«

»Ja. Er wollte BR und Jeannette feuern und dann . . .«

»Halten Sie bitte mit nichts hinter dem Berg. Das ist sehr kontraproduktiv.«

»Er ist tot. Was macht es da schon, was er tun wollte?«

»Alles macht was.«

»Er bat mich, darüber nachzudenken, ob ich das Kittchen nicht auf mich nehmen wolle, um der Branche massive Verlegenheiten zu ersparen. Wofür ich im Gegenzug außerordentlich gut abgefunden werden sollte. Ich entschloß mich, das nicht zu machen und die Sache bis zum Ende auszukämpfen. Dann ist er gestorben.«

»Wurde dieses Gespräch aufgenommen?«
»Nein.«

»Zu schade. Nicht daß das vor Gericht zugelassen worden wäre, aber wir hätten es der Presse in die Hände spielen können. Das hätte einen solchen Aufruhr verursacht, daß es sehr schwer geworden wäre, die Geschworenenbank zusammenzukriegen. Und wir hätten am Ende eine ganz vertrottelte bekommen. Sie werden inzwischen kapiert haben, daß ich vertrottelte Geschworene mag. Je blöder, desto besser. Ja, und was nun diese Andeutungen von Mr. Boykin betrifft, BR könne unter Umständen etwas mit dem Tod dieser Tabakschadensersatzkläger infolge Rauchvergiftung zu tun haben, *das*«, sagte er mit gespitzten Lippen, »ist ein *sehr* interessantes Wespennest.«

»Ja. Hornissennest.«

»Obgleich wir wiederum keine Beweise haben.«

»Also sollten wir einmal die Todesumstände untersuchen«, sagte Nick. »Wir füttern die Presse, schütteln die Büsche, die Bäume. Irgendwas wird rausgeplumpst kommen. Wird ein Heidenspaß werden.« Nick rieb sich die Hände.

»Vielleicht. Aber bevor wir mit dem Finger weit nach oben zeigen, sollten Sie gut darüber nachdenken. Das ist eine hochriskante Verteidigungsstrategie. Denn wenn da nichts ist und wir auf Gräbern rumgetrampelt sind und Verschwörungstheorien aufgestellt haben, die sogar Oliver Stone zurückweisen würde, dann haben wir am Ende nur jedermann ziemlich auf die Palme gebracht, vor allem den Richter, und Sie könnten schließlich eine noch längere Zeitspanne abzusitzen haben als den Höchstsatz. Bei der Urteilsverkündung könnte er entscheiden, daß Sie das Strafmaß für jeden einzelnen Anklagepunkt nacheinander statt gleichzeitig abzusitzen haben. Er kann Sie auch in ein Hochsicherheitsgefängnis schicken. Und ich bin mir nicht sicher, ob das ein Erlebnis ist, an dem Sie Ihre Freude hätten. Aber natürlich ist das Ihre Entscheidung. Ich persönlich bin für einen ordentlichen Rummel im Gerichtssaal immer sehr zu haben. Aber es geht um Ihren Arsch, nicht um meinen. Sozusagen.«

Nick bedachte das Ganze zu den Geräuschen von Stahltüren, die in seinen Ohren zugeknallt wurden, als Carlinskys Sekretärin über den Lautsprecher kam. »Anruf von Mr. Rohrabacher von der Akademie für Tabakstudien. Er sagt, es sei außerordentlich dringend. Ich hab ihm gesagt, Sie seien in Unterredung mit einem Klienten.«

Carlinsky sagte zu Nick: »Ich denke, den sollte ich durchstellen lassen.«

Er nahm den Hörer ab. »Ja. Ja. Ja, er ist da. Ich verstehe. Haben Sie's ihm schon mitgeteilt? Ich verstehe.« Er sah Nick an und wölbte seine Augenbrauen zu Bögen. »Ja. Alles? Nun, ja. Wir übernehmen so was durchaus. Natürlich. Wir sind eine große Kanzlei. Ich verstehe. Lassen Sie mich mit den Mitgeschäftsführern sprechen, und ich gebe Ihnen dann bis Tagesende Bescheid.«

Carlinsky legte auf. Er räusperte sich. »Ich fürchte, das ist jetzt sehr unangenehm. Man hat mich davon in Kenntnis gesetzt, daß Sie nicht mehr bei der Akademie für Tabakstudien angestellt sind.«

Das war ein in Washington nicht unübliches Phänomen, von dritter Seite zu erfahren, daß man gerade gefeuert worden war. Normalerweise erfuhr man das über CNN oder per Telefon von einem Reporter, der anrief, um zu bestätigen, einem seien die Schlösser zum Büro ausgewechselt worden, während man gerade außer Haus war und die Schnellreinigung abholte. Nick war nicht allzusehr überrascht, insbesondere nachdem er von BR ein frostiges bürointernes Memo des Inhalts erhalten hatte, seine Anwesenheit bei der Beisetzung des Captains sei nicht erwünscht.

»Ach, zum Teufel mit ihm. Nehmen wir den Kampf auf.«

Carlinsky schürzte seine Lippen und runzelte die Augenbrauen. »Das könnte unangenehm werden.«

»Ich *weiß*, daß Sie teuer sind. Aber ich bin sicher, wir finden einen Weg. Sie könnten für den Rest meines Lebens mein Gehalt pfänden lassen.«

»Darum geht's nicht. Es geht um einen Interessenkonflikt.«

»*Was* für einen Interessenkonflikt?«

»Ich kann nicht einen Klienten verteidigen, indem ich ihn gegen einen anderen Klienten ausspiele.«

»Was für einen ›anderen‹ Klienten?«

»Unsere Kanzlei ist soeben gebeten worden, zum Rechtsberater der Akademie für Tabakstudien zu werden.«

»Sie meinen, eben *gerade*?«

»Ja. Natürlich würde es ein beträchtliches Geschäftsaufkommen mit sich bringen, die Akademie für Tabakstudien zum Klienten zu haben. Bei diesen ganzen klagenden Rauchern. Aber ich glaube, das brauche ich Ihnen nicht zu erzählen, nicht wahr?«

»Nein«, sagte Nick, »brauchen Sie nicht.«

»Es wäre eine Sache, wenn dies nur meine eigene Entscheidung wäre. Aber es ist meine treuhänderische Pflicht, meine Partner über das Angebot in Kenntnis zu setzen. Andererseits, wer weiß. Vielleicht schlagen sie's aus.«

»Was ich nicht verstehe«, sagte Nick, »ist, warum Sie mir nicht *früher* erzählt haben, daß Sie so ein Wichser sind.«

»Ich war davon ausgegangen, das wüßten Sie«, sagte Carlinsky.

Nick trat aus dem Aufzug in den Empfangsbereich der Akademie. Carlton wartete auf ihn.

»Nicky«, sagte er und wurde rot. »Könnte ich ein Wörtchen mit Ihnen wechseln?«

»Okay«, sagte Nick. »Wir können in meinem Büro reden.«

»Äh, genau darüber muß ich mit Ihnen sprechen.« Carlton flüsterte. »BR hat gesagt – puh, Nicky, ich komm mir wie ein richtiges Arschloch vor, Ihnen das sagen zu müssen.«

»Ich glaube, so kommen wir uns im Moment alle vor, Carlton.«

»Ja. Möchten Sie, daß ich Ihren Kram in Ihr Apartment bringe, oder . . .?«

»Das wär prima. Kann ich noch ein paar Leuten Wiedersehen sagen, oder ist das hier so eine Stalin-Klamotte, wo man einfach ohne eine Spur verschwindet?«

Carlton wurde wieder rot. »Wenn's nach mir ginge . . .«

Jeannette klickerte vorbei und sah ganz fesch aus, in Wildleder. »*Nick*«, lächelte sie. »Gerade auf dem Absprung?« Sie sah Carlton an. »Ich sagte Ihnen doch, ich wünsche die Budgetzahlen *jetzt*.« Sie machte kehrt und spazierte in Richtung BRs Büro davon.

Carlton sagte: »Unsere neue leitende VP. Was für eine wichsige Kopfdröhnung, hmm?«

TABAKLOBBY FEUERT NICK NAYLOR

Rohrabacher »schockiert angesichts der FBI-Beweise gegen Ex-Sprecher«

VON HEATHER HOLLOWAY
MOON-KORRESPONDENTIN

Die Mod Squad traf sich jetzt nicht mehr bei Bert, sondern in einer dunklen Ecke des Restaurants Serbian Prince im vorstädtischen Virginia. Sie hielten dies für einen sicheren Tip, da nicht mehr viele Leute in serbische Restaurants gingen. Es war sogar so leer, daß sie sich fragten, wie es überhaupt noch offen bleiben konnte. Bobby Jay sagte, das sei ganz offensichtlich ein reines Aushängeschild für serbische Waffenhändler. Wie dem auch sei, ein angemessenes Milieu bot es den Händlern des Todes aus zweierlei Gründen. Die Presse-Fuzzis würden sie hier nicht so leicht aufstöbern; und die Moslems auch nicht. Das FBI, das sich für Nicks Flucht im Taxi revanchieren wollte, schien Akmal davon überzeugt zu haben, daß Nick ein für die Israelis arbeitender Agent provocateur sei, und hatte ihm seine Telefonnummer, seine Adresse, den Mädchennamen seiner Mutter und überhaupt alles gegeben. Alles, was die ganzen Anrufe von Reportern auf Nicks Anrufbeantworter noch an Platz ließen, wurde von Verunglimpfungen und Drohungen durch etliche Leute mit mittelöstlichem Akzent zugeschüttet.

»Sie haben mir die Krankenversicherung gekündigt«, sagte Nick in seinen schwarzen Kaffee hinein. »Wißt ihr, wie schwer es ist, sich krankenzuversichern, wenn man als letzten Arbeitsplatz die Akademie für Tabakstudien angeben muß?«

»Brauchst du überhaupt eine Krankenversicherung, wenn du im Bundesvollzug einsitzt?« sagte Polly. Polly, die selber vor Reportern auf der Flucht war, steckte in elegantem Räuberzivil mit Sonnenbrille und Kopftuch. Sie sah aus wie eine Kreuzung aus Jackie O und Mütterchen Rußland. Und mit der Sonnenbrille warf sie hier in diesem Dunkel dauernd irgendwelche Sachen um.

»Nein«, sagte Bobby, während er den Kaffee mit seinem Haken umrührte. »Gefängnisse haben eigene Ärzte. Natürlich sind die erstklassig ausgebildet, kommen alle von Ivy-League-Medizinschulen.«

»Könnten wir dies Gesprächsthema wohl sein lassen«, sagte Nick mürrisch.

»Ich bin sicher, soweit wird es gar nicht kommen«, sagte Polly und berührte ihn am Arm.

»Das ist genau das, was mir alle dauernd erzählen. Ich könnte beispielsweise auch richtig Glück haben und am Ende für zehn Jahre auf einer umgewandelten Militärbasis in der Wüste landen. Ist ein sehr tröstlicher Gedanke.«

»Hört sich in meinen Ohren sehr viel besser an als Lorton«, schnaubte Bobby Jay. Lorton war das Kittchen in Virginia, wo sie die überzähligen schweren Fälle aus den D.-C.-Gefängnissen hinschafften. Es erfreute sich des Rufes einer nicht sonderlich hegenden und pflegenden Umgebung, insbesondere für Insassen aus der Spezies der Kaukasier.

»Du wanderst nicht ins Lorton«, sagte Nick, genervt von dem Ausstechversuch. »Du bist ein versehrter Vietnam-Vet, und es ist deine erste Straftat. Du kriegst sechs Monate, auf Bewährung. Also bitte, erspar mir die Ballade von Reading Gaol.«

»Ach ja? Wie kommt's denn dann, daß mir die Anwälte erzählen, der Ankläger sei richtiggehend *scharf* darauf, mich hinter Schloß und Riegel zu kriegen? Erstens bin ich weiß, zweitens arbeite ich für die bestgehaßte Lobby in Amerika...«

»Boah. Die Schußwaffenlobby ist nicht die ›bestgehaßte Lobby in Amerika‹. Muß ich dich daran erinnern, daß ich die persönliche Verantwortung für den Tod von mehr als einer halben Million Menschen jedes Jahr trage, wohingegen du bloß für dreißigtausend verantwortlich...«

»O Jesus«, sagte Polly.

»Tut mir leid«, sagte Nick. »Ich bin gerade nicht gut bei Stimmung.«

»Wie seltsam«, sagte Polly.

»Morgen ist die Beisetzung vom Captain. Mir ist in unmißverständlichen Worten zu verstehen gegeben worden, daß ich nicht erwünscht bin. Und ratet mal, wer die Grabrede hält.« Er schüttelte den Kopf. »BR.«

Während sich der Schweiß unter seinem falschen Bart und seiner falschen Nase zu Pfützen sammelte, überlegte sich Nick, es sei doch ganz gut, daß der Captain um eine Beisetzung in Roaring Gap gebeten hatte, wo es nicht ganz so infernalisch heiß war wie in Winston-Salem. Es war brütend in der Baptistenkirche, und rappelvoll dazu. Nicks Gumminase fühlte sich an, als wollte sie jeden Moment abfallen, und die verkniffene ältere Frau, die neben ihm saß, warf ihm bereits befremdete Blicke zu.

Hinten waren Reporter, manche von der überregionalen Presse. Der Hinschied des Captains mitten in den Wirren des Kidnapping-Skandals wurde als DAS ENDE EINER EPOCHE inszeniert. WOHIN NUN, TABAK?

BR hatte gerade die Kanzel betreten.

»Doak Boykin«, begann er, »überragte die Welt des Tabaks gleich einem Koloß, der er auch war. Er hätte einem sein letztes Hemd gegeben. Er war wahrhaftig das Salz der Erde.«

Gott, wer hatte ihm bloß dieses Gesülze geschrieben? (Jeannette.) Verunglimpft in seinen Herbstesjahren, sein Herz mit Schweinsteilen bepflastert, und jetzt belobhudelt von einem Judas mit einem Hang zum Klischee. Der Mann hatte Besseres verdient, und wenn er auch ein Massenmörder war.

»Er war ein Mann, der an die Verfassung der Vereinigten Staaten glaubte, vor allem an die Abschnitte über individuelle Freiheiten und das Recht zum Streben nach dem Glück.«

Das stand zwar in der Unabhängigkeitserklärung, aber macht ja nichts ...

»Ich glaube, jeder, der heute hier anwesend ist, würde mir zustimmen, daß heutzutage Mut dazu gehört, den politisch Korrekten und den Scheinheiligen gegenüberzutreten, die ein absolut legales amerikanisches Erzeugnis zu zerstören versuchen.«

Ein geschicktes Stück Selbstbeweihräucherung. Beifälliges Gemurmel.

»Und der Captain besaß diesen Mut, spatenweise. Ich weiß ebenso, daß mir viele von Ihnen zustimmen werden, daß er betrübt über die jüngsten Ereignisse auf unserem eigenen Hinterhofe wäre. Wenn dieser viel zu verfrühte Hinschied auch sein Gutes haben sollte, dann dieses – daß er die Fallstricke und Pfeile des Unglücks nicht mehr wird ertragen müssen, die sein fehlgeleiteter, überambitionierter und womöglich mental gestörter Protegé über unser Haus gebracht hat.«

Das gesamte Tabakestablishment, die führenden Köpfe der Großen Sechs – diejenigen, denen er nun ebenbürtig war, wo sich sein Aufstieg aus der Welt der Zigarettenautomaten vollendet hatte – saßen alle in der ersten Bank. Und jetzt distanzierte BR sich von Nick, indem er klarstellte, daß dieser des *Captains* Frankensteinmonster gewesen sei.

»Söh? *Söh?*«

Es war die Frau neben ihm, die ihm zuzischte: »Würde es Ihnen etwas ausmachen, das Knurren zu unterlassen? Und da stimmt *wirklich* etwas nicht mit Ihrer Nase.«

Der Captain hatte sich einäschern lassen – eine beherzte Entscheidung, fand Nick, für einen Tabakmann; die Presse würde damit ihren Jux veranstalten können –, und seine Asche sollte über dem See verstreut werden, von dem aus er Nick oftmals auf seinem Handy angerufen hatte, während er die Rute nach den großen Fischen ausgeworfen hatte.

Die Menschenmenge am Ufer beim Akt des Verstreuens war ziemlich groß, aber Nick, hochgewachsen, wie er war, konnte von hinten gut sehen. Die gesamte Familie des Captains stand am hölzernen Anleger: seine Frau Maylene und sieben Töchter, Andy, Tommie, Bobbie, Chris, Donnie, Scotty und Dave, alle mit Hut und damit beschäftigt, ihre Augen mit Spitzentaschentüchern zu betupfen. Die Asche des Captains befand sich in einer großen silbernen Zigarettendose, ein feiner Zug.

Der Geistliche, ein vierschrötiger, rosiger Mann in schwarzer Robe, las vor, was laut Programmheft des Captains Lieblingsstelle im Alten Testament gewesen war.

»Und Nahar ging zum Hause des Gunt, welcher da unrecht gethan und die Zung von des Nahar Bruder, Rehab mit einem Stein gespalten hatt. Und er saget zu ihm, ›Du Eiterbeul und Pestilenzium‹, und schlaget einen Feuerstein an den Stein, welches einen Funken gemachet, mit welchigtem er den Saum von des Gunt Tunika in Brandt gestecket, und Gunt flohe schnelle aus dem Landt, denn er *standte* in Flammen. Und Nahar saget zu seinem Bruder, Rehab: ›Itzo sehest du, daß Rauche und Feuer *gar wohl* gut sind und von Nutzen.‹ Und Rehab sagte: ›Ja.‹«

»A-men«, sagten die Versammelten.

»Und nun«, sagte der Geistliche, »übergeben wir seine Asche der Tiefe ...«

Der Mann, der neben Nick stand, sagte zu seiner Frau: »Ist da bloß vier Fuß tief.«

»Pssst«, sagte seine Frau.

»... wo sie in der Hoffnung auf die ewige Auferstehung verharren wird ...«

Während er sprach, ging die silberne Zigarettendose mit der Asche des Captains von Tochter zu Tochter, deren jede einen Löffelvoll von ihrem alten Daddy in den See schaufelte und die Asche zur nächsten weiterreichte. Es war sehr anrührend.

Nick spürte eine feste, zupackende Hand auf seinem Bizeps. Er sauste herum und sah einen Hilfssheriff, jung, fleischig und mit einer großen Automatik-Pistole, deren Griff ihm aus dem Holster ragte. Über die Schulter des Bullen sah Nick, wie die verkniffene ältere Frau auf Nick zeigte.

»Sind Sie Nick Naylor?«

»Mm ...«

»Sir, wir sind vom FBI angewiesen worden, Sie in Gewahrsam zu nehmen. Würden Sie bitte mitkommen?« Er zerrte ihn davon.

Scheiße, dachte Nick. In Ungnade gefallener Protegé bei der Beisetzung seines Mentors festgenommen; neuer Anklagepunkt: Verstoss gegen Kautionsauflagen.

Er folgte dem Beamten in Erwartung des inzwischen gewohnten Zuschnappens von Stahl um seine Handgelenke.

Plötzlich war ein Mann an seiner Seite.

»Officer«, sagte er mit befehlerischer Stimme. Er ließ eine Marke aufblitzen. »FBI Raleigh. Gute Arbeit, Hilfssheriff. Ich nehm ihn gleich von hier aus mit.«

Der Hilfssheriff strahlte, löste seinen Griff und entließ Nick in die Obhut von – Gomez O'Neal.

27

Gomez spielte das Spielchen ganz bis zu den Handschellen weiter, obwohl es Nick verdroß, daß er das vor den ganzen Trauergästen machte. Er packte Nick sogar mit der Hand auf den Kopf, genau wie es die echten Bullen machen, während er ihn auf den Rücksitz des Wagens schob.

»Ich dachte mir schon, Sie könnten so ein blödsinniges Ding abziehen, wie zur Beisetzung zu kommen«, sagte Gomez, »drum hab ich eine Marke aus meiner Sammlung mitgebracht. Wie kommts, daß Sie nun schon zum zweiten Mal gegen Ihre Kautionsauflagen verstoßen haben?«

»Ich liebe North Carolina. Können wir jetzt die Handschellen abnehmen? Sie haben mir die ziemlich fest angelegt. Klemmt mir die Blutzirkulation ab.«

»Vielleicht sollte ich sie lieber dranlassen.« Seltsame Art von Humor hatte er, der Gomez.

Er fuhr eine Stunde lang, ohne viel zu sagen, in die Raleigh entgegengesetzte Richtung, bog dann in Nebenstraßen und fuhr schließlich bei einer kleinen Klitsche namens Mudd's rechts ran, wo die Speisekarte heißen Katzenfisch aus der Friteuse und Eistee bot. Der Katzenfisch kam auf Zeitungspapier, der Eistee in Steingutkruke.

»Der Captain erzählte, er habe einen Mann in der Akademie«, sagte Nick. »Ich dachte mir schon, daß Sie das sind.«

»Unser neuer *Vorsitzender*« – er sprach das Wort mit Abscheu aus – »hat das wahrscheinlich auch schon spitzgekriegt«, sagte Gomez und wischte sich das Fett ab. »Wenn er das nicht sogar schon immer gewußt hat. Kann sein, daß er und ich deshalb dies Problem miteinander haben.«

»Ich hab den Captain an dem Abend, bevor er starb, besucht.«

»*Weiß* ich. Er rief mich um dreiundzwanzig Uhr fünfundvierzig an. Der Zeitpunkt des Todes wurde mit null Uhr fünf angegeben. Ich hab ihm noch gesagt, er würde nicht gut klingen.« Gomez trank etwas Tee und klapperte mit dem Eis in der

Kruke. »Er sagte, ich soll auf Sie achtgeben, falls irgendwas passiert. Sieht aus, als wär's soweit.«

Nick lehnte sich über die Zeitung rüber. »Hat er Ihnen gegenüber irgend etwas betreffs BRs und dieser Leute, die Tabak verklagt hatten und gestorben sind, erwähnt?«

Gomez sah aus dem Fenster. »Schön hier.« Er starrte Nick an. »Ich mag Sie, Kleiner. Sie haben Mut. Aber falls Sie je irgend jemand – Anwalt, Ankläger, Richter, Ihren beiden Mod-Squad-Sportsfreunden oder auch nur Ihrem Bengel – sagen sollten, daß Sie das von mir haben ... dann hätten Sie und ich ein Problem miteinander, ganz egal, was ich dem Captain versprochen hab. Also, pfeifen wir soweit nach derselben Melodie?«

»Ja«, sagte Nick.

»Also gut, dann wollen wir doch mal sehen, ob wir das auf die Reihe kriegen können. Nachdem Mrs. Cappozallo, die, wie Sie sich erinnern werden, die dritte mit Lungenkrebs war, die uns verklagt hatte, an Rauchvergiftung starb, kriegte ich so den Eindruck, hier hätten wir es mit einer Art Muster zu tun. Also hab ich Nachforschungen angestellt. Fragen Sie mich nicht, wie ich das gemacht hab oder bei wem. Von Belang ist nur, daß sich herausstellte, daß BR mit seinen alten Verbindungen aus seinen Automatentagen so ein kleines Netzwerk am Laufen hatte.«

»Netzwerk?«

»Eine Schwadron, die sich um diese Schadensersatzfälle kümmern sollte.«

»Eine *Todes*schwadron?«

»Was passierte, war, daß der Captain BR eine Gratifikation in Höhe von einer Viertelmillion für jeden Fall bot, der nicht vor Gericht kam. Natürlich meinte er damit nicht, BR solle diese Leute umbringen. Er gab ihm einfach bloß ein bißchen finanziellen Anreiz, um sich bei den Anwälten den Arsch aufzureißen, die diese Fälle vertraten. Diese Fälle trieben die ganze Branche in den Wahnsinn. Na, und da BR über das Zigarettenautomatengeschäft hochgekommen war – was so ziemlich das Gegenteil vom Marquis von Queensberry ist –, beschloß er, das auf seine Weise in die Hand zu nehmen, und bevor man noch weiß, was los ist, kratzen die Kläger an Rauchvergiftung ab, weil sie sich im Bett mit brennenden Zigaretten abgefackelt haben.« Gomez zuckte die Schultern. »Irgendwie muß man's ihm schon lassen. Ist so eine Art poetische Gerechtigkeit. Und wie's so läuft, ist's ein echtes Kinderspiel. Einfach reinschleichen, eine brennende Zigarette aufs Kissen fallen lassen, und schon – Klage erledigt.«

»Können wir das beweisen?«

»Was heißt beweisen? Die sind tot. Der Captain ist tot. BR ist König der Welt. Sie sind ein Yuppie-Wichser, dem für einen scheiß Publicity-Trick zehn bis fünfzehn Jährchen ins Haus stehen. Wer wird Ihnen glauben wollen?« Gomez gluckste: »Sie sind die Type, die der Welt aufgetischt hat, der Präsident sei tot.«

»Besten Dank, daß Sie mich daran erinnern. Gerade als ich's vergessen hatte.«

»Benutzen Sie mal Ihr Köpfchen, Kleiner. Die Leute, die das gedreht haben, sind immer noch da draußen zugange. Und die sind gut. Ich weiß, daß die Ihren Fall vermasselt haben, aber diese drei Kläger da haben die so sicher wie die Scheiße nicht vermasselt. Wenn Sie hingehen und dem FBI davon erzählen, werden zwei Sachen passieren. Erstens werden die sich die Ärsche ablachen. Zweitens werden *Sie* tot aufwachen und sich eine Rauchvergiftung eingefangen haben.«

»Was bleibt uns also?«

»Mir geht's soweit gut. Sie stecken bis zum Hals in Scheiße.«

»Sehr hilfreich.«

»Okay«, schnorchelte Gomez, »folgendes kann ich Ihnen andienen. Einen Namen und eine Adresse. Ich weiß, daß die beiden kostümiert waren, als die Sie geschnappt haben, aber Sie werden ihn erkennen. Wenn er nicht gerade Leute umbringt, spielt er.«

»Poker?«

»Er ist *Schauspieler*. Ich denk mal, der kann nicht allzu gut sein, sonst würde er keine Leute umbringen, um sich seine Brötchen zu verdienen. Ist so Amateurkrams, leichte Oper, so diese Art Müll.«

»Peter Lorre«, sagte Nick.

»Ja, der.«

»Ich wurde von einem schlechten Schauspieler gekidnappt und gefoltert und beinahe umgebracht?«

»Schlechter Schauspieler, aber ein *guter* Killer. Bevor er diese drei Kläger da erledigt hat, war er – na, wahrscheinlich brauchen Sie das nicht alles zu wissen. Aber auf mein Wort, wenn Sie Ihren nächsten Schritt machen, verpfuschen Sie besser nichts.«

»*Meinen* nächsten Schritt? Was ist denn mein nächster Schritt?«

Gomez lehnte sich auf seinem Stuhl zurück und pulte mit einem Zahnstocher ein Stück festhängenden Katzenfisch los. »Das steht Ihnen frei, Kleiner.«

»Aber ich bin bloß ein Yuppie-Wichser. Was soll ich denn wohl tun, ihn zu einer Debatte über Auftragskiller in der *Donahue-Show* rausfordern? ›Männer, die andere Männer umbringen, und die, die davonkommen, demnächst in der *Donahue*‹?«

»Nein.« Gomez lächelte zweideutig. »Ich nehme an, daß Sie cleverer sind.« Er ließ ein Blatt Papier über den Tisch schlittern. Ein Name samt Adresse stand drauf.

»Können Sie sich das einprägen?«

»Ja.«

»Dann tun Sie's.« Gomez nahm den Zettel wieder an sich, hielt ihn über die Steingutkruke und setzte ihn in Brand. Die Asche zischelte auf das Eis. »Das wird sich als nützlich erweisen. ›Team B.‹«

»Team B? Der Auslandsaufklärungsbeirat des Präsidenten?«

Gomez nickte. »Cleverer Junge. Schien mir doch, daß es irgendwie vertraut klang. BR muß den Namen da wohl abgekupfert haben.«

»Aber was ist Team B?«

»Team B«, sagte Gomez, »ist der Deckname für sein kleines Spezialkommandoschwadron. Da wäre noch was, was nützlich sein wird: ›Team A.‹«

»Was ist das?«

»Köpfchen benutzen, Kleiner.«

»Wollen Sie wohl *aufhören,* mich so zu nennen? Ich bin nicht Lauren Bacall, und Sie sind nicht Humphrey Bogart.«

»Team A ist BR, ist doch klar.«

Nick dachte nach. »Ich raffe immer noch nicht, was ich tun soll.«

»Na, Nick, so wie die Dinge für Sie laufen, werden Sie sich

schon was einfallen lassen. Notwendigkeit ist die Puffmutter der Erfindungsgabe.«

Im Wagen sagte Nick während der meistenteils schweigsamen Fahrt zum Flughafen: »Warum tun Sie das alles?«

Gomez dachte nach. »Ich könnte Ihnen einfach erzählen, daß ich das für den Captain mach. Aber da ich Sie mag, will ich Sie nicht verscheißern. Ich mag meinen Job in der Akademie. Ich glaube an Zigaretten. Ich finde, wir sind überbevölkert. Der Planet könnte eine Bremse gebrauchen, wenn Sie verstehen, was ich meine. Ich bin froh, daß wir in großem Stil auf die asiatischen Märkte vordringen. Ich hab ganz schön lange in Asien gearbeitet, in Nam, Laos, Kambodscha, Indonesien, China, und ich kann Ihnen sagen, mir macht das absolut keine schlaflosen Nächte, wenn ich dran denke, *diese* Horden auszudünnen. Deren Essen ist allerdings gut. Das Essen hab ich immer gemocht.«

»Sie machen das alles wegen *Geburtenkontrolle*?«

»Klar, aber ehrlich? Ich mag auch die Dienstzeit. Verlangt mir nicht zuviel ab. Das meiste, was ich tu, besteht darin, Zeugs über Leute rauszufinden, und *das* kann ich im Schlaf. Ich mag die Dienstzeit, ich mag die Altersvorsorge, die gute medizinische Versorgung, Urlaub. Ich mag das ganze Bündel. Aber BR mag ich *nicht*. Und ich mag den jetzt sogar noch weniger, wo er Vorsitzender geworden ist. Und«, sagte er, »ich mag auch nicht dieses Spaltschwanzflittchen, die er gerade zur leitenden Vizepräsidentin gemacht hat. Jetzt muß ich von ihr Anweisungen entgegennehmen, und«, er lachte in sich hinein, »ich hab bisher noch *nie* von einer Frau Anweisungen entgegengenommen. Drum seh ich Probleme voraus, und in diesem Lebensstadium will ich eigentlich möglichst nur noch ein paar weitere Jahre abreißen und früh in den Ruhestand gehen. Und diese beiden verkomplizieren meine Planung.«

Spaltschwanz? »Waren Sie bei der Marine?« fragte Nick.

»Wollen Sie das *wirklich* wissen?«

»Nein«, sagte Nick.

28

»Ich versteh nicht, warum du uns nicht sagen kannst, wer dir davon erzählt hat«, sagte Polly mit einer Schärfe in der Stimme, die von der Schlagzeile im ›Moon‹ vom Tage herrührte.

NAYLOR, WAFFENLOBBYIST UND SPIRITUOSENSPRECHERIN
BILDETEN CLUB NAMENS »MOD SQUAD«:
EIN AKRONYM FÜR »MERCHANTS OF DEATH«

Drei SprecherInnen der Yuppokalypse?

VON HEATHER HOLLOWAY
MOON-KORRESPONDENTIN

Pollys Boss war von dieser bedauernswerten Enthüllung ganz und gar nicht begeistert; und Stockton Drum, Bobby Jays Boss, bis dato immer ein Pfundskerl, war nicht einmal stolz darauf, daß sein Junge nun flach und verdreckt in den Schützengräben des zweiten Zusatzartikels zur Verfassung rumlag. So ziemlich der einzige, der sich freute, auch wenn er das nie zugegeben hätte, war Bert, dessen Restaurant nun in die Scandal-Tours-Route mit aufgenommen worden war, eine gefragte Busrundfahrt für Washington-Touristen, zu deren anderen Haltepunkten das Watergate, das Tidebecken und das Hotel, wo das FBI Bürgermeister Barry beim Crack-Rauchen erwischt hatte, waren.

»Weil«, sagte Nick, »ich am Leben bleiben möchte. Und die Person, die mir das alles erzählte, hat ziemlich klargemacht, daß das nicht länger drin wäre, wenn ich ihre Identität preisgeben würde.«

»Dies Zeugs ist so stark, daß mein Haken davon wegschmilzt«, sagte Bobby Jay und wischte sich den dicken Belag aus Kaffeesatz ab.

»Würdest du *bitte* damit aufhören«, sagte Polly. Ein Kamerateam vom Fernsehen, das der morgendlichen Mod-Squad-Story aufs Trittbrett gesprungen war, war bei ihrem Nüchterne Fahrer

2000 aufgekreuzt und hatte sie während des Frage-Antwort-Spielchens lautstark mit ungehobelten Fragen bombardiert. Alles, was sie hatte tun können, war, dem ›Moon‹ anzuhängen, er gehöre einem Koreaner, der sich als der neue Messias ausgebe. Das war im allgemeinen immer das, was die Leute gegen den ›Moon‹, eine ziemliche gute Zeitung, vorbrachten, wenn er etwas Wahres brachte, das ihnen nicht gefiel.

Der starke serbische Kaffee machte Pollys Nerven nicht besser. Sie trommelte mit ihren Fingernägeln auf dem Tisch rum. *T-t-trrraps, t-t-trrraps.* »Warum erzählst du uns dann nicht wenigstens, woher Ms. Weltklassetitten *das* hier hat.«

»Ich würd mal schätzen«, sagte Nick betrübt, »daß sie das von Jeannette hat.«

»Oh?« sagte Polly aufbrausend. »Und wie konnte Jeannette was von der Mod Squad wissen?«

Nick seufzte. »Die Wahrheit wird dir nicht gefallen.«

»Mein Tag hat schon ruiniert *angefangen,* also wirst du ihn mir nicht noch mehr verderben können.«

»Sie hat's von dir.«

»Was redest du denn da?«

»Weißt du noch, wie du eine Nachricht auf meinem Anrufbeantworter hinterlassen hast, mit der du mir zu dem Killerkäse gratuliert hast, damals an dem Abend, als ich in *Nightline* war?«

»Ja«, sagte Polly argwöhnisch.

»Na ja, hm . . . du, hm . . . erwähntest, hm . . . die Mod Squad, und . . .«

»Ich hab also die Mod Squad erwähnt. Die Leute glauben, das sei eine Fernsehserie, die dauernd wiederholt wird.«

»Ja, aber, mm . . .«

»Hörst du mal *auf* mit dem ›mm‹-Gesage? Ich habe heute schon meine Höchstdosis Prozac eingeworfen, also mehr darf ich nicht nehmen. *Spuck's aus.*«

»Na ja, Jeannette war mit im Apartment, und wir haben gerade, mm, sie fragte mich, was das heiße, und . . .«

Es war gut, daß Polly ihre Jackie-O-Sonnenbrille aufhatte, denn Nick wollte gar nicht sehen, was für Blicke sie ihm zuwarf.

»Zuerst«, sagte sie schließlich, »erzählst du uns, daß du diese

Nutte in deinem Bett aufs Kreuz gelegt hast. Und jetzt erzählst du uns, daß du gleichzeitig *uns* aufs Kreuz gelegt hast.«

»Ich bin darüber gar nicht glücklich«, sagte Nick.

»*Du* bist darüber gar nicht glücklich?«

»Ich bin deswegen *echt* unglücklich.«

»Oh, na dann«, sagte Bobby Jay, »in dem Fall, null Problemo.« Er fügte hinzu: »Hurenbock.«

»Vielleicht werd ich davon jetzt auch noch fromm«, sagte Nick.

»Die Christliche Zuchthaus-Gemeinschaft hat Ortsgruppen in fast allen besseren Strafanstalten.«

»Arschloch«, sagte Polly und ging.

Sie sahen ihr nach. Bobby Jay sagte: »Prima gedeichselt, Sohnemann. Bevor du heut abend kamst, hat sie mir erzählt, sie wolle ihre Ersparnisse flüssig machen, um dir bei deinen Anwalts- und Prozeßkosten unter die Arme zu greifen.«

»Warum sollte sie das tun wollen?«

Bobby Jay schüttelte den Kopf. »Junge, du bist ja noch blöder als ein Haufen Scheiße.« Bobby Jay ging.

»Ich übernehm die Rechnung«, sagte Nick zu niemand bestimmtem.

Zuerst erkannte er den außerordentlich scheußlichen Geschmack in seinem Mund gar nicht wieder und hatte auch keinen Anhaltspunkt, wo er war. Wo immer es sein mochte, es gewährte ihm einen spektakulären Blick auf Washington. Er war auf der Arlington-Seite, soviel wußte er. Die langsam heraufdämmernde Tatsache, daß er von sich gleichenden Grabsteinen umgeben war, und zwar von Tausenden, brachte ihn drauf, daß er sich irgendwo auf dem Arlingtoner Nationalfriedhof befand. Dann war er auch in der Lage, die widerliche Schaumschicht auf seiner Zunge zu identifizieren. Sliwowitz. Der Rückstand von Glas um Glas um Glas. Ja, jetzt kehrte alles wieder: Der Abend hatte für ihn damit geendet, daß er Schulter an Schulter mit den Kellnern und dem Küchenpersonal serbische Kampflieder gesungen hatte.

Irgendwie war er zum Arlingtoner Friedhof gefahren und

über den Zaun gelangt. Seine zerrissene Hose und der heftige Schmerz in seiner rechten Kniescheibe deuteten an, daß er das nicht sonderlich geschickt angestellt hatte.

Aber warum Arlington?

Auch das kehrte wieder. Er war hergekommen, um sich umzubringen.

Er mochte Arlington, kam manchmal an schönen Tagen her, nur um ein bißchen rumzuschlendern und rauszufinden, wer wer war. Hier lagen über zweihunderttausend Leute begraben, was eine ganze Menge toter Leute war, obwohl das, wie ihm unangenehm zu Bewußtsein kam, nicht einmal halb soviel waren wie die jährlichen Rauchertoten. Er erinnerte sich, daß er entschieden hatte, sich nicht in seinem Apartment umzubringen, so daß ihn seine Reinemachdame nicht zu finden brauchte. Er erinnerte sich, daß der Tacho auf 110 Meilen pro Stunde gestiegen war und daß er auf die Betonsäulen der Überführung zugehalten hatte, dann aber noch gerade rechtzeitig ausgewichen war, nachdem ihm einfiel, daß der Wagen einen Airbag hatte und er wahrscheinlich als lebenslang Querschnittsgelähmter geendet hätte, und als ein extrem verbitterter dazu. Zu welchem Zeitpunkt er aufgeschaut und NATIONALFRIEDHOF ARLINGTON gelesen hatte. Warum eigentlich nicht? Es lag kein Seil in seinem Kofferraum, darum entschloß er sich, sich mit den Starthilfekabeln aufzuhängen. Da lagen sie, zu seinen Füßen.

Er griff sie sich. Sie fühlten sich irgendwie nach Gummi an. Er fand überhaupt keinen Geschmack dran, sich mit dem Äquivalent eines Bungee-Seils aufzuhängen. Er hatte das Bild vor Augen, wie er da so auf und ab hüpfte und sein Kopf gegen den Ast ballerte.

Er überlegte. Die Metro hielt in Arlington. Er könnte die Starthilfekabel an das Mittelgleis anklemmen.

750 Volt sollten das Ding sauber über die Bühne bringen. Das würde den schlagzeilenschreibenden Bastarden Material liefern.

Seine Uhr zeigte 4:23 in der Früh. Die Züge fuhren noch nicht. Er stand auf, zuckte wegen der Schmerzen in seinem Knie zusammen, humpelte dann den Hügel hinauf. Nicht weit entfernt konnte er ein flackerndes Licht erkennen, das sich als die ewige Flamme auf Präsident Kennedys Grab erwies.

In wessen Gesellschaft ließen sich die letzten Augenblicke wohl passender verbringen? Das eine junge Opfer bei dem anderen, hingemäht auf der Höhe des Lebens . . .

Boah.

War ganz schön happig, sich selber auf einem Friedhof umzubringen.

Wir wollen ehrlich sein, Kleiner – Gomez O'Neal schien das, was noch von seinem Gewissen übrig war, mit seiner Stimme zu unterlegen –, *du bist ein erledigter, vierzig Jahre alter Schlangenölverkäufer, bis vor kurzem noch auf der Gehaltsliste von Leuten, die als Lebensunterhalt den Tod verkaufen. In der Nahrungskette des Karma stehst du irgendwo zwischen Meeresschnecke und Aalscheiße. Zwei Karrieren, eine Ehe und zwei gute Freundschaften sind im Arsch. Denk bloß mal drüber nach, was du hättest zustande bringen können, wär's dir vergönnt gewesen, bis ins reife Alter weiterzumurksen.*

Also – eine tragische Karriere, glücklicherweise abgekürzt.

Er stand am Rand der Grabstätte, ängstlich besorgt, er könnte von den Parkwächtern aufgegriffen werden.

NAYLOR MIT ÜBERBRÜCKUNGSKABEL AM GRAB VON
JFK FESTGENOMMEN

Behauptet, Autobatterie habe sich entleert
Habe in schwierigen Zeiten »Inspiration« gesucht

RICHTER ORDNET PSYCHOLOGISCHE UNTERSUCHUNG AN

Aber von Polizei war nicht das geringste zu sehen, also trat er näher an die Flamme heran, die in der Kälte kurz vor der Dämmerung warm leuchtete.

Ein Rascheln im Gebüsch. Bewegungen. O Gott – haben sie Dobermänner zur Patrouille von der Leine gelassen?

STERBLICHE ÜBERRESTE AN DER GRABSTÄTTE VON JFK
ALS DIEJENIGEN NAYLORS IDENTIFIZIERT

Für einen Mann, der aufs Sterben aus war, hatte er fürchterlich viel Schiß. Er humpelte zu einem gegenübergelegenen Busch und kroch hinein und versteckte sich.

Ein Penner kam aus dem Gebüsch rausgestolpert. Nick spähte hin. Er war mit mehreren Lagen Lumpen bekleidet und schien riesig und bucklig wie eine Erscheinung aus Grimms Märchen. Der Penner hustete. Ein großer, tiefer Baritonvulkan von einem Husten – einer aus unserer Kundschaft, ganz klar – und spuckte dann in Nicks Richtung aus. Es landete mit einem abscheulichen halbflüssigen *Splatsch*.

Nach Erledigung seiner Lungenausspülungen langte sich der Penner in die Taschen und holte nach reichlichem Rumgewühle einen schiefen Zigarettenstummel hervor. Er steckte sich den zwischen die Lippen und wühlte hinter einem Streichholz her. Die Suche dauerte ein Weilchen an; er schien in diesen ganzen Lumpengeschichten um die hundert Taschen zu haben.

Kein Streichholz.

Er schritt zu der ewigen Flamme hinüber, ließ sich auf Hände und Knie runter und zündete sich die Zigarette an.

Wie's bei Epiphanien halt so ist, ein vermischtes Signal.

29

Exklusiv im *Moon*:
Naylor kündigt an, er werde sich zum Vorwurf des
Selbstverschleppungsplans »schuldig« bekennen

Entlastet seine »Mod-Squad«-Freunde:
Ausdruck »Merchants of Death«
sei »meiner und nur meiner« gewesen

VON HEATHER HOLLOWAY

»Der Service hier ist besser geworden«, sagte Polly.

»Ja«, sagte Nick. »Das Personal und ich sind jetzt alte Freunde. Die haben mir gesagt, wenn ich rübergehen und mithelfen wolle, die übriggebliebenen bosnischen Moslems auszulöschen, dann würden die das gern für mich arrangieren. Aber ich hab ihnen gesagt, ich müsse mich weiter gut mit den Moslems stellen. Reichlich Moslem im US-Strafvollzugssystem.«

Bobby Jay sagte: »Vielleicht wird der Richter ... er *muß* dir irgendwas dafür geben, daß du dich schuldig bekennst.«

»Wär schön, wenn du das mit uns durchgesprochen hättest, bevor du's getan hast«, sagte Polly, die bedrückt aussah.

»Ihr habt nicht mehr mit mir geredet.«

»Es hätte vielleicht einen einfacheren Weg gegeben, den Mod-Squad-Vorwurf von uns abzuschütteln.«

»Ist jetzt ein bißchen spät für Alternativen: Egal, ihr solltet euch sowieso nicht geschmeichelt fühlen. Vielleicht hab ich's nicht bloß für euch beide getan.«

»Und sag mal«, sagte Polly, »warum bekennst du dich eigentlich schuldig, wenn du nicht schuldig bist? Mal angenommen ...«

»Ich bin schuldig«, sagte Nick. »Ich bin bloß in dieser Sache nicht schuldig.«

»Was zum Teufel soll das denn heißen?« sagte Bobby Jay.

»Verbrechen gegen die Menschlichkeit. Vielleicht ist es nur die

Midlife-crisis. Weiß ich nicht. Ich bin's einfach müde, zum Gelderwerb Lügen zu verbreiten.«

Polly und Bobby Jay starrten ihn an. »Wirst du uns jetzt weich in der Birne?« sagte Bobby Jay.

»Nein, aber wir sollten langsam aufwachen. Wer soll *mir* wohl vor Gericht glauben?«

»Eins null für dich.«

»Und wer hat wohl anderthalb Millionen Dollar für Anwaltskosten? Will ich vielleicht den Rest meines Lebens für eine Rechtsverdreherkanzlei arbeiten?«

»Also«, sagte Bobby Jay, »kommen BR und Jeannette ungeschoren davon, nach all dem Unglück, was die über dich ausgegossen haben?«

»Na ja«, sagte Nick, »*das* hängt davon ab.«

»Wovon?«

Er grinste. »Davon, ob *ihr* weich geworden seid.«

»Die Rache ist mein. Ich *will* vergelten, spricht der Herr. *Römer*, zwölf, neunzehn.«

»Wie sieht's bei dir aus, Spaltschwanz?« sagte Nick. »Möchtest du Fahrer vom Dienst sein?«

»Spaltschwanz?« sagte Polly.

»Ich weiß ja nicht, ob ich dafür so ganz die Richtige bin«, sagte Polly. Sie und Nick saßen in einer gemieteten Limousine, die fünfzig Meter vom Two-Penny Opera House entfernt parkte, einem umfunktionierten Lagerhaus in einem Teil des unteren Manhattan, der immer noch Jahre davon entfernt war, mit Kunstgalerien und Kaffeestuben bestückt zu werden. Polly rauchte Kette und erfüllte den Wagen mit so viel Rauch, daß Nick die Fenster offenlassen mußte. Es war brütend heiß draußen, und es wäre angenehmer gewesen, die Air-conditioning anzuhaben.

»Du machst das schon«, sagte Nick tröstend. »Aber du solltest nicht soviel rauchen. Wird dich noch umbringen.«

Polly sah ihn an.

Ein Schnarchgeräusch drang von Bobby Jay auf dem Rücksitz nach vorn. Er war eingeschlafen. Nick und Polly konnten in seinem Walkman das Bibelband laufen hören.

»Wie kann denn der jetzt *schlafen*?« sagte Polly entnervt.

»Er war in Vietnam«, sagte Nick und nippte am Kaffee.

»Aber dieser Kerl ist ein Auftragskiller.«

»Waren die Vietcong auch«, sagte Nick. Er sah auf die Uhr. »Machen ganz schön lang heut abend.«

»Ist schließlich die Generalprobe«, sagte Polly. »Vielleicht hat der Regisseur ihnen gesagt, sie hätten alles versaut, und jetzt gehen sie's noch mal durch.« Sie steckte sich noch eine Zigarette an. Nick stöhnte und kurbelte das Fenster runter. Sie sagte: »Warum machen wir's nicht einfach heut abend und sind damit durch.«

»Polly«, sagte Nick und berührte sie am Arm, »immer schön locker bleiben.«

»Locker bleiben.« Sie erschauderte. »Zwei Wochen lang folgen wir dieser ... Person quer durch New York, und du sagst mir: ›Immer schön locker bleiben.‹«

»Willst du, daß ich dir den Nacken massiere?«

»Ja«, sagte Polly. »Da. Ah.«

»Was läuft?« sagte Bobby Jay vom Rücksitz.

»Nicht viel«, sagte Nick. »Die überziehen.«

»Ein Glück, daß morgen Premiere ist«, sagte Bobby Jay. »Noch so eine Nacht würd ich nicht aushalten. Diese Stadt wird von Gott nicht geliebt.«

»Warum sollte sich irgendwer *H.M.S. Pinafore* vor einem Bühnenbild des siebenundzwanzigsten Jahrhunderts an Bord des Raumschiffs Enterprise ansehen wollen?« sagte Polly.

»Weiß ich nicht«, sagte Nick, »aber jedenfalls spielt er die richtige Rolle. Dick Deadeye.«

»Glaubst du, daß der überhaupt was taugt?«

»Wieviel kann er wohl als Schauspieler taugen, wenn er zum Lebensunterhalt Leute umbringen muß?« schnaubte Bobby Jay.

Am nächsten Abend saßen die drei nicht in einer Limousine, sondern in einem gemieteten Lieferwagen. Polly saß am Steuer und hämmerte nervös mit dem Fuß aufs Bodenblech ein und kaute Kaugummi, da Nick ihr verboten hatte zu rauchen, bis die Operation beendet sei. Sie war wie eine New Yorker Strichnutte angezogen, goldene Hot pants, hochhackige Schuhe, Bustier und so viel Make-up, daß ihre eigene Mutter sie womöglich nicht wiedererkannt hätte; oder wenn sie's hätte, in Tränen ausgebrochen wär. Nick fand, sie sah irgendwie ... echt gut aus. Er seinerseits sott für seine Rolle mal wieder unter einer Verkleidung vor sich hin, einem Nylonstrumpf, den er sich über den Kopf gezogen hatte. Bobby Jay war's auch ungemütlich, aber da er schon etliche Nächte in wärmeren Gegenden im Hinterhalt gelegen hatte, blieb er cooler als Nick. Er versuchte sich mit Hilfe eines kleinen Taschenlampenstrahls an einem Kreuzworträtsel.

»Sie kommen raus«, sagte Polly, als die Türen geöffnet wurden und Operngänger auf die müllübersäten Bürgersteige rausströmten.

»Sehen die innerlich aufgerichtet aus?« sagte Bobby Jay.

»Eher wie befreit«, sagte Nick.

Bobby Jay sah auf die Uhr und machte sich wieder an sein Kreuzworträtsel. »Schädlicher Umwelteinfluß mit dreizehn Buchstaben, fängt mit *P* an.«

»Passivrauchen«, sagte Nick.

»Paßt.«

Ungefähr zu dem Zeitpunkt, als sie glaubten, Peter Lorre müsse jetzt wohl sein Make-up entfernt und wieder seine Straßenkleidung angezogen haben, stieg Polly aus dem Lieferwagen und zupfte an ihren Hot pants, die im Wagen so weit hochgerutscht waren, daß man die Hälfte ihrer südlichen Hemisphären sehen konnte. Ganz famose Hemisphären, fand Nick. Bobby Jay legte die Patrone in die Krawallspritze ein, die er sich aus der SAFETY-Museumssammlung ausgeliehen hatte.

»Das ist ja ein *Riesen*geschoß«, sagte Nick.

»Nehmen die Briten für irische Katholiken.« Bobby Jay grinste. »Laut Dienstordnung sollen sie damit auf die Beine zielen. Aber dieser SAS-Major, mit dem Stockton und ich zum Essen waren, erzählte uns« – er markierte einen britischen Akzent – ›Manchmal treffen wir daneben.‹«

Nick zuckte zusammen bei dem Gedanken an ein Hartgummiprojektil von der Größe eines Vibrators, das mit hundertfünfzig Metern pro Sekunde auf seine Weichteile auftraf.

Peter Lorre trat aus dem Bühneneingang und spazierte in ihre Richtung.

»Er ist allein, gut.« Sie hatten während zweier Wochen beobachten können, daß es die anderen Schauspieler anscheinend nicht zu ihm hinzog. Prima.

Als Peter Lorre den Lieferwagen passierte, öffnete Nick die hintere Tür gerade so weit, daß Bobby Jay freien Raum zum Zielen hatte.

Genau aufs Stichwort schnitt Polly ihm auf dem Bürgersteig den Weg ab. »Haste mal ein Streichholz?« sagte sie.

Peter Lorre musterte sie von oben bis unten. Er lächelte sie an. »Wissen Sie nicht, daß Rauchen schädlich ist?«

»Knall das Arschloch ab«, zischte Nick.

Bobby Jay zielte.

»Wie wär's mit nem bißchen Spaß?« fragte Polly hin.

»Ich zahl nicht für Spaß.«

»Will dir was sagen«, sagte Polly. »Du siehst wie ein richtiger Zuchthengst aus, dir mach ich's umsonst.«

Peter Lorre sagte: »Ich schlaf nicht mit Huren.«

»Zu schade«, sagte Polly im Weggehen, »wirst nie erfahren, was dir entgangen ist.«

Bobby Jay feuerte. Es gab einen lauten Flintenknall, und dreihundert Gramm Gummi knallten Peter Lorre in die Magengrube und hauten ihm jeden Kubikzentimeter Luft aus der Lunge raus. Er fiel auf den Rücken. Nick und Bobby Jay sprangen aus dem Wagen und zerrten ihn rein, wobei Bobby Jay ihm seinen Haken in den Hosengürtel einhängte. Polly sprang auf den Fahrersitz, riß sich die Perücke vom Kopf und fuhr los.

»Dieses Jüngelchen ist *hinüber*«, sagte Bobby Jay, der Lorres Lebensfunktionen prüfte.

Nick trat ihm in die Rippen. »Jetzt ist der *wirklich* hinüber.«

»Ich *dachte*, es ginge drum, ihn nicht umzubringen«, sagte Bobby Jay.

»Der wird's überleben.«

Sie schnürten ihm mit den Polizeigurten aus Plastik die Handgelenke hinter dem Rücken fest zusammen und zogen ihm die schwarze Kapuze über den Kopf.

Sie waren unter dem Fluß durch und nach New Jersey rein, bevor sie hörten, daß er stöhnte und sich zu regen anfing – unter Schmerzen, hoffte Nick. Sie warteten weitere fünf Minuten, bis sie sahen, daß er den Kopf hob und die Situation zu erfassen suchte, bevor sie Phase zwei aktivierten. Zufrieden damit, daß Peter Lorre bei vollem Bewußtsein war, drückte Nick auf Play, und die Laute ihrer abwechselnden Stimmen kamen aus dem Lautsprecher. Sie hatten das etliche Male getestet, um sicherzugehen, daß das hinten im Lieferwagen auch zu hören war, wo sie ihn direkt an der hinteren Tür auf den Boden gelegt hatten.

ERSTE STIMME: Fahr langsamer, daß wir uns kein Strafmandat einfangen.
ZWEITE STIMME: *Das* würde ja vielleicht ne Totalpleite sein.
ERSTE STIMME: Ist der noch hinüber?
ZWEITE STIMME: Ja, sieht hinüber aus.
ERSTE STIMME: Na, wenn er sich rührt, spritz ihn mit der .45er weg.
ZWEITE STIMME: He, das ist n Leihwagen. *Ich* will nicht den Rest von der Nacht damit zubringen, hinten das Blut rauszuschrubben.
ERSTE STIMME: Ist das da n Internationales Haus der Pfannkuchen? Ich wär jetzt wirklich für paar Speckwaffeln zu haben.
ZWEITE STIMME: Speck? Du weißt ja wohl, was das für deine Arterien heißt?
ERSTE STIMME: Frank, an *irgendwas* müssen wir ja krepieren.
ZWEITE STIMME: Ich möcht totgefickt werden. Du fährst gerade an nem Internationalen Haus der Fotzen vorbei, lenk mal rechts ran.
ERSTE STIMME: Ich hab da eine von diesen Querfeldeinski-Gerätschaften. Zwanzig Minuten auf so einer drauf, und du kommst ganz schön in Schweiß, das kann ich dir sagen. Weißt du, wer eins von diesen Dingern benutzt? Joey Hängebauch.
ZWEITE STIMME: Hier raus.
ERSTE STIMME: Nein, echt jetzt. Der war in dieser FdH-Klinik drin, weißt du, wo man Hirsezeugs mampft und einem pro Tag zehntausend Dollar in Rechnung gestellt werden. Der hat

so was bei fünfundzwanzig Pfund rum abgenommen. Und übrigens, der will auch nicht mehr Joey Hängebauch genannt werden.

ZWEITE STIMME: Scheiß *Psychopath*. Ich könnt dir Geschichten erzählen.

ERSTE STIMME: Darum nenn ich den auch nicht mehr Joey Hängebauch.

ZWEITE STIMME: Sir Joey.

Gelächter.

ERSTE STIMME: Wie weit ist es noch?

ZWEITE STIMME: Zehn Meilen ungefähr.

ERSTE STIMME: Ich seh gar nicht ein, wieso wir den ganz bis zu irgend so nem dichtgemachten Steinbruch in New Jersey rausschleppen sollen, wo wir den doch einfach fertigmachen und in die scheiß Feuchtgebiete schmeißen könnten. Würd *doch* keiner von erfahren.

ZWEITE STIMME: Ich hab dir doch *gesagt*, wieso. Weil Team A gesagt hat, wir sollen ihn in den Steinbruch schaffen, und dies hier läuft auf seine Rechnung, klar?

ERSTE STIMME: Der würd's doch nicht *erfahren*.

ZWEITE STIMME: Wo liegt das scheiß Problem?

ERSTE STIMME: Ich hab Hunger. Vielleicht gibt's da drüben nen McDonald's.

ZWEITE STIMME: Wir werden nicht beim scheiß McDonald's vorbeibremsen, klaro?

ERSTE STIMME: Wir brauchen nur beim Drive-in vorbeizufahren.

ZWEITE STIMME: Und was, wenn der zu sich kommt und zu stöhnen anfängt?

ERSTE STIMME: Ich hab meine Spritze genau auf sein scheiß Herz angelegt. Wenn der stöhnt, wird das *sein* Problem sein, nicht unsers.

ZWEITE STIMME: Hast n Schalldämpfer drauf?

ERSTE STIMME: *Ja*, ich hab n Schalldämpfer drauf. Willst du wohl – Jesus. Wofür hältst du mich, für nen scheiß *Amateur*?

ZWEITE STIMME: Werden da sein, bevor du's überhaupt merkst.

ERSTE STIMME: Wer ist eigentlich Team A?

ZWEITE STIMME: Irgend so n Typ in Washington.

ERSTE STIMME: Washington? Echt? Ist das einer von diesen Regierungs-Nebenverträgen? Der Typ da hinten n wichtiger Mann?

ZWEITE STIMME: Jetzt nicht mehr.

Gelächter.

ERSTE STIMME: Also, wer ist Team A?

ZWEITE STIMME: Irgend so n Lobbyist.

ERSTE STIMME: Lobbyist? Was ist n das?

ZWEITE STIMME: Ein Arschloch mit Spesenkonto.

ERSTE STIMME: Aha, toll, sag mal, willste mal meine ehrliche Meinung über Washington hören? Das sind *alles* Arschlöcher. Mir wird richtig schlecht von dieser Scheiße. Noch so n paar von der Sorte, und ich steig aus. Werd ein Restaurant aufmachen.

ZWEITE STIMME: Willst sie vergiften, statt sie zu erschießen, was?

ERSTE STIMME: Nee, mein's ernst.

ZWEITE STIMME: Werd mir n Tisch reservieren lassen.

Sie hatten ein paar Augenblicke Schweigen eingefügt.

ERSTE STIMME: Dann ist das also der Grund, daß wir »Team C« heißen? Weil er »Team A« ist?

ZWEITE STIMME: Schätz ich mal so. Ist ein Geheimcode. Die in Washington mögen Geheimcodes.

ERSTE STIMME: Team C hört sich an wie der Fruchtdrink von meinem Bengel. Warum können wir nicht die Söhne des Donners sein?

ZWEITE STIMME: Okay, wir sind die Söhne des Donners. Ich glaub, der Abzweig ist irgendwo ...

ERSTE STIMME: Paß auf, der Truck da!!!

Polly hatte die ganze Woche über Spitzkehren geübt. Beim Tachostand von knapp vierzig verzog sie das Steuer leicht nach links und trat gleichzeitig kräftig auf die Feststellbremse, deren Arretierung außer Kraft gesetzt worden war. Der Lieferwagen schwenkte um 180 Grad herum. Dadurch wurde Peter Lorre durch die hintere Tür, die nur lose mit einem Streifen Isolierband zugemacht worden war, hinten rausgeschleudert. Er flog auf die einsame Landstraße und landete mit einem dumpfen Plumps.

Das nächste Dialogbruchstück wurde kräftig verstärkt.

ERSTE STIMME: Vergiß ihn! Scheiße, laß uns hier die Biege machen! Mach Dampf!

Sie brausten davon.

»Hast du das *Geräusch* gehört, wie er aufgeprallt ist?« sagte Nick frohlockend.

»Hörte sich matschig an«, sagte Bobby Jay.

»Glaubt ihr, wir haben ihn umgebracht?« fragte Polly.

Nick spähte mit dem Fernglas zurück. Peter Lorre wälzte sich zum Randstreifen der Straße. »Nee. Fast ein bißchen schade.«

»Der wird morgen ganz schön sauer sein.«

»Ich brauch was zu trinken«, sagte Polly.

»Weißt du, was ich will?« sagte Nick.

»Nämlich?«

»Eine *Zigarette*.«

30

NEUER CHEF DER TABAKLOBBY IN KOLLEGENWOHNUNG
MIT RAUCHVERGIFTUNG TOT AUFGEFUNDEN

Freunde sagen, Rohrabacher war »Gesundheitsspinner«
und Nichtraucher; Jeannette Dantine, leitende VP von ATS,
von Polizei zur Vernehmung gesucht

VON HEATHER HOLLOWAY
FESTE AUTORIN DER *WASHINGTON SUN*

―― **Epilog** ――

»Guten Abend, ich bin Larry King. Unser Gast heute abend: Nick Naylor, der schon früher bei vielen Gelegenheiten hier gewesen ist, uns aber heute *nicht* erzählen wird, es gebe keinen Zusammenhang zwischen Rauchen und Lungenkrebs. Stimmt's?«

»Ganz genau, Larry.«

»Das Buch, das Sie geschrieben haben: *Danke, daß Sie hier rauchen*. Komischer Titel. Was ist damit gemeint?«

»Das ist ironisch gemeint, Larry. Obwohl mein früherer Arbeitgeber, die Tabaklobby, für die ich in Sendungen wie dieser Lügen ausgebreitet hab, tatsächlich Schildchen mit diesem Wortlaut hat drucken lassen.«

»Das Buch, das Sie geschrieben haben, ist sehr umstritten. Es hat eine Menge Menschen wütend gemacht.«

»Ja, das hat es wohl, Larry.«

»Wir wollen mal die Liste überfliegen. Jeff Megall, Leiter der mächtigsten Talentagentur in Hollywood. Er hat es ›keines Wortes würdig‹ genannt.«

»Das werde ich als Kompliment auffassen, Larry. Wie Sie vielleicht wissen, hat sein früherer leitender Assistent Jack Bein die Filmrechte an dem Buch erworben. Er und Jeff haben sich überworfen.«

»Senator Ortolan K. Finisterre, ein sehr mächtiger Mann hier in Washington, behauptet, Sie hätten das Buch geschrieben, um, Zitat, Ihr beflecktes Gewissen reinzuwaschen, Zitatende.«

»In Wahrheit, Larry, war es die Haftzeit, die mir mein Gewissen so ziemlich reingewaschen hat.«

»Warum dann also das Buch?«

»Geld, Larry. Ich hab das Buch des Geldes wegen geschrieben.«

»Sehr erfrischend, das zu hören.«

»Meine Frau Polly und ich erwarten Nachwuchs, und, na ja, Sie wissen ja, das Schulgeld und alles . . .«

»Meinen Glückwunsch. Was ist mit Ihrem anderen ›Mod-Squad‹-Freund – das steht für ›Merchants of Death‹, stimmt's?«

»Stimmt.«

»Würden Sie uns sagen, was aus Bobby Jay Bliss, dem ehemaligen Sprecher der Schußwaffenlobby, geworden ist?«

»Der tut sich in großem Stil in der Christlichen Zuchthaus-Gemeinschaft hervor. Wissen Sie, diese Organisation, die von Chuck Colson gegründet wurde. Er ist glücklich. Schießt immer noch. Wir sehen ihn öfter. Natürlich nennen wir uns nicht mehr so, seitdem wir die Schlechtigkeit dessen, was wir früher taten, erkannt haben.«

»Und Polly, arbeitet sie?«

»Ja, seit Beginn ihrer Schwangerschaft hat sie ein sehr starkes Interesse an pränatalen Gesundheitsaspekten entwickelt. Sie arbeitet für die Fötales-Alkohol-Syndrom-Stiftung hier in Washington. FASS, Faß.«

»Sie schreiben in Ihrem Buch, das ich unseren Zuschauern übrigens wärmstens ans Herz legen möchte, ein sehr gutes Buch . . .«

»Besten Dank, Larry.«

». . . daß Sie sich schuldig bekannt haben, obwohl Sie sich *nicht* selbst gekidnappt und mit Nikotinpflastern überzogen haben. Frage – warum?«

»Nun, Larry, aus zwei Gründen. Erstens wurde mir gesagt, daß es mich rund anderthalb Millionen Dollar an Anwaltsgebühren kosten würde, das durchzukämpfen, und so viel Geld hab ich nicht. Zweitens kam ich zu dem Schluß, daß ich's verdient hatte, für die schrecklichen Sachen hinter Schloß und Riegel zu kommen, die ich getan hab, als ich für die Tabakbranche arbeitete. Übrigens, falls irgendwelche von Ihren Zuschauern Lungenkrebs infolge Rauchens oder so was haben sollten, oder Verwandte haben, die daran leiden, möchte ich mich gerne entschuldigen. Und falls Kids zuschauen sollten, hört mal, raucht ja nicht. Das bringt euch um. Gibt außerdem Flecken auf euren Zähnen, und das ist total uncool.«

»Irgendeine Idee, wer Sie gekidnappt hat?«

»Überhaupt nicht, Larry. Ich denke, ich frag mich das noch, wenn ich mal ins Grab falle.«

»Wie war das, im Gefängnis zu stecken?«

»Ach, gar nicht so schlimm. Das war eine von diesen Anstalten mit minimalen Sicherheitsvorkehrungen, Pleasanton, Kalifornien, wo Wirtschaftsstraftäter mit verbotenen Insider-Geschäften und so welche einsitzen. Die meiste Zeit war es langweilig. Echt absolut langweilig.«

»Und Sie haben zweieinhalb Jahre gesessen?«

»Mm-hmm. Ich hab einige sehr interessante Leute kennengelernt. Viele Banker.«

»Und was tun Sie jetzt, wo Sie das Buch fertig haben?«

»Ich arbeite für eine Organisation namens Reine Lunge 2000, Larry. Das ist eine ganz prächtige Organisation, die im Grunde versucht, die Menschen vom Rauchen abzubringen.«

»Befriedigende Arbeit?«

»O ja, sehr. Und ich lerne dazu. Wußten Sie zum Beispiel schon, daß Rauchen Impotenz verursacht?«

»Nein.«

»Ist eine wissenschaftlich nachgewiesene Tatsache, Larry. Es läuft gerade so einiges an hochinteressanten Untersuchungen. Natürlich will die Tabaklobby nicht, daß man davon erfährt.«

»In Ihrem Buch stellen Sie Ihren früheren Chef, BR, Budd Rohrabacher, als recht zwielichtige Persönlichkeit dar.«

»Möge er in Frieden ruhen, er war ein ausgemachtes Schwein, Larry.«

»Was ist mit seiner Assistentin, Jeannette, derjenigen, die von der Polizei verdächtigt wird, sie habe etwas mit seinem Tod infolge Rauchvergiftung zu tun?«

»Nach dem, was ich von einigen früheren – von einigen Leuten höre, ist sie wahrscheinlich im Nahen Osten und arbeitet für einen Begleitservice, der besondere Geschmäcker befriedigt.«

»Glauben Sie, daß sie ihn umgebracht hat?«

»Wer weiß, Larry. Solche Sachen kommen natürlich vor. Die Leute werden sorglos im Umgang mit Zigaretten. Natürlich besteht der sorgloseste Umgang mit Zigaretten, den man sich denken kann, zunächst einmal darin, daß man sie sich ansteckt.«

»Der Untertitel Ihres Buches – *Wie man die Neopuritaner mit Jiu-Jitsu auf die Matte legt* –, was meinen Sie damit?«

»Nun, wie Sie wissen, ist Jiu-Jitsu die japanische Selbstverteidigungskunst, bei der Sie Gewicht und Kraft Ihres Gegners gegen ihn selbst wenden. Das war übrigens genau das, womit ich stets ausgekommen bin. Obwohl ich ganz bestimmt nicht das Wort fürs Rauchen ergreifen möchte, gibt es doch einige sehr scheinheilige Leute, die auf der Seite der Nichtraucher in Stellung gegangen sind. Also ging's einfach nur darum, denen einen keinen Schubs zu geben und meinen Fuß hinter den ihren zu stellen. Darin war ich wirklich ziemlich gut. Das war das einzige, worin ich jemals gut gewesen bin. Nun ja, die Nazi-Kriegsverbrecher waren auch ziemlich normale Leute. Viele von denen waren Familienmenschen, wissen Sie, sonntags mit den Kindern in den Zoo und so. Montags dann wieder ans Menschenausrotten, Länderbesetzen, Stechschrittmarschieren. Der neue Chef der Akademie für Tabakstudien beispielsweise tut sich bei den Pfadfindern, den Kiwanis, den Rotariern und den Elks hervor. Wenn Sie ihn kennenlernen würden und nicht wüßten, was er so macht, würden Sie wahrscheinlich denken: netter Kerl, Pfundstyp.«

»Sie widmen Ihr Buch zwei Menschen. Doak Boykin – dem ›Captain‹ – ehemaliger Vorsitzender im Vorstand der Tabaklobby, und Lorne Lutch, dem ehemaligen Markenmodel von Tumbleweed.«

»Feine Menschen, Larry. Ich glaube, ihnen sollte man die Rolle, die sie in Sachen Tabak gespielt haben, nachsehen, denn sie haben einer früheren Generation angehört, die nicht recht gewußt hat, wie schädlich das Rauchen ist. Und am Ende ihres Lebens haben sie beide das Licht gesehen, sozusagen, und bedauerten ihre ... na ja, sie hatten ein schlechtes Gewissen deswegen. Ich habe in der Nacht, bevor er starb, mit dem Captain gesprochen, und er hat mir das zu verstehen gegeben. Was Lorne betrifft, der vor einigen Jahren gestorben ist – BR hat mich doch tatsächlich mit einem Aktenkoffer mit fünfhunderttausend Dollar in bar zu ihm rausgeschickt, um ihn zu bestechen, daß er damit aufhört, Tabak schlechtzumachen, und Sie wissen, was er gemacht hat – das steht in meinem Buch –, er hat mich auf der Stelle rausgeschmissen.«

»Das ist eine große Versuchung, fünfhundert Riesen.«

»War's ganz bestimmt, Larry. Couragierter Mann.«

»Wir werden jetzt ein paar Anrufe entgegennehmen. Winston-Salem, North Carolina, Larry King, Sie sind auf Sendung.«

»Larry, ich wollte sagen, daß ich finde, dieser Mann da ist niederträchtiger als der Schlamm am Bauch von nem Katzenfisch. Und ich möchte mich beim Katzenfisch entschuldigen.«

»Nick, möchten Sie dazu was sagen?«

»Eigentlich nicht, Larry.«

»Emotionales Thema.«

Danksagung

Herzlicher Dank geht an Herrn Professor Doktor Patrick Cooke von *Clean Lungs 2000;* Leslie Dach; Michelle Laxalt; Robin Clements; Dr. David Williams; David Taylor; Bob Forbes; Paul Slansky; Geoffrey Norman; Lloyd Grove; Tom Salley; an meine Frau, meine Mutter und meinen Vater, alle drei großartige Lektoren, die nichts durchgehen lassen; und natürlich ein ganz besonderer Dank an die beherzten Anti-Neopuritaner im *Tobacco Institute,* der *National Rifle Association,* dem *Beer Institute* und dem *Distilled Spirits Council of the United States,* die es alle mit Sicherheit vorziehen werden, anonym zu bleiben. Dank außerdem an die beste Agentin der ganzen Stadt, Amanda Urban; und last, aber definitiv not least an Harry Evans und Jonathan Karp für die fachkundige – und gutgelaunte – Zusammenarbeit.

Alle Fehler gehen, selbstverständlich, auf ihr Konto.

Anmerkungen des Übersetzers

Seite 19
»Wo bleibt der Beweis(. . .) Wo bleibt der *Nach*weis«: Im Original lauten die Fragen *Where's the data?* beziehungsweise *Where are the data;* der springende Punkt ist, daß *data* Plural ist, aber von vielen Muttersprachlern (wie hier von dem Journalisten) fälschlich als Singular benutzt wird. Da es dazu eine genaue Entsprechung im Deutschen nicht gibt, der Fall aber später im Buch nochmals aufgenommen wird, mußte der Übersetzer zu einer Hilfskonstruktion greifen.

Seite 24
»Peoria«: Kleinstadt in Illinois; sprichwörtlich für den Arsch der Welt, aber immerhin auch das größte Spirituosenzentrum der USA.

Seiten 40 und 96
»Ms. Steinem«: Dies bezieht sich auf die berühmte moderne amerikanische Feministin Gloria Steinem. Im Original steht zuerst »Sty-nem«. Ein *sty* ist ein Schweinestall.

Seite 48
»SWAT-Team«: Die Abkürzung steht für *special weapons and tactics;* Anti-Terror-Einheit.

Seite 91
»Rolle des kaukasischen Sexualneurotikers«: Bitte nicht an vorderasiatische Horden oder gar an Brecht denken; »Kaukasier« ist der in Amerika gebräuchliche, politisch korrekte Ausdruck für einen Weißhäutigen.

Seite 95
»Waco«: Unbedeutende Kleinstadt in Texas; Schauplatz des spektakulären Abgangs der sogenannten Davidianer-Sekte des selbsternannten Jesus-Nachfolgers David Koresh im Frühjahr 1993, also unmittelbar vor dem Handlungszeitraum von Buckleys Roman. Koresh hatte sich mit seinen Jüngern und einem riesigen Waffenlager in einem Farmkomplex verschanzt; ein erster, eher stümperhafter Überrumpelungsversuch des FBI endete im Kugelhagel mit mehreren toten Beamten; als nach mehrwöchiger Belagerung der ganze Komplex gestürmt wurde, sprengte die Sekte sich selbst in die Luft.

Seite 114
»StairMaster«: Ein Heimtraininggerät, mit dem man Treppen steigen kann, ohne sich dem Himmel entgegenzubewegen.

Seite 120
»Walter Cronkite«: Sozusagen der »Mister Tagesschau« im US-Fernsehen.

Seite 123
»Chef-›Sprecher‹ für Tabak«: Im Original steht hier und in zwei weiteren Passagen das dezente Wortspiel »smokesman«.

Seite 125
»Prozac«: Rezeptfreies Antidepressivum; seit einigen Jahren sensationell gut verkauft.

Seite 127
»Gyrokopter«: Aufziehbares Spielzeug nach Hubschrauberart.

Seite 143
»CPR«: Übliche Abkürzung für »kardiopulmonale Reanimation« gleich Herz-Lungen-Massage.

Seite 181
»D-Ky«: Kürzel für Parteizugehörigkeit und Herkunftsstaat; der Mann ist Demokrat und sitzt für Kentucky im Kongreß.

Seite 192
»Marktschreier«: im Original *puffers,* was außerdem noch »Paffer« heißt.

Seite 195
»Ethan Allens Green Mountain Boys«: Der Partisan Allen führte im Jahre 1770 Siedler aus Vermont in ihrem Kampf gegen die Verwaltungsansprüche des Bundesstaates New York an. Später machte er sich im Unabhängigkeitskrieg gegen die englische Krone einen Namen.

Seite 209
»SEAL«: Angehöriger einer Elitetruppe der *Marines*.

Seite 221
»McGuffin«: So bezeichnete Alfred Hitchcock ursprünglich etwas, das die Handlung in seinen Filmen in Gang bringt, sich aber schließlich als irrelevant entpuppt. Später wurde es allgemein im Englischen zur Bezeichnung für den Auslöser einer Handlung oder eines Prozesses, der aber im weiteren Verlauf an Wichtigkeit einbüßt.

Seite 247
»Richter Thomas«: Schielte nicht nur nach seinen weiblichen Mitarbeiterinnen, sondern ließ sich auch im sehr handgreiflichen Sinne zu sexuellen Belästigungen hinreißen, was der Clinton-Administration einen ihrer ersten Skandale bescherte.

Seite 256
»Kehlkopfkitzler«: Im Original *Deep Throat;* dies ist erstens der Titel eines Pornos um eine Frau, der ein Kitzler in die Kehle einoperiert wird, und zweitens der Deckname eines unbekannt gebliebenen Informanten der Watergate-Affäre, der sich stets aus einer Tiefgarage meldete.

Seite 262
»chirurgisches Product Placement«: Im Original *product-smart placement;* aus Gründen der Deutlichkeit leicht abweichend übersetzt. Sowohl die Rede von den »chirurgischen Schlägen« als auch die von den »intelligenten Bombenabwürfen« entstammt dem Wörterbuch der verniedlichenden Militärzensur während des Golfkriegs der Alliierten gegen den Irak.

Seite 267
»Sandsturm-Wanderarbeiter der neunziger Jahre«: Nach verheerenden Sandstürmen in den dreißiger Jahren wurden Tausende von Farmern aus Oklahoma zwangsenteignet und zu Wanderarbeitern gemacht; ihren Treck nach Kalifornien nahm John Steinbeck zum Thema seiner *Früchte des Zorns.*

Seite 270
»Appomattox-Gerede«. Sinngemäß für Defätistengeschwätz; der amerikanische Bürgerkrieg endete damit, daß sich General Lee in Appomatox in Virginia General Grant ergab.

Seite 276
»Wie die Tunten«: Im Original steht *fags,* was passenderweise nicht nur ein beliebter Ausdruck für Homosexuelle ist, sondern auch »Glimmstengel« heißt.

Seite 283
»Mr. Death's Neighborhood«: Anspielung auf eine erfolgreiche Kinderfernsehserie namens *Mr. Roger's Neighborhood,* deren Sendefolgen die Kinder auf unterhaltsame Weise mit den alltäglichen Dingen des Lebens vertraut machen sollten. Der Vorspann jeder Sendung enthält die von allen Zuschauern bald auswendig beherrschten Signalsätze: *It's a beautiful day in the neighborhood, a beautiful day for a neighbor, will you be mine?*

Seite 286
»Ginza«: Straße in Tokio; bekannt als Schauplatz des dortigen Nachtlebens.

Seite 298
»Butterfly McQueen«: Name der Schauspielerin, die in *Vom Winde verweht* Scarlett O'Haras Sklavin Prissy spielte.

Seite 300
»Grassy Knoll in Dallas«: Die Anhöhe, von der aus John F. Kennedy erschossen wurde.

Seite 317
»Marquis von Queensberry«: Nach John Sholto Douglas', dem neunten Marquis von Queensberry, wurden im Jahre 1867 zwölf Regeln für fairen Boxkampf benannt. Douglas sponserte die Veröffentlichung der eigentlich von John Graham Chambers verfaßten Spielregeln, die den modernen Boxsport bis heute beeinflussen. Douglas ist übrigens der Vater von Oscar Wildes Geliebtem, Bosie, und brachte ersteren für diese Liaison vor Gericht und hinter Gitter (vgl. auch Seite 312, wo Wildes dort entstandenes Gedicht *The Ballad of Reading Gaol* erwähnt wird).

Seite 330
»SAS-Major: *Special Air Service* heißt eine britische Spezialeinheit für schwierige und geheime Aufträge.

Seite 340
»den Kiwanis, den Rotariern und den Elks«: Wie die hierzulande bekannteren Rotarier und der Lions Club sind auch die Kiwanis und die Elks von wohlsituierten Geschäftsleuten gegründete Wohltätigkeitsorganisationen.

Bester Dank fürs Helfen geht an Britta Rathjen, Dirk Vanderbeke und besonders Ulrich Blumenbach und Mark Speer.

F.R.

Robert Gernhardt

Band 12985

Band 13228

Band 13226

Band 13229

Band 13230

Band 12984

Band 13398

Band 13399

Fischer Taschenbuch Verlag

fi 772 / 5

ERSTKLASSIGER STOFF FÜR GENUSSLESER

Robert Gernhardt
Lichte Gedichte

Max Goldt
Ä

Harry Rowohlt
Pooh's Corner II

Dorothea Keuler
Die wahre Geschichte der Effi B.

Stephen Fry
Geschichte machen

David Huggins
Der große Kuß

Geoff Nicholson
Alles und noch mehr

Walter Satterthwait
Eskapaden

im Haffmans Verlag